mtb

Zum Buch:

Oliver könnte sich selbst ohrfeigen, wenn er an seine Blitzeheschließung – und Blitzscheidung – mit Lola in Las Vegas denkt. Nicht nur, weil er die im betrunkenen Kopf gefasste Idee bereut, sondern vor allem weil er in jener Nacht Lolas Einladung in ihr Hotelzimmer ausgeschlagen hat! Wie sehr er auf Lola steht, hat er viel zu spät bemerkt. Nun ist sie mitten in der Produktion der Verfilmung ihrer Graphic Novel und wird von einflussreichen Typen aus Hollywood umschwärmt. Die Aussichten auf ein Happy End sind denkbar schlecht …

„Eine kluge und verführerische Geschichte, über Freunde, die sich ineinander verlieben. Lola ist eine ganz besondere Heldin – introvertiert und zu gehemmt, um sich anderen Menschen zu öffnen. Sie kann nicht glauben, dass jemand so Wunderbares wie Oliver sie lieben könnte, und das Autorinnenduo Christina Lauren beschreibt ihre Ängste in einer so kraftvollen Sprache, dass viele Leserinnen sich wiedererkennen werden."

Washington Post

Zur Autorin:

Hinter Christina Lauren steht das Autorinnenduo Christina Hobbs und Lauren Billings. Beide sind bekennende Liebesroman-Fans und schreiben seit 2009 gemeinsam. Getrennt durch den US-Staat Nevada, telefonieren sie mehrmals täglich miteinander und sind sich einig, dass die allerschönste Nagellackfarbe Rubinrot ist. Wenn sie die Wahl hätten, würden sie nur eins tun: den ganzen Tag vom San Clemente Pier in Kalifornien aus aufs Meer blicken.

Lieferbare Titel:

Wild Seasons Band 1: Sweet Filthy Boy – Weil du mir gehörst,
Wild Seasons Band 2: Dirty Rowdy Thing – Weil ich dich will

Umwelthinweis:
Dieses Buch wurde auf chlor- und säurefreiem Papier gedruckt.

Christina Lauren

Dark Wild Night – Weil du der Einzige bist

Roman

Aus dem Amerikanischen von
Gabriele Ramm

mtb

MIRA® TASCHENBUCH
Band 25980
1. Auflage: Dezember 2016

MIRA® TASCHENBÜCHER
erscheinen in der HarperCollins Germany GmbH,
Valentinskamp 24, 20354 Hamburg
Geschäftsführer: Thomas Beckmann

Titel der amerikanischen Originalausgabe:
Dark Wild Night

Konzeption/Reihengestaltung: fredebold&partner GmbH, Köln
Umschlaggestaltung: büropecher, Köln
Redaktion: Maya Gause
Titelabbildung: Simon & Schuster / Shutterstock
Satz: GGP Media GmbH, Pößneck
Druck und Bindearbeiten: GGP Media GmbH, Pößneck
Printed in Germany
Dieses Buch wurde auf FSC®-zertifiziertem Papier gedruckt.
ISBN 978-3-95649-659-2

www.mira-taschenbuch.de

Für Eddie, unseren Superman

1. Kapitel

LOLA

Im Geiste zeichne ich die Panels der Szene, während wir der Empfangsdame über den mit Marmor ausgelegten Flur folgen: *Die Frau trägt extrem hohe schwarze High Heels, hat endlos lange Beine, und bei jedem ihrer Schritte bewegen sich ihre Hüften.*

Ihre Hüften schwingen nach links.

Ihre Hüften schwingen nach rechts.

Ihre Hüften schwingen nach links.

Benny, mein Agent, beugt sich zu mir. „Du brauchst nicht nervös zu sein", flüstert er.

„Mir geht es gut", schwindele ich, woraufhin er nur kurz schnaubt und sich wieder aufrichtet.

„Der Vertrag ist aufgesetzt, Lola. Du bist hier, um ihn zu unterschreiben, nicht, um irgendjemanden zu beeindrucken. Lächle! Jetzt beginnt der spaßige Teil."

Ich nicke und versuche, mich davon zu überzeugen, dass er recht hat – *Schau dir dieses Büro an! Schau dir diese Leute an! Alles strahlt! Großstadt!* –, aber es ist vergebliche Liebesmüh. Seit meinem zwölften Lebensjahr habe ich an *Razor Fish* geschrieben und gezeichnet, und für mich war der *spaßige* Teil jede einzelne Sekunde des Entstehungsprozesses. Der *beängstigende* Teil besteht darin, einen sterilen, von kleinen gläsernen Büros gesäumten Flur entlangzugehen, um einen siebenstelligen Vertrag für die Filmrechte zu unterzeichnen.

Mir dreht sich fast der Magen um, und ich flüchte mich wieder in meinen sicheren Hafen.

Ihre Hüften schwingen nach rechts.

Ihre Hüften schwingen nach links.

Ihre langen Beine reichen von der Erde bis in die Wolken hinein.

Die Rezeptionistin bleibt vor einer Tür stehen und öffnet sie. „Da wären wir."

Die Studiobüros sind schon fast schon unanständig extravagant; das gesamte Gebäude kommt einem vor wie das moderne Äquivalent eines Schlosses. Alle Wände sind mit gebürstetem Aluminium und Marmor verkleidet; die Türen sind allesamt aus Glas. Die Einrichtung ist ebenfalls entweder aus Marmor oder aus schwarzem Leder. Benny betritt den Raum voller Selbstvertrauen, durchquert das Zimmer, um unseren Gesprächspartnerinnen auf der anderen Seite des Tisches die Hände zu schütteln. Ich folge ihm, doch als ich die Glastür loslasse, fällt sie hinter mir laut krachend ins Schloss. Deutlich hörbar schnappen die beiden Frauen am Tisch nach Luft.

Fuck.

Ich habe während der vergangenen drei Monate genügend Fotos von mir in Stresssituationen gesehen, um zu wissen, dass ich in diesem Moment *nicht* völlig fertig wirke. Weder ziehe ich den Kopf ein noch entschuldige ich mich; ich stehe nicht krumm da und zucke nicht einmal zusammen, obwohl ich, kaum dass die Tür mit einem lauten Knall zugeflogen ist, mit den Nerven total am Ende bin. Aber anscheinend bin ich gut darin, es zu verbergen.

Die *New York Times* hat eine brillante Rezension über *Razor Fish* veröffentlicht, fand mich allerdings während des Interviews etwas „distanziert", obwohl ich mich selbst als geistreich und einnehmend empfunden hatte. Die *Los Angeles Times* beschrieb unser Telefongespräch als „eine Reihe von langen, nachdenklichen Pausen, denen einsilbige Antworten folgten". Meinem besten Freund Oliver hatte ich erzählt, dass ich Sorge gehabt hätte, ich hätte ihnen ein Ohr abgekaut.

Als ich mich jetzt zu den leitenden Angestellten herumdrehe, überrascht es mich nicht, dass sie beide genauso auf Hochglanz poliert aussehen wie die gesamte Umgebung hier. Keine der Frauen erwähnt meinen alles andere als dezenten Auftritt, aber ich könnte schwören, dass das Echo des lauten Knalls noch immer durch das Zimmer hallt, während ich von der Tür zum Tisch gehe.

Benny zwinkert mir zu und bedeutet mir, mich zu setzen. Ich finde einen weichen Lederstuhl, streiche mein Kleid über meinen Schenkeln glatt und lasse mich vorsichtig nieder.

Meine Handflächen sind feucht, mein Herz pocht. Immer wieder zähle ich bis zwanzig, um die aufkeimende Panik zu unterdrücken.

Das Panel zeigt das Mädchen mit vorgerecktem Kinn, einen Feuerball in den Lungen.

„Lorelei, es ist so schön, Sie endlich persönlich kennenzulernen."

Ich ergreife die dargebotene Hand und schaue die Frau an, die mich angesprochen hat. Sie hat blonde Haare, ist makellos geschminkt, trägt makellose Kleidung und ist makellos ausdruckslos. Aufgrund meiner frühmorgendlichen Recherche auf IMDb, der Internet Movie Database, vermute ich mal, dass es sich um Angela Marshall handelt. Sie ist eine der Produzentinnen, die sich gemeinsam mit Austin Adams, mit dem sie wohl häufig kooperiert, letzte Woche in einem Bietergefecht – von dem ich nicht einmal etwas wusste – die Rechte an *Razor Fish* gesichert hat.

Allerdings waren ihre Haare auf dem Foto noch rot. Mein Blick wandert zu der Frau links von ihr, doch die hat einen warmen braunen Teint, schwarze Haare und große braune Augen. Das ist definitiv nicht Angela Marshall. Den einzigen Menschen, den ich öfter in Zeitschriften und auf Fotos gesehen habe, ist Austin, doch abgesehen von Benny ist kein weiterer Mann im Raum.

„Bitte nennen Sie mich Lola. Es freut mich, Sie kennenzulernen …?“ Ich lasse die Frage in der Luft hängen, und unter normalen Umständen würde man jetzt wohl Namen austauschen. Stattdessen schüttelt sie mir endlos lange die Hand, und ich weiß nicht, wohin mit meiner Dankbarkeit. Wieso stellt sich hier niemand vor? Soll ich etwa alle schon beim Namen kennen?

Nachdem sie schließlich meine Finger loslässt, sagt die Frau endlich: „Angela Marshall.“

Irgendwie habe ich das Gefühl, dass es eine Art Test war.

„Ich freue mich wirklich, Sie kennenzulernen“, bekräftige ich. „Ich kann kaum glauben …“

Hier stocken meine Gedanken, während die anderen mich beobachten und darauf warten, wie ich den Satz beenden will. Offen gestanden könnte ich tagelang über all das reden, was ich nicht glauben kann.

Ich kann noch immer nicht glauben, dass *Razor Fish* tatsächlich veröffentlicht wurde.

Ich kann noch immer nicht glauben, dass die Leute es tatsächlich kaufen.

Und ich kann es wirklich nicht glauben, dass die ach so kultivierten Leute, die in diesem riesigen Filmstudio arbeiten, meine Graphic Novel in einen Film verwandeln wollen.

„Wir können das alles immer noch nicht fassen.“ Benny kommt mir zu Hilfe, lacht jedoch ein wenig verlegen. „Wir sind einfach nur begeistert, dass das alles zustande gekommen ist. Wirklich *begeistert*.“

Die Frau neben Angela schenkt ihm einen Blick, der eindeutig besagt, *O ja, davon bin ich überzeugt,* denn wir wissen alle, dass Benny bei diesem Deal einen richtig guten Schnitt gemacht hat – zwanzig Prozent Provision von richtig viel Geld. Aber diese Erkenntnis zieht eine weitere nach sich: Ich habe einen noch viel besseren Schnitt als er gemacht. Mit diesem Deal verändert sich mein gesamtes Leben für immer.

Wir sind heute hier, um den Vertrag zu unterzeichnen, um

über das Casting zu sprechen und einen Terminplan zu erarbeiten.

Das Panel zeigt das Mädchen, wie es abrupt aufwacht, als ihm eine Eisenstange ins Rückgrat gerammt wird.

Ich strecke der anderen Frau die Hand entgegen. „Hallo, es tut mir leid, aber ich habe Ihren Namen nicht verstanden. Ich bin Lola Castle."

Sie stellt sich als Roya Lajani vor und blickt dann auf die Papiere, die vor ihr auf dem Tisch liegen, ehe sie Luft holt, um die Unterhaltung zu starten, die in solch einem Fall angebracht wäre. Aber noch ehe sie einen Ton herausbekommt, fliegt die Tür auf, und der Mann, den ich als Austin Adams erkenne, kommt hereingeeilt. Mit ihm ein Schwall an Geräuschen: klingelnde Telefone, Absätze, die auf dem Marmorfußboden klackern, und Stimmengewirr aus den angrenzenden Büros.

„Lola!", begrüßt er mich fröhlich und zuckt im nächsten Moment zusammen, als die Tür hinter ihm zuknallt. Er sieht zu Angela und meint: „Ich hasse diese verdammte Tür. Wann lässt Julie sie endlich reparieren?"

Angela macht eine wegwerfende Handbewegung, die wohl besagen soll, *Mach dir darüber keine Gedanken,* und beobachtet, wie Austin den Platz neben ihr ignoriert und sich stattdessen einen Stuhl rechts von mir herauszieht.

Er setzt sich und mustert breit grinsend mein Gesicht. „Ich bin ein großer Fan", sagt er ohne weitere Vorrede, sogar, ohne sich vorzustellen. „Ehrlich. Ich bewundere dich total. Ist doch in Ordnung, wenn ich dich duze, oder? Hier beim Film duzen wir uns alle."

„Ich ... Wow", erwidere ich und lache verlegen. „Ja, sicher. Danke."

„Bitte sag mir, dass du bereits an einer neuen Sache arbeitest. Ich bin süchtig nach deiner Kunst, deinen Geschichten, nach allem."

„Meine nächste Graphic Novel erscheint im Herbst. Der Titel lautet *Junebug*." Ich spüre, dass Austin sich aufgeregt vorbeugt, und füge instinktiv hinzu: „Ich arbeite noch daran." Als ich ihn wieder anschaue, schüttelt er nur verwundert den Kopf.

„Ist das alles nicht surreal?" Mit warmem Blick sieht er mich an, und sein Lächeln wird noch weicher. „Hast du schon begriffen, dass du das Superhirn hinter dem nächsten großen Actionfilm bist?"

Ein derartiger Satz in so einer Situation – in der ich befürchte, eine Menge hohler Phrasen zu hören zu bekommen – würde mich normalerweise dazu bringen, den Atem anzuhalten, um eine skeptische Reaktion zu unterdrücken. Aber obwohl er ein wirklich wichtiger Produzent und Regisseur ist, kommt mir Austin doch recht ehrlich und authentisch vor. Er sieht gut, allerdings auch ziemlich zerzaust aus: sein rotblondes Haar hat er anscheinend nur mit den Fingern durchgekämmt; er ist nicht rasiert, trägt Jeans und ein Oberhemd, das jedoch nicht korrekt zugeknöpft ist, sodass der Saum auf einer Seite länger als auf der anderen herunterhängt. Der gestärkte Kragen steckt obendrein auf einer Seite noch innen. Er ist ein fürstlich verdienendes Chaos auf zwei Beinen.

„Danke", gebe ich zurück und balle die Fäuste, damit ich nicht aus Versehen anfange, an meinem Ohrläppchen oder meinen Haaren herumzufummeln.

„Ich meine es ernst", erklärt er und stützt sich mit den Ellenbogen auf den Schenkeln ab, während er sich weiterhin einzig und allein auf mich konzentriert. Ich bin mir nicht einmal sicher, ob er Benny überhaupt wahrgenommen hat. Meine Fingerknöchel treten bereits weiß hervor. „Ich weiß, dass man von uns erwartet, etwas in der Art zu sagen, doch in diesem Fall ist es echt wahr. Ich war schon von der ersten Seite an besessen von der Story und habe Angela und Roya gleich mitgeteilt, dass wir uns den Stoff unbedingt sichern müssen."

„Wir waren mit dir einer Meinung", fügt Roya unnötigerweise hinzu.

„Na ja“, murmele ich und überlege, was ich außer *Danke* noch sagen kann. „Das ist großartig. Ich bin froh, dass die Geschichte wenigstens ein kleines Publikum gefunden hat.“

„Kleines?“, widerspricht er, lehnt sich auf seinem Stuhl zurück und blickt an seinem Hemd hinunter, ehe er noch einmal genauer hinsieht. „Verdammte Scheiße. Ich schaffe es nicht mal, mich ordentlich anzuziehen.“

Ich beiße mir auf die Lippe, um das Lachen, das in mir aufsteigt, zu unterdrücken. Die gesamte Situation hat mich total in Panik versetzt, bis zu dem Moment, als er das Zimmer betreten hat. Ich habe früher nur in Billigläden eingekauft, eine Zeit lang mussten wir uns mithilfe von Coupons über Wasser halten, und ich fahre noch immer einen alten Chevy von 1989. Was das Ganze hier mit meinem Leben anrichten wird, geht über meine Vorstellungskraft hinaus, und die beiden Frauen auf der anderen Seite des Tisches, die aussehen, als wären sie dem Film *Die Frauen von Stepford* entsprungen, steigern die befremdliche Atmosphäre im Zimmer zusätzlich. Aber Austin wirkt wie jemand, mit dem ich mir vorstellen kann, zu arbeiten.

„Ich weiß, dass du das schon häufiger gefragt wurdest“, fährt er fort, „denn ich habe die Interviews gelesen. Trotzdem möchte ich es gerne von dir selbst hören, sozusagen aus erster Hand die wahren Beweggründe erfahren. Was hat dich dazu bewogen, dieses Buch zu schreiben? Was hat dich *wirklich* inspiriert?“

Diese Frage hat man mir echt schon oft gestellt – genau genommen so oft, dass ich eine Standardantwort parat habe: *Ich liebe die alltägliche Superheldin, denn sie gibt uns die Möglichkeit, komplizierte soziale und politische Ungleichgewichte direkt anzugehen, sowohl in der Popkultur als auch in der Kunst. Ich habe Quinn Stone als ganz normale Frau dargestellt, in der Tradition von Clarice Starling oder Sarah Connor: Sie wird durch eigene Kraft zur Heldin.*

Quinn wird von einem seltsamen, fischähnlichen Mann aus einer anderen Zeitdimension gefunden. Diese Kreatur, Razor, hilft Quinn, den Mut aufzubringen, für sich selbst und ihre Gemeinschaft einzustehen. Und indem er das tut, wird ihm klar, dass er sie nicht verlassen möchte, obwohl er irgendwann die Chance hat, in seine Zeit zurückzukehren. Die Idee zu dieser Geschichte kam mir in einem Traum, in dem ein großer, muskulöser Mann, der über und über mit Schuppen bedeckt war, in meinem Zimmer auftauchte, um mir mitzuteilen, ich solle gefälligst meinen Schrank aufräumen. Danach habe ich ständig darüber nachgegrübelt, wie es wohl wäre, wenn er tatsächlich in meinem Schlafzimmer erscheinen würde. Ich habe ihm den Namen Razor Fish gegeben. Ich stellte mir vor, dass es meinem Razor scheißegal wäre, ob mein Schrank aufgeräumt ist oder nicht; er würde mir stattdessen einen sprichwörtlichen Tritt in den Hintern geben, damit ich aufstehe und für irgendetwas kämpfe.

Doch das ist nicht die Antwort, die heute aus mir herausplatzt.

„Ich war stinksauer", gebe ich zu. „Ich dachte, dass Erwachsene entweder Arschlöcher oder totale Versager sind." Ich beobachte, wie sich Austins Augen ein wenig weiten, ehe er ausatmet und kurz verständnisvoll nickt. „Ich war sauer auf meinen Dad, weil er nichts auf die Reihe gekriegt hat, und auf meine Mom, weil sie solch ein Feigling war. Ich bin sicher, eben deshalb habe ich überhaupt von Razor Fish geträumt: Er ist ruppig und versteht Quinn nicht immer, doch im Grunde seines Herzens liebt er sie und möchte, dass sie beschützt wird. Ihn zu zeichnen und zu beschreiben, wie er ihre menschliche Seite anfangs gar nicht begreifen kann, ihr dann aber beibringt, wie man kämpft, und ihr sogar den Vortritt lässt … mich in der Geschichte der beiden zu verlieren, das war meine Belohnung, wenn ich das Geschirr abgewaschen und meine Schularbeiten erledigt hatte und abends allein war."

Im Zimmer ist es still, und ich verspüre das ungewohnte Bedürfnis, die Stille zu durchbrechen. „Es gefiel mir, zuzusehen, wie Razor langsam beginnt, die Art und Weise zu schätzen, in der Quinn ihre Stärke zeigt. Auch wenn es nicht auf die klassische Weise ist. Sie ist dünn, sie ist ruhig. Sie hat nicht die Statur einer Amazone. Ihre Stärken sind eher subtil: Sie hat eine gute Beobachtungsgabe. Sie vertraut sich selbst bedingungslos. Es war mir wichtig, das klar herauszuarbeiten. Es gibt eine Menge Gewalt und Action in der Geschichte, aber Razor erkennt Quinns wahren Wert nicht in dem Moment, als sie lernt, kräftig zuzuschlagen, sondern, als sie herausfindet, wie sie sich gegen ihn behaupten kann."

Ich blicke zu Benny – so offen habe ich vorher noch nie über mein Leben und mein Buch gesprochen, und die Überraschung ist ihm deutlich anzumerken.

„Wie alt warst du, als deine Mutter die Familie verlassen hat?", will Austin wissen. Er benimmt sich, als wäre außer uns niemand im Raum, und es ist ziemlich leicht, so zu tun, denn die anderen sind alle mucksmäuschenstill.

„Zwölf. Direkt nachdem mein Dad aus Afghanistan zurückgekehrt ist."

Es scheint fast so, als wäre das Zimmer von der Stille verschluckt worden, nachdem ich das gesagt habe.

Schließlich stößt Austin einen tiefen Seufzer aus. „Wow, das ist echt *scheiße*."

Endlich kann ich lachen.

Er beugt sich wieder vor und mustert mich eindringlich. „Ich liebe diese Geschichte, Lola. Ich liebe diese Charaktere. Wir haben einen Drehbuchautor, der ganz großes Kino daraus machen wird. Kennst du Langdon McAfee?"

Ich schüttele den Kopf, verlegen, denn so wie er es sagt, sollte ich den Mann vermutlich kennen.

Doch Austin reagiert mit einer wegwerfenden Handbewegung. „Er ist großartig. Total entspannt, clever, gut organisiert. Er möchte das Drehbuch mit dir zusammen schreiben."

Angesichts dieser unerwarteten Enthüllung bekomme ich

den Mund nicht mehr zu. *Ich* soll an einem *Drehbuch* mitarbeiten? Prompt bringe ich nur einen krächzenden Ton heraus.

Austin redet einfach weiter, obwohl ich total perplex aussehen muss. „Ich will, dass wir über alles reden, okay?“ Er nickt bereits, als wolle er mich antreiben. „Ich will, dass es genauso wird, wie du es dir vorstellst.“ Er lehnt sich noch weiter zu mir vor, lächelt und meint: „Ich will, dass du siehst, wie dein Traum zum Leben erweckt wird.“

„Könntest du mir bitte die Einzelheiten alle noch mal erzählen?“, sagt Oliver. „Ich bin mir nicht sicher, dass du beim ersten Mal unsere Sprache gesprochen hast.“

Er hat recht. Ich bin in seinen Comicladen Downtown Graffick gerannt gekommen und habe sofort losgeplappert, ohne Luft zu holen – ganz zu schweigen davon, dass ich mich kaum daran erinnert habe, wie man Sätze bildet. Oliver hat aufgeblickt, als ich hereingestürmt kam, doch sein Lächeln war ziemlich schnell einem verwirrten Gesichtsausdruck gewichen, als ich meinen völlig unverständlichen Redeschwall über ihn ergossen und all meine Gefühle vor ihm ausgebreitet habe. Während der zweistündigen Fahrt von L. A. habe ich mit meinem Dad telefoniert und dabei versucht, den Rest des Meetings zu verarbeiten. Hat nicht wirklich geklappt, denn während ich jetzt alles einem meiner besten Freunde erkläre, hört es sich noch immer total unwirklich an.

In den acht Monaten, in denen wir inzwischen befreundet sind, hat Oliver mich vermutlich nie so wie in diesem Moment erlebt: stotternd und atemlos und kurz davor, in Tränen auszubrechen, weil ich so überwältigt bin. Eigentlich bin ich immer stolz darauf, ruhig und gelassen zu sein, selbst wenn es nur bei meinen Freunden ist. Reiß dich zusammen, mahne ich mich im Stillen, aber, verdammt, es ist echt hart.

Sie

machen

einen Film
aus meinen Kindheitsfantasien.

„Okay", setze ich noch einmal an, hole tief Luft und atme langsam aus. „Letzte Woche hat Benny angerufen und mich darüber informiert, dass da was laufen würde in Bezug auf die Filmrechte."

„Ich dachte, er hätte das schon ..."

„Vor Monaten angefragt", unterbreche ich ihn. „Richtig. Es herrscht immer Ruhe vor dem großen Sturm, oder? Denn heute Morgen, als wir zu denen ins Studio gefahren sind, hat er mir von diesem total verrückten Kampf um die Rechte berichtet ..." Ich presse meine Handfläche gegen die Stirn. „Ich schwitze. Guck dir das an, ich schwitze."

Er sieht mich an, und sein Blick wird weich, während er lacht. Dann schüttelt er kurz den Kopf, ehe er seine Aufmerksamkeit wieder auf den Karton richtet, den er gerade aufschneidet. „Das ist unglaublich, Lola. Erzähl weiter."

„Columbia und Touchstone haben gewonnen", erläutere ich. „Wir sind bei denen im Büro gewesen, und ich habe ein paar Leute kennengelernt."

„Und?" Erneut schaut er mich an, während er einen Stapel Comics aus dem Karton holt. „Waren die beeindruckend?"

„Ich meine ...", stammele ich und erinnere mich daran, wie es sich angefühlt hat, als Austin seine Aufmerksamkeit nicht mehr mir widmete, sondern mit den anderen im Zimmer in einem typischen Fachjargon zu reden begonnen hat. An mir rauschten die Abkürzungen und gemurmelten Anweisungen wie *Bitte check Langdons Terminplan wegen des Drehbuchauftaktes* und *Prüf mal, ob wir die P&L bis zum Mittag zu Mitchell schaffen können* bloß so vorbei. Ich kapierte gar nichts mehr. „Na ja. Da waren einige Leute dabei, die eher still und steif waren, aber der Produzent, Austin Adams, ist wirklich total nett. Ich war so überwältigt, dass ich gar nicht weiß, wie ich das alles verarbeiten soll." Ich fahre mir mit beiden Händen durchs Haar und lege den Kopf in den Nacken. „Das ist alles so verrückt. Ein *Film*."

„Ein Film", wiederholt Oliver, und als ich ihn wieder ansehe, bemerke ich den rätselhaften Ausdruck in seinen warmen blauen Augen.

Er leckt sich die Lippen, und ich muss wegschauen. Oliver ist sowohl mein Exmann als auch meine derzeitige heimliche Liebe, die jedoch wohl für immer unerwidert bleiben wird: Unsere Ehe war keine wirkliche Ehe. Sie war nichts weiter als „diese Sache, die wir in Las Vegas gemacht haben".

Wobei … die beiden anderen Paare, die sich in Vegas gefunden hatten – unsere Freunde Mia und Ansel sowie Harlow und Finn –, die sind glücklich verheiratet. Doch Oliver und ich rühmen uns gelegentlich damit (vor allem, wenn wir betrunken sind), dass wir die Einzigen sind, die diese überstürzte Hochzeit in Vegas so gehandhabt haben, wie es normale Leute tun: mit keinen weiteren Folgen als ein wenig Bedauern, einer Annullierung und einem Kater. Angesichts der emotionalen Distanz, die Oliver stets aufrechterhält, bin ich mir ziemlich sicher, dass er derjenige von uns beiden ist, dem es tatsächlich ernst ist, wenn er unsere Entscheidung von damals lobt.

„Und es ist nicht so, dass sie meinten: ‚Oh, uns gefällt die Idee, wir sichern uns die Option und überlegen mal'", fahre ich fort. „Nein, sie haben die Rechte gekauft und bereits einen Regisseur im Auge. Wir haben heute sogar schon über *mögliche Besetzungen* gesprochen. Außerdem haben sie einen Experten für Spezialeffekte, der unbedingt an dem Film beteiligt sein will."

„Krass", murmelt er und beugt sich vor, um mir seine ungeteilte Aufmerksamkeit zu schenken. Und wenn ich Oliver nicht so gut kennen würde, könnte ich glatt denken, dass er gerade auf meinen Mund gestarrt hat. Aber ich kenne ihn: Er schaut einfach auf jeden Teil meines Gesichts, wenn ich rede. Er ist wirklich der weltbeste Zuhörer.

„*Und* … ich soll an dem Drehbuch mitschreiben“, berichte ich ein wenig atemlos, und er reißt die Augen auf.

„Lola. Lola, das ist ja echt voll krass!“

Während ich noch einmal alles erzähle, was heute Morgen bei dem Meeting passiert ist, fährt Oliver fort, das Paket mit den neuen Comics auszupacken. Dabei schaut er mich hin und wieder mit einem kleinen, versunkenen Lächeln an. Ich dachte, dass ich mit der Zeit irgendwann herausfinden würde, was er denkt, wie er auf etwas reagiert. Aber noch immer ist er für mich ein einziges großes Rätsel. Das Loft, das ich mir mit meiner Freundin London teile, liegt nur zwei Blocks von Olivers Comicladen entfernt, und obwohl ich ihn fast jeden Tag sehe, verbringe ich nach wie vor die Hälfte der Zeit damit, mir darüber klar zu werden, was er mit dieser oder jenen einsilbigen Antwort oder dem zögernden Lächeln sagen will. Wäre ich mehr wie Harlow, würde ich ihn einfach *fragen*.

„Du freust dich also darauf, deine Geschichte auf der Leinwand zu sehen, oder?“, fragt er. „Wir haben noch gar nicht darüber gesprochen. Irgendwie kam das alles so schnell. Und es gibt ja Künstler, die nicht sonderlich scharf auf eine Filmadaption sind.“

„Machst du Witze?“ Die Frage kann er nicht ernst meinen, oder? Das Einzige, was ich noch lieber mag als Comics, sind Filme, die auf Comics basieren. „Es ist überwältigend, aber großartig.“

Und dann fällt mir ein, dass in meinem Postfach schon eine E-Mail mit siebzehn Anhängen eingegangen ist, die ich „zur Information“ lesen soll, und mir wird plötzlich ganz schwindelig. „Es kommt mir ein bisschen so vor wie ein Hausbau“, füge ich hinzu. „Am liebsten hätte ich es gern schlüsselfertig, dann könnte ich mir die Sache mit dem Aussuchen der Armaturen und Türklinken ersparen.“

„Na, dann hoffen wir mal, dass sie deinen Batman nicht clooneyn“, sagt er.

Vieldeutig mit den Augenbrauen wackelnd, kontere ich: „Die können alles von mir clooneyn, Sir."

Olivers einziger Angestellter Not-Joe – ein Kiffer mit Irokesenschnitt, den wir alle so gernhaben wie ein Herrchen sein Haustier – kommt hinter einem der Regale hervor. „Clooney ist schwul. Das wisst ihr, oder?"

Oliver und ich ignorieren ihn.

„Offen gestanden", erkläre ich, „für den Fall, dass George Clooney jemals als Verb Eingang ins Wörterbuch findet, kommt diese Aktivität definitiv auf meine Liste der vor meinem Tod noch abzuarbeitenden Dinge."

„Nach dem Motto ‚Bist du jemals geclooneyt worden?'", will Oliver wissen.

„Genau. ‚Wir sind spazieren gegangen und haben dann bis nachts um zwei geclooneyt. Gute Nacht.'"

Oliver nickt und legt ein paar Stifte in eine Schublade. „Tja, in dem Fall muss ich das wohl auch auf meine To-do-Liste setzen."

„Siehst du, das ist der Grund, warum wir so gute Freunde sind", erwidere ich. In seiner Nähe zu sein hat die gleiche Wirkung wie eine Beruhigungspille. Ich kann gar nicht anders, ich werde total ruhig. „Du verstehst, dass es einfach solch ein monumentales Ding wäre, wenn man George Clooney als Verb bekommt, dass man, unabhängig davon, ob nun schwul oder nicht, ein Stück davon abhaben wollte."

„*Er ist so was von schwul*", verkündet Not-Joe diesmal etwas lauter.

Oliver gibt einen skeptischen Laut von sich und blickt zu ihm hinüber. „Glaub ich nicht. Er hat geheiratet."

„Ehrlich?", hakt Not-Joe nach und stützt die Ellenbogen auf dem Verkaufstresen ab. „Aber wenn er es wäre, würdest du es mit ihm treiben?"

Ich hebe eine Hand. „Ja. Auf jeden Fall."

„Dich hab ich nicht gefragt", antwortet Not-Joe und winkt mich fort.

„Wer ist vorn und wer hinten?“, fragt Oliver. „Also, werde ich von George Clooney geclooneyt, oder bin ich derjenige, der clooneyt?“

„Oliver“, entrüstet sich Not-Joe. „Er ist der verdammte George Clooney. Er wird nicht geclooneyt!“

„Wir verwandeln uns langsam in totale Idioten“, murmele ich.

Die beiden ignorieren mich, und Oliver zuckt schließlich mit den Schultern. „Ja, okay. Warum nicht?“

„Sprich, unser IQ wird sekündlich kleiner“, mische ich mich erneut ein.

Not-Joe tut so, als würde er jemanden bei den Hüften packen, bevor er sein Becken vor und zurück schiebt. „Das hier. Das würdest du ihn tun lassen?“

Leicht genervt zuckt Oliver noch einmal mit den Schultern. „Joe, ich habe verstanden, worüber wir hier reden. Ich weiß auch, wie Sex unter Männern abläuft. Was ich sagen wollte, ist das: Für den Fall, dass ich mal mit einem Typen zusammen sein wollte, kann ich es mir durchaus vorstellen, es mit Bad Batman zu treiben.“

Ich wedele mit der Hand vor seinem Gesicht herum. „Wir sollten uns vielleicht doch wieder auf den Teil konzentrieren, in dem die Rede davon war, dass mein Comic zu einem Film wird.“

Oliver dreht sich zu mir um, entspannt sich, und sein Lächeln ist so süß, dass ich innerlich regelrecht dahinschmelze. „Das sollten wir auf jeden Fall. Es ist absolut großartig, Lola.“ Er neigt den Kopf zur Seite und hält mich mit dem Blick aus seinen blauen Augen gefangen. „Ich bin echt verdammt stolz auf dich.“

Ich lächele und sauge dann meine Unterlippe zwischen die Zähne, weil ich nicht cool bleiben kann, wenn Oliver mich so betrachtet. Aber es würde ihn wahrscheinlich in Angst und Schrecken versetzen, wenn ich ihn anhimmeln würde; so etwas tun wir einfach nicht.

„Also, wie willst du das jetzt feiern?“, erkundigt er sich.

Ich blicke mich im Laden um, als wäre die Antwort direkt vor meiner Nase. „Hier abhängen? Ich weiß nicht. Vielleicht sollte ich ein bisschen arbeiten.“

„Nee, du bist doch in letzter Zeit ständig unterwegs gewesen, und selbst wenn du zu Hause bist, arbeitest du immer“, gibt er zurück.

Schnaubend erwidere ich: „Sagt der Typ, der jede wache Minute in seinem Laden verbringt.“

Oliver mustert mich. „Sie drehen deinen Film, Lola Love.“ Der Kosename versetzt mein Herz in helle Aufregung. „Du musst heute Abend irgendwas Tolles machen.“

„Hm, du meinst, zu Fred's gehen?“ Das ist unser üblicher Treffpunkt. „Warum sollten wir so tun, als wären wir was Besonderes?“

Er schüttelt den Kopf. „Lass uns irgendwo in die Innenstadt gehen, damit du das Auto stehen lassen kannst.“

„Dann müsstest *du* doch zurück nach Pacific Beach fahren“, widerspreche ich.

Not-Joe tut so, als würde er hinter uns auf einer Geige spielen.

„Macht mir nichts aus“, sagt Oliver. „Ich glaube nicht, dass Finn und Ansel da sind, aber ich sag den Mädels Bescheid.“ Er kratzt sich sein stoppeliges Kinn. „Ich wünschte, ich könnte dich zum Essen ausführen oder so, aber ich …“

„O Gott, mach dir darüber keine Sorgen.“ Die Vorstellung, dass Oliver seinen Laden verlassen könnte, um mit mir essen zu gehen, ruft in mir Aufregung und Panik gleichermaßen hervor. Es ist ja nicht so, als würde das Gebäude in Flammen aufgehen, wenn er es mal vor Einbruch der Dunkelheit verlässt, und trotzdem gerät mein Körper sofort in helle Panik. „Ich gehe jetzt erst mal nach Hause und raste allein in meinem Zimmer aus, bevor ich mich später volllaufen lasse.“

Sein Lächeln lässt mich wieder dahinschmelzen. „Klingt gut.“

„Ich dachte, du hättest heute Abend ein Date“, meint Not-Joe zu Oliver und kommt mit einem riesigen Stapel Bücher näher.

Oliver wird blass. „Nein. Es war kein … So was ist es nicht. Wir sind nicht …“

„Ein Date?“ Ich spüre, dass ich automatisch die Brauen hebe, während ich den Knoten in meinem Magen zu ignorieren versuche.

„Nein, so ist das nicht“, beharrt er. „Ist nur das Mädel von gegenüber, das …“

„Hard Rock Allison“, trällert Not-Joe.

Mir rutscht das Herz in die Hose. Das ist nicht „nur das Mädel von gegenüber“, sondern eine Frau, über die wir alle bereits das ein oder andere Mal geredet haben, weil sie ein ausgesprochenes Interesse an Oliver zeigt. Ich gebe mir dennoch die größte Mühe, total cool und positiv zu reagieren.

„Nun hör auf!“, rufe ich und versetze Oliver einen Schlag auf die Schulter, ehe ich mit einem grauenhaft übertriebenen französischen Akzent hinzufüge: „Ein *ganz* heißes Date.“

Grimmig mustert er mich, wobei er seine Schulter reibt und so tut, als würde es richtig wehtun. Dann nickt er zu Not-Joe. „Sie wollte uns *beiden* was zu essen mitbringen, hierher in den Laden …“

„Ja, ja, damit sie dich knallen kann“, wirft Not-Joe ein.

„Oder einfach, weil sie *nett* ist“, widerspricht Oliver in herausforderndem Ton. „Wie auch immer. Ich möchte viel lieber losziehen und Lolas Film feiern. Ich schicke Allison eine Nachricht und gebe ihr Bescheid.“

Ich bin sicher, dass Hard Rock Allison eine nette Frau ist, aber die Tatsache, dass Oliver ihre Handynummer hat, dass er ihr mal eben schnell eine SMS schicken kann, um die Pläne, die sie gemacht haben, zu ändern – das lässt in mir den Wunsch aufkeimen, dass sie von einem Zug überfahren werden möge. Es sind die typischen Horrorszenarien, die man sich für die neue

Freundin des Ex vorstellt. Allison ist hübsch, kontaktfreudig und so winzig, dass sie in meine Tasche passen würde. Es ist das erste Mal, dass ich damit konfrontiert werde, dass Oliver sich verabreden könnte, das erste Mal, dass unsere Freundschaft einer derartigen Feuerprobe unterzogen wird … jedenfalls, soweit ich weiß. Wir haben geheiratet und waren bereits innerhalb von vierundzwanzig Stunden wieder geschieden. Es ist ganz klar, dass er nie wirklich auf mich stand, aber wir haben noch nie über Verabredungen mit anderen Leuten gesprochen.

Wie soll ich damit jetzt umgehen?

Cool, entscheide ich nach kurzem Nachdenken. *Freu dich für ihn.*

„Du solltest definitiv einen neuen Termin mit ihr ausmachen“, sage ich und bemühe mich krampfhaft um ein echt wirkendes Lächeln. „Sie ist niedlich. Nimm sie mit ins Bali Hai, der Laden ist echt nett.“

Er schaut mich an. „Da will ich schon lange mal hin; du findest es dort ja so toll. Du solltest mitkommen.“

„Oliver, du kannst mich doch nicht auf ein *Date* mitnehmen!“

Hinter seiner Brille reißt er die Augen auf. „So ist das nicht. Ich würde nicht … Nein, würde ich nie im Leben“, stammelt er. Schnell fügt er hinzu: „Lola. Es wäre verdammt noch mal kein *Date*.“

Okay, anscheinend steht er doch nicht auf Allison. Der Knoten in meinem Magen löst sich, und ich muss angestrengt auf den Verkaufstresen starren, um nicht breit zu grinsen.

Nachdem ich ein paarmal tief Luft geholt habe, gelingt es mir auch.

Ich sehe ihn wieder an und stelle fest, dass er mich noch immer mustert. Sein Gesichtsausdruck ist so ruhig wie die Oberfläche eines Sees in einem Canyon.

Was denkst du? würde ich ihn am liebsten fragen.

Was ich aber natürlich nicht tue.

„Lola“, beginnt er.

Ich schlucke und kann es mir nicht verkneifen, seinen Mund zu betrachten – aber wirklich nur für einen winzigen Augenblick. Ich *liebe* seinen Mund. Es ist ein breiter Mund; seine Unter- und Oberlippe haben dieselbe Größe. Sie sind voll, doch nicht feminin. Ich habe diesen Mund schon Hunderte Male gezeichnet: mit kaum geöffneten Lippen, mit zusammengepressten Lippen. Mit Lippen, die sich zu einem kleinen Lächeln heben oder die grimmig oder nachdenklich verzogen sind. Mit geöffneten Lippen, die die Zähne entblößen oder, einmal, wie er seinen Mund zu einem obszönen Keuchen öffnet.

Ich schaffe es gerade einmal, bis zwei zu zählen, ehe ich ihm wieder in die Augen sehe. „Ja?“

Es dauert eine Ewigkeit, ehe er weiterspricht, und als er es endlich tut, sind mir schon eine Million Möglichkeiten durch den Kopf geschossen, was er gleich sagen wird.

Hast du jemals daran gedacht, mich zu küssen?

Was hältst du davon, wenn wir nach hinten ins Büro gehen und es dort miteinander treiben?

Stattdessen fragt er einfach nur: „Was meinte Harlow, als du ihr von dem Film erzählt hast?“

Ich hole tief Luft und verscheuche all die Bilder aus meinem Kopf, in denen er sich vorbeugt und seinen Mund auf meinen presst. „Oh, die wollte ich jetzt gleich anrufen.“

Und dann wird mir die Bedeutung meiner eigenen Worte klar.

Olivers Augenbrauen schießen hoch, und neben ihm gibt Not-Joe einen so panischen Laut von sich, dass ich schon fürchte, hinter mir stehen die Cops an der Tür oder – schlimmer – wir werden alle von Harlow ermordet … Und das ist allein meine Schuld.

„Oh, *Scheiße,* warum habe ich das getan?“, frage ich entsetzt und presse eine Hand auf den Mund. Harlow ist nach meinem Dad immer die Erste, der ich etwas erzähle. Sie wird mich umbringen, wenn sie erfährt, dass ich zuerst hierhergekommen bin. „Was habe ich mir bloß dabei gedacht, dir erst davon zu berichten?“ Ich mache einen Schritt auf die beiden zu und setze eine drohende Miene auf. „Wehe, ihr verratet Harlow, dass ihr *vor* ihr davon erfahren habt und dass ich bereits seit einer …“

„Halben Stunde hier bist“, ergänzt Not-Joe hilfsbereit.

„Eine halbe Stunde!“, rufe ich aus. „Sie wird uns in kleine Stücke hacken und uns in der Wüste begraben!“

„*Fuck,* dann ruf sie sofort an“, weist Oliver mich an und zeigt mit dem Finger auf mich. „Ich habe keine Lust, einer Axt schwingenden Harlow zu begegnen.“

2. Kapitel

OLIVER

„Seit wann weißt du davon, Oliver?"

Ich blicke über den Tisch und grinse. „Seit wann weiß ich was, Harlow?"

„Lass den Scheiß." Sie sieht schnell zur Seite, um sich davon zu überzeugen, dass Lola noch immer an der Bar steht. „Seit wann weißt du, dass über die Filmrechte verhandelt wurde *und* die Produktion gleichzeitig grünes Licht bekommen hat?"

Sie schaut zwischen Joe und mir hin und her und wartet, doch Joe beugt sich über seinen Burger und beißt herzhaft ab, sodass es an mir hängen bleibt, darauf zu antworten.

„Seit heute", gebe ich ausweichend zurück. Ist natürlich eine bescheuerte Antwort, denn selbst Lola hat es ja erst heute Morgen erfahren. Harlow will die genaue Uhrzeit wissen.

Jetzt kneift Harlow die Augen zusammen und mustert mich. Sie muss sich allerdings eine scharfe Nachfrage verkneifen, da Lola mit einem Tablett voller Shots in der Hand zurückkehrt. Lola betrachtet mich und schenkt mir ein kleines, geheimnisvolles Grinsen. Ich bin mir nicht einmal sicher, ob sie weiß, dass sie das macht. Ihre Mundwinkel heben sich leicht, sie senkt den Kopf ein wenig, und dann blinzelt sie langsam, so als hätte sie mich gerade in einem Foto verewigt. Und wenn sie es hätte, würde auf dem Bild ein Mann erscheinen, der unfassbar liebeskrank ist.

Es gibt da eine Szene in *Amazing Spider-Man 25*, in der Mary Jane Watson erstmals auftaucht. Ihr Gesicht bleibt sowohl dem Leser als auch Peter Parker verborgen, und bis zu diesem

Zeitpunkt kennt Peter sie nur als das Mädchen, mit dem er auf Wunsch seiner Tante ausgehen soll, als „dieses nette Watson-Mädchen von nebenan“.

Peter ist nicht interessiert. Wenn seine Tante sie mag, dann ist Mary Jane definitiv *nicht* sein Typ.

In Ausgabe 42 bekommt man ihr Gesicht zu sehen, und da wird Peter klar, wie erstaunlich sie ist. Es ist wie ein Schlag in die Magengrube: Peter hat sich wie ein Idiot verhalten.

Diese Analogie ist so gut wie jede andere, um meine Beziehung zu Lorelei Castle zu beschreiben. Genau dreizehneinhalb Stunden lang war ich mit Lola verheiratet, und wäre ich ein klügerer Mann, dann hätte ich vielleicht die Chance ergriffen, als sie sich mir bot. Stattdessen habe ich angenommen, sie wäre nicht mein Typ – nur weil sie ein kurzes Kleid trug und sich in Vegas volllaufen ließ.

Aber ein paar Stunden später waren wir alle betrunken … und aus einer Laune heraus alle verheiratet. Während unsere Freunde die Hotelzimmer entweihten – und einander –, sind Lola und ich meilenweit spazieren gegangen und haben über Gott und die Welt geredet.

Es ist leicht, mit Fremden Geheimnisse auszutauschen, und noch leichter, wenn man betrunken ist, daher fühlte ich mich ihr mitten in der Nacht ziemlich nahe. Irgendwann hatten wir die blinkenden Lichter des Strips hinter uns gelassen und waren bis in die zwielichtigen Ecken der Stadt vorgedrungen. Lola blieb stehen und schaute mich an. Das winzige diamantene Marilyn-Piercing über ihrer Lippe reflektierte das Licht, und wie verzaubert starrte ich auf ihren weichen rosigen Mund, von dem längst die letzten Spuren von Lippenstift verschwunden waren. Ich war inzwischen schon wieder ziemlich nüchtern und dachte bereits darüber nach, wie wir das mit der Annullierung am nächsten Tag am besten regeln sollten, als sie mich leise fragte, ob wir uns vielleicht irgendwo ein Zimmer nehmen sollten. Gemeinsam.

Doch … ich wollte das nicht. Ich wollte es nicht, weil mir zu dem Zeitpunkt, als sie das fragte, bereits bewusst war, dass sie nicht zu den Frauen gehörte, die sich auf einen One-Night-Stand einlassen. Lola war die Art von Frau, in die ich mich verlieben könnte.

Kaum war sie allerdings zurück in San Diego, geriet ihr Leben aus den Fugen. Als Erstes wurde ihre Graphic Novel *Razor Fish* publiziert und schnellte innerhalb kürzester Zeit auf sämtlichen Bestsellerlisten der Comic-Szene nach oben. Und dann wurde ihr Buch noch viel bekannter und lag plötzlich in allen großen Läden. Die *New York Times* nannte es „die nächste große Actionserie." Die Rechte an ihrem Buch sind gerade an eins der großen Filmstudios verkauft worden, und heute hat sie sich mit den Produzenten getroffen, die bereit sind, Millionen in dieses Projekt zu stecken.

Ich bin mir nicht sicher, ob sie auch nur eine Millisekunde Zeit hat, um über ihr Liebesleben nachzudenken, aber das macht nichts; ich denke genügend für uns beide darüber nach.

„Ich weiß nicht, wer sich diese neue Sitte ausgedacht hat, dass das Geburtstagskind seinen eigenen Kuchen anschneidet", meint Lola nun und schiebt mir ein Glas mit einer sehr fragwürdig aussehenden grünen Flüssigkeit zu, „oder diese Variante, bei der das Mädel, dessen Film gedreht werden soll, dazu verdonnert wird, die Shots zu bezahlen. Aber ich bin kein Fan dieser Tradition."

„Nein", widerspricht Mia ihr, „es ist das Mädel, das bald nach Hollywood abhaut, das die Shots spendieren muss."

„Als Strafe", ergänzt Harlow. „Schon mal im Voraus."

Wir alle wenden uns Harlow zu und werfen ihr skeptische Blicke zu. Im Gegensatz zu uns anderen ist Harlow quasi ein Geschöpf Hollywoods. Angesichts der Tatsache, dass sie von einer Mutter großgezogen wurde, die Schauspielerin ist, und von einem Vater, der als Kameramann bereits einen Oscar gewonnen hat, und dass sie außerdem mit einem Mann verheiratet ist, der kurz davor ist, zu einem Star im Adventure-Channel zu werden, denken wir vermutlich alle dasselbe über sie: Wenn die Verwurzelung in Hollywood ausschlaggebend dafür ist, wer die Rechnung übernimmt, dann sollte Harlow die Shots bezahlen.

Als würde sie unsere Gedanken erraten, macht sie eine abwehrende Handbewegung und sagt: „Seid still. Ich übernehme die nächste Runde."

Wir heben unsere Gläser, und Harlow verkündet den Trinkspruch: „Auf das härteste aller harten Mädchen, auf Lorelei Louise Castle. Du wirst Hollywood verdammt noch mal erobern, Baby!"

„Hört, hört", rufe ich, und noch einmal schaut Lola zu mir und grinst mir verschwörerisch zu.

Wir stoßen miteinander an – Harlow, Mia, Joe, Lola, London und ich –, kippen die Shots runter, bevor wir alle gemeinsam erschaudern.

Lolas Mitbewohnerin London ächzt gequält: „Grüner Chartreuse." Sie hustet, und ihre blonde unordentliche Hochsteckfrisur gerät gefährlich ins Wanken, als sie den Kopf schüttelt. „Das Zeug sollte verboten werden."

„Es ist wirklich eklig", stimme ich ihr zu.

„Ich habe dem Barkeeper gesagt, er soll einen Celebration mixen. Schließlich haben wir ja was zu feiern", erklärt Lola und verzieht das Gesicht, ehe sie sich mit dem Handrücken über den Mund fährt. „'tschuldigung. Ich hab das Gefühl, ich bräuchte jetzt erst mal 'ne Dusche."

Mia hustet ebenfalls. „Der Typ scheint Feiern mit Schmerzen gleichzusetzen." Sie klaut sich mein Bier und trinkt einen großen Schluck, ehe sie sich wieder zu Lola umdreht. Ich bin so selten mit Mia unterwegs, ohne dass Ansel an ihrer Seite klebt, dass es mal ganz nett ist, sie allein und aufgeregt plappernd zu erleben. Sie ist so ein zartes Persönchen, so wie man sich eine kleine Schwester vorstellt. „Na schön, dann schieß mal los,

Miss Extravagant. Erzähl uns alles über deinen denkwürdigen Morgen."

Lola seufzt, nippt an ihrem Wasserglas, ehe sie mit großen Augen und offensichtlich noch immer völlig fassungslos mit den Achseln zuckt. „Ehrlich, Leute, was ist das für ein Leben?"

Ich lehne mich zurück und höre verliebt zu, während Lola den anderen alles berichtet, was ich bereits gehört habe. In Wahrheit könnte ich es vermutlich hundertmal hören und würde es trotzdem nicht so richtig begreifen. Wie muss es *ihr* dann erst gehen?

Lola, die selbst zugibt, dass sie mehr Zeit damit verbringt, mit den Leuten zu kommunizieren, die in ihrem Kopf herumspuken, als mit den Menschen um sie herum, ist wirklich genial. Soweit es geht, versuche ich, meine Begeisterung für ihre Arbeit im Zaum zu halten, weil ich weiß, dass sie ihren Ursprung zum Teil in meiner Zuneigung für Lola hat. Und überhaupt, ich kann ihr ja nicht ständig vorbeten, dass diese Autorin ein verdammtes Genie und einer der cleversten und heißesten Menschen ist, die ich kenne. Aber sooft es geht, schwärme ich meinen Kunden von Lolas Buch vor und betone, dass es eine völlig unverbrauchte Story ist und etwas, was ich nie zuvor gelesen habe, während es sich gleichzeitig vertraut *anfühlt*.

Razor Fish weckt in mir das gleiche Kribbeln, das ich damals verspürt habe, als ich als Kind meinen ersten Comic beim Zeitungshändler um die Ecke gekauft habe. Ich war besessen von der Stärke, den Kämpfen und der Kraft einer Geschichte, die in Worten und Bildern erzählt wurde. Im Alter von elf Jahren war ich der größte und schlaksigste Junge in meinem ersten Jahr auf der Highschool und bekam prompt den passenden Spitznamen – „Stickboy" – von den Rüpeln in der Klasse. Selbst als meine Klassenkameraden einige Jahre später größenmäßig zu mir aufgeschlossen hatten, blieb der Name hängen. Da hatte ich die anderen Jungs aber schon zu lange überragt und hatte außerdem angefangen, überall mit dem Rad hinzufahren. Ich war nicht länger dünn, ich war eher kräftig und im Schulsport kaum zu schlagen. Stickboy war der Name eines Superhelden, nicht der eines Feiglings.

Nun schaue ich Lola an und staune darüber, wie ähnlich wir uns sind. Eine einsame Kindheit hat aus uns introvertierte, aber gleichzeitig ehrgeizige Erwachsene gemacht. Und Comics waren und sind in unser beider Leben mitunter das Wichtigste.

Während sie noch immer völlig berauscht von ihrem neuen Abenteuer ist, von den surrealen Büros berichtet, über den steifen Beginn ihres Meetings und Austins explosionsartigen Auftritt lacht, habe ich das Gefühl, mich ein wenig zurücknehmen zu müssen. Ich greife nach meinem Bier und trinke einen Schluck.

Das muss erst einmal alles verarbeitet werden. Es ist wahr: Lolas Leben wird sich jetzt verändern. Was bisher eigentlich mehr oder weniger eine Leidenschaft für sie war, entwickelt sich allmählich zu einem Beruf. Einem Beruf, der Spannungen und Probleme mit sich bringen wird, die ich vermutlich besser nachvollziehen kann, als sie vermutet. Lola ist zwar total talentiert, wurde allerdings bisher auch sehr behütet. In Hollywood können Träume wahr werden, es geht dort aber auch hart und rücksichtslos zu. Ich kämpfe gegen das Bedürfnis an, mich in dieser Situation noch mehr um Lola zu kümmern. Ich habe echt Angst, dass sie zerbrechen oder dass ihre wunderbare Kreativität womöglich leiden könnte – dieser Teil von ihr, der diese tolle Geschichte erst möglich gemacht hat –, und ich bin mir nicht sicher, ob der Traum von Hollywood es wirklich wert ist, all das dafür zu opfern.

Ich verspüre den Wunsch, sie zu beschützen, ihr zu sagen, dass sie auf die Stimmen in ihrem Kopf hören soll, denn für Lola sind diese Stimmen sehr viel realer als die meisten anderen „echten" Stimmen in ihrem Leben, und so war das schon seit ihrer Kindheit. Bei mir war es genauso. Ich bin ohne Geschwister aufgewachsen und auch ohne Eltern, einfach, weil sie nie da waren. Meine Großeltern haben irgendwann die Vormundschaft für mich übernommen. Damals war ich acht und weit mehr an

Superman und Batman interessiert als an dem, was Gran sich tagsüber im Fernsehen ansah, oder an den Leuten, die im Laden meines Großvaters ein und aus gingen.

Gerade als Lola zum Ende ihrer Geschichte kommt – dem Teil, als die logistischen Details bei ihr das Gefühl auslösten, als würde das alles auf sie einprasseln, weil sie wegen all der Fachausdrücke kaum noch etwas verstand –, leuchtet ihr Smartphone auf, das vor ihr auf dem Tisch liegt. Sie wirft einen Blick darauf und rutscht dann auf der Bank zurück, ehe sie mich mit großen Augen anschaut. „Es ist *Austin*."

Dass sie direkt mich ansieht – nicht Harlow, London oder Mia –, wärmt mein Herz; es ist wie ein Funke, der die Dunkelheit in den Tiefen meiner Brust vertreibt.

„Geh ran", dränge ich sie und nicke zum Telefon.

Sie fummelt daran herum und lässt es fast auf den Boden fallen, ehe sie in letzter Sekunde die Verbindung mit einem atemlosen „Hallo?" herstellt.

Leider ist es mir nicht vergönnt, die andere Seite der Unterhaltung zu verfolgen, daher weiß ich nicht, was sie dazu bringt, zu erröten und zu lächeln, bevor sie sagt: „Hallo Austin. Tut mir leid, nein. Ich hätte es fast nicht geschafft, den Anruf rechtzeitig entgegenzunehmen."

Sie hört aufmerksam zu, und wir alle starren sie an, während wir ihr schamlos lauschen. „Ich bin noch immer völlig von den Socken", erzählt sie ihm, „aber es ist alles okay …" Sie hebt den Blick und schaut alle am Tisch an. „Ja, ich bin mit Freunden unterwegs … Nur in einer Bar bei uns in der Nachbarschaft … In San Diego!" Sie lacht. „Das wäre eine absurd lange Fahrt, Austin!"

Was soll der Scheiß?

Ich betrachte Harlow, die sich im selben Moment zu mir herumdreht und anscheinend dasselbe denkt wie ich. *Der kommt doch jetzt wohl nicht noch angefahren, oder?* Ich schaue auf die Uhr. Es ist fast zehn Uhr abends, und es würde zwei Stunden dauern.

„Ich bin auch ganz aufgeregt", meint Lola und spielt mit ihrem Ohrring. „Na ja, ich habe ja noch nie ein Drehbuch geschrieben, daher möchte ich einfach nur nützlich sein …" Sie kichert, nachdem er geantwortet hat.

Kichern.

Wieder sehe ich schnell zu Harlow.

Lola kichert mit *uns*. Sie kichert nicht mit Menschen, die sie erst vor ein paar Stunden kennengelernt hat. Mit Ausnahme meiner Wenigkeit … damals in Las Vegas – und ehrlich, ich würde mir verdammt noch mal sehr wünschen, dass das eine einmalige Situation war und bleibt.

„Ich kann es kaum erwarten, sie zu hören … Nein, werde ich nicht. Andere Meinungen sind gut … Ich weiß, tut mir leid. Es ist so laut hier … Okay, mach ich." Sie nickt. „Mach ich! Versprochen!" Fuck, *jetzt kichert sie schon wieder.* „Okay … Okay, bis dann."

Sie beendet das Gespräch und atmet tief durch, bevor sie zu mir sieht. „Das war Austin."

Ich lache. „Das habe ich mitbekommen." Obwohl ich auf einmal einen merkwürdigen Kloß im Hals habe, verstehe ich, wie aufregend es sein muss, sich sofort mit dem Menschen zu verstehen, der für die wichtigste kreative Arbeit in ihrem bisherigen Leben verantwortlich ist.

„Er kommt jetzt aber nicht aus L. A. angereist, oder?", fragt London mit – wenn ich mich nicht sehr täusche – einem misstrauischen Unterton.

Ich habe London schon immer gemocht!

„Nein, nein", erwidert Lola und grinst. „Er hat das nur im Scherz gesagt."

Einen Moment lang sitzen wir alle da und starren sie an.

Harlow ist die Erste, die das Schweigen bricht. „Warum zum Henker hat er dann überhaupt angerufen?"

Überrascht schaut Lola auf. „Oh. Äh, er wollte sich bloß vergewissern, dass es mir nach dem Meeting gut geht … und um mir zu erzählen, dass er sich schon Gedanken darüber macht, wie man den ersten Teil filmisch umsetzt."

„Den ersten Teil?", wiederhole ich.

Sichtlich überwältigt schüttelt sie den Kopf, und eine lange Haarsträhne bleibt an ihrem Lippenstift hängen. Ich kann gar nicht anders; ich strecke die Hand aus, um sie ihr aus dem Gesicht zu streichen. Doch Lola hebt ihre ebenfalls und ist schneller als ich.

Hastig lasse ich meine Finger sinken und spüre, wie Harlow mich beäugt, aber ich kann den Blick nicht von Lola lösen, die so aussieht, als würde sie gleich in Panik geraten.

„Heilige Scheiße, Oliver."

Neben uns greift London nach ihrem Telefon. „Ich werde diesen Austin Adams mal googeln."

Ich habe sie schon immer *wirklich* gemocht.

„Den ersten Teil?", wiederhole ich etwas sanfter.

„Er meinte, dass das Studio sich durchaus *drei* Filme vorstellen kann." Sie quietscht geradezu. „Und er hat ein paar Ideen, über die er mit mir sprechen will."

Harlow flucht, Mia jubelt, Joe grinst sie an, aber Lola bedeckt ihr Gesicht mit den Händen und stößt einen leichten Panikschrei aus.

„Ach, du Scheiße!", ruft London plötzlich. „Dieser Typ ist so was von *heiß*!" Sie dreht ihr Handy herum, damit wir alle das Bild sehen können.

Okay, vielleicht mag ich London doch nicht so sehr, wie ich gedacht hatte.

Ohne auf London einzugehen, erinnere ich Lola: „Das ist doch gut." Während ich ihr sanft die Hände vom Gesicht ziehe, platze ich heraus: „Will er das sofort mit dir bereden? Musst du morgen schon wieder nach L. A.?"

Sie schüttelt den Kopf. „Ich denke, irgendwann am Telefon. Ich meine, ich kann mir kaum vorstellen, an einem Drehbuch mitzuwirken, geschweige denn an drei Drehbüchern", sagt sie und presst die Fingerspitzen gegen ihre Lippen.

„Zusammenarbeit, darum geht es hier doch", erinnere ich sie. „Hat Austin das nicht heute Morgen zu dir gesagt?" Dass sie jetzt so nervös ist, hilft mir, meine eigene Beklommenheit unter Kontrolle zu halten. „Vielleicht kannst du im zweiten und dritten Film bereits viel mehr beisteuern, aber das ist doch toll, oder?"

Sie nickt und scheint meine Zuversicht zu schätzen. Dann lässt sie jedoch die Schultern wieder hängen und lacht leise und niedergeschlagen. „Ich weiß nicht, wie ich das alles auf die Reihe kriegen soll."

Ich spüre, wie sie ihre zitternde, feuchte Hand auf meine legt.

„Das schreit geradezu nach mehr Alkohol", verkündet Harlow völlig unbeeindruckt, und aus dem Augenwinkel bekomme ich mit, dass sie aufsteht, um eine neue Runde Shots zu besorgen.

Joe tätschelt Lolas Rücken. „Lola, du bist der Diamant in einem Haufen Steine. Du wirst sie alle rocken."

Ich nicke und stimme ihm zu. „Du schaffst das. Niemand kennt diese Geschichte besser als du. Du bist da, um die Richtung vorzugeben. Sie sind die Experten, was die filmische Seite angeht."

Sie atmet aus, und ihre weichen Lippen formen ein süßes O. Es sieht aus, als würde sie sich an meinen Blick klammern müssen, um nicht zusammenzubrechen. Weiß sie, wie sehr ich mir wünsche, ihr Fels in der Brandung zu sein?

„Okay", sagt sie. „Okay."

Im Laufe des Abends kippen wir alle jeder fünf Shots herunter und kommen von Lolas verrücktem Tag zu einer wilden Debatte darüber, wie der Weltuntergang wohl aussehen wird. Wie gewöhnlich verdanken wir dieses Thema Joe, aber wenigstens scheint Lola jetzt wieder abgelenkt und glücklich zu sein. Sie kichert unglaublich niedlich vor sich hin, als ein absurder Vorschlag den nächsten jagt – Zombies, elektromagnetische Wellen, Invasion von Aliens.

„Ich sage euch, es wird an den verdammten Viechern liegen", erklärt Joe uns und schafft es gerade noch, Harlows Weinglas nicht umzukippen, als er mit einer Handbewegung die totale Vernichtung andeutet. „Irgendeine Art von Rinder- oder Schweinegrippe. Vielleicht auch irgend so eine Vogelseuche."

„Tollwut", sagt Mia und nickt mit der typischen Langsamkeit einer Betrunkenen.

„Nein, nicht Tollwut", widerspricht Joe und schüttelt den Kopf. „Irgendwas, was wir noch gar nicht kennen."

„Du bist echt so 'n richtiger Sonnenschein." London bohrt ihm einen Finger in die Schulter, und er dreht sich zu ihr um.

„Es ist eine Tatsache", erklärt er. „Die verschissenen Hühner werden unser Verderben sein."

Lola hält sich eine Fingerspitze an die Schläfe und tut so, als würde sie abdrücken, bevor sie ihren Tod vortäuscht, indem sie sich auf mich fallen lässt. Ihr Haar streift meinen Arm, da ich nur ein kurzärmliges T-Shirt trage, und zum ersten Mal kämpfe ich nicht gegen den Drang an, es zu berühren. Ich lege meine Hand auf ihren Hinterkopf und lasse meine Finger durch ihr Haar gleiten.

Sie wendet sich mir zu und schaut mich an. „Oliver *muss* betrunken sein", verkündet sie etwas undeutlich, obwohl ich der Einzige zu sein scheine, der sie hört.

„Wie kommst du darauf?", frage ich. Mein Lächeln erscheint ganz automatisch; instinktiv reagiere ich auf ihre Nähe.

„Weil du mich berührst", meint sie leise.

Ich lehne mich zurück, um sie besser betrachten zu können. „Ich berühre dich doch häufig."

Sie schüttelt den Kopf, der erst noch über meinen Arm rollt, ehe er wieder gegen die Rücklehne der Bank sinkt. „Wie ein Kumpel. Das eben war mehr wie ein Lover."

Mein Blut beginnt zu kochen. Wenn sie wüsste! „Echt?"

„Mm-hmm." Sie sieht müde aus, ihr fallen schon die Augenlider zu.

„Das tut mir leid, Lola Love", antworte ich und streiche ihr den Pony aus der Stirn.

Noch einmal schüttelt sie theatralisch den Kopf. „Muss dir nicht leidtun. Du bist mein Held."

Ich lache, doch sie setzt sich abrupt auf und verkündet: „Ich meine es ernst. Was würde ich ohne dich tun?" Sie zeigt auf Harlow. „*Sie* ist verheiratet." Sie zeigt zu Mia. „Und *sie* ist auch verheiratet."

London mischt sich in unser Gespräch ein. „*Ich* bin nicht verheiratet."

„Nein", gibt Lola zu und schenkt ihr ein breites, betrunkenes Grinsen. „Aber du bist immer am Surfen. Oder schenkst Drinks an der Bar aus. Oder weist alle Männer ab."

Joe nickt, und London gibt ihm einen spielerischen Klaps auf die Brust.

„Also ist Oliver mein Held", fährt sie fort und dreht sich wieder zu mir herum. „Mein Fels in der Brandung. Mein Peilsender." Sie zieht die Brauen zusammen. „Blitzableiter?"

„Resonanzkörper", flüstere ich.

„Genau." Sie schnippt mit den Fingern. „Genau das." Lola senkt die Stimme und beugt sich zu mir vor. So nahe, dass ich akutes Herzflattern bekomme. „Wehe, du verlässt mich jemals."

„Tu ich nicht", versichere ich ihr. *Fuck.* Als ob ich das könnte. Am liebsten würde ich sie in den Arm nehmen und sie ständig mit mir herumtragen, um sie vor all den unaufrichtigen, gierigen Menschen zu beschützen, denen sie demnächst bestimmt begegnen wird.

„Wehe", wiederholt sie, hebt drohend den Finger und fuchtelt ein wenig unsicher damit vor meiner Nase herum.

Ich lehne mich ein Stück nach vorn und beiße in ihre Fingerspitze, sodass Lola die Augen aufreißt. „Das werde ich bestimmt nicht", betone ich, die Lippen noch immer an ihrem Finger. *Fuck*, nur zu gern würde ich mich noch weiter vorbeugen, um an ihren Lippen zu knabbern …

3. Kapitel

LOLA

Bevor ich morgens meinen ersten Kaffee getrunken habe, fühle ich mich wie ein Zombie, vor allem nach einem Abend mit reichlich Shots und wer weiß was noch. Ich kann mich nicht einmal mehr daran erinnern, wie ich aus der Bar nach Hause gekommen bin, daher traue ich meinen Augen kaum, als ich morgens um sieben Oliver ausgestreckt auf meiner Couch schlafen sehe.

Ziemlich unbequem liegt er da, ein langes Etwas, merkwürdig verrenkt. Einer seiner Füße steht auf dem Boden; der andere hängt über der Sofalehne. Sein Hemd ist ihm bis zu den Rippen hochgerutscht und entblößt einen flachen Bauch, der teilweise mit dunklen Haaren bedeckt ist. Die Arme hat er von sich gestreckt, und sein Hals ist so verdreht, dass er ihm beim Aufwachen bestimmt wehtun wird …

Er ist wirklich, leibhaftig hier, und er sieht einfach umwerfend aus.

Es ist nicht das erste Mal, dass Oliver bei mir übernachtet. Das Apartment ist nur wenige Blocks von seinem Laden entfernt, und deshalb haben wir Oliver einen Schlüssel gegeben, falls er mal eine von uns reinlassen muss, ein Wasserhahn leckt oder er sich in einer Pause schnell ein Sandwich machen will. In den acht Monaten, seit ich ihn kenne, hat er zweimal hier geschlafen: Das erste Mal hat er vor der Eröffnung des Ladens so hart gearbeitet, dass er es kaum geschafft hat, bis zu uns zu laufen, geschweige denn nach Hause zu fahren. Er war morgens jedoch schon verschwunden, ehe ich aufgewacht bin. An einem anderen Abend waren wir nach Ladenschluss noch zusammen weg und hatten zu viel getrunken, als dass einer von uns auch nur in die Nähe eines Autos gelassen werden durfte. Aber da war unsere ganze Gang unterwegs gewesen, und in der Wohnung hatten wir alle mehr oder weniger wild durcheinander auf allen verfügbaren weichen Unterlagen gelegen.

London ist bereits auf und davon – vermutlich zum Surfen –, und ich hatte bisher nie zuvor das Vergnügen, aufzuwachen und ihn hier allein, schlafend, anzutreffen. Zugegeben, es ist ein bisschen pervers, dass ich ihn jetzt so anstarre, während er schläft. Ich werde mich gebührend dafür schämen ... später. Aber im Moment erfreue ich mich einfach an seinem Anblick so früh am Morgen. Ich genieße es in vollen Zügen.

Ich weiß, es ist nur eine Frage der Zeit, bevor der Stress, den die Neueröffnung des Ladens mit sich gebracht hat, für Oliver nachlässt und er sich wieder mehr auf andere Aspekte seines Lebens konzentrieren kann ... wie zum Beispiel Dates. Vielleicht mit Hard Rock Allison. Es hängen weiß Gott genügend Mädels in seinem Laden herum, weil sie sich Hoffnung machen, vom heißen Besitzer beachtet zu werden. Mir gefällt die Vorstellung nicht, doch mir ist klar, dass es irgendwann passiert. Auch ich war in letzter Zeit beruflich so unglaublich eingespannt, dass alles andere in den Hintergrund getreten ist. Hinzu kamen die vielen Reisen, sodass ich mehr oder weniger den Kopf in den Sand gesteckt und kaum darüber nachgedacht habe, was für Gefühle ich für Oliver hege. Ich habe einfach genommen, was ich bekommen konnte, und war ganz zufrieden damit.

Aber in den letzten Wochen bin ich sozusagen aus meiner Trance erwacht – trotz der Tatsache, dass alles noch verrückter geworden ist. Ich musste mir eingestehen, dass ich ihn will. Und gestern Abend haben wir auf einmal richtig geflirtet. Die Erinnerung lässt mein Herz höherschlagen.

Als wir uns in Las Vegas getroffen haben, war er ein gut aussehender und interessanter Mann mit einem wirklich sexy australischen Akzent, aber da *kannte* ich ihn nicht. Er wollte nichts von mir? Das war kein Problem. Doch nachdem ich mittlerweile so viel Zeit mit ihm verbracht habe – fast meine gesamte Freizeit, wenn ich ehrlich bin – und er zu einem festen Bestandteil meines Lebens geworden ist, hat sich definitiv etwas verändert. Aus meinem oberflächlichen Interesse an ihm ist ein schmerzhaftes Verlangen geworden. Jetzt kenne ich ihn zwar besser, trotzdem weiß ich absolut nicht, was er empfindet. Kein Stück. Allerdings, seit einiger Zeit ... würde ich das gern wissen. Am liebsten würde ich zu ihm sagen: „Gib mir nur eine Woche Zeit. Eine Woche mit dir, deinen Lippen und deinem Lachen ... in meinem Bett. Nur eine Woche, und dann, glaube ich, ist es okay für mich."

Das wäre natürlich eine Lüge. Obwohl ich ihn nie geküsst habe – na ja, abgesehen von dem flüchtigen, sanften Kuss auf unserer Spontanhochzeit im Suff –, weiß ich, dass es mir hinterher schlechter gehen würde, wenn ich ihn eine Woche für mich hätte, nur um ihn dann wieder zu verlieren. Mein Herz wäre danach nicht mehr dasselbe; wie ein Wollpullover, den man einem größeren Menschen geliehen hat und den man ganz ausgeleiert zurückbekommt, sodass er einem nicht mehr richtig passt. Wer weiß, vielleicht käme ich ja schon deformiert zu Oliver. Aber anders als die Männer, mit denen ich bisher zusammen war – ein paar Wochen hier, ein Monat da –, scheint Oliver niemals all meine wunden Punkte offenlegen, nicht jedes Detail wissen zu wollen. Stattdessen hat er sich mit den Einzelheiten über mich zufriedengegeben, die ich freiwillig preisgegeben habe.

Vielleicht ist er mir deshalb so nahe. Ich hatte bisher noch nicht die Gelegenheit, die Sache zwischen uns zu ruinieren, indem ich dichtgemacht habe, sobald es zu intim wurde.

In unserer ersten Nacht, als unsere besten Freunde in den Hotelzimmern in Vegas die Sau rausgelassen haben, sind Oliver und ich den Strip auf und ab gelaufen und haben über unsere Arbeit geredet. Über das Schreiben und Illustrieren, über die

Darstellung von Frauen in Comics, über Bücher, die wir gerade lesen. Wir haben über *Razor Fish* geredet und über Olivers Laden, allerdings eher beiläufig. Anfangs wusste ich nämlich nicht einmal, dass er nach San Diego ziehen würde.

Es war so leicht, mit ihm zusammen zu sein – wie der Vorgeschmack auf etwas Köstliches, von dem ich anschließend essen wollte, bis ich platzte. Irgendwann, am Ende des chaotischen Strips, hatte ich genügend Mut gesammelt, um ihn aufzuhalten und eine Hand auf seinen Arm zu legen.

„Unsere Zimmer sind vermutlich belegt", setzte ich an und starrte auf sein Kinn, bevor ich ihm in die Augen sah.

Er lächelte, und es war das erste Mal, dass mir bewusst wurde, wie perfekt seine Zähne sind – weiß und gerade, mit einzigartigen scharfen Eckzähnen, die ihm einen fast wölfischen Ausdruck verleihen –, wie weich seine Lippen sind, wie blau die Augen hinter der Brille leuchten. „Vermutlich", antwortete er.

„Aber wir könnten …" Ich ließ den Satz unvollendet.

Er wartete, beobachtete mich, ohne dass sein Blick verriet, dass er genau wusste, was ich sagen wollte.

Von Neuem fasste ich Mut. „Wir könnten uns ein Zimmer für die Nacht nehmen, wenn du willst. Gemeinsam."

Seine Miene veränderte sich nicht im Geringsten. Oliver behielt sein erstaunliches, lächelndes Pokerface bei – und lehnte höflich ab.

Es war mir unendlich peinlich, aber irgendwann bin ich darüber hinweggekommen, und seitdem haben wir nie mehr über den Vorfall gesprochen.

Später, nachdem ich herausgefunden hatte, dass er hierhergezogen war, führten unser Freundeskreis und die gemeinsame Leidenschaft für Comics dazu, dass wir uns ständig gesehen haben. Und so langsam vergaß ich diese peinliche Zurückweisung. Stattdessen entwickelte sich eine nahezu perfekte Freundschaft zwischen uns.

Oliver verurteilt nicht, er macht sich nicht über einen lustig, er drängt einen nicht. Es stört ihn nicht, wenn ich meine Ruhe brauche und nichts anderes will, als mich über ein Stück Papier zu beugen, um zu zeichnen. Es macht ihm nichts aus, wenn ich mich über etwas aufrege und ihn eine Stunde lang vollquassele. Er ist auf lockere Weise total ehrlich, wenn ich ihm neue Ideen für eine Story präsentiere. Er spielt mir merkwürdige Musik vor und bringt mich dazu, sie mir anzuhören, selbst wenn ich sie furchtbar finde, weil er mir verständlich machen möchte, warum sie ihm gefällt. Mit ihm kann man über alles reden, angefangen bei *Veronica Mars* über *Gen*^{13} bis zu Radioprogrammen und Autoreparaturen. Aber genauso gut kann er auch mal schweigen, was ich irgendwie auch liebe. Er kann gut zuhören, er ist witzig, er ist nett. Er ist einfach einzigartig, ruht in sich selbst, und es ist dieses lässige Selbstbewusstsein, das ihn fast unwiderstehlich macht. Die Tatsache, dass er groß ist, fantastisch aussieht und ein vollkommenes Lächeln hat, schadet natürlich auch nicht.

Zwei Monate nach unserer Hochzeit mit der anschließenden Annullierung habe ich ihn mit nach Hause genommen, damit er Greg, meinen Dad, kennenlernt. An dem Abend – irgendwann bei gegrilltem Hähnchen und einer Tüte Chips mit Salsa und während ich im Garten saß und versuchte, den Sonnenuntergang in Öl festzuhalten – bekam Oliver den Rest meiner Geschichte zu hören.

Ich war zwölf, als Dad von seinem dritten Einsatz in Afghanistan zurückkehrte, und er war völlig fertig: Aus einem gefeierten Selektierungs-Krankenhelfer war ein ehrenhaft entlassener Veteran geworden, der nicht schlafen konnte und die Schmerz- und Beruhigungstabletten in der Küche versteckte. Mom hielt es nicht einmal einen Monat aus, ehe sie mitten in der Nacht verschwand, ohne einem von uns beiden auch nur Lebewohl zu sagen.

Ich versuchte, Dad zu unterstützen, Dad versuchte, mich zu unterstützen, und so schlugen wir uns einige Jahre durch, bis uns klar wurde, dass jeder von uns seine *eigene* Last tragen musste. Es war nicht gut, doch es wurde besser, und die Beziehung zu meinem Vater gehört zum Besten und Wertvollsten in meinem Leben. Ich erzähle ihm so gut wie alle meine Gedanken, egal, wie unwichtig sie erscheinen mögen. Auf diese Weise kann ich sie den Rest der Zeit meistens für mich behalten. Lieber würde ich auf die Sonne als auf ihn verzichten.

Ich habe nie erfahren, was genau Dad zu Oliver gesagt hat, aber nach dem Abend hat Oliver, statt nachzuhaken, die Informationen einfach unter *Lola* archiviert und die Sache auf sich beruhen lassen. Kleine Details tauchten manchmal in Gesprächen auf – eine Vertrautheit, die ich bisher nur mit Harlow und Mia erlebt habe – und verrieten mir, dass er mehr wusste, als ich ihm gegenüber je offenbart hatte.

Mia und Harlow waren schon Teil meines Lebens, als all das passierte, daher musste ich ihnen das nie im Ganzen schildern. Aber wenn es jemanden gibt, dem ich mich mit allem anvertrauen würde, dann ist es Oliver.

Ungefähr vor einem Monat, nach ein paar Bier, habe ich ihn schließlich gefragt: „So, erzähl mal, was hat mein Dad dir eigentlich alles über mich berichtet?"

Er hielt inne, die Bierflasche an den Lippen, ehe er sie langsam wieder auf den Tisch stellte. „Er hat mir seine Version erzählt. Von deiner Kindheit bis heute."

„Möchtest du meine Version hören?"

Oliver drehte sich zu mir um und nickte. „Klar. Irgendwann. Wann immer und wie auch immer du es loswerden willst."

Fast hätte ich ihn an dem Abend geküsst, fast wäre ich mutig genug gewesen. Als ich ihm erklärte, dass ich auch gerne seine Geschichte hören würde, hat er so dankbar ausgesehen, so liebend – jedenfalls würde ein derartiger Ausdruck auf meinem Gesicht Liebe bedeuten –, dass ich mich zum ersten und einzigen Mal gefragt habe, ob er vielleicht ebenso tiefe Gefühle für mich hegt wie ich für ihn. Leider habe ich den Moment ruiniert, indem ich schweigend auf den Tisch geblickt habe.

Als ich wieder aufschaute, hatte er sein Pokerface wieder aufgesetzt und wechselte das Thema.

All das schießt mir jetzt durch den Kopf, während ich ihn beim Schlafen beobachte. Gleichzeitig hoffe ich inständig, dass er endlich aufwacht, damit ich ein paar Kaffeebohnen mahlen kann. Aber mein Telefon erledigt den Job des Weckens, denn es fängt in diesem Moment an, laut zu bellen: Bennys Klingelton.

„Hallo?“, melde ich mich hastig und lasse in meiner Eile fast das Smartphone fallen.

Oliver ist bei dem Lärm hochgeschossen und sieht sich hektisch um. Ich winke ihm aus der Küche zu, und als er mich sieht, entspannt er sich wieder. Er reibt sich übers Gesicht und schaut mich auf diese zärtliche Art und Weise an.

So wie er mich an jenem Abend vor einem Monat in der Bar angesehen hat. Seine Lippen öffnen sich ein wenig, und er kneift die Augen zusammen, um mich auch ohne Brille erkennen zu können. Sein Lächeln gleicht einem Sonnenstrahl, der hinter einer Wolke hervortritt. „Hey“, sagt er mit belegter und rauer Stimme.

„Lola, hier ist Benny.“ Bennys Stimme erklingt durchs Telefon. „Ich habe Angela in der Leitung.“

„Oh?“, murmele ich, noch immer fasziniert von Olivers Gesicht. Während ich ihn anstarre, zeichnen sich auf seiner Miene erst Erleichterung und Zufriedenheit ab, ehe er sich verwirrt im Zimmer umschaut.

Er setzt sich hin und stützt sich mit den Ellenbogen auf den Oberschenkeln ab, legt den Kopf in die Hände und stöhnt. „*Fuck.* Mein Kopf.“

Harlow hat einmal gesagt, an der Art, wie dich ein Mann morgens betrachtet, wenn du die Erste bist, die er nach dem Aufwachen sieht, kannst du erkennen, was er empfindet. Blinzelnd blicke ich auf die Arbeitsplatte und fahre mit dem Fingernagel über die Fuge zwischen zwei Fliesen, um mich davon abzuhalten, Olivers morgendlichen Gesichtsausdruck zu interpretieren.

„Es ist ziemlich früh, tut mir leid", sagt Angela nun. „Bist du okay?"

„Ich hatte noch keinen Kaffee", erwidere ich. „Da bin ich noch gar nichts."

Oliver lacht mir von der Couch aus zu, während Angela weniger echt durchs Telefon lacht. Ich stelle auf laut, damit Oliver mithören kann.

„Na ja", fährt Angela fort, „gestern war ein großer Tag, und die Pressemitteilung geht heute raus."

„Braucht ihr irgendwas von mir?", frage ich.

„Nein, nichts, außer dass du vorbereitet sein solltest", antwortet sie. „Es ist nicht nötig, dass du heute irgendwelche Fragen beantwortest. Das ist unser Job. Wir können dir eine Kopie für die sozialen Medien rüberschicken. Wir werden ein paar Interviews arrangieren. Von dir brauche ich jetzt nur, dass du dir darüber klar bist, was das bedeutet."

Oliver hat theatralisch die Augen aufgerissen.

„Okay …?", gebe ich lächelnd zurück, weil ich einfach so dankbar dafür bin, dass er hier ist und das alles aus erster Hand miterlebt. Angela hört sich echt so verdammt ernst an. Ich habe das Gefühl, dass ich einen Zeugen brauche.

„Es bedeutet, dass man dich erkennen wird", erklärt sie.

Oliver tut so, als wäre er entsetzt, und ich unterdrücke ein Kichern. Das Buch ist bereits seit zehn Wochen unter den Top drei auf der Bestsellerliste für Graphic Novels der *New York Times*, und mein Leben hat sich nicht groß geändert. Ich bin lediglich mehr umhergereist und habe Signierstunden und einige Messen besucht. Es ist höchst unwahrscheinlich, dass es in unserer Nachbarschaft künftig von Paparazzi wimmeln wird.

„Dass man dich vielleicht fotografiert und verfolgt", fährt Angela fort. „Es bedeutet, dass man dir dieselbe Frage Hunderte von Malen stellt, während du ständig so tun musst, als würdest du sie zum ersten Mal beantworten. Es bedeutet, dass du nicht kontrollieren kannst, was über dich geschrieben wird. Ist das alles klar?“

Ich nicke, während ich immer noch in Olivers amüsiertes Gesicht blicke, aber natürlich können Benny und Angela das nicht sehen, daher bringe ich noch ein „Ja“ heraus.

„Du wirst das toll machen“, versichert Benny mir. „Das ist alles fantastisch, Lola.“

„Ist es“, stimme ich zu, wobei sich meine Stimme fast überschlägt. Ich weiß, dass Harlow das nicht verstehen würde, doch am liebsten würde ich mich in einer Höhle verkriechen und einfach nur schreiben, bis alles erledigt ist und ich mir den Film – verkleidet mit Perücke und Sonnenbrille – anschauen kann.

Es wird alles gut. Mir geht es gut.

„Gut“, sagt Angela. „Ich schätze, innerhalb der nächsten Stunde wird der Artikel von *Variety* online gestellt. Genieße den Moment, Lola. Der gehört allein dir.“

Das Telefonat nähert sich dem Ende, doch auf einmal höre ich das inzwischen vertraute Krachen der Glastür im Hintergrund und eine männliche Stimme, die „*Fuck*“ schimpft.

Angela räuspert sich. „Äh, es scheint so, als wollte Austin noch mit dir sprechen.“

„Okay“, sage ich. Oliver ist vom Sofa aufgestanden und kommt in die Küche.

„Lola!“, dröhnt Austins Stimme durchs Telefon, und ich bin froh, dass ich auf laut gestellt habe und es nicht ans Ohr halte, denn sonst wäre ich jetzt taub.

„Guten Morgen“, begrüße ich ihn und tippe Oliver spielerisch auf die Nase, um seine Aufmerksamkeit von dem Apparat abzulenken, auf den er grimmig starrt.

„Pass auf, ich habe in fünf Minuten ein Meeting“, meint Austin, „daher wollte ich nur kurz reinkommen. Ich habe mir gestern Abend was überlegt: Wie wäre es, wenn Razor nicht aus einer Parallelzeit käme, sondern von einem ganz anderen Planeten?"

Ich blinzele, und meine Gehirnfunktion scheint zum Stillstand zu kommen.

Oliver reißt die Augen auf und flüstert kaum hörbar: „Was zum Teufel …?"

„Entschuldigung", sage ich und schüttele den Kopf, um ihn klar zu bekommen. Ich dachte, Austin hätte das Buch wirklich verstanden? „Ein Alien? Wie ein Marsmensch?"

„Na ja, über die Einzelheiten könnten wir uns später noch Gedanken machen", erwidert Austin lässig. „Ich dachte bloß, für ein amerikanisches Publikum wäre ein Alien besser zu begreifen als die Vorstellung eines parallelen Zeituniversums."

„Aber in Doctor Who funktioniert es auch", widerspreche ich.

„Das ist von der BBC."

„Die Briten sind also cleverer?"

Er lacht und glaubt, ich würde das rein rhetorisch meinen. „Wer weiß? Wie auch immer, denk mal drüber nach. Ich glaube, es könnte für uns leicht zu machen sein, und die Veränderung würde die Story nicht allzu sehr beeinflussen – sondern sie einfach nur zugänglicher machen."

Ich nicke und merke dann erneut, dass er mich ja nicht sehen kann. „Okay, ich werde darüber nachdenken."

„Wunderbar!", jubelt er. „Bis später, Loles."

Mein Telefon piept dreimal, um anzuzeigen, dass das Gespräch beendet ist, und ich lege es vorsichtig auf die Arbeitsplatte.

Oliver verschränkt die Arme vor der Brust und lehnt sich gegen die Spüle. „Loles?"

Ich ziehe die Brauen hoch. „Damit fängst du an?"

Er lacht und schüttelt langsam den Kopf. „Ich bin mir nicht sicher, ob einer von uns mit den Marsmenschen anfangen will."

Ich gehe zum Kühlschrank und hole die Kaffeebohnen heraus. „Ich …“ Ohne den Satz zu beenden, schütte ich die Bohnen in die Mühle und blicke hilflos zu Oliver, während das Pulver gemahlen wird. Mein Gehirn ist völlig vernebelt, mein Herz wird schwer, meine Lungen scheinen ihren Dienst aufgegeben zu haben.

Nachdem ich die Kaffeemühle ausgeschaltet habe, fahre ich fort: „Ich weiß nicht einmal, was ich sagen soll. Ein Marsmensch. Ein *Marsmensch?* Das ist doch wohl kein ernst gemeinter Vorschlag, oder? Ich meine, Razor und all die anderen Bichir entwickeln sich in Zyklus vier aus demselben irdischen Material wie wir … nur eben anders. In einer alternativen Zeit, unter alternativen Umständen.“ Ich fasse mir an den Kopf und versuche, nicht in Panik zu geraten. „Das, was ihn ausmacht, beruht einzig und allein auf einer alternativen Evolution.“ Ich schaue in Olivers blaue Augen. „Hier. Auf der *Erde*. Der einzige Grund, warum er sich anfangs etwas aus Quinn macht und dem, was sie tut, ist doch, weil die Erde auch sein Planet ist. Es ist bloß eine andere Version davon.“

Ich weiß, dass Oliver das bereits klar ist, aber es hilft mir, es auszusprechen.

Entweder das oder ich drehe völlig durch.

„Du kannst dich wehren, Lola“, gibt er zurück. „Offen gestanden, ich stimme Austin nicht zu, dass es sonst zu kompliziert wäre.“

„Ich dachte, wir würden über kleinere, unwichtigere Änderungen reden“, jammere ich, „wie zum Beispiel, dass Quinn nur gegen einen Angreifer in ihrem ersten Kampf antreten muss oder dass Razor ihr mit den Andemys ein wenig eher zu Hilfe kommt.“

Oliver zuckte mit den Schultern und lässt einen Teelöffel auf der Arbeitsplatte kreiseln. „Ja, dachte ich auch.“

„Und eine Pressemitteilung?“ Ich schüttele den Kopf und fülle den Kaffee in die Maschine. „Am besten verstecke ich mich heute bei dir im Laden, wenn das okay ist.“

„Ich fürchte, der Laden ist nicht gerade das ideale Versteck für dich, Lola Love."

Ich nicke. Ich liebe es, wie er meinen Namen ausspricht. Seine Os klingen immer so wackelig, nichts hebt meine Laune so sehr, wie seiner Stimme zu lauschen. „Bist du hungrig?"

Er greift unter sein T-Shirt, um sich den Bauch zu kratzen, und mir bleibt vor Aufregung fast das Herz stehen. „Am Verhungern", meint er achselzuckend.

Ich deute auf den Obstteller und greife nach den Frühstücksflocken über dem Kühlschrank. Weil ich weiß, was Oliver gern isst, wähle ich die Rice Krispies aus. Er steht schon neben mir und holt die Milch aus dem Kühlschrank.

„Ich lebe jetzt in einer Welt, wo mir jemand eine Kopie für die *sozialen Medien* schickt", stelle ich fest. „Da sollte ich mich wohl auch mal mit den sozialen Netzwerken beschäftigen, was?"

Er lacht und schält eine Banane. „Lass dir von Joe helfen. Er könnte deinen Twitter-Account betreuen. Das würde er gut machen."

Entsetzt starre ich ihn an. „Der würdc glatt Penisbilder posten."

Oliver zuckt mit den Schultern, als wollte er sagen, *Mein Reden,* und hält dann inne, um mich zu mustern.

„Was ist?", will ich wissen.

„Nichts." Mit dem Kopf deutet er auf das Obst in seiner Hand. „Ich weiß nur ehrlich gesagt gerade nicht, wo ich hinschauen soll, während ich eine Banane esse. Dachte mir, da halte ich lieber mal Blickkontakt. Wollte ja nichts Zweideutiges andeuten."

„Vor allem nicht, nachdem wir Not-Joes Penisbilder diskutiert haben."

Eine Grimasse ziehend, legt Oliver die Banane zur Seite und schüttet die Rice Krispies in eine Schüssel. „Reichst du mir mal ein Messer?"

Ich kichere, während ich nach einem Messer greife, und Oliver verdreht die Augen. Jedes Mal, wenn er „Messer" sagt, kann ich gar nicht anders, weil er dann immer wie Paul Hogan rüberkommt.

„Glaubst du wirklich, dass die Leute mich erkennen?", frage ich und kaue auf meinem Daumennagel herum. Die Vorstellung, dass aus Razor ein Alien vom Mars wird, kommt mir im Moment einfach zu absurd vor. Da fällt es mir merkwürdigerweise leichter, mich darauf zu konzentrieren, was ich demnächst für eine Rolle in der Öffentlichkeit spielen werde.

Oliver fixiert mich. Mir ist klar, was er denkt, als sein Blick auf meinem diamantenen Marilyn-Piercing landet: Ich lauf nicht gerade mit einer Tarnkappe rum. „Passiert das hin und wieder nicht sowieso schon?"

„Das waren absolute Comic-Freaks, und das kam bloß zweimal vor."

„Na ja, jetzt werden es eben ein paar Leute mehr werden." Er sagt das total cool. Manchmal würde ich ihn am liebsten zusammen mit einem Löwen in einen Käfig sperren und dann seinen Blutdruck messen.

„Mir wird richtiggehend übel, Oliver. Vorsichtshalber sollte ich besser ständig einen Eimer mit mir rumschleppen."

Lachend schüttelt er den Kopf. „Ach, komm schon, Lola, du übertreibst. Du bist doch immer so anmutig. Warum meinst du, dass es dir schwerfallen wird?"

„Das stimmt nicht", flüstere ich.

Eindringlich sieht er mich an und schüttelt erneut ganz leicht den Kopf. „Ab und zu wünsche ich mir, ich könnte dich noch einmal kennenlernen", meint er, während er die Banane schneidet und die Stücke auf seine Cerealien fallen. „Und aufmerksamer sein."

Mein Herz beginnt zu rasen. „Was soll das denn bedeuten?"

„Es bedeutet genau das, was ich eben gesagt habe." Er rührt die Bananenstücke unter. „Du bist einfach unglaublich. Ich möchte dir noch einmal zum ersten Mal begegnen. Und ich möchte, dass es anders ist, dass wir einfach so wie jetzt abhängen."

„Bei Rice Krispies und Kaffee anstatt auf dem Strip von Las Vegas?"

Er schaut mir in die Augen, und ich weiß – ich *weiß* es –, dass er sich an mein gestottertes Angebot erinnert. Ich mustere ihn, während er nach den richtigen Worten sucht. „Ich spreche bloß von so einer Situation, in der sich niemand gezwungen fühlt ..."

„Ich mache dir keinen Vorwurf aus deinem Verhalten an dem Abend", versichere ich ihm. Ich muss diesen Moment von seinem Makel befreien. „Es war die richtige Entscheidung."

Er hält meinen Blick einige Sekunden gefangen, ehe er sich lächelnd seinem Frühstück zuwendet.

Ich lehne mich an die Arbeitsplatte und nippe an meinem göttlichen Nektar, während ich Oliver beim Essen betrachte. In gewisser Weise ist er wie ein Strichmännchen gebaut: so lang und schlank, beschwingter Gang, schlackernde Arme, nichts als scharfe Ecken und Kanten. Aber gleichzeitig ist er kräftig, ist athletisch und muskulös. Er hat einen breiten Brustkorb, der sich zu einer schmalen Taille verjüngt. Ich könnte ihn zeichnen, überlege ich. *Ich könnte ihn zeichnen und mich vielleicht sogar selbst überraschen mit dem, was ich sehe.*

„Woran denkst du?", fragt er mit vollem Mund. „Du starrst mich an, als wärst du überrascht, dass ich Arme habe."

„Ich habe eben gedacht, was wohl dabei herauskäme, wenn ich dich zeichnen würde."

Vor Schreck reiße ich die Augen auf. Ich hatte definitiv nicht vor, das laut auszusprechen, und das wissen wir beide. Oliver ist wie erstarrt, und auch das Blut in meinen Adern scheint gefroren zu sein. Er sieht mich an, als würde er darauf warten, dass ich das näher ausführe, doch das kann ich nicht. Mein Gehirn schaltet sich immer automatisch ab, wenn ich nervös bin.

Es vergehen Minuten, und das Einzige, was ich hören kann,

sind mein eigener Herzschlag und Olivers Kauen. Wir sind daran gewöhnt, auch mal zu schweigen, aber das hier fühlt sich merkwürdig an.

„Und? Willst du?"

Blinzelnd sehe ich ihn wieder an. „Will ich was?"

Er isst noch einen Löffel voll Rice Krispies, kaut und schluckt. „Mich zeichnen."

Mein Herz pumpt sich auf
pumpt sich auf
pumpt sich auf
explodiert.

„Es ist keine große Sache, Lola. Du bist Künstlerin. Und ich weiß natürlich, dass ich eine Art Halbgott bin." Er zwinkert mir zu und widmet sich wieder seinem Frühstück.

Will ich ihn zeichnen? Himmel, ja! Und um ganz ehrlich zu sein: Ich tue es ständig. Allerdings zeichne ich ihn normalerweise aus dem Gedächtnis – oder zumindest, wenn er nicht merkt, was ich da male. Die Vorstellung, ungeniert sein Gesicht, diese Hände, die muskulösen Arme und breiten Schultern betrachten zu können …

„Okay", platze ich heraus.

Er starrt mich an, ehe er ganz leicht die Brauen hebt, als wollte er sagen, *Also?* Ehe ich noch länger darüber nachdenken kann, flitze ich in mein Schlafzimmer und schnappe mir von meinem Schreibtisch einen größeren Zeichenblock, Bleistifte und Zeichenkohle. Währenddessen höre ich, wie Oliver in der Küche seine Schüssel in die Spüle stellt und den Wasserhahn aufdreht, um sie abzuwaschen.

In meinem Kopf wirbeln die Gedanken wild durcheinander. Ich habe keine Ahnung, was ich hier tue, aber wenn Oliver gezeichnet werden will … na dann, *fuck!* Dann werde ich diesen verdammten Block randvoll mit Skizzen füllen.

Als ich zurück ins Wohnzimmer renne, rutsche ich fast auf meinen Socken aus und kann mich gerade noch an der Wand festhalten. Oliver steht mit dem Rücken zu mir am großen Fenster und schaut hinaus. Schließlich greift er nach dem Saum seines T-Shirts und zieht es sich über den Kopf.

Oh.

Oh.

„Oh“, stöhne ich.

Abrupt dreht er sich um und schaut mich peinlich berührt an. „War das nicht so geplant? Oh Gott, das wolltest du gar nicht! Du wolltest bloß mein Gesicht und so zeichnen, stimmt's?“ Das T-Shirt gegen seinen Oberkörper gepresst, murmelt er: „Scheiße.“

„Ist schon in Ordnung“, stoße ich hervor und starre auf die Stifte in meiner Hand, als wollte ich die Qualität der scharfen Spitzen überprüfen. Ich starre so intensiv, dass allein mein Blick sie zerbrechen könnte. Oliver steht mit nacktem Oberkörper hier herum. In meinem Wohnzimmer. „Das ist völlig in Ordnung. Ich meine, es ist sogar wirklich toll, dich ohne T-Shirt zeichnen zu können, denn so kann ich mich mehr auf die Details konzentrieren, auf die Muskeln, die Haare und Nip…“ Ich räuspere mich. „Na ja, auf die Dctails halt.“

Er lässt sein Hemd fallen, während er mich weiterhin eingehend mustert, um sich zu vergewissern, ob es tatsächlich okay für mich ist. „Na schön.“

Also setze ich mich auf die Couch und blicke zu ihm auf, während er vor dem Fenster stehen bleibt. Er betrachtet die Skyline und wirkt total locker. Mein Herz hingegen klopft wie verrückt. Ich verbringe mehr Zeit als nötig mit seinem Oberkörper und dessen Geometrie: perfekt gerundete, kleine Brustwarzen. Ausgeprägte Muskeln, die sich als Vierecke, Dreiecke und scharfe Kanten unter seiner Haut abzeichnen. Der interessante Übergang von den Hüftknochen zu den muskulösen Beinen. Ich spüre, dass er mich beobachtet, als ich das dunkle Haar unterhalb seines Nabels skizziere.

„Soll ich auch die Hose ausziehen?“

„Ja", antworte ich, ohne nachzudenken. Hastig rufe ich sofort: „Nein! Nein, Gott, oh, mein Gott, es ist okay."

Noch heftiger kann ein Herz gar nicht schlagen.

Sein Mund verzieht sich zu einem unsicheren Lächeln. Am liebsten würde ich ein Jahr damit zubringen, die exakte Form seiner Lippen in diesem Moment auf dem Papier festzuhalten. „Es macht mir wirklich nichts aus", sagt er leise.

Tu es, flüstert ein kleiner Teufel in mir. *Tu es. Du hast immer Probleme damit, Beine zu zeichnen. Das könnte helfen.*

Der Engel in mir zuckt nur mit den Schultern und schaut weg.

„Wenn du dir sicher bist", meine ich zögernd. Ich räuspere mich und erkläre dann: „Weißt du, ich bin echt schlecht, wenn es um das Zeichnen von Beinen geht und …"

Schon hat er begonnen, die Hose zu öffnen. Seine Hände berühren den weichen Jeansstoff und schieben einen Knopf nach dem anderen durchs Knopfloch.

Für unsere Freundschaft wäre es gut, wenn ich den Blick abwenden könnte, aber das schaffe ich nicht.

„Lola?"

Es kostet mich alle Mühe, ihm jetzt ins Gesicht zu schauen. „Ja?"

Er sagt gar nichts, sondern betrachtet mich, während er die Jeans über die Hüften hinunterschiebt und sie anschließend zur Seite kickt.

„Ja?", wiederhole ich. Ich atme viel zu schnell. Das kann ihm unmöglich entgehen.

Auf einmal ist alles so anders. Etwas passiert hier heute Morgen, was nicht in das übliche Schema von Oliver + Lola passt. Irgendwie habe ich den Eindruck, dass wir eine Tür ins Wunderland durchschreiten.

„Wo willst du mich?"

„Wo ich dich *will*?"

„Ja, wo soll ich stehen?"

„Oh.“ Noch einmal muss ich mich räuspern. „Genau dort ist wunderbar.“

„Ist da nicht zu viel Gegenlicht?“

Doch, aber im Augenblick traue ich mich nicht so recht, ihn in eine bestimmte Position zu bringen.

„Ich könnte mich auch hinsetzen“, meint er.

„Vielleicht legst du dich einfach hin oder ...“ Ich halte sofort inne, als mir die Bedeutung der Worte klar wird. *Scheiße.* „Oder du setzt dich. Sitzen ist super. Ich meine, tu, was du willst.“

Er schenkt mir ein geheimnisvolles Lächeln, geht zu dem Läufer in der Mitte des Zimmers und lässt sich darauf nieder. Ein gleißender Sonnenstrahl erhellt seinen Körper.

Das Panel zeigt das Mädchen, das den Jungen anstarrt, während blaue Flammen auf ihrer Haut züngeln.

Oliver verschränkt die Arme hinter dem Kopf, kreuzt die Beine an den Knöcheln und schließt die Augen.

Schwanz.

SCHWANZ.

Das ist alles, was ich noch wahrnehme.

Er ist deutlich unter den eng anliegenden Boxershorts auszumachen, schon leicht erigiert und offensichtlich nicht beschnitten. Du meine Güte, er ist riesig. Wenn Oliver einen richtigen Ständer hat, kann er damit vermutlich einer Frau die Zähne ausschlagen, wenn er sie vögelt.

Ich neige den Kopf, meine Hand verharrt über dem Papier. Wieso ist er überhaupt erigiert? Ist das so bei Männern, wenn sie gezeichnet werden? Wahrscheinlich. Und ist das großartig oder total peinlich?

Für Oliver ist es offensichtlich großartig, denn man muss ihn sich ja nur anschauen. Ich meine, *ihn,* äh ... Oliver.

„Lola? Alles okay?“

Mist. Er kann ja hören, dass ich nicht zeichne. Ich richte mich auf und fange sofort an, sämtliche Einzelheiten seines Körpers zu skizzieren: das dunkle Haar auf seinen Beinen, die muskulösen Schenkel, die ausgeprägten Hüftknochen, und ja, sogar die Wölbung unter seinen Boxershorts.

Dutzende von Seiten kritzele ich voll, entschlossen, jedes Detail zu Papier zu bringen, um es später mit Farbe zu bearbeiten. Meine Hände sind schwarz von den Kohlestiften, meine Finger schon ganz verkrampft, weil ich so schnell und intensiv arbeite.

„Dreh dich auf den Bauch", weise ich ihn schließlich an.

Er kommt meiner Aufforderung nach, und ich erwische den Moment, als er die Hüften fest gegen den Teppich presst: eine instinktive, unbewusste Bewegung.

Sämtliche Muskeln in mir ziehen sich daraufhin ebenfalls zusammen: eine flehentliche Bitte ans Universum.

Ich entdecke eine lange Narbe, die sich über seine linke Seite und einige Rippen zieht. „Woher hast du denn diese Narbe?", erkundige ich mich.

„Ein Sturz auf meiner ersten Radtour", murmelt er und meint damit seine Bike-and-Build-Tour, auf der er Ansel und Finn getroffen hat. Damals sind sie durch die Vereinigten Staaten geradelt und haben unterwegs Häuser für einkommensschwache Menschen gebaut.

Die Narbe ist wirklich groß – gut zwei Zentimeter breit und bestimmt zehn Zentimeter lang –, und ich überlege, wie lange Oliver danach nicht mehr aufs Rad konnte.

„Ich wusste gar nicht, dass du auf der Tour solch einen Unfall hattest. Konntest du da überhaupt weiter mit dem Fahrrad fahren und beim Bauen helfen?"

Er zuckt mit den Schultern und verändert die Position seines Kopfes. Erstaunlich, wie wohl er sich in seiner Haut zu fühlen scheint. „Es wurde genäht, und danach habe ich zwei Tage oder so pausiert. War keine große Sache, sieht nur ziemlich übel aus."

Ich summe vor mich hin und höre ihm zu, während er über das Radfahren erzählt. Gleichzeitig bemühe ich mich, die Kurve seiner muskulösen Wade zu zeichnen, die Wölbung seines Fußes, den vorstehenden Knochen seines Knöchels.

„In Canberra, wo ich ja aufgewachsen bin, ist es flach“, sagt er. „Wir sind mit unseren Rädern überall hingefahren. Es ist eine perfekte Stadt zum Radeln. Nette Radwege. Gute Straßen. Obwohl ich immer mit dem Rad unterwegs war, haben meine Kumpel und ich uns häufig wie Idioten benommen, also bin ich natürlich auch häufig gestürzt.“

Ich liebe seine Stimme, verliere mich in ihr, während ich die Wirbel auf seinem Rücken zähle und genau beobachte, wie sich sein Haar über dem Ohr lockt und der dunkle Bartschatten sein Kinn bedeckt. Es ist eine Sache, all das zu sehen, eine ganz andere jedoch, sich vorzustellen, es berühren zu dürfen, es ebenso gut mit den Händen kennenzulernen wie mit den Augen.

Mit all den Zeichnungen, die ich nun angefertigt habe, bin ich für den Rest meines Lebens mit Vorlagen für erotische Fantasien versorgt. Ich bin davon überzeugt, dass Oliver mir gerade dabei geholfen hat, das Aufregendste zu kreieren, das es in der Welt der Comics je gegeben hat.

Ich wische mir mit dem Handrücken über die Stirn und seufze. „Ich glaube, das hier wird gut.“

Oliver rollt sich auf die Seite und stützt sich auf einem Ellenbogen ab. Das Ganze wirkt schon ein wenig absurd. So wie er da in seinen blauen Boxershorts auf dem weißen Teppich liegt, könnte man meinen, er würde für die Zeitschrift *Playgirl* posieren.

„Wie spät ist es?“, fragt er.

Wie von selbst war mein Blick wieder zu seinem Schoß gewandert, jetzt blicke ich hastig hinüber zur Uhr in der Kabel-TV-Box. „Gleich zwanzig nach acht.“ Ich muss hier schleunigst raus.

Oliver streckt sich genüsslich: bebende Muskeln, geballte Fäuste, zurückgeworfener Kopf. Nach einem glücklichen Seufzer fragt er: „Zeigst du mir, was du gezeichnet hast?“

„Auf keinen Fall.“

„Also ist es ziemlich pornografisch, was?“

Ich lache. „Du hast noch deine *Unterhose* an.“

„Ist das ein Ja? Jetzt will ich erst recht sehen, was du da produziert hast.“

„Wirst du schon noch“, lenke ich ein. „Irgendwann. Ich möchte bei meinem nächsten Projekt ein paar ausgefallenere Sachen probieren.“ Ich senke den Kopf und streiche mir das Haar hinters Ohr. „Du hast mir da einige Ideen geliefert. Danke.“

Ist das jetzt peinlich? Es fühlt sich gar nicht so an, aber vielleicht bin ich auch einfach schlecht darin, derartige Situationen richtig einzuschätzen. Für mich fühlte es sich total locker an. Es fühlt sich gut an.

Er steht auf, nimmt seine Jeans und schlüpft hinein. Notgedrungen verabschiede ich mich von dem vollkommensten halb erigierten Schwanz, den ich je gesehen habe. „Ich habe bloß einer Freundin geholfen“, murmelt Oliver. „Wie man das halt so macht.“

„Danke“, sage ich erneut.

„Ich hoffe, es hat dich wenigstens ein bisschen abgelenkt.“

Ich erhasche seinen Blick, als sein Kopf wieder aus dem T-Shirt auftaucht, das er sich gerade angezogen hat. „Mich von was abgelenkt?“

Lachend kommt Oliver zu mir und zerzaust mein Haar. „Wir sehen uns später, Lola Love.“

Er ist längst aus meiner Wohnung verschwunden und auf dem Weg in seinen Laden, als mir die Sache mit Razor, dem Marsmenschen, wieder einfällt. Ach ja, und der *Variety*-Artikel wurde ja auch irgendwann in der letzten Stunde gepostet!

Harlow wirft ihre Handtasche auf die Bank und rutscht mir gegenüber in die Nische. „Tut mir leid, dass ich so spät bin.“

„Kein Problem. Ich habe dir einen Caesar Salad mit Lachs

bestellt." Ich blicke hinüber zum Restauranteingang. „Kein Finn? Ich dachte, er wollte gestern Abend spät zurückfliegen?"

„Er muss diese Woche noch dort bleiben. Irgendwas wegen des Sicherungskastens oder des Leitstands und …" Harlow tut so, als würde sie auf dem Tisch einschlafen.

„Ich verliere immer den Überblick, wo er gerade ist", murmele ich in mein Wasserglas.

„Ich verrate dir einen Trick. Wenn ich so aussehe …" Sie deutet auf ihre perfekte Frisur und das makellose Make-up. „… dann ist er nicht da. Wenn er heute Morgen hier gewesen wäre, dann wäre ich viel zu fertig, um …"

„Verstehe." Ich mag Harlow, aber leider übertreibt sie es oft mit ihrem Mitteilungsbedürfnis.

„Also, was ist gestern mit euch passiert, nachdem ihr aus dem Hennessey's gestolpert seid? Man konnte nicht mal erkennen, wer wen gestützt hat."

Ich lehne mich zurück, als die Kellnerin unser Essen bringt, und bedanke mich bei ihr. „Ich kann mich nicht daran erinnern, wie ich in meine Wohnung gekommen bin, aber Oliver hat bei mir geschlafen", erzähle ich, nachdem die Bedienung verschwunden ist.

Bei diesen Worten habe ich sie nicht angesehen, daher zucke ich erschrocken zusammen, als sie plötzlich mit der flachen Hand auf die Tischplatte haut und fast aufspringt. „*Was* hat er?"

Ein paar andere Gäste schauen zu uns herüber, und ich zische: „Er hat auf der verdammten *Couch* geschlafen, also pflanz deinen Hintern wieder hin!"

Ihre Gesichtszüge entspannen sich, und sie setzt sich. „Du meine Güte! Mach das nicht noch mal!"

„Was?", frage ich. „Es ist *Oliver*."

Sie schnaubt. „Genau."

Ich versuche, ihre Miene zu deuten, doch seit sie mit Finn zusammen ist, ist sie besser darin geworden, den Mund zu halten, und obwohl ich weiß, dass sie irgendwas denkt, steht es ihr nicht ins Gesicht geschrieben.

„Na ja, okay, was das angeht …“, beginne ich, und Harlow beugt sich mit verschränkten Händen vor, die Unterarme auf den Tisch gelegt und die eleganten Brauen interessiert in die Höhe gezogen.

Wie viel soll ich ihr erzählen? Ich habe keine Ahnung, was bei Oliver verabredungstechnisch zurzeit abgeht. Vielleicht ist er ohne mich ja schon gut beschäftigt, vielen Dank auch. Wir hängen zwar tagsüber ständig zusammen rum, doch eben nicht jeden Abend. Gemessen an der Anzahl von Geschichten, die Finn und Ansel von früher über Oliver auf Lager haben, vermute ich mal, dass bei ihm auch heute weitaus mehr los ist als bei mir. Dank Olivers beneidenswertem Pokerface weiß ich nur nichts davon. Und, zugegeben, seit meine Graphic Novel veröffentlicht wurde, was all die Reisen und Events nach sich gezogen hat, waren Dates während der vergangenen Monate nicht unbedingt das Wichtigste in meinem Leben. Harlows Hochzeit und Ansels Umzug waren die vorherrschenden Themen, wenn wir Mädels uns getroffen haben.

Also habe ich meine wachsende Zuneigung für Oliver gegenüber Harlow und Mia bisher nicht erwähnt. Oliver ist bloß so etwas wie ein netter, glücklicher Ort gewesen, an den ich meine Gedanken wandern lassen konnte, wenn ich im Stress war. Es war einfach schön, zu wissen, dass es jemanden gibt, mit dem ich reden kann, dass da jemand ist, zu dem ich gehen kann, weil er so ähnlich tickt wie ich, wenn das Leben wieder einmal verrücktspielt. Außerdem kennen Harlow, Mia und ich uns seit der Grundschule, und im Laufe der Jahre habe ich gelernt, wie schnell und gern Harlow sich einmischt. Oliver hatte seine Chance in Vegas, hat sie jedoch nicht ergriffen. Ich kann mir nicht vorstellen, dass er jetzt daran interessiert ist, unsere Freundschaft zu verkomplizieren. Es läuft gut so, wie es ist, und ich will nicht, dass Harlow ihm womöglich vorwirft, dass er meine Gefühle nicht erwidert. Harlows Stärke kann gleichzeitig auch ihre Schwäche sein: Sie ist der loyalste Mensch, den ich kenne.

Himmel, es wird echt kompliziert, wenn eine Gruppe von Freunden miteinander was hat.

Doch nachdem das Buch mittlerweile veröffentlich ist und die Reisen weniger werden, ist ein wenig Ruhe eingekehrt. Die Ruhe vor dem Sturm, der mit Sicherheit kommen wird, sobald die Sache mit dem Film ernst wird. Aber jetzt gerade habe ich Zeit … Zeit, um eingehender darüber nachzudenken, was für ein heißes Exemplar von Mann Oliver ist.

Heute Morgen habe ich ihn fast nackt gesehen.

Und er ist *überall* gut gebaut.

Und nicht beschnitten.

Und nicht beschnittene Schwänze sind mein Kryptonit.

Und ich kenne die Geschichten von Olivers oralen Kunstfertigkeiten, die Finn und Ansel grinsend erzählt haben.

Scheiße, ich verliere langsam den Verstand.

Auf einmal höre ich, wie Harlow sich mir gegenüber räuspert und die Gabel auf den Teller knallt. Ich hatte unbewusst auf meiner Serviette herumgekritzelt und blicke auf.

„Du stellst meine Geduld auf eine harte Probe, meine Liebe", beklagt sie sich.

Es ist offensichtlich, dass ich darüber reden muss … und Harlow würde mein Zögern verstehen – oder nicht? –, denn schließlich hat sie all meine grandios gescheiterten Beziehungsversuche aus erster Hand miterlebt.

„Ich habe erwähnt, dass Oliver über Nacht geblieben ist", setze ich noch einmal an, „weil ich ihn, wie sich herausgestellt hat, … na ja, ziemlich attraktiv finde."

Harlow beugt sich noch weiter vor, und ich kenne sie gut genug, um zu wissen, dass sie sich bemüht, ihre Emotionen unter Kontrolle zu halten. „Selbst ein verdammtes Gürteltier würde Oliver Lore *ziemlich attraktiv* finden, Lola."

Ich zucke mit den Schultern, und sie sieht mich an, als wünschte sie, sie wäre ein Bohrer, der sich in meine Gedanken schrauben kann. Den Blick schenkt sie mir relativ oft. In Wahrheit müsste sie nicht sonderlich tief bohren: Die Gedanken liegen direkt unter der Oberfläche. Es ist nur so, dass die Oberfläche verdammt solide ist, ungefähr so wie Granit.

„Glaubst du, dass Oliver dich attraktiv findet?", fragt sie betont beiläufig, während sie sich wieder aufrichtet und ein Salatblatt mit der Gabel aufspießt.

Erneut zucke ich mit den Achseln. „Ich glaube nicht. Ich meine, in Vegas schien er nicht besonders interessiert zu sein."

Sie murmelt etwas von wegen, dass sie *wirklich versucht, sich nicht einzumischen,* bevor sie die Gabel in den Mund schiebt.

„Es muss sich niemand einmischen", erkläre ich ihr, doch sie starrt zur Decke und weicht mir aus. „Harlow, was zum Teufel ist los mit dir?" Ich greife über den Tisch und tippe ihr auf die Stirn. „Ich muss bloß mal darüber reden. Denn seit du geheiratet hast und Mia auch, ist Oliver irgendwie derjenige, zu dem ich gehe, wenn ich was bereden will. Und du weißt ja, dass meine Beziehungen zu Männern immer in einer Katastrophe geendet haben, sobald sie …"

Sie sieht mich wieder an und schluckt den Salat hinunter, ehe sie meinen Satz beendet: „Sobald sie ernster werden?"

„Ja", antworte ich und schneide mir ein Stück Spargel ab. „Oliver und ich treffen uns fast täglich, aber wir haben nie darüber gesprochen, uns zu daten oder zusammen in die Kiste zu springen. Das ist ein Tabuthema, das in unserer Freundschaft nicht angeschnitten wird. Ein Thema, das wir beide anscheinend aktiv meiden. Vielleicht aus ganz bestimmten Gründen."

„Sollte ich Finn anrufen?", meint Harlow zu sich selbst. „Ich sollte ihn anrufen, damit er mich daran erinnert, meinen verdammten Mund zu halten."

„Aber ich will gar nicht, dass du deinen Mund hältst! Meine Freundschaft zu Oliver ist vermutlich die einfachste Freundschaft meines Lebens.“ Ich muss lachen, als sie mich daraufhin anfunkelt. „Abgesehen von der Freundschaft, die mich mit dir und Mia verbindet. Ich will nur nicht …“ Ich lege meine Gabel zur Seite. „Erinnerst du dich daran, dass Brody mich noch ein Jahr nach unserer Trennung gehasst hat?“

Sie nickt und lacht. „Und wie lange wart ihr zusammen? Zwei Monate? Du meine Güte, was für ein Verrückter!“

Ich schüttele den Kopf. „Ich weiß nicht … Er war ganz nett, und wir waren schon so lange befreundet. Ich habe immer noch nicht so richtig begriffen, was passiert ist, doch es ist … einfach kläglich gescheitert.“

Ich spüre, dass Harlow mich mustert, ehe sie sich wieder ihrem Essen widmet.

„Und Jack“, fahre ich fort. „Das hab ich auch versaut.“

Harlow schnaubt.

„Harlow, also echt.“

„Na ja, seien wir doch mal ehrlich“, erwidert sie. „Mit dem hast du sicher die eine oder andere versaute Sache getrieben, oder?“

„Verdammt, du weißt genau, was ich meine“, gebe ich zurück und stöhne, als sie nun kichert. „Ich hab's vermasselt, okay?“ Harlow verschluckt sich an einem Salatblatt. „Verdammt, ich wollte doch bloß sagen, dass ich es vergeigt habe. Ich vergeige es jedes Mal. Entweder sage ich das Falsche, ich sage nicht das Richtige, ich bin zu beschäftigt oder klammere zu stark. Egal, was – es ist *immer* irgendetwas.“

Sie hat den Kopf auf ihre Arme auf dem Tisch gelegt und schüttelt sich vor Lachen.

Seufzend spieße ich ein Stück Hähnchen auf. „Oh, Mann, du bist echt blöd.“

Sie richtet sich wieder auf und wischt sich mit einem ihrer langen manikürten Finger unter den Augen längs. „Ich meine nur, dass du nicht mehr derselbe Mensch bist wie mit achtzehn oder neunzehn oder zwanzig. Du und Oliver, ihr seid echte

Freunde geworden, und ihr seid beide sehr attraktive Menschen. Das ist alles. Mehr sage ich dazu nicht."

„Ich habe ihn heute Morgen gezeichnet", verkünde ich. „Und, was soll ich sagen? Er hat sein *T-Shirt ausgezogen.*" Ihre Augen richten sich blitzartig auf mich, und ich flüstere: „Seine Jeans hat er auch ausgezogen."

„Er hat seine *Klamotten* ausgezogen?", wiederholt sie ungläubig. „Oliver? In deiner Wohnung?"

„Ja! Ich habe ihn *fast nackt* gesehen", gestehe ich ihr. Es ist nicht sinnvoll, ihr zu erzählen, dass er es hauptsächlich deshalb getan hat, um mich abzulenken, denn dann würde sie den Grund dafür wissen wollen, und offen gestanden hat Harlow keinen blassen Schimmer von meinen Comics. Okay, abgesehen von der Tatsache, dass ihr Razors Muskeln unter den Schuppen gefallen. „Ich würde ja gern behaupten, dass es ein bisschen merkwürdig war, aber das war es überhaupt nicht. Er ist … Tja, er ist echt total fit."

Harlow presst die Faust auf ihren Mund, eine dramatische Geste, die ihre Zurückhaltung andeuten soll.

Mich vorbeugend murmele ich: „Darf ich dir ein Geheimnis anvertrauen?"

Meine beste Freundin schaut mich an, und ihr Blick wird weich. Harlow tut zwar immer so, als wäre sie beinhart, doch das ist sie gar nicht. Sie ist weich wie ein Marshmallow. „Du kannst mir alles erzählen, Schätzchen."

Ich hole tief Luft und wappne mich für das Geständnis, das ich ablegen will. „Ich glaube, ich mag Oliver wirklich."

Sie lacht und stützt den Kopf auf ihren Händen ab. „Lola, manchmal bist du so was von ahnungslos, dass es schon wehtut."

4. Kapitel

OLIVER

Ich verschwinde direkt nach unserer kleinen *Kunst-Session* aus Lolas Apartment. Als ich die Tür zum Loft hinter mir schließe, habe ich das Gefühl, dass mein Schwanz sich reflexartig streckt. Die Erinnerung daran, wie Lola in ihrem Pyjama, den weichen Socken und mit den kleinen Kohleflecken auf der Stirn und den Wangen ausgesehen hat, weil sie sich mit den schmutzigen Fingern die Haare aus dem Gesicht gestrichen hat ... das alles vernebelt mir echt die Sinne. Vor allem bin ich vollkommen k. o., weil ich während der vergangenen Stunde so hart darum gerungen habe, *keine* Erektion zu bekommen.

Ich bin mir nicht ganz sicher, welcher Teufel mich geritten hat, diese Sache hier durchzuziehen. Es war offensichtlich, dass Lola sich sehr bemühen musste, nach dem Anruf ruhig zu bleiben. Lola ist verdammt ehrgeizig, und das Einzige, was sie davon abhält, die Weltherrschaft zu übernehmen, ist die Tatsache, dass sie es hasst, ihr Schneckenhaus, in dem sie so überaus kreativ ist, zu verlassen und in die Öffentlichkeit zu treten. Zudem verschwendet sie mehr Gedanken an die Mythologie um *Razor Fish* als an irgendetwas anderes in ihrem Leben. Insofern war für sie die Vorstellung, ein derart wichtiges Detail ihrer Geschichte so gravierend zu verändern, mehr als erschreckend ... und es war absolut deutlich, dass sie kurz davor war, durchzudrehen.

Also hab ich mich bei ihr auf den Boden gelegt, nackt bis auf meine Boxershorts, während ihr Blick wie kleine Flammen über meinen Körper strich. Krampfhaft habe ich versucht, ans

Fahrradfahren zu denken oder ans Zählen der Einnahmen aus der Ladenkasse und definitiv *nicht* daran, wie es sich anfühlen würde, wenn Lola von der Couch aufstehen, zu mir kommen, ihre langen, schlanken Beine spreizen und sich rittlings auf meinen Schoß setzen würde.

Dass ihre Wohnung und mein Laden so nahe beieinander sind, ist sowohl Gnade als auch Fluch. In den Anfangstagen bin ich schon vor Sonnenaufgang zur Arbeit gefahren und habe erst Feierabend gemacht, als die Laternen längst an und die anderen Geschäfte zu waren. Nach der Eröffnung des Ladens hat Lola mir einen Schlüssel für das Loft gegeben und mir versichert, dass ich ihn gern benutzen darf. Es gab unzählige Tage, an denen es leichter gewesen wäre, wenn ich mich bei ihr aufs Ohr gehauen hätte, statt den ganzen Weg hinaus nach Pacific Beach zu fahren. Doch vom ersten Tag an ist die Beziehung zu Lola gefährlich gewesen. Ein kleines Grinsen, wenn sie den Laden betritt, führt zu einem unkontrolliert breiten Lächeln, wenn ich höre, dass ich sie später im Regal Beagle wiedersehe. So mancher Seitenblick führt dazu, dass ich ihre cremeweiße Haut, ihr glänzendes schwarzes Haar und ihre perfekten Kurven minutenlang anstarre. Wenn ich nicht aufpasse und zu oft bei ihr übernachte, könnte daraus eine Gewohnheit werden, und ich wäre erst zufrieden, wenn ich jede Nacht eng umschlungen mit ihr zwischen den Laken, zwischen ihren Schenkeln liegen würde.

Nachdem ich die Treppe hinuntergejoggt bin, trete ich hinaus in den strahlenden Sonnenschein an diesem Januarmorgen. Ich strecke das Gesicht der Sonne entgegen, recke ich mich und atme tief ein und aus, weil ich dringend Sauerstoff brauche.

Den Großteil des restlichen Tages versuche ich, möglichst beschäftigt zu sein, damit ich nicht daran denke, wie es war, aufzuwachen und zu erleben, wie Lola am frühen Morgen aussieht: weiche Gesichtszüge, ungeschminkt, während ihr Piercing – ein winziger Diamant direkt über ihren vollen, rosigen Lippen – glitzert. Lola hat eine perfekte Haut; ich träume davon, ihren Körper nach einer einzelnen Sommersprosse oder Narbe abzusuchen. Während ihr langes Haar normalerweise glatt gebürstet ist, klebte es heute Morgen arg zerzaust an ihrer rechten Gesichtshälfte und verriet mir, wie sie geschlafen hatte. Ihre Augen wirkten noch schläfrig, und ich hätte am liebsten die Zeit zurückgedreht, wäre zu ihr ins Bett gestiegen und hätte im Schlaf ihren warmen Mund geküsst, hätte meine Finger in ihrem weichen, dichten Haar vergraben und mich auf sie gerollt.

Diese Art von Traum hatte ich nun etwa eine Million Mal, in tausend unterschiedlichen Varianten, aber in jeder davon schlafen wir nackt. Manchmal schlafe ich direkt auf ihr ein, während ich noch immer mit ihr verbunden bin. Manchmal beginnen wir uns zu bewegen, noch ehe wir richtig wach sind, und was mich dann weckt, sind die leisen Töne, die sie in mein Ohr haucht, ihr warmer Atem, der über meine Haut streift. Manchmal lieben wir uns, wenn die Sonne gerade aufgeht, denn ich liebe einen guten, langsamen Fick gleich als Erstes am Morgen.

Während ich mich diesen Tagträumen hingebe, hole ich einen Stapel Hefte aus einem Pappkarton hervor und greife anschließend nach einem Messer, um den Karton zu zerschneiden, damit wir ihn ins Altpapier geben können. Es ist ruhig im Laden – Joe ist noch nicht da, der Mittagsansturm steht noch bevor –, und die Bilder von Lola gehen mir nicht aus dem Kopf, ähnlich wie die Endlosschleife eines Liedes: Lolas Hüften, die sich mir entgegendrängen, während ich in sie eindringe, und sie ist so *verfickt* heiß. Ihr Blick begegnet meinem. Sie ist dankbar für die Gefühle, die ich in ihr wachrufe, und ein wenig selbstgefällig, weil ich so offensichtlich versuche, nicht vor ihr zu kommen. Wenn Lola mich in meiner Fantasie liebt, dann ist sie niemals schüchtern, niemals zurückhaltend. Die Intensität, die ich verspüre, spiegelt sich in ihrem Gesichtsausdruck.

So ist es immer, in jedem Traum. Manchmal frage ich mich, ob es verrückt ist, dass ich sie im Geiste schon häufiger gevögelt habe, als dass ich mich mit ihr unterhalten habe. Als ich das jedoch einmal in ziemlich betrunkenem Zustand Ansel anvertraut habe, versicherte er – ebenso betrunken –, dass es totalen Sinn ergeben würde. „Ehrlich, ich hätte nicht das Geringste dagegen, mir vorzustellen, meine gesamte Ehe im Bett zu verbringen, nackt und zusammen mit Mia. Es macht mir überhaupt nichts aus, das zuzugeben."

„Na schön", meinte ich nur.

„Aber", fuhr er fort, „du *redest* die ganze Zeit mit Lola. Ihr zwei seid euch so nahe, dass ihr schon fast eine Geheimsprache entwickelt habt. Wenn ihr zwei Sex habt, wird das eine spirituelle Erfahrung werden. Alles, was du von ihr hören möchtest, wird sie dir ohne Worte sagen, sobald du endlich mit ihr schläfst."

Sobald.

Sein Vertrauen, dass es nur noch eine Frage der Zeit ist, ist einerseits beruhigend, andererseits aber auch nervig. Mehr als alles andere möchte ich ihm ja glauben, doch selbst nachdem sich unsere Freundschaft in letzter Zeit so sprunghaft weiterentwickelt hat – vor allem heute Morgen –, bin ich mir einfach nicht sicher.

Allerdings ... Dass sie mich zeichnet, war ein Traum, von dem ich nie geglaubt hätte, dass er Wirklichkeit werden könnte.

Es fühlte sich sinnlicher, intimer an als selbst der zärtlichste Kuss oder der leidenschaftlichste Fick. Ich musste bloß daliegen und mich von ihr anschauen lassen. Ich brenne darauf, mir diesen Skizzenblock anzusehen, herauszufinden, wie sie jeden einzelnen Teil meines Körpers gezeichnet hat, welche Teile sie – vielleicht – wieder und wieder gezeichnet hat.

Ich wusste, dass sie meine Beine malt, als die Kohle kräftig über das Papier kratzte. Es wurde ruhiger, als sie die Einzelheiten meines Gesichts zeichnete, denn da wurde auch ihre Atmung ganz flach, man hörte nur ein leises, schnelles Ein- und Ausatmen. Und es war eindeutig, dass sie meinen halb erigierten Schwanz zeichnete, als sie plötzlich ganz aufhörte, zu atmen – da war sie so nervös und doch so erpicht darauf, zu üben.

War sie bloß nervös, oder steckte mehr dahinter? Bei Lola weiß ich das nie. Sie schaut mich auf eine Art und Weise an, wie sie sonst niemanden ansieht, aber das könnte auch lediglich daran liegen, dass ich ihr bester Freund bin. Schließlich habe ich mir bewusst und sehr sorgsam ihr Vertrauen erarbeitet. Vertrauen ist der Schlüssel zu Lola. Sie macht dicht, wenn sie das Gefühl hat, dass man sie unter die Lupe nimmt, oder wenn sie sich bedrängt fühlt.

Aber es ist ein heikler, langsamer Prozess, und dummerweise will ich *Sex* und – um es noch genauer zu sagen – die Intimität, die dazugehört. Die Wahrheit ist, wenn ich diese Dinge mit Lola nicht haben kann, sollte ich mir allmählich echt die Chance einräumen, sie mit jemand anderem zu finden. In diesem Moment klingen mir Finns und Ansels Ermahnungen im Ohr, dass ich die Telefonnummern aufbewahren soll, die mir im Laden in die Hand gedrückt werden – von den *Fan-Girls*, wie Lola sie nennt –, oder dass ich Ja sagen soll, wenn ich auf einen Kaffee eingeladen werde … oder selbst geradeheraus einen Quickie im Lagerraum vorschlagen soll.

Mein Telefon gibt einen vertrauten Ton von sich, und ich greife über den Tresen danach.

Lola hat mir eine Nachricht geschickt.

Abendessen heute Abend? schreibt sie.

Nichts Ungewöhnliches, aber trotzdem fängt mein Herz an zu rasen.

Sicher, tippe ich. *Wo?*

Ich habe einen richtig langen Tag vor mir, können wir uns einfach bei dir treffen?

Gerade will ich *Klar* eintippen, als das Display erneut aufleuchtet. Ich lese ihre neue Nachricht:

Mein Kopf braucht mehr Oliver-Zeit.

In Lolas Wohnung herrscht manchmal das reinste Chaos. London dreht die Musik voll auf, sobald sie zu Hause ist; Harlow ist fast immer dort anzutreffen, wenn Finn verreist ist, und diese Frau ist eine Naturgewalt. Wenn dann noch Ansel und Mia dazukommen, grenzt es schon an ein Wunder, dass bisher nie jemand die Polizei gerufen hat. Abgesehen von unseren ganz offensichtlichen Ähnlichkeiten braucht Lola, genau wie ich, viel Ruhe. Nicht nur, um zu arbeiten, sondern auch, um zu *atmen.* Das ist einer der Gründe, warum wir von Anfang an so gut miteinander ausgekommen sind und warum wir immer noch so viel Zeit zu zweit – ohne unseren Freundeskreis – verbringen.

Normalerweise tun wir das allerdings nicht bei mir, wo weder Mitbewohner noch Nachbarn auf der anderen Seite der Wand leben. Natürlich haben wir uns hin und wieder auch schon bei mir getroffen, aber nicht, nachdem ich in einer Bar ihr Haar gestreichelt und anschließend die Nacht auf ihrer Couch verbracht habe. Nicht, nachdem sie mich *und meinen Schwanz* skizziert hat.

Ich bin verunsichert und wie elektrisiert – eine hochexplosive Mischung –, als ich auf Senden drücke: *Klar.*

Ich stehe auf der Terrasse und wende die Spareribs auf dem Grill, als ich Lolas Stimme durch den Flur hallen höre.

„Ich bin da!"

Die Haustür fällt zu. Anschließend ertönt das Geräusch ihrer Schuhe, die auf dem Boden landen, als sie sie direkt neben dem Eingang auszieht, bevor sie barfuß durchs Zimmer kommt und den Schlüsselring an den Haken in der Küche hängt, wo auch schon meine Schlüssel hängen.

Verrückt, wie vertraut, wie häuslich das klingt. Die merkwürdigen Gefühle, die sich in meinem Inneren zusammenbrauen, treffen mich daher völlig unvorbereitet. Mit einem nervösen Blick in Richtung Haus schließe ich den Grill in einer Wolke von Holzkohlenqualm. Du bist nur Lolas bester Kumpel, ermahne ich mich. *Nichts hat sich geändert, nicht wirklich.*

Als ich reingehe, quietscht die Tür leicht, und Lola schaut

lächelnd auf. „Hab ein bisschen was mitgebracht", sagt sie und nickt zu den Lebensmitteln auf der Arbeitsplatte.

„Das hättest du nicht zu tun brauchen", antworte ich und schließe die Tür hinter mir. „Die Spareribs sind fast fertig, ich wollte sie gerade herunternehmen."

Sie hält zwei Packungen Eis hoch. „Na, und jetzt haben wir auch noch Nachtisch." Rocky Road und Erdbeere. Unsere Lieblingssorten.

Mein Brustkorb fühlt sich irgendwie wie zugeschnürt an, während ich nun einen Servierteller aus dem Schrank nehme. Mit der ruhigen Gelassenheit ist es vorbei, und ich spüre, dass eine heftige Explosion bevorsteht. Allerdings habe ich keine Ahnung, welche Form sie annehmen wird.

Lola hantiert hinter mir herum, und als sie vor den Kühlschrank tritt, um alles zu verstauen, schaue ich ihr ganz bewusst *nicht* auf den Hintern.

Das Abendessen kommt einer Folter gleich. Es ist mir nie in den Sinn gekommen, dass es vielleicht keine gute Idee sein könnte, Lola gegrillte Rippchen zu servieren, weil es nämlich echt qualvoll ist, ihr zuzusehen, wie sie daran nagt. Ungefähr so, als wenn ich ihr eine Banane gegeben oder ihr meine Hand über den Tisch entgegengestreckt hätte, damit sie an meinem Finger saugt.

Kein Wunder also, dass ich beim Abendessen einen Ständer habe – einmal mehr – und unruhig auf meinem Stuhl hin und her rutsche, während Lola mir gegenübersitzt und mir von einigen Ideen für ihr neues Buch erzählt. Von meinem inneren Kampf scheint sie nichts mitzubekommen. Ganz offensichtlich vermeidet sie es, über Austins Ideen für *Razor Fish* nachzudenken, und so gern ich ihr hilfreiches Feedback geben möchte … es kostet mich fast übermenschliche Überwindung, meinen Blick von ihrem Mund loszureißen, als sie sich Sauce von den Fingerspitzen leckt.

Schließlich gebe ich auf und behaupte, ich müsste zur Toilette, damit ich eine Verschnaufpause bekomme. Ich spritze mir Wasser ins Gesicht und werfe mir im Spiegel einen ernsten, tadelnden Blick zu.

Das ist genau der Grund, warum ich in Las Vegas die Sache zwischen uns nicht weiter vorangetrieben habe. Warum ich – so sehr ich mich anschließend deshalb am liebsten selbst geohrfeigt hätte – ihre Einladung, mit ihr zusammen ein Zimmer zu nehmen, ausgeschlagen habe. Lola ist klug und hübsch, und da ich wusste, dass wir in derselben Stadt wohnen würden, und ich wirklich, *wirklich* gern mit ihr befreundet sein wollte, war es mir wichtig, das Ganze nicht dadurch zu ruinieren, indem ich mit ihr ins Bett gehe.

Aber zurzeit ist die Situation zwischen uns auf einmal sehr merkwürdig.

Wieder zurück auf der Terrasse, beginnen wir, gemeinsam abzuräumen, stellen in einvernehmlichem Schweigen das Geschirr in die Spülmaschine und wischen die Arbeitsflächen ab. Lola sagt nichts, aber ihre Miene drückt Entschlossenheit aus. Offenbar denkt sie nach und plant irgendetwas. Ich kenne diesen Ausdruck, doch irgendwie ist es heute Abend anders. Ohne genau zu wissen, warum, bin ich inzwischen ein echtes Nervenbündel, als wir all die Dinge in der Küche erledigt haben und nur noch Minuten davon entfernt sind, es uns auf dem Sofa in meinem schummrigen Wohnzimmer gemütlich zu machen.

Was hat Lola vor?

Ich schlage ihr vor, sie soll schon mal einen Film aussuchen, und beobachtete sie dann von meinem Platz neben dem Herd aus, als sie die Auswahl auf meinem iPad anschaut, den Mund zu einer leicht grimmigen Linie verzogen, bis sie genau das findet, was sie gesucht hat.

„*Point Break?*“, fragt sie.

„Nur zu.“

Bankraub und Explosionen, Waffen und Testosteron? Genau

das Richtige, um nicht in Versuchung zu geraten. Da fällt es mir leichter, meine Hände bei mir zu behalten.

Ich stelle den Geschirrspüler an, während Lola nach nebenan geht. Nachdem ich mir das Popcorn geschnappt und ein paar Bier aus dem Kühlschrank geholt habe, schalte ich das Licht mit meinem Ellenbogen aus.

Der Vorspann läuft bereits, als ich ins Wohnzimmer komme. Beide Lampen sind gedimmt, und die Couch ist riesig, groß genug für mindestens vier Erwachsene. Lola sitzt mitten drauf.

Okay …

„Gemütlich?"

Sie klopft auf die Stelle neben sich. „Fast."

Langsam rutscht mir das Herz in die Hose.

Ich setze mich, und nach kurzem Zögern rutscht Lola näher und kuschelt sich an meine Seite.

Ich erstarre und halte einen Moment lang die Luft an, ehe ich langsam ausatme und es genieße, wie sich unsere Körper aneinanderschmiegen.

Lola und mich verbindet von Anfang an bereits das, was Finn und Ansel als eine Tätschel-Beziehung bezeichnen – wir schubsen uns spielerisch, klatschen uns ab. Aber Kuscheln auf der Couch? Das ist definitiv neu.

„Soll ich das Eis holen?", fragt Lola und hebt den Kopf, um mich anschauen zu können.

Ich stelle mir vor, wie sie direkt neben mir sitzt, Eiscreme aus der Packung isst und geschmolzenes Erdbeereis vom Löffel leckt.

Das wäre eine verdammte Katastrophe.

„Später", antworte ich, und sie nickt, nimmt sich was vom Popcorn und streckt ihre Beine aus. Ich höre, wie sie einen tiefen, beruhigenden Atemzug macht.

Sie trägt ein weiches graues T-Shirt, das ihr von einer ihrer vollkommenen Schultern gerutscht ist, schwarze, enge Jeans, und ihre nackten Füße liegen neben meinem auf dem Couchtisch. Lola ist zierlich gebaut, aber groß und mit Kurven gesegnet, die mir den Mund wässrig machen. Ich würde sie niemals als zart bezeichnen – was wahrscheinlich hauptsächlich daran liegt, dass sie eine gewisse eiserne Aura ausstrahlt –, doch ich bin so viel kräftiger als sie, so viel größer, und ich war mir dessen noch nie so bewusst wie in diesem Moment.

Ich ergreife ihre Finger. „Du bist so klein."

Lola lacht und schaut auf unsere Hände. „Bin ich nicht, du bist bloß so ein Riese. Sind alle Männer in Australien so gebaut?" Sie sieht mich erneut an. „Dann sollte ich vielleicht mal eine Reise dorthin planen, um auf die Jagd zu gehen."

„Du bist ganz schön frech heute Abend", stelle ich fest und fasse mit der freien Hand in die Popcornschüssel auf Lolas Schoß, bevor ich wieder zum Fernseher gucke.

Allerdings kann ich spüren, dass *Lolas* Blick weiterhin auf mir ruht, daher kann ich nicht widerstehen und wende mich ihr zu. Wir sind uns so nahe, Schulter an Schulter. Aus dem Augenwinkel bemerke ich, wie sich ihre Brust bei jedem Atemzug heftig hebt und senkt.

„Hast du mich noch immer in meinen Boxershorts vor Augen?", flüstere ich.

„Ist das so offensichtlich?", erwidert sie. Sie verzieht spöttisch den Mund, aber gleichzeitig errötet sie und muss sich räuspern.

„Reg dich ab und sieh dir den Film an", kontere ich lässig, während sich meine Jeans einmal mehr gefährlich eng anfühlen. „Deinetwegen habe ich schon die ersten zehn Minuten verpasst – du weißt doch, den Teil, in dem wir die exzellente Charakterisierung von Keanu präsentiert bekommen."

„Oh, ich merke, wie sehr dir das zu schaffen macht", meint sie lachend und setzt sich auf. Sämtliche Körperstellen, an denen wir uns eben berührt haben, werden schlagartig kalt, und ich muss all meine Jedi-Fähigkeiten aufbieten, um sie ohne Worte dazu zu bewegen, sich wieder an mich zu schmiegen.

Meine Fähigkeiten scheinen sehr viel ausgeprägter zu sein, als ich mir je hätte vorstellen können, denn Lola trinkt einen großen Schluck Bier, stellt die Flasche auf den Tisch und schwingt die Beine auf die Couch, damit sie sich hinlegen kann.

Mit dem Kopf auf meinem Schoß.

Ich hole tief Luft und starre auf den Bildschirm, während ich mit wachsender Erregung darauf warte, dass sie es sich nach einigem Herumrutschen gemütlich gemacht hat.

Nach einer Weile hat sie wohl endlich die richtige Position gefunden und schaut mich lächelnd an. „Du bist so gemütlich. Ist das …?“ Sie schluckt. „Ist das okay?“

„Du bist auch ganz gemütlich“, gebe ich zurück und tue so, als wollte ich die Schüssel mit dem Popcorn auf ihrem Gesicht abstellen. Ein ziemlich kläglicher Versuch, mich davon abzulenken, dass ihr Kopf praktisch auf meinem Schwanz liegt. Ihr Ohr ist an meinen Ständer gepresst.

Es wird ihr vermutlich nicht verborgen bleiben, was sie bei mir anrichtet.

„Hey!“, beschwert sie sich und schnappt sich die Schüssel. „Sei nett zu mir, oder ich erzähle es Harlow.“

Lola nimmt sich eine Handvoll Popcorn und richtet ihre Aufmerksamkeit wieder auf den Film. Swayze läuft zusammen mit dem Rest seiner Expräsidenten-Bankräuber-Crew über den Bildschirm, und sie lacht. „Wieso habe ich das Gefühl, dass Not-Joe sich dafür begeistern könnte?“

Wie von selbst wandert meine Hand zu ihrem Haar. Anfangs ohne Hintergedanken – nur um es ihr aus der Stirn zu streichen –, doch auf einmal steckt sehr viel mehr dahinter, als ich zärtlich mit den Fingern hindurchfahre. Wenn wir dieses Spielchen spielen, dann – *fuck* – will ich auch mitspielen. „Weil er, wenn wir ihm sagen würden, er solle mit laufendem Motor im Lieferwagen draußen vor der Tür auf uns warten, während wir in die Bank laufen, bloß fragen würde, ob er den Radiosender verstellen darf.“

Lola dreht den Kopf und sieht mich an, wobei es wahrscheinlich viel besser für uns beide wäre, wenn sie einfach still daliegen würde. „Oder ob wir ihm einen Lolli mitbringen."

„Genau", stimme ich zu.

Einige Minuten lang schweigen wir. Ich wickele eine Haarlocke um meinen Finger und beobachte, wie das Licht vom Fernseher über die Strähne huscht.

„Und wie läuft's im Laden? Alles gut?", erkundigt sie sich und legt die Hand neben ihren Kopf auf meinen Schenkel.

„Weißt du doch", erwidere ich. „Du bist praktisch Angestellte des Monats."

„Das kommt, weil ich auf Not-Joe stehe", sagt sie und schaut mich kurz an.

Ich rutschte ständig hin und her – weil ich sie loswerden oder weil ich sie noch näher an mich ziehen will? Ich habe keine Ahnung. „Verrate ihm das bloß nicht, sonst denkt er noch, ihr werdet heiraten."

„Nein, die Gefahr besteht nicht." Sie lacht. „Not-Joe hat nämlich erklärt, er würde niemals eine geschiedene Frau heiraten. Obwohl ich glaube, er hat inzwischen vergessen, dass wir mal verheiratet waren."

„Ich habe deine Chancen auf ihn für immer ruiniert. Das bereitet mir, offen gestanden, eine gewisse Befriedigung." Unser Gespräch wird mir ein wenig zu ehrlich. Bevor sie also noch etwas hinzufügen kann, komme ich auf ihre ursprüngliche Frage zurück. „Und im Laden läuft es total super. Viel mehr Umsatz, als ich gedacht habe. Vielleicht kann ich sogar bald noch jemanden einstellen, der an den Wochenenden aushilft."

„Wow, echt? Das ist großartig!"

Mir wird ganz warm ums Herz, als ich auf sie hinunterblicke. „Bist du auf der Suche nach einem Job?"

„Ha, ha", kontert sie nur und dreht sich auf den Rücken. Jetzt kann ich sie sehen, was wirklich nett ist, doch wenn sie den Kopf bewegt, ist mein Schwanz bloß noch Zentimeter von ihrem Gesicht entfernt – und sein sehnlichster Wunsch würde in Erfüllung gehen! Ich bin mir allerdings nicht sicher, ob das eine gute Entwicklung ist. „Ich wäre eine viel angenehmere Gesellschaft als Not-Joe. Nur, dass du es weißt."

„So schlecht ist er gar nicht. Aber du siehst in Jeans verdammt noch mal viel besser aus als er."

„Trägt Not-Joe überhaupt mal was anderes als Surfshorts?", fragt sie und schließt die Augen, als ich beginne, ihren Kopf zu massieren.

Sie stöhnt leise, und ich muss mich schwer konzentrieren, um nicht ins Stottern zu geraten. „Wenn das mit deinem internationalen Ruhm doch nicht hinhauen sollte", erkläre ich, „kannst du immer noch Comics bei Downtown Graffick verkaufen."

Sie erstarrt, und ich begreife das als Wink, um sie zu fragen: „Möchtest du über Austins Idee reden? Oder meinst du, dass du einfach dein Veto einlegst?"

Je länger ich über Austins Vorschlag nachdenke, dass Razor zu einem Marsmännchen werden soll, desto mehr irritiert er mich. Für jemanden, der behauptet, er wäre versessen auf die Bücher, scheint Austin das Herz der Geschichten kein Stück zu begreifen. Und es ist ein Vorschlag, über den Lola vor einer Woche nur gelacht hätte. Denkt sie etwa ernsthaft darüber nach?

Sie zuckt mit den Schultern, während im Fernsehen gerade Gewehrschüsse durch die Luft pfeifen. Lola dreht sich wieder zum Bildschirm und zieht dabei meine freie Hand mit. „Ich liebe diese Szene", behauptet sie.

Ausweichtaktik. Lolas Supertalent. „Natürlich tust du das", meine ich. „Patrick Swayze zieht gleich sein Hemd aus. Himmel, *ich* liebe diese Szene."

„Keanu Reeves hätte einen guten Superhelden abgegeben."

Schockiert starre ich sie an. „Hast du etwa Neo vergessen?"

Sie schüttelt den Kopf. „Nein, ich will bloß sagen, dass er diese spezielle Ausdruckslosigkeit besitzt, die sich bei einem Bösewicht gut machen würde. Wie bei Sabretooth. Vielleicht Ra's al Ghul oder General Zod."

„Äh, Zod?“, stöhne ich. *„Nein.“*

Lola kichert. „Ich liebe die Art, wie du das sagst.“

„Wie ich was sage? ‚Nein‘?“

„Genau. Es ist … Ich kann es nicht mal nachmachen. Dieser Akzent …“

„Du bist so ein Witzbold“, meine ich liebevoll zu ihr.

„Am besten finde ich deine Os. Immer wenn ich versuche, es nachzumachen, wie du etwas sagst, kriege ich das mit dem O nicht hin. Sag mal ‚So tolle Trolle‘.“

„Sehr witzig, Lola Love.“

„Siehst du? Genau das ist es! Luuuooarrla“, sagt sie und zieht das Wort endlos in die Länge und verändert dabei die Form ihres Mundes auf übertriebene Weise. „Ich kenne nicht mal all die Buchstaben, die du benutzt, um ehrlich zu sein.“

„Es sind die ganz normalen Buchstaben“, wehre ich mich.

Einen Moment später reibt sie sich ihren Nacken.

„Alles okay bei dir?“, frage ich und nehme meine Hand von ihrem Haar, um über ihre Schultern zu streichen.

„Mein Hals liegt in einem so blöden Winkel.“

„Soll ich mich anders hinsetzen oder …?“, beginne ich, doch Lola kommt hoch und begutachtet die Couch, ehe sie aufsteht.

„Vielleicht … hm. Dreh dich mal“, weist sie mich an und hebt meine Füße vom Couchtisch auf das Sofa. „Ja, so.“

Ich stelle das Popcorn zur Seite und komme ihrer Aufforderung nach, sodass ich nun seitlich auf der Couch liege. Irgendwie kommt Lola mir nervös vor. Oder bilde ich mir das ein?

Behutsam lässt sie sich auf die schmale freie Fläche auf dem Sofa vor mir nieder und presst ihren Rücken gegen meinen Körper. Also … das ist definitiv auch neu.

„So wie wir hier liegen, bist du der Tee- und ich der dazu passende Esslöffel“, sage ich in der Hoffnung, die seltsame Spannung ein wenig zu lösen, die zwischen uns entstanden ist.

Lola will mich in die Hüfte zwicken, aber ich komme ihr zuvor und schnappe mir ihre Hand. Irgendwie endet es damit, dass ich meinen Arm um ihren Körper schlinge. Eine Zeit lang liegen wir schweigend da, und nur das Geballere des Films hallt durchs Zimmer. Als ich mich leicht bewege, verschränkt Lola ihre Beine mit meinen.

Oh, *fuck!*

Mein Interesse an dem Film ist gänzlich dahin. Ich schließe die Augen und spüre, wie ich weiter in die Couch hineinsinke, während Lola mit der Fingerspitze über mein Handgelenk streicht. Ihre Nägel kratzen mich leicht, als sie mich langsam, immer langsamer berührt, bis es sich mehr nach Streicheln als nach einem beiläufigen Körperkontakt anfühlt.

Ich war in ihrer Gegenwart immer so vorsichtig, stets darauf bedacht, die Tiefe meiner Gefühle nicht zum Vorschein kommen zu lassen. Ich will sie nicht drängen. Ich will unsere Freundschaft nicht aufs Spiel setzen, aber im Moment fühlt es sich an, als würden wir auf der Spitze eines Berges balancieren; wenn wir uns zu weit zu einer Seite beugen, könnten wir in etwas Wunderbares hineinschlittern, in etwas, was ich mir schon seit einer gefühlten Ewigkeit wünsche. Doch wenn es für Lola bloß um Freundschaft geht und ich einen Schritt in die falsche Richtung mache, könnte ich von der Klippe in eine totale Leere stürzen: in der es weder ihre Freundschaft *noch* ihre Liebe gäbe.

Ich bin mir nicht sicher, ob ich das riskieren soll. Es ist besser, wenn ich Lola die Entscheidung überlasse.

„Lola?“, sage ich leise, und ich kann all meine eigenen Ängste und Zweifel in diesen zwei kurzen Silben heraushören.

Lolas gesamter Körper erstarrt. Es beginnt in ihren Schultern und bewegt sich dann wie eine Welle abwärts, bis sie wie von der Tarantel gestochen hochschießt.

„Verdammter Mist, ich wusste gar nicht, dass es schon so spät ist“, meint sie atemlos und steht schnell auf. „Ich muss noch ein paar Panels fertigzeichnen. Außerdem sollte ich wohl auch Austin heute Abend noch mal anrufen.“

Ich brauche eine Sekunde, um zu begreifen, dass dieser besondere Augenblick vorbei ist. „Du kannst von hier aus mit ihm telefonieren“, biete ich ihr an und beobachte sie dabei, wie sie ihre Haare auf dem Kopf zu einem Knoten zusammensteckt. Ich will nicht, dass sie geht. „Ich bin dir bestimmt nicht im Weg.“

Sie geht in die Küche, und ich sehe ihren Schatten an der Wand, während sie ihre Sachen zusammensucht. „Nein, ist schon okay“, erwidert sie lässig. „Ich muss ohnehin erst darüber nachdenken, was ich ihm eigentlich sagen will.“

Ich stehe auf und warte ab, als sie ihr Schlüsselbund nimmt und an der Tür in ihre Schuhe schlüpft.

„Sagst du kurz Bescheid, wenn du zu Hause bist?“

Sie nickt und lächelt mich an. „Natürlich. Und danke fürs Essen.“

„Gern geschehen.“

Sie lässt ihre Schlüssel um den Zeigefinger kreisen und blickt hinüber ins Wohnzimmer. „Danke für mehr als nur das Abendessen“, fügt sie hinzu und starrt auf das Sofa, auf dem wir gerade gekuschelt haben. Dort liegen, quasi wie ein verlassenes Gerippe, die Überreste unserer sexuellen Spannung. Ob Lola das auch so sieht? „Danke, dass du so ein Schatz bist. Ich weiß, mein Leben ist zurzeit total verrückt, und du hast deine eigenen Probleme. Von daher weiß ich es wirklich zu schätzen, dass du heute Abend für mich den Esslöffel gespielt hast.“

Schweigend lächele ich sie an, denn, offen gestanden, was soll ich dazu sagen? Dass ich mich rund um die Uhr mit Verrücktheiten abgeben würde, solange es *ihre* Verrücktheiten sind?

Schließlich dreht Lola sich um und greift nach der Türklinke. „Du bist sozusagen meine Schmusedecke und mein Rettungsanker in einer Person.“

„Ich bin schon Schlimmeres genannt worden“, versichere ich ihr.

Still lächelnd stellt Lola sich auf Zehenspitzen, beugt sich vor und presst kurz ihre Lippen auf meine Wange. „Nacht, Olls.“

„Gute Nacht, Lola Love.“

Und dann ist sie weg.

5. Kapitel

LOLA

Was tut man, wenn man einen Abend kuschelnd mit *einem Freund* auf der Couch verbracht hat und dann in eine sehr kalte, sehr leere Wohnung zurückkehrt?

Tja, als Erstes holt man seinen Vibrator aus der Nachttischschublade. Aber am *nächsten* Morgen geht man in den Laden dieses besagten Freundes und tut so, als würde man ihn *nicht* den ganzen Tag lang beobachten.

Ich weiß nicht, was mit mir los ist. Ich schwanke so stark zwischen *Belass es bei der Freundschaft* und *Vernasch ihn auf der Stelle,* dass ich jedes Mal, wenn ich bloß daran denke, kurz davor bin, auszurasten. Und die Tatsache, dass Oliver gestern Abend offenbar absolut nichts gegen das Kuscheln und Flirten hatte? Dass er mich sogar ermutigt hat? Ehrlich … Ich weiß echt nicht, was ich tun soll, und der Mensch, mit dem ich am liebsten darüber reden würde – Oliver –, ist gleichzeitig der letzte Mensch, mit dem ich die Sache besprechen kann. Ich möchte meine Fühler ausstrecken, nur ein kleines bisschen, um herauszufinden, ob sich die Dinge zwischen uns geändert haben und er den ersten Schritt wagt. Das Problem ist allerdings, dass ich nie genau weiß, was in seinem Kopf vor sich geht.

„Lebst du jetzt eigentlich hier, Lola?“, fragt Not-Joe hinter dem Verkaufstresen, als ich an ihm vorbei nach hinten gehe. „Wenn ja, dann könnte ich dir zeigen, wie die Kasse funktioniert, damit ich mal rausgehen und einen Joint rauchen kann.“

„Das habe ich gehört“, murmelt Oliver am anderen Ende des Ladens. Er sieht auf, als ich an ihm vorbeilaufe, und lächelt.

In diesem flüchtigen Blick stecken tausend Worte, aber leider spreche ich die Sprache nicht.

„Euch beide wie ein Stalker zu beobachten ist einer der vielen Vorteile eines Comic-Schriftstellers“, antworte ich und strecke mich mit meinem Zeichenblock auf der neuen Couch in der hinteren Ecke aus. Seit Neuestem ist die Leseecke vorne immer voll mit Olivers Fan-Girls und den Kids aus der Highschool, die heimlich *Sex Criminals* lesen. „Ich kann von früh bis spät hier rumhängen und es Recherche nennen.“

„Sie versteckt sich vor den Paparazzi.“ Oliver deutet mit dem Kinn zum Schaufenster, um auf den Mann zu verweisen, der draußen mit einem Notizblock neben einem Parkautomaten steht. „Es ist erst elf Uhr morgens, und der lungert da schon seit zwei Stunden herum“, berichtet er mir. „Ich glaube, er hofft darauf, dass er von dir ein Interview für seine unbedeutende, kostenlose Zeitung mit einer Auflage von ungefähr fünftausend Stück in Chula Vista bekommt.“

Ich bin dankbar für den dampfenden Kaffeebecher in der Hand des Mannes, denn ich vermute, dass ich in der Zeit, in der er sich den geholt hat, in den Laden gegangen bin und er mich deshalb nicht entdeckt hat.

Obwohl die Pressemitteilung ein großes Echo gefunden hat und in sämtlichen sozialen Netzwerken diskutiert wird, dreht es sich dabei hauptsächlich um die Besetzung des Films, wohingegen niemand wirkliches Interesse an mir bekundet. Autoren sind langweilig. Introvertierte Autoren, die nicht gern im Rampenlicht stehen, sind noch langweiliger. Bisher konnte ich alle Interviewanfragen auf Benny abwälzen oder irgendwelche Fragen per E-Mail beantworten. Glücklicherweise hat sich Angela Marshall bis jetzt getäuscht, als sie meinte, mein Alltagsleben würde sich verändern.

„Was hast du gestern Abend getrieben?“, ruft Not-Joe mir zu, während er einem Kunden eine Tüte reicht und die Kasse wieder schließt.

„Ich war bei Oliver zum Abendessen."

Der Mann, von dem ich rede, blickt nicht einmal auf, und erneut überlege ich, was in seinem Kopf vor sich geht. Denkt er daran, wie es sich angefühlt hat, als ich mit dem Rücken an ihn geschmiegt auf der Couch lag? Denkt er an das Eis, das er vermutlich allein aufgegessen hat, nachdem ich weg war? Fragt er sich, was zum Teufel in mich gefahren ist? *Ich* frage mich das nämlich.

Wobei ... bedauern tue ich es nicht.

„Aaabendessen", wiederholt Not-Joe gedehnt.

„Joe." In Olivers Stimme schwingt eine sanfte Warnung mit.

„Dein Chef hier hat Rippchen gegrillt", erzähle ich Not-Joe. „Sie waren köstlich."

Oliver schaut ganz kurz zu mir herüber, bevor er, gegen ein Lächeln ankämpfend, wieder wegsieht.

„Ach so, ihr habt das Fleisch von den Knochen genagt?", will Not-Joe wissen und grinst mich an. „Habt die scharfen Säfte aufgesogen?"

Ich liebe Olivers lockeres Lachen, das prompt erklingt, den Seitenblick, den er mir noch einmal zuwirft. Ich liebe es, dass er seine Arbeit dabei nicht unterbricht, wenn wir uns anschauen, einatmen, ausatmen. Er zieht einen Stapel mit Heften aus einem Karton und legt ihn auf den Tresen. Holt den nächsten Stapel raus und legt ihn daneben.

„Du bist eine Bedrohung", stelle ich fest. Ich blinzele Not-Joe bei diesen Worten zu, aber ich kann so tun, als hätte ich Oliver gemeint.

Denn er ist eine Bedrohung. Eine stille, ständig präsente, verdammt sexy Bedrohung.

Not-Joe zuckt mit den Schultern und bückt sich, um eins der Bücher genauer in Augenschein zu nehmen. „Also echt, diese neue Ausgabe von *Red Sonja* zeigt viele Brüste. Ich muss sagen, ich bin begeistert."

Oliver dreht sich zu ihm herum. „Zeig mir deine beiden Hände, Joe."

Lachend hebt Not-Joe die Hände. „Du bist doch der Kerl, der sich beim Comiclesen einen runterholt, nicht ich."

„Du bist der Kerl, der ständig ‚Ist er schon drin?' gefragt wird", kontert Oliver.

„Du bist der Kerl, der ‚Ist es gut, Baby, fühlt es sich gut an?' fragt."

„Brauch ich nicht, Kumpel", erklärt Oliver und blickt auf den Bestellschein. „Ich *weiß*, dass es gut ist."

Not-Joe lacht, doch ich mache große Augen, als ich Olivers leicht grollenden Unterton bemerke. Und wie leicht ihm das über die Lippen kommt … Ich kriege vor Eifersucht und Verlangen keine Luft mehr, wenn ich daran denke, dass Oliver Sex hat. Oder vielleicht liegt es auch an dem noch immer nicht abgeklungenen *sehnsüchtigen Begehren* vom vergangenen Abend.

Das war schon komisch gestern.

Ich blinzele und drehe den Kopf zu einem Regal mit Neuerscheinungen, während ich mich verzweifelt darum bemühe, mein Gehirn zu rebooten.

„Nur weil es für dich gut ist, bedeutet es nicht, dass es für sie gut ist", meint Not-Joe.

„Na ja", antworte ich geistesabwesend, „er hatte schließlich all die lesbischen Mitbewohnerinnen, die ihn zum Üben, Üben, Üben gebracht haben …"

Ich verstumme und merke, dass es im Laden auf einmal mucksmäuschenstill ist.

Reboot fehlgeschlagen. Ich fasse es nicht, dass ich das gerade gesagt habe.

Die Geschichte von Oliver und seinen lesbischen Mitbewohnerinnen habe ich gehört, als wir alle ziemlich viel getankt hatten – noch dazu von Ansel. Und als er mir das erzählte, hatte er diesen außergewöhnlichen Schalk in den Augen, der nie Gutes verheißt. Oliver und ich haben allerdings tatsächlich nie darüber gesprochen. So schockierend das auch klingen mag.

Ich spüre geradezu, wie er mich von der Seite anstarrt, während eins seiner Fan-Girls ihn gerade mit den Augen fickt – quer durch den Laden.

„Woher weißt du …?“, beginnt er.

„Warte.“ Not-Joe unterbricht ihn. *„Lesbische Mitbewohnerinnen?* Wieso erfahre ich erst jetzt davon? Ich fühle mich hintergangen.“

Oliver fixiert mich weiterhin und hebt eine Braue, als wolle er sagen, *Na? Willst du das näher ausführen?*

„Nach allem, was Ansel mir berichtet hat“, erkläre ich Not-Joe und versuche dabei, ganz lässig zu klingen, so als würde meine Haut nicht zu kribbeln anfangen, wann immer ich bloß daran denke, „hatte Oliver zwei Mitbewohnerinnen, als er auf der Uni in Canberra war. Beide standen auf Frauen, aber wie das so ist auf dem College, weil man da ja alles etwas lockerer sieht, haben sie es auf sich genommen, Oliver sozusagen einzuweisen. Ansel hat gesagt, dass *massenhaft* Frauen geschwärmt haben über Olivers …“

„Niemand hat jemals geschwärmt, schon gar nicht Ansel gegenüber“, fällt Oliver mir ins Wort und wirkt ziemlich verlegen. „Ich meine, so war das überhaupt nicht.“

„Na ja, für mich klang es aber so“, widerspreche ich und grinse ihn an.

Oliver verzieht keine Miene.

Genau genommen sieht er ziemlich angespannt aus – als würde ihm ganz und gar nicht gefallen, was ich eben ausgeplaudert habe. Natürlich gefällt es ihm nicht; wir befinden uns mitten in seinem Laden! Aber … hat er nicht selbst vor ein paar Sekunden darüber geredet, wie gut Sex mit ihm sei?

Verwirrt senke ich den Blick auf den Comic in meiner Hand, um dieselbe Sprechblase wieder und wieder zu lesen.

„Das …“ Not-Joe klopft Oliver auf die Schulter. „Das ist der *Wahnsinn.* Erinnere mich unbedingt daran, wenn ich dich das nächste Mal verarsche.“

Ohne darauf etwas zu erwidern, starrt Oliver grimmig auf seinen Bestellschein.

Und jetzt ist es richtig peinlich. Ich habe natürlich für diese Stimmung gesorgt. Doch wenn ich es mir recht überlege, war die Atmosphäre schon den ganzen Morgen merkwürdig. Ich habe den Sprung gewagt und eine unsichtbare Linie überschritten, als ich gestern Abend bei ihm war. Ich habe diese ganze Wir-sind-nur-Freunde-Sache ad absurdum geführt, jedenfalls von meiner Seite aus. *Nur-Freunde* funktioniert bloß so lange, wie alle auf dem gleichen Level sind. Sobald klar wird, dass einer mehr will, fällt das gesamte Kartenhaus zusammen. Dass ich ihn neulich zeichnen wollte ... gestern Abend dieses Kuscheln und Streicheln ... und jetzt hier dieses Herausposaunen seines früheren Sexuallebens, obwohl wir sonst nie über solche Sachen reden ... Man kann wohl behaupten, dass ich die gesamte, sorgsam errichtete Festung niedergerissen und mit Benzin übergossen habe.

Ich gehe zu ihm hinüber und stupse ihn leicht an. „Entschuldige", murmele ich. „Ich habe einfach meinen Mund aufgemacht, und heraus kam ziemlicher Mist. Mir ist das total unangenehm."

Er schaut mich nicht an. „Ist schon okay. Ich will nur nicht, dass du denkst ..."

„Ja, ich weiß", sage ich, als er abbricht. Ich verstehe. Er will nicht, dass ich so über ihn denke.

Das Panel zeigt das Mädchen, das auf ein pochendes Organ in seinen Händen blickt.

Als ein neuer Kunde näher kommt, schweigen wir, dann drehe ich mich um und gehe zu dem Sofa, wo meine Sachen liegen. Schnell stecke ich den Skizzenblock in meine Tasche und schlinge sie mir über die Schulter, bevor ich an Oliver und den Regalen vorbeieile, um still und heimlich zu verschwinden.

„Wo willst du hin, Lola?", ruft Not-Joe mir hinterher.

„Muss mal raus", erwidere ich und stoße die Ladentür auf.

Auf dem Bürgersteig weiche ich dem Reporter geschickt aus und ziehe mein Handy aus der Tasche. Hastig gebe ich die Nummer von meinem Dad ein, nur um beschäftigt zu wirken.

Dad antwortet nach dem zweiten Klingeln. „Was geht ab, mein Mädchen?"

Ich senke den Kopf und spreche leise ins Telefon. „Hallo."

„Hallo." Er macht eine Pause und wartet darauf, dass ich ihm erzähle, warum ich angerufen habe. Ich habe es als Schutzmaßnahme getan, aber da ich ihn nun schon mal am Apparat habe, merke ich, dass es sich in meinem Inneren anfühlt, als würde sich ganz viel Wasser hinter einem Damm aufstauen. Zeichnen und Schreiben, der Film und Oliver. Das Flirten mit Oliver, mein Frust darüber, dass ich nicht weiß, was er denkt, und – ganz schlimm – dass ich den Eindruck habe, meinen Instinkten in Bezug auf Männer nicht trauen zu können. Das ist alles zu viel auf einmal.

Ich hätte auch eine meiner Freundinnen anrufen können, aber ich bereue es beinahe, dass ich neulich mit Harlow über Oliver gesprochen habe, und will nicht, dass sie mich noch mehr über ihn und unsere Beziehung ausfragt. London ist bei der Arbeit, und Mia erzählt alles, was sie hört, Ansel weiter.

„Was ist los?", hakt Dad nach.

Ich verziehe das Gesicht und schließe die Augen. „Ich bin nur gerade etwas gestresst."

„Erzähl mir, was dir alles zusetzt."

„Wer hat mir eigentlich einen Erwachsenen-Pass gegeben? Also, wer hat geglaubt, das wäre eine gute Idee?"

Dad lacht. „Sie verteilen Erwachsenen-Pässe? Hm, den habe ich wohl irgendwie nicht gekriegt." Er holt tief Luft und meint dann gepresst: „Na los, raus damit."

Himmel, wo soll ich anfangen? Dad hat bestimmt sofort eine Meinung zu Austin – *Der klingt mir zu aalglatt, denkst du wirklich, dass er der Richtige für dieses Projekt ist?* – und zu der Vorstellung, dass Razor ein Marsmensch sein könnte – *Was soll denn der Scheiß? Hat der Kerl die verdammte Geschichte überhaupt gelesen?* Wenn ich mit ihm über meine Arbeit rede, kommt bei ihm immer der beschützende *Lass dich von denen nicht verarschen*-Instinkt durch, und obwohl ich es mag, dass er so stolz auf mich ist, hat er absolut keine Erfahrung mit Hollywood. Seine Meinung wäre bloß laut und wenig hilfreich.

Aber das Seltsamste ist, dass ich das noch gar nicht bereden muss; meine Arbeit ist schon immer das einzige Gebiet gewesen, auf dem ich mich echt sicher fühle, und außerdem bin ich mir über meine eigene Reaktion auf Marsianer-Razor noch nicht ganz im Klaren. *Oliver* ist das, was mich viel mehr verwirrt, und vielleicht ist es ganz gut, wenn ich *das* mit jemandem bespreche, der vermutlich nicht allzu tief nachbohren wird.

Ich kaue auf meinem Nagel, ehe ich schließlich zugebe: „Ich glaube, die Sache zwischen mir und Oliver wird irgendwie … merkwürdig."

„Aha." Ich höre, wie er am anderen Ende der Leitung inhaliert, und kann mir genau vorstellen, wie er vor sich hin blinzelt, während er eine Zigarette zwischen den Lippen hat. Er atmet wieder aus. „Darüber reden wir jetzt?"

„Scheint so."

Als Mom uns verlassen hat, musste Dad sämtliche Aspekte der Erziehung eines jungen Mädchens abdecken, die normalerweise von den Müttern erledigt werden. Er half mir, die kleineren Dramen zu überstehen: die erste Schwärmerei für einen Jungen, den ersten Liebeskummer, die erste Periode. Er ist das alles total direkt und stoisch angegangen, wofür ich ihn wirklich bewundere. Er zieht andere Leute gerne auf, reißt Witze und benutzt Sarkasmus als eine Art Schutzwall, doch unter der harten Schale steckt ein weicher Kern. Manchmal ist sein Herz sogar zu groß.

Er lacht und holt noch einmal tief Luft. „Na, dann rede."

„Also …", setze ich an und starre in den Himmel. „Ich glaube, ich will mehr."

Dad schnalzt mit der Zunge. „Ich weiß nicht, Schätzchen. Ich werde aus dem Jungen nicht schlau. Ich glaube, er bewundert dich, aber will *er* auch mehr?"

Das ist genau die Art von Ehrlichkeit, die ich brauche. Dad mag Oliver sehr, sieht uns jedoch nicht unbedingt als romantisches Paar, so wie Harlow es tut. Stirnrunzelnd räume ich ein: „Ich weiß es nicht. In Vegas war ziemlich klar, dass er kein Interesse hatte."

„Und Oliver ist ein guter Freund", sagt Dad. „Du musst immer vorsichtig sein, wenn du versuchst, daraus mehr werden zu lassen."

Ich zucke mit den Schultern und wirbele beim Gehen altes Laub auf. Dads Worte spiegeln meine eigenen Gedanken, was diese Sache betrifft. „Ja."

Wieder höre ich, wie er inhaliert und den Rauch ausbläst, ehe er meint: „Allerdings weiß ich auch, dass wir alle hin und wieder gewisse Bedürfnisse haben, die befriedigt werden müssen."

„Dad!"

Er lacht. „*Du* auch. Na, komm schon. Hab Spaß! In deinem Leben geht es gerade drunter und drüber. Erst *Razor Fish*, und jetzt schreibst du schon am nächsten Projekt. Und dann machen sie einen gottverdammten Film aus deinen Sachen!"

Ich blicke hinauf zum Himmel. Ich habe für all das so hart gearbeitet, trotzdem möchte ich jetzt lieber das Thema wechseln. „Was machst du heute Abend?"

Ich höre, wie sein Schuh über den Beton auf der hinteren Terrasse scharrt, als er seine Zigarette austritt, und wie die Fliegengittertür zuklappt, als er wieder reingeht. „Ich glaube, Ellen kommt nachher zum Abendessen."

Ellen. Dads neue Freundin, der ich keinen Meter weit über den Weg traue. Dad ist einer der klügsten und nettesten Menschen, die ich kenne, und er verdient jemand Besonderen. Ellen ist eine Kaugummi kauende Cocktailkellnerin mit Silikonbrüsten, die im T.G.I. Friday's arbeitet.

„Wie nett."

„Das klingt ein bisschen, als würdest du sie nicht sonderlich mögen."

Ich lache leise. „Ich habe dir schon gesagt, dass ich sie nicht mag."

„Ich verbringe gerne Zeit mit ihr, Schätzchen", sagt er. „Und sie hat einen tollen Vorbau."

„Bäh. Ich lege jetzt auf. Das war absolut *nicht* hilfreich."

Er lacht. „Hab dich lieb."

„Ich dich auch." Ich stecke mein Telefon in die Tasche und steige die Metalltreppe zum Loft empor.

Was ich eben gesagt habe, war nicht ganz richtig: Das Gespräch mit Dad hat mir sehr wohl geholfen. Manchmal ist Dads Ehrlichkeit genau das, was ich brauche. Es mag sein, dass Oliver nicht mehr als Freundschaft will. Doch selbst wenn es so sein sollte – ist das wirklich das Beste für uns?

Kaum habe ich die Wohnungstür hinter mir geschlossen, klopft jemand von der anderen Seite dagegen. Es sind zwei kurze Schläge mit der geballten Faust: Oliver.

Da ich direkt dahinter stehe, öffne ich sofort, sodass seine Hand noch in der Luft hängt.

„Hallo", sage ich.

Er ist atemlos und fährt sich durchs Haar. „Hallo", erwidert er. „Kann ich kurz reinkommen?"

Ich trete zur Seite. „Natürlich."

Er geht an mir vorbei ins Wohnzimmer und starrt einige Sekunden lang aus dem Fenster, bis er wieder zu Atem gekommen ist. Es ist offensichtlich, dass er nicht hier ist, um sich ein Sandwich zu holen oder um das Bad zu benutzen, weil die Toilette im Laden kaputt ist, und je länger das Schweigen andauert, desto nervöser werde ich.

Schließlich dreht er sich zu mir herum. „Bist du okay?"

Ich starre ihn an, während noch einmal die Bilder der letzten Stunde verschwommen an meinem inneren Auge vorbeiziehen. Wieso glaubt er, dass *ich* nicht okay sei? „Ja. Wieso?"

„Du bist ziemlich überstürzt verschwunden. So als wäre irgendwas nicht in Ordnung."

Innerlich stöhnend blicke ich aus dem Fenster. „Ich kam mir so mies vor, weil ich Not-Joe das mit dir am College erzählt habe und …"

„*Fuck*, Lola, es ist mir scheißegal, ob Joe das weiß oder nicht."

Achselzuckend erwidere ich: „Du sahst reichlich genervt aus."

Sich den Nacken massierend, stellt er klar: „Ich will bloß nicht, dass du mich für den Typen hältst, der sich mit seinen Mitbewohnerinnen einlässt, um zu lernen, wie man es mit Mädchen treibt." Durch die Brille schaut er mich mit seinen großen Augen liebevoll an. „Das klingt so oberflächlich."

Ich lächele. „Das hab ich gar nicht gedacht. Ihr wart auf dem College. Da macht man alles Mögliche."

„Das Ganze ist an einem einzigen, sehr alkoholträchtigen Wochenende vor über zehn Jahren geschehen. Es war nichts …" Er zuckt leicht zusammen, während er nach den richtigen Worten sucht, und fährt fort: „… nichts, was jede Nacht passiert ist."

„Ist schon okay." Ich will nicht, dass er das Gefühl hat, mir das alles erklären zu müssen, nur damit ich mich besser fühle. „Du brauchst es mir nicht …"

„Und dass du solche Sachen über mich von jemand anderem gehört hast …" Er hält kurz inne und fährt sich noch einmal über den Nacken. „Das gefällt mir nicht."

„Na ja, um ehrlich zu sein, es ist ja nicht so, als dass wir beide über derartige Dinge reden würden." Als er schweigt, füge ich schnell hinzu: „Ich meine, das ist völlig in Ordnung. Wir müssen das nicht. Es ist nur … Darum bin ich vorhin verschwunden. Weil es sich so anfühlte, als hätte ich eine Grenze überschritten. Ich möchte mich nicht in dein Privatleben einmischen, Oliver. Ich respektiere deine Privatsphäre."

Als er mich jetzt anschaut, wirkt er irgendwie verwirrt. „Ich habe das Gefühl …“, beginnt er und schüttelt dann den Kopf. „*Fuck.* Ich habe das Gefühl, dass wir wohl mal reden müssen.“

Mein Magen krampft sich zusammen. Wenn ein Gespräch so anfängt, ist das nie ein gutes Zeichen. „Reden wir denn jetzt nicht?“

„Ich meine“, sagt er und fängt an, im Zimmer umherzulaufen, „gestern Abend, da war irgendwas anders zwischen uns. Oder habe ich mir das bloß eingebildet?“

Ich starre auf meine Schuhe und reibe mit der Zehenspitze über den Teppich. Jetzt wird’s ein bisschen peinlich. „Nein, ich glaube, ich weiß, was du meinst. Es tut mir leid.“

Er kommt wieder zu mir. „Nein.“ Und dann etwas leiser: „Es braucht dir nicht leidzutun. Das meinte ich nicht.“

Langsam hebt er die Hand und umschließt meine Wange. Ich spüre, wie er mit dem Mittelfinger über die Stelle streicht, wo mein Puls am Hals heftig pocht. Oliver starrt auf seine eigene Hand, die Lippen leicht geöffnet, als könnte er selbst nicht fassen, was er gerade getan hat.

Als müsste ich mich durch dichten Nebel hindurchtasten, versuche ich, mich daran zu erinnern, warum ich mal gedacht habe, es wäre keine gute Idee, Oliver zu küssen. Denn in diesem Moment weiß ich mit großer Sicherheit, dass er über das Gleiche nachdenkt.

Plötzlich klingelt mein Telefon, so laut, dass es uns beide erschreckt. Ich trete einen Schritt zurück und hole es aus der Tasche. „Entschuldige, ich habe vergessen, dass ich es in letzter Zeit auf laut gestellt habe …“ Als ich es in der Hand halte, schauen wir gemeinsam auf das Display und sehen den Namen Austin Adams aufleuchten.

„Du meine Güte, wie oft ruft der denn an?“, flüstert Oliver rau.

„Entschuldige, warte … Eine Sekunde, okay?“ Ich gehe ran. „Hallo, Austin.“

„Loles!“, brüllt er. Oliver dreht sich zum Fenster, aber ich bin sicher, dass er alles hören kann, was Austin sagt, weil ich das Handy von meinem Ohr weghalten muss, so laut spricht er. Im Hintergrund höre ich Wind und stelle mir vor, dass er in einem Cabrio durch die Hollywood Hills rast. „Wollte bloß wissen, ob du diese Woche noch nach L. A. kommst? Langdon kann es kaum erwarten, anzufangen. Ich will, dass ihr zwei euch schnellstmöglich kennenlernt.“

„Ich kann jederzeit kommen“, antworte ich. Oliver wendet sich mir wieder zu, und ich schenke ihm ein Lächeln, doch er scheint zu abgelenkt zu sein, um es zu erwidern.

„Wunderbar“, trompetet Austin. „Morgen Abend steigt eine kleine Studio-Party im Soho House in West Hollywood. Er wird da sein, und es wäre großartig, wenn du auch kommen könntest. Dann stelle ich euch vor, und wir können anfangen, über die wichtigeren Fragen zu diskutieren: Wie sieht Razors Vorgeschichte aus? Wie alt ist Quinn? Wenn sie in der Eröffnungsszene achtzehn ist …“

„Warte. Quinn ist fünfzehn“, unterbreche ich ihn. „Was meinst du damit?“

Ich sehe praktisch vor mir, wie er jetzt eine wegwerfende Handbewegung macht. „Darüber zerbrich dir mal nicht den Kopf. Bei einer Filmadaption gibt es einfach eine Menge zu beachten. Fragen der Stärke, Sexualität, wie sie ihr Alltagsleben und ihren Wunsch, zu kämpfen, ausbalancieren kann.“

Sexualität?

Ich schaue wieder zu Oliver, auf dessen Stirn sich Furchen gebildet haben.

„Also“, fügt Austin hinzu, und die Hintergrundgeräusche verstummen, so als wäre er eben in eine Garage gefahren. „Ich sorge dafür, dass du auf der Einladungsliste stehst. Acht Uhr. Morgen. Schaffst du das?“

„Ja“, erwidere ich schnell. Dann ergänze ich: „Ich denke, schon.“

„*Großartig.*“ Eine Tür wird zugeschlagen, und die Alarmanlage eines Autos piept kurz im Hintergrund. „Ich werde mich auch bemühen, dich nicht die ganze Zeit in Beschlag zu nehmen.“

„Hört sich gut an“, sage ich.

„Bis dann!“

Und damit ist das Gespräch beendet.

Ich lege mein Smartphone auf den Couchtisch und sehe Oliver an. Auf meinem Gesicht spiegelt sich mit Sicherheit, was ich gerade denke: *Was zum Teufel war das denn eben?* Ein kleines Lächeln umspielt seine Mundwinkel, dann wird er jedoch wieder ernst und mustert mich in der plötzlichen Stille.

„Alles okay?“, fragt er leise.

Panik erfasst mich, mir wird kalt und heiß und auch ein wenig schlecht. Die beiden Unterhaltungen – mit Oliver und mit Austin – lassen mir den Kopf schwirren.

Ich blinzele und überlege, mit welcher ich mich zuerst beschäftigen soll. Mein Hirn stolpert über die Idee, dass Quinn am Anfang der Story bereits achtzehn sein soll, und ich merke, dass sich mir der Hals zuschnürt. Das funktioniert nicht; selbst mit fünfzehn ist sie zu jung für ihr Alter; sie ist unreif und unschuldig. Wenn man sie älter macht, verändert man ihre gesamte Entwicklungsgeschichte.

Ich blinzele noch schneller, während meine Gedanken zu Oliver wandern. Anstatt die Vorstellung zu genießen, ihn zu berühren, ihn zu spüren, ihm zu gehören, beschleicht mich allerdings instinktiv die Angst, das zu verlieren, was uns jetzt verbindet. Ich fürchte die unausweichlichen Veränderungen zwischen uns und sehe die Gefahr, ihn womöglich ganz zu verlieren.

„Lola“, sagt Oliver so leise, so frei von Emotionen, dass ich nicht sicher bin, ob er sich nach mir erkundigt, wegen der Bomben, die Austin eben fallen gelassen hat, oder ob er versucht, zu dem Thema zurückzukehren, über das wir gesprochen haben, ehe wir von dem Telefonat unterbrochen wurden.

Das Panel zeigt das Mädchen, vornübergebeugt, wie es so heftig etwas zu Papier bringt, dass der Bleistift bricht.

„Können wir eins nach dem anderen abhaken?“, bitte ich ihn und sehe ihn endlich wieder an. „Ich bin auf einmal total durcheinander, und das ist eine wichtige Unterhaltung.“

„Ich erwarte wirklich nicht von dir, dass du mit mir über gestern Abend sprichst, nach ... *dem*.“ Er deutet mit dem Kopf auf mein Handy und lächelt gequält.

„Ich will damit nicht sagen, dass wir dieses Gespräch nicht führen sollten. Ich finde nur ...“ Ich seufze. „Mir fehlen gerade irgendwie die Worte.“

Oliver nickt. Seine Miene wirkt ganz gelassen, sein Blick strahlt Wärme und Mitgefühl aus. Er scheint es tatsächlich zu verstehen. Und trotzdem – aber vielleicht bilde ich mir das nur ein – bleibt da irgendwie etwas hängen, so als hätte ich diesen vollkommenen, glänzenden und verheißungsvollen Augenblick mit etwas beschmiert.

„Ich verstehe schon.“ Er stopft die Hände in die Taschen, was dazu führt, dass seine Jeans nach unten rutschen und das Bündchen seiner Unterhose entblößen. Schnell schaue ich über seine Schulter aus dem Fenster, als er erklärt: „Eins nach dem anderen.“

Langsam gehe ich hinüber zur Couch und lasse mich darauffallen, bevor ich den Kopf in den Händen vergrabe. Manchmal ist der Traum, all das zu erreichen, was du dir immer gewünscht hast, so viel einfacher, als wenn die Realität auf deinen Schultern lastet.

„Möchtest du darüber reden?“, fragt er. „Quinn als Achtzehnjährige, meine ich“, fügt er hastig hinzu. „Ich finde die Idee echt scheiße. Mir kommt es so vor, als wollten sie Razor und Quinn zu einem Liebespaar machen.“

Die Panik kehrt zurück. „Ich weiß. Ich weiß. *Fuck.*“ Ich reibe mir das Gesicht und bin zu überwältigt, als dass ich noch klar denken könnte. Den Kopf zur Seite neigend, frage ich: „Vielleicht können wir ja morgen auf dem Weg nach L. A. darüber reden?"

Er zieht die Brauen zusammen. „Du willst, dass *ich* mitkomme?"

Nur für den Bruchteil einer Sekunde zögere ich. Der rationale Teil meines Gehirns hält Warnschilder hoch, während der emotionale Teil darauf besteht, dass ich Oliver an meiner Seite brauche. „Natürlich will ich dich dabeihaben", erkläre ich. „Wer sonst sollte mir helfen, mich an all die Namen zu erinnern, oder mir einen Ellenbogen in die Rippen rammen, wenn ich anfange, auf Servietten herumzukritzeln? Es sei denn, du willst nicht …"

„Doch, gern. Ich habe nur überlegt, ob du nicht eventuell lieber eins der Mädels mitnehmen willst."

Ich kneife kurz die Augen zusammen. „Nein … Ich möchte mit dir hinfahren."

Er schluckt, nickt und wendet den Blick ab. „Na dann … okay."

„Treffen wir uns um sechs im Laden?"

„Klingt gut", antwortet er. Er wird rot. Dass Oliver rot wird, habe ich noch nie erlebt. „Soll ich irgendwas Bestimmtes anziehen?"

Mein Herz klopft viel zu schnell, und ich muss an den Tag denken, an dem Harlow mich dazu überredet hat, mich im Bungee-Jumping zu versuchen, an diese beängstigenden, aufregenden Sekunden, ehe wir gesprungen sind. Ich lege eine Hand auf meinen Brustkorb und bemühe mich, ganz cool zu klingen, als ich grinsend sage: „Mach dich einfach hübsch für mich."

6. Kapitel

OLIVER

Es kommt selten vor, dass ich mir einen Tag freinehme – genau genommen habe ich mir, seit der Laden vor vier Monaten eröffnet wurde, noch nicht ein einziges Mal einen ganzen freien Tag gegönnt –, aber heute brauche ich den.

Ich schlafe lange, trinke Kaffee auf der Terrasse und beobachte eine Trauertaube dabei, wie sie ein Nest in meiner Regenrinne baut.

Ich jogge ein paar Meilen am Strand entlang, einmal bis Cove Beach und zurück.

Ich bringe mein Auto zur Inspektion und lasse es waschen.

Ich putze das Haus, dusche, esse und ziehe mich an.

Und den ganzen Tag lang denke ich darüber nach, was zwischen mir und Lola passiert.

Und wenn etwas passiert, möchte ich, dass es bewusst – *absichtlich* – geschieht. Ich will nicht einfach in etwas hineinschlittern, ohne dass wir darüber nachgedacht haben. Nicht nur, weil unsere Freundschaft die beste und wichtigste in meinem Leben ist, sondern auch, weil ich weiß – obwohl wir so gut wie nie darüber sprechen –, dass sie bisher keine besonders guten Erfahrungen in Beziehungsdingen gemacht hat.

Harlow hat mal angedeutet, dass die wenigen Beziehungen, die Lola gehabt hat, allesamt nur von kurzer Dauer waren, und dass sie außerdem dazu neigt, Männer auf Distanz zu halten, und schnell verschreckt ist. Selbst wenn ich dieses Erschrecken nicht mit eigenen Augen gesehen hätte, noch dazu an zwei Tagen in Folge – erst bei mir im Haus und dann gestern im Laden –, wäre mir das nach der einzigen Unterhaltung mit ihrem Vater klar gewesen. Er hat mir das wichtigste Detail aus Lolas Leben erzählt: Ihre Mutter hat, ohne sich zu verabschieden, die Familie verlassen, als Lola zwölf war. Es ist wie eine Wunde, die direkt unter der Haut sitzt, eine, die wieder zu schmerzen anfängt, wenn Lola jemanden zu nahe an sich heranlässt.

Im Laden ist es ziemlich ruhig, als ich kurz vor dem mit Lola verabredeten Termin dort ankomme. Joe ist ein großartiger Mitarbeiter, doch mein Instinkt rät mir, ihn nicht den ganzen Arbeitstag allein zu lassen.

„Du hast einen Typen verpasst, der vor ungefähr einer Stunde mit einem großen Karton voller Tortured-Souls-Actionfiguren hier aufgetaucht ist." Joe sieht mir zu, als ich meine Schlüssel auf den Tresen fallen lasse, und fügt hinzu: „Ich fühle mich beschmutzt. Ich hab ja schon so einiges an verrücktem Scheiß gesehen, aber dieser Kram macht mir richtiggehend Angst."

„Sagt der Mann, der sich seinen eigenen Schwanz gepierct hat."

Er lacht und tritt zur Seite, damit ich mich ins Computersystem einloggen kann. „Ich weiß", meint er. „Aber hast du dir mal diese Figuren angeguckt? Da schwimmen Babys in mit Flüssigkeiten gefüllten Flaschen oder gefolterte Leute, die ihren eigenen Mörder austragen."

„Und was hast du ihm gesagt?" Ein Großteil unseres Geschäftes besteht im Kaufen und Verkaufen von Sammlerstücken: Actionfiguren, Comics, Graphic Art. Joe hat ein gutes Auge für diese Dinge, ihm fehlt jedoch noch das Hintergrundwissen, das ich besitze. Die offizielle Regel lautet, dass Joe immer dann, wenn er sich nicht sicher ist, ob er etwas kaufen soll, die Leute bittet, wiederzukommen, wenn ich da bin. In den ersten Wochen wusste er meist nicht, was er kaufen und was er lieber nicht kaufen sollte; er lernt allerdings schnell, und ich gerate nicht mehr in Panik, dass er sich irgendetwas total Wertvolles durch die Lappen gehen lässt.

„Ich habe ihm erklärt, dass viele Kids hier in den Laden kommen und dass es nicht so ganz unser Stil ist." Er erschaudert sichtlich und wirft mir erst dann einen zweiten Blick zu. „Wieso bist du so aufgedonnert?"

„Ich hab was vor", antworte ich.

Ich kann praktisch hören, wie seine Brauen in die Höhe schießen. „Was vor?"

Leicht genervt schaue ich ihn an, bevor ich mich hinhocke und einen Karton mit Büromaterial aufschneide. Um ehrlich zu sein, ich habe sonst eigentlich so gut wie nie etwas vor.

Joe tritt in mein Blickfeld und bückt sich, bis sein Gesicht nur noch ungefähr zehn Zentimeter von meinem entfernt ist. „*Was vor?*", wiederholt er.

„Verdammt", brumme ich und reiche ihm ein paar Schachteln mit Stiften. „So eine Sache in L. A. mit Lola."

Die drei Sekunden Schweigen, die auf diese Aussage folgen, vermitteln ein gehöriges Maß an Ungläubigkeit. „Ist das ein Date?"

Ich schüttele den Kopf.

„Bist du *sicher*, dass es kein Date ist?"

Ich strecke den Arm aus und schiebe eine neue Schachtel mit Visitenkarten auf den Verkaufstresen. „Ziemlich sicher."

„Weil sie dich in letzter Zeit nämlich immer so anguckt, als wollte sie …"

Ich unterbreche ihn: „Es ist keine Verabredung, Joe."

Die Glocke über der Tür bimmelt, und jemand kommt herein, Absätze klackern über das Linoleum.

„Das ist das letzte Mal, dass ich dich das frage", flüstert Joe. „Bist du dir ganz sicher, dass es sich nicht um ein Date handelt?"

Ich öffne den Mund, um scharf etwas zu erwidern, schließe ihn jedoch wieder, als ich Lola fragen höre: „Wo ist Oliver?"

„Auf den Knien unter dem Tresen“, sagt Joe atemlos, und als ich aufschaue, sehe ich, dass er mich breit angrinst.

Die Antwort scheint Lola zu verunsichern, denn sie ist sprachlos.

Mit einem genervten Blick zu Joe rufe ich: „Hier unten!“ Ich hebe den Arm und wedele mit einer Kassenpapierrolle herum. „Ich packe bloß ein paar Sachen aus.“

„Oh.“ Sie beugt sich über den Verkaufstisch, sodass ich nur ihr Gesicht sehen kann. In dem Moment wird mir klar, dass ich total falsch gewickelt bin, wenn ich glaube, dass ich heute Abend cool bleiben kann. Sie sieht so verdammt fantastisch aus. „Hallo.“

Ich packe die letzte Rolle aus und verschlucke mich fast an meiner eigenen Zunge, als ich aufstehe und den Rest von ihr betrachten kann. Lola in einer Lederhose, das sollte verboten werden. Dazu Schuhe, bei denen ich nichts dagegen hätte, davon aufgespießt zu werden, und ein Top, das alles, was darunter verborgen ist, andeutet, ohne wirklich etwas zu zeigen? Ich habe nicht den Hauch einer Chance, mich heute Abend *nicht* auf irgendeine Art und Weise zum Deppen zu machen.

„Du siehst unglaublich aus“, sage ich ihr und gehe, ohne nachzudenken, um den Tresen herum, um ihr einen Kuss auf die Wange zu geben.

Sie reagiert nicht so, als wäre das, was ich gerade getan habe, etwas Ungewöhnliches, sondern lächelt nur und erwidert leise: „Danke.“

Ihr Blick wandert zu meiner Brieftasche und dem Schlüsselbund auf dem Tresen, doch ich bin noch nicht fertig damit, ihren Anblick in mich aufzusaugen. Sie hat die Haare zu einem hohen Pferdeschwanz zusammengebunden, der Pony fällt gerade über ihre Stirn. Sie trägt nicht viel Make-up, aber ich stelle fest, dass sie sich geschminkt hat. Zarte schwarze Linien umrahmen ihre Augen, und auf ihren Wangen liegt ein Hauch rosiger Farbe, während ihre Lippen in einem tiefen, fast sündigen Rot leuchten.

„Oliver?“

„Du siehst wirklich verdammt hübsch aus.“ Meine Stimme klingt ziemlich zittrig.

Dieses Mal lacht sie. „Nochmals vielen Dank. London hat mir geholfen. Ich schwöre, wenn man uns beiden Make-up gibt, ist das so, als würde man einem Affen einen Hammer in die Hand drücken.“

Als ich von ihr zurücktrete, um meine Sachen einzusammeln, macht sie großes Aufhebens darum, mich ebenfalls von oben bis unten zu mustern. Ich verfolge, wie sie sich anschaut, was ich trage: schmal geschnittene Hose, schlichtes dunkles Oberhemd. Ich habe für diese Frau sogar meine Stiefel geputzt.

„Verdammt“, seufzt sie. In diesem Wort schwingt eindeutig Anerkennung mit, und mir wird bewusst, dass wir das immer schon getan haben – geflirtet, zweideutige Bemerkungen gemacht –, aber bisher hat sich das noch nie so bedeutungsschwer angefühlt.

„Ich freue mich, dass du zufrieden bist“, sage ich. „Ich habe um die Ecke geparkt.“

Sie folgt mir nach draußen, nachdem sie sich von Joe verabschiedet hat. Und dann hakt sie sich bei mir unter und lächelt mich an. „Ich bin definitiv zufrieden.“

Jepp. Ich bin am Arsch.

Lola wird immer sehr schweigsam, wenn sie über etwas nachdenkt, was ihr Sorgen bereitet. Ich bin stets davon ausgegangen, dass sie deshalb nicht so geradeheraus über ihre Probleme redet wie Harlow oder sogar Ansel, weil sie sich erst einmal Zeit lassen will, um selbst darüber nachzudenken. Aber als sie das Telefonat mit Austin anspricht, während wir im Auto sitzen, und gerne möchte, dass ich ein paar Pros und Kontras zu seinen Ideen aufliste, frage ich mich, ob sie so lange braucht, ehe sie über Dinge redet, weil sie ihrem eigenen Urteil nicht richtig traut.

„Ich bin mir nicht sicher, ob ich überhaupt etwas Positives zu einem seiner Vorschläge vorbringen kann“, gebe ich ausweichend zurück, während ich mich auf dem Highway nach Norden einfädele.

„Nur mal rein theoretisch“, bittet sie mich. „Warum könnte es besser sein, wenn Razor von einem anderen Planeten käme?“

Einen Moment lang denke ich über die Frage nach. Doch mein Verstand wehrt sich ganz instinktiv dagegen; es sind beides total bescheuerte Ideen. Quinn sollte nicht zu einem sexuellen Wesen gemacht werden. Razor ist kein Alien. Es gibt keinen Grund, daran etwas zu ändern.

Die Reifen gleiten über den Asphalt, und Lola starrt aus dem Fenster, während sie ebenfalls überlegt. Es sind diese unkomplizierten Momente, in denen ich mich noch mehr in sie verliebe.

„Ich vermute, dadurch könnten sie eventuell coolere Sachen hinbekommen, was das Visuelle angeht, was?“, meint sie nach einigen Minuten des Schweigens. „Vielleicht irgendwelche kreativeren Rückblenden auf sein Leben davor, ohne dafür einfach nur einen simplen Panel-Wechsel zu benutzen.“

Ich zucke kurz mit den Achseln. „Kann sein, aber Razors andere Zeitebene im Buch macht visuell kreative Rückblenden genauso möglich, wie ein fremder Planet es tun würde. Ich meine, die Art, wie du das kreiert hast, ist schon einzigartig, doch andere Zeitebenen werden auch anderswo benutzt. Denk an die *Multiversity*-Reihe. Da kollabieren alle parallelen Zeitachsen in die Hypertime.“

„Ich weiß, aber unter Umständen unterstützt das Austins Sicht der Dinge. *Multiversity* lässt sämtliche DC-Zeitachsen kollabieren, um zu erklären, wie sie alle existieren können. Womöglich ist es da leichter, sich eine Parallelzeit vorzustellen, damit die Leute all die unterschiedlichen Einstellungen derselben Charaktere besser verstehen.“

„Ich glaube, dass *dein* Ansatz simpler ist", sage ich. „Eleganter, meine ich. Es *beginnt* mit der Idee einer Parallelzeitschleife. Sie wird nicht dazu benutzt, Dinge im Nachhinein zu erklären."

Sie summt vor sich hin und nickt. „Tja, ich muss mir wohl erst einmal anhören, was sie zu sagen haben. Es ist so einfach, etwas zu tun, wenn nur ich, die Geschichte und meine Idee beteiligt sind. Es wird schwieriger, wenn ich all das diesem großen kollektiven Bewusstsein offenbaren muss."

Dieser Gedanke lässt uns erst einmal verstummen. Will sie sich etwa von Austin und dem Drehbuchautor überreden lassen? Möglicherweise sollte sie sich wirklich von ihnen überzeugen lassen. Trotzdem habe ich das Gefühl, dass ich das nicht mit mir machen lassen würde. Dass ein Mann das an ihrer Stelle wohl nicht zulassen würde.

„Es liegt nicht daran, dass du dich von ihm eingeschüchtert fühlst?", frage ich sie.

Lola neigt den Kopf. „Ich bin auf dem Gebiet nicht bewandert", antwortet sie. „Filme, meine ich."

„Aber es ist *deine* Story. *Du* hast Razor und Quinn erschaffen." Quinn ist wie du, hätte ich am liebsten gesagt. *Lass nicht zu, dass Austin dich verändert. Lass nicht zu, dass er deine Reise aus dem Nichts zum Triumph sexualisiert.*

Sie nickt und starrt wieder durch das Seitenfenster nach draußen. „Ich weiß. Ich überlege bloß, wie ich das am besten handhabe."

„Was ist, wenn er darauf besteht, dass Quinn schon achtzehn ist? Was ist, wenn er darauf beharrt, dass der Film ohne einen romantischen Ansatz in Hollywood keine Chance hat?"

Lola dreht sich um und betrachtet mich. Ich erhasche einen kurzen Blick auf die Wut, die in ihren Augen aufblitzt, bevor ich wieder auf die Straße sehen muss. „Er könnte damit ja recht haben", entgegnet sie. „Und genau das nervt mich. Vielleicht muss es eine Liebesgeschichte geben, damit der Film ein kommerzieller Erfolg wird. Wir haben das Buch ja nicht an einen kleinen, unabhängigen Kunstfilmer verkauft, sondern an eins der großen Studios. Für die ist Profit die oberste Priorität. Und das wusste ich, als ich unterschrieben habe."

Okay, ich verstehe, was sie sagen will. Dennoch passt es mir nicht, und das ärgert mich. „Du würdest dich nicht wehren?"

„Natürlich würde ich das", antwortet sie prompt. „Und ich weiß, was du meinst, aber ich vermute, ich will bloß sicherstellen, dass ich alles richtig mache. Du hättest in dem Meeting dabei sein sollen. Angela und Roya haben vielleicht drei Worte beisteuern dürfen, und sie sind die Produktionsleiterinnen. Außerdem steht mir vertraglich auch nur ein begrenztes Mitspracherecht zu."

„Echt?" Mir ist bewusst, dass es in der Comic-Industrie eine fortdauernde Diskussion über die geringe Zahl von Frauen als Autorinnen und auf den Posten im kreativen Bereich gibt. Trotzdem erstaunt es mich, dass Lolas *Film* eventuell nicht ihr eigener wird.

Sie nickt. „Ich bin dreiundzwanzig. Ich bin die erste Comic*autorin,* deren Werk für einen großen Film adaptiert werden soll. Und ich bin eine der wenigen, die sowohl alles schreibt als auch illustriert. Wenn ich Stan Lee oder Geoff Johns wäre – oder meinetwegen bloß irgendein Mann meines Alters und mit meinen Erfahrungen –, könnte ich da locker reinspazieren und denen sagen, was sie gefälligst tun sollen, und sie würden mir zuhören. Wenn ein Mann seine Meinung vertritt und sich wehrt, gilt er als jemand mit einem *guten Geschäftssinn.* Wenn ich da als Lola Castle reinspaziere und mich wehre, dann bin ich aggressiv und in ihren Augen jemand, mit dem man nicht gut zusammenarbeiten kann. Und schon bin ich die *kleine Zicke.*"

Ich spüre, dass ich mich verspanne. Natürlich weiß ich, dass sie recht hat. Nichtsdestotrotz ... „Das ist doch totaler Quatsch."

„So läuft es nun mal", widerspricht sie. „Die erste Frage, die man mir immer stellt, ist, wie es sich so anfühlt als Frau in der

Comic-Industrie. Bei wirklich jedem verdammten Interview. Die zweite Frage ist, ob überhaupt irgendwelche *Freundinnen* von mir Comics lesen."

Fuck. Diesen Aspekt, was Interviews angeht, habe ich vorher nie bedacht. Es schienen immer ganz vernünftige Fragen zu sein, aber wenn man das mal unter diesem Gesichtspunkt betrachtet, wird auch mir klar, dass es absoluter Scheiß ist.

„Glaubst du, dass irgendjemand auf die Idee käme, Brian Michael Bendis zu fragen, ob seine Freunde seine Comics lesen?", will sie wissen.

Ich lache, doch eigentlich ist es gar nicht lustig. „Wahrscheinlich nicht."

„Wir kämpfen bei jeder Besprechung gegen diese Ansichten an. Das ist der Grund, warum ich ganz strategisch vorgehen und mir überlegen will, auf welche Kämpfe ich mich einlasse", erklärt sie. „Ich muss mich zuerst selbst davon überzeugen, dass diese Veränderungen wirklich absolut inakzeptabel sind, denn ich bin sicher, dass es im Laufe der Zeit noch andere Dinge geben wird, die mich auf die Palme bringen, und ich will nicht von der Unterhaltung ausgeschlossen werden, ehe sie angefangen hat."

Und in diesem Augenblick, genau jetzt, würde ich Lola am liebsten einen Heiratsantrag machen.

Ich möchte an den Straßenrand fahren, aus dem Auto steigen und auf dem staubigen, schmalen Standstreifen neben dem Freeway vor ihr auf die Knie fallen. Denn Lola weiß, dass das alles Quatsch ist; sie weiß, dass sie vorsichtig agieren muss. Und sie versucht, den besten Weg zu finden, um für das zu kämpfen, was sie erschaffen hat.

Luxusvillen ragen hinter üppigen grünen Büschen und Bäumen und Eisentoren hervor, ehe wir auf den Sunset biegen und in einer mondänen Tiefgarage parken.

Die Fahrstühle sind makellos, die Marmorböden auf Hochglanz poliert. Unsere Namen stehen auf einer Liste, die in der

Lobby ausliegt; oben angekommen werden wir auf einer weiteren Liste abgehakt. Lola nimmt meine Hand, als wir hineingehen, aber das hat nichts mit Romantik zu tun; ich bin sicher, dass uns beiden das klar ist. Es ist einfach das, was wir tun, wenn wir von unserer Seite der Welt auf die andere Seite treten. Es geht darum, einen Anker zu haben.

Das hier ist eine der Partys, auf der alle Schwarz tragen, und die Kellner und Kellnerinnen – vermutlich alles Models und Schauspieler – schlängeln sich mit silbernen Tabletts voller kunstvoll angerichteter Häppchen und Champagnerflöten durch den Raum. Die Musik ist so laut, dass die Gäste dagegen anschreien müssen. Der Raum ist nicht gerade überfüllt, aber es klingt so.

Ein Typ, der drüben neben der Bar steht, entdeckt uns, wirft die Hände in die Luft und ruft gleichzeitig Lolas Namen.

Er ist ein ganzes Stück kleiner als ich und trägt T-Shirt und Jeans. Sein legerer Aufzug kommt mir zwischen all diesen aufgedonnerten Leuten schon ein bisschen idiotisch vor.

„Loles!", ruft er noch einmal und kommt zu uns, um sie stürmisch zu umarmen – für meinen Geschmack viel zu lange. *Verdammt.* Wenn ich richtig gerechnet habe, treffen sie sich heute erst zum zweiten Mal. „Ich bin so froh, dass du es geschafft hast, herzukommen!"

Sie dankt ihm für die Einladung und deutet anschließend auf mich. „Austin, das ist mein Freund Oliver."

„Oliver", sagt er überrascht. Es bereitet mir zugegebenermaßen großes Vergnügen, dass er den Kopf in den Nacken legen muss, um mich anzuschauen. Sein gequältes Grinsen verrät mir sofort, dass er vorhatte, Lola heute Abend flachzulegen, und ich kann nur hoffen, dass er seine Chancen jetzt neu berechnet. Ich weiß zwar nicht, ob ich einen Platz in Lolas Herz beanspruchen kann, aber ich weiß verdammt noch mal genau, dass dieser Mann keinen einzigen Teil von ihr beanspruchen wird.

Tut mir leid, Freundchen.

Er streckt die Hand aus. „Freut mich, Sie kennenzulernen."

„Gleichfalls."

Es gibt im Grunde nichts weiter zu sagen, und nach einigen Sekunden, in denen wir uns anstarren, wendet er sich wieder Lola zu.

„Ich möchte dich einigen Leuten vorstellen." Er lässt den Blick durch den Raum schweifen und nennt ein paar Namen, während er auf Menschen deutet, die wir vielleicht erkennen sollten.

Der Typ mit der schwarzen Hose und dem schwarzen Hemd ist ein Drehbuchautor. Der andere Typ mit der schwarzen Hose und dem schwarzen Hemd ist ein Regisseur. Die Frau in dem schwarzen Cocktailkleid ist ein hohes Tier in einem der Studios.

Und Lola passt genau hierher. Die Mädels lästern immer, dass Lola aussieht wie eine knallharte Superheldin, und das stimmt genau. Sie strahlt eine innere Stärke aus, eine gelassene Zuversicht, die daher rührt, dass sie sich etwas vornimmt und es dann auch durchzieht.

„So, nun komm mal mit", sagt Austin zu ihr. Hastig greift sie erneut nach meiner Hand. Ihre Handfläche ist feucht, ihre Finger zittern. „Wir machen uns mal auf die Suche nach Langdon."

Ich bleibe stehen, und weil sie noch immer meine Hand festhält, wird Lola leicht zurückgerissen. Sie schaut mich an.

„Geh und mach dein Ding", flüstere ich ihr zu. „Ich hole mir inzwischen was zu trinken und zu essen. Ist okay."

„Bist du sicher?"

„Klar." Erst jetzt fällt mir ein, dass es wohl spät werden wird, ehe wir hier rauskommen, und keiner von uns hat dann vermutlich noch Lust, die lange Fahrt nach Hause anzutreten. „Soll ich uns vielleicht Zimmer in einem nahe gelegenen …?"

„Schon erledigt", versichert sie mir lächelnd.

Mein Herz beginnt zu rasen, und weil Lola sich nicht sofort abwendet, füge ich hinzu: „Danke, dass du dich darum gekümmert hast." Es fühlt sich richtig an, mich vorzubeugen und ihr einen Kuss auf die Wange zu pressen, meine Lippen bis hinunter zu ihrem Hals streifen zu lassen, also tue ich es.

Vielleicht habe ich damit eine Grenze überschritten, doch Lolas Lächeln und die Tatsache, dass sie meine Hand drückt, verraten mir, dass es ihr nichts ausmacht.

An der Bar trinke ich etwas, esse einen Happen und beobachte die Leute.

Es ist eine faszinierende Studie und so anders als das, was ich im Alltag sonst zu sehen bekomme. Mein Kundenstamm besteht aus total lässigen Typen; ich selbst verkehre auch eher mit Leuten, die keinen großen Wert auf ihr Äußeres legen, und wirklich niemand, den ich kenne – abgesehen von Harlow und Ansel und jetzt auch Lola –, würde hier reinpassen. Aber das hier ist Lolas neue Realität und daher, in gewisser Weise, ebenso meine.

Nach ungefähr einer halben Stunde kommt Lola zu mir und setzt sich neben mich. „Hallo du."

„Hallo." Ich stelle meinen Drink ab, greife nach ihrer Hand und drücke sie. Ich bin erleichtert, dass sie wieder bei mir ist. Obwohl ich volles Vertrauen in Lola habe und weiß, dass sie niemals mit jemandem wie Austin verschwinden würde, hat es mir nicht gefallen, von ihr getrennt zu sein. „Wie war's?"

Sie lächelt und deutet mit dem Kopf auf jemanden auf der anderen Seite des Raumes. „Es war gut", antwortet sie grinsend. „Glaube ich. Sie haben eine Menge Ideen. Ich habe versucht, mir das alles anzuhören." Sie blickt wieder zu mir und fügt hinzu: „Ohne gleich darüber zu urteilen."

„So schlimm?"

Kopfschüttelnd erklärt sie: „Nicht alles. Es ist nur merkwürdig, wenn etwas so Persönliches auf einmal nicht mehr mir allein gehört. Langdon hat bereits eine Menge geschrieben, glaube ich. Ich bemühe mich, nicht alles gleich reflexartig abzulehnen."

„Willst du später noch darüber reden?“

Sie nickt, und als der Barkeeper zu uns tritt, lehnt sie sich nach vorn, um einen Drink zu bestellen. Er mixt ihn direkt vor ihr, während sie schweigend zusieht und so wirkt, als könnte sie den Drink wirklich gebrauchen. Sie nimmt das Glas lächelnd entgegen, ein Lächeln, das der Typ für meinen Geschmack ein wenig zu enthusiastisch erwidert, und wendet sich danach mir zu.

„Also, worüber willst du jetzt reden?“, frage ich.

„Wir sind auf einer exklusiven Party, und du sitzt eine halbe Stunde lang allein an der Bar, während fünfzehn leitende – weibliche – Angestellte dich eingehend gemustert und im Geiste mit nach Hause in ihre gruseligen L. A.-Sexhöhlen genommen haben.“

Ich lache. „So ein Quatsch.“

„Kein Quatsch“, widerspricht sie, beugt sich vor und verzieht das Gesicht. „Wie lautet dein bester Anmachspruch?“

„Ich habe keinen Anmachspruch. Ich sitze einfach hier, nur so.“ Ich spreize meine Knie und werfe ihr einen anzüglichen Blick zu.

„Offene Haltung“, meint sie grinsend. „Mir gefällt, was das vermittelt.“

Mit einer betont übertriebenen Geste rücke ich meine Brille zurecht, ehe ich auf mich selbst zeige. „Tja, es ist nun mal so: Wenn du den Honig rausstellst, kommen die Bienen angeflogen.“

Lola versetzt mir einen Klaps auf die Schulter und lacht.

Herausfordernd zwinkere ich ihr zu. „Baby, ich weiß, dass wir vögeln werden; die Frage ist bloß, wie wir zu dir kommen.“ Ich neige mich zu ihr, und um dem Ganzen eine noch dramatischere Note zu geben, flüstere ich: „Ich habe nämlich kein Auto.“

Als Lola lacht, legt sie den Kopf in den Nacken und entblößt ihre vollkommene Haut, den langen schlanken Hals, und das Lachen klingt höher, als man es bei ihrer verführerischen

Stimme erwarten würde. Es klingt mädchenhaft. Wenn sie freiheraus lacht, ist das einfach bewundernswert niedlich, auch wenn Lola es niemals zugeben würde.

„Das ist ein famoser Spruch! Könnte glatt mein neuer Lieblingsspruch werden“, meint sie und wird wieder ernst.

Ich liebe es, wie sie das Wort *famoser* ausspricht. Die Art, wie ihr Mund das F formt. Sie küsst die Luft. Es weckt in mir den Wunsch, näher an sie heranzurücken und diese Lippen mit einem Kuss zu erobern, während sie ein flehendes „*Fuck*“ ausstößt.

Ihr Blick begegnet meinem, und ihre Augen funkeln, doch natürlich hat sie keine Ahnung, wohin meine Gedanken gewandert sind. „Wie kann jemand da noch Nein sagen!“

„Ehrlich“, gebe ich grinsend zurück, „das verstehe ich auch nicht.“

„Was hältst du von dem Ganzen hier?“, fragt sie mich und schaut sich im Raum um.

Ich zucke mit den Schultern und sehe mich ebenfalls um. „Alles ein bisschen seltsam. Andererseits auch wieder nicht. Nicht viel anders, als ich erwartet habe. Ziemlich krasser Unterschied zu meinem Laden, würde ich mal behaupten.“

Sie lächelt mich an. „Du bist der größte Geek, den ich je getroffen habe.“ Bei diesen Worten schwingt Stolz in ihrer Stimme mit. Für Lola ist es das ultimative Lob.

Der Barkeeper stellt mir noch einen Whisky hin, und ich bedanke mich mit einem kurzen Nicken. „Das stimmt“, entgegne ich frotzelnd. „Und trotzdem bist du hier und genießt den Abend mit mir.“

„Muss am Alkohol liegen“, kontert sie und trinkt einen Schluck durch den Strohhalm.

Mit dem Kopf deute ich auf ihren Drink. „Das ist dein erster.“

Sie lächelt. „Du bist aufmerksam. Das gefällt mir.“

„Einer meiner vielen Vorzüge. Außerdem arbeite ich hart, bin gut in Mathe und pünktlich.“

Sie schüttelt den Kopf und schluckt schnell, damit sie mir widersprechen kann. „Hey, ganz oben auf der Liste sollte dein Akzent stehen."

„Willst du damit sagen, dass mein Akzent wichtiger ist als mein unglaubliches Talent im Kopfrechnen?"

Lola lacht, und wenn ich mich nicht täusche, lehnt sie sich ein Stückchen weiter zu mir. „Warum verabredest du dich nicht öfter?"

Ich zögere, das Glas direkt an den Lippen, ehe ich einen Schluck nehme und den Whisky wieder hinstelle. Lola klingt so, als wollte sie mich aufziehen, doch zugleich bemerke ich da einen gewissen Unterton. Es ist, als würde sie sich auf ein Terrain wagen, das ihr nicht ganz geheuer ist.

„Sollte ich nicht lieber *dich* das fragen?" Ich lege den Kopf schräg. „Austin scheint großes Interesse zu haben."

Lola verzieht das Gesicht, legt die Unterarme auf die Theke und betrachtet mich. „Du hast meine Frage nicht beantwortet."

„Du meine auch nicht."

„Und woran liegt das?", hakt sie nach.

„Wahrscheinlich ist der Grund derselbe, aus dem du es nicht tust."

Lola rührt mit dem Strohhalm in ihrem Glas und spießt dann mit der Spitze die Limonenscheiben nacheinander auf. In dem Moment öffnet neben mir jemand die Türen zur Terrasse, und eine kalte Brise weht herein.

„Möchtest du gehen?", fragt Lola und sieht mich an. „Irgendwohin, wo wir besser hinpassen?"

Ich öffne den Mund, und die kühle Luft trifft meine Zunge wie ein Stromschlag. „Sicher." Ich überlege, wie es angehen kann, dass mir das Hämmern meines Herzens lauter erscheint als die Musik im Raum.

Mit einem geheimnisvollen Lächeln streckt Lola mir ihre Hand hin. „Na dann … lass uns von hier verschwinden."

7. Kapitel

LOLA

Wir fahren mit Olivers Auto zurück zum Hotel und lassen es dort stehen, um zu Fuß ein paar Blocks zu der – wie uns der Concierge versichert hat – schlichten Bar zu gehen. Und er hat recht: Es ist dunkel und unscheinbar dort. In der Mitte des Raumes befindet sich eine ovale Bar, auf der einen Seite sind ein paar Stehtische, auf der anderen ist Platz für eine Band und eine Handvoll Fans. Leider spielt heute Abend allerdings keine Band, daher sind auch keine Fans da. Es ist ohnehin kaum jemand da.

Auf der Party eben hatte ich bloß einen Drink, aber ich fühle mich albern, unbeholfen und abgelenkt vom heftigen Pochen meines Herzens, und ich weiß, es liegt daran, dass es mir vorkommt, als würde ich hier mit Oliver einen Kurzurlaub verleben. Es ist etwas Besonderes, wenn man seinem Zuhause und dem Alltagstrott entflieht, und plötzlich ist *alles* möglich.

Wir könnten eine Woche lang hierbleiben.

Wir könnten so tun, als hätten wir weder hier noch zu Hause irgendwelche Verpflichtungen.

Wir könnten unseren Beziehungsstatus ändern.

Das Panel zeigt das Mädchen, wie es nach hinten fällt: die Arme ausgestreckt, die Augen geschlossen.

Oliver deutet auf zwei Hocker an der Bar und hilft mir aus meinem Mantel, bevor wir uns hinsetzen. Die Art, wie er mich berührt, lässt meinen Puls in die Höhe schnellen; seine Hände sind fest, seine Bewegungen sicher und seine Finger nicht zögerlich, als er den Kragen meines Mantels nimmt und ihn vorsichtig über meinen Rücken zieht. Er umfasst meine nackte Schulter und fragt: „Ist es gut hier?"

Am liebsten hätte ich „Gut wofür?" gefragt, doch als er auf die Barhocker zeigt, wird mir klar, dass er lediglich den Sitzplatz meint. Es war keine Frage, ob dies ein guter Ort ist, um die nur noch hauchdünne Barriere unserer platonischen Beziehung zu durchbrechen.

„Perfekt."

Es gelingt ihm, den Barkeeper auf uns aufmerksam zu machen, und wir warten schweigend, bis der Mann ein Glas abgetrocknet und es weggestellt hat, ehe er zu uns kommt.

Es fühlt sich an wie ein Date.

„Möchtest du einen Manhattan?", fragt Oliver.

„Ja bitte."

Er bestellt für uns beide, bedankt sich und dreht sich wieder zu mir. Mein Herz möchte am liebsten aus meinem Körper ausbrechen und direkt zu seinem hinüberfliegen. Oh, verdammt. Ist es so, wenn man völlig besessen von jemandem ist? Ein Herz wird zu einem Hybriden, halb gehört es noch dir, halb dem anderen. Meins schlägt wie verrückt, weil es herauswill. Mein Brustkorb tut weh, weil es sein Herz hereinlassen will.

„Was denkst du über all das?", will Oliver wissen.

Das Herzklopfen wird stärker, und die Ohnmacht, die damit einhergeht, diese reflexartige Freude, bringt ein anderes, weniger erfreuliches Gefühl mit sich: Angst.

Wenn ich frisches Brot rieche, läuft mir das Wasser im Mund zusammen.

Wenn ich einen Stift sehe, greife ich danach.

Wenn ich jemanden begehre, mache ich mir Sorgen.

Was passiert, wenn der Verstand beschließt, das alles hinter sich zu lassen? Verkümmert das Hybridherz und lässt uns nur mit der Hälfte dessen, was wir brauchen, zurück?

Oliver scheint meine Zweifel zu bemerken, denn er legt einen Finger unter mein Kinn, damit ich ihn ansehe, und fügt hinzu: „Ich meine den Film, Lola Love. Das Buch. Den heutigen Abend.“

„Oh.“ Ich bin eine Idiotin. Die Panik verebbt, und ich lächele so breit, dass ich ihn damit zum Lachen bringe. „Ich finde es alles ziemlich abgefahren.“

„Ich habe ja nur einen winzigen Blick auf die Lola von früher erhaschen können, ehe all das hier begann“, sagt er. „Kurz nach der Sache in Las Vegas wurde *Razor* veröffentlicht, und seitdem geht es drunter und drüber. Anfangs schienst du gar nicht so recht glauben zu können, dass das alles passiert. Ich würde zu gern einen Blick auf die Lola werfen, die du vorher gewesen bist. Bevor du das Manuskript verkauft hast.“

„Die Lola war bloß eine Studentin“, erkläre ich. „Die sich wegen der Abschlussprüfungen und der Miete Sorgen gemacht hat.“

Er nickt und betrachtet meinen Mund. Ohne Verlegenheit, ganz bewusst. „Manchmal vergesse ich, wie jung du bist.“

Ich bin mir nicht sicher, warum, aber mir gefällt, dass er das sagt. Es fühlt sich ein bisschen pervers an, doch auf subtile Art und Weise, so als wollte er mich ein wenig verderben. „Ich fühle mich gar nicht so jung.“

Er atmet tief aus. „Du musstest früh erwachsen werden.“

„Du auch, oder?“ Ich weiß so wenig über sein Leben vor dem College. Er spricht nie von Geschwistern oder von seinen Eltern. Hin und wieder hat er mal seine Großeltern erwähnt, aber wir gehören nicht zu den Leuten, die andere bedrängen. Jedenfalls war es bisher immer so zwischen uns. Am liebsten würde ich jetzt dieses Muster durchbrechen.

Oliver schaut mir wieder in die Augen, im nächsten Moment wenden wir uns jedoch beide dem Barkeeper zu, als der unsere Drinks vor uns hinstellt.

„Soll ich's aufschreiben?“, fragt er uns.

„Ja, sicher“, erwidert Oliver, zieht seine Brieftasche heraus und reicht ihm eine Kreditkarte als Pfand.

Der Barkeeper dreht sich um, als mir plötzlich etwas klar wird. „Was? Halt.“ Ich greife hinter mich zu meiner Handtasche. „Moment. Das muss auf meine Rechnung gehen! Du tust mir schließlich einen Gefallen, indem du hierher mitgekommen bist, Oliver.“

„Lola“, meint Oliver, legt eine Hand auf meine, um mich aufzuhalten, und schüttelt den Kopf, um dem Barkeeper anzudeuten, dass er immer noch derjenige ist, der zahlt. „Hör auf damit. Es ist völlig egal, wer zahlt.“

„Ist es nicht, aber trotzdem danke.“

Oliver grinst. „Gern geschehen.“

Ich hänge meine Handtasche über den Stuhl und lächele schuldbewusst. „Ist es verrückt, dass ich dauernd vergesse, dass ich es mir inzwischen leisten kann, für die Drinks zu bezahlen?“

„Ich finde nicht.“ Er fährt mit der Fingerspitze über den Rand des Glases. „Du meine Güte, ich kann mich gut daran erinnern, wie lange es gedauert hat, bis ich die Mentalität eines kurz vor dem Hungertod stehenden Studenten abgelegt hatte. Mein Vater ist vor fünf Jahren gestorben und hat mir eine Stange Geld hinterlassen.“ Lange Finger spannen sich um das Glas, ehe er es an den Mund hebt und einen Schluck trinkt. Ich würde den Scotch gern auf seinen Lippen schmecken. „Es war ein totaler Schock. Ich hatte ihn nicht mehr gesehen, seit ich sieben war. Ich bin bei meinen Großeltern aufgewachsen. Den Großteil meiner Kindheit habe ich geglaubt, Dad wäre irgendwo unterwegs und würde mit Heroin dealen.“

Ich blinzele und werde abrupt aus meinem *Ich-bin-so-verdammt-scharf-auf-Oliver*-Delirium gerissen. „Was?“

Er nickt. „Doch dann kontaktierte mich dieser Anwalt und erzählte mir, dass mein Vater tot sei, er aber gute Neuigkeiten für mich habe! Er hatte mir Geld hinterlassen – was mich tierisch wütend gemacht hat. Er hatte sein Leben so weit in den Griff bekommen, dass er Geld verdienen und sogar was *sparen* konnte, doch er hat sich nie die Mühe gemacht, mich zu sich zu holen."

Tränen schießen mir in die Augen, und mir schnürt sich die Kehle zu, als ich Olivers gequälte Miene sehe. „Das wusste ich nicht."

„Na ja, wie auch immer." Er reicht mir mein Glas und stößt vorsichtig mit mir an. „Trinken wir auf die Familie."

Ich nicke und nehme einen Schluck. Selbst als mir der Whisky scharf durch die Kehle rinnt, bemerke ich es allerdings gar nicht. Sein Dad hat ihn auch verlassen. Sogar seine Mom. Es kommt mir plötzlich so vor, als wären wir wie zwei elektrische Drähte, die miteinander verschlungen sind und Strom erzeugen.

„Lola?"

Ich schaue auf und versuche zu lächeln. „Ja?"

„Willst du tanzen?"

Ich verschlucke mich fast. „Was?"

Oliver lacht. „Komm, tanz mit mir. Na los, lebe mal ein bisschen."

Er hält mir seine Hand hin, und nach all dem, was er mir gerade erzählt hat, was soll ich da anderes sagen als „Okay"?

Wir stellen unsere Gläser hin und rutschen von unseren Hockern, bevor wir zu der leeren Tanzfläche gehen. Es sind noch drei andere Leute in der Bar, abgesehen vom Barkeeper, und denen ist es scheißegal, was wir tun oder warum wir mitten auf der leeren Tanzfläche stehen und einander anstarren.

„Es gibt nicht mal richtige Musik", murmele ich.

Oliver zuckt mit den Schultern. „Na und?"

Doch auf einmal ertönt Musik, anfangs viel zu laut, sodass wir beide erschrocken zusammenzucken. Der Barkeeper hat die Lautsprecher aufgedreht, regelt dann die Lautstärke herunter, und wir hören Aerosmith.

„Oje", sage ich lachend.

Oliver grinst, als müsste er sich entschuldigen. „Damit müssen wir jetzt wohl leben."

„Es ist fast so schlecht, dass es schon wieder gut ist“, stelle ich fest und halte die Luft an, als er den Arm um meine Taille schlingt. Auf meinem Rücken fühle ich jeden einzelnen seiner Finger. Es folgt seine andere Hand – sie landet noch ein bisschen tiefer, auf meinem Kreuz, das plötzlich zum Mittelpunkt all meiner Nervenenden wird. Oliver zieht mich an sich … *eng* an sich. Ich spüre das Bündchen seiner Hose an meinem Bauch, spüre, wie sich meine Brüste gegen seinen Solarplexus pressen.

Ich habe die Hände um seinen Bizeps geschlungen und schaue ihm ins Gesicht. Seine dunklen Brauen, das Funkeln in seinen Augen, der Bartschatten auf seinem Kinn … all das fügt sich zu meinem absoluten Lieblingsgesicht zusammen. Oliver öffnet die Lippen ein klein wenig, als er zu mir hinunterblickt, und ich bemerke, wie er den Kiefer anspannt und seine Finger sich noch fester in meinen Rücken drücken. *Das* hier ist sexuelle Spannung. Das hier ist Lust, und ich habe mir noch nie etwas sehnlicher gewünscht als einen Kuss von ihm. Es ist fast schmerzhaft, dieses Verlangen. Irgendetwas in mir beginnt zu rebellieren, begehrt auf vor Sehnsucht und sagt mir, dass es erst Ruhe geben wird, wenn es bekommt, was es will. Ich werde von meinem eigenen Herzen in Geiselhaft genommen.

Wir bewegen uns, schieben die Füße vor und zurück und drehen uns ganz, ganz langsam.

„Das ist nett“, meint Oliver. „Ich habe seit Ewigkeiten nicht mehr getanzt.“

Ich warte darauf, dass mir das Ganze merkwürdig oder peinlich vorkommt, doch es geschieht nicht. Fast so, als würde ich den Atem anhalten und darauf warten, dass ich niesen muss.

„Atme, Lola Love“, flüstert er, und etwas in mir erschrickt.

Ich habe tatsächlich nicht geatmet. Ich habe einfach hier gestanden, die Luft angehalten und darauf gehofft, dass er mich küsst. Darauf gehofft, dass mein Körper sich entspannt, die Zeit stillsteht und ich plötzlich weiß, was es bedeutet, jemanden zu lieben.

„Ich habe schreckliche Angst“, gestehe ich ihm. Wir haben uns inzwischen so eng aneinandergeschmiegt, dass ich gar nicht mehr so recht ausmachen kann, wo er anfängt und ich aufhöre. Sein Atem streift über mich, und ich kann den Scotch fast schmecken, den er getrunken hat.

Ruhig mustert er mich; seine Stimme klingt tröstend. „Ich weiß, Kleines.“

„Romantische Beziehungen und ich, das hat nie sonderlich gut geklappt. Ich wünschte, es wäre anders“, erkläre ich schnell, „aber es macht mir Angst.“

„Ich weiß“, wiederholt er, bevor er sich vorbeugt und einen Kuss auf meine Schläfe presst. Mit einer Hand streicht er über meinen Rücken und fährt unter das Haar in meinem Nacken. „Aber ich will einfach nur dich. Es muss nicht unkompliziert oder perfekt sein. Wir müssen auch nichts überstürzen.“

Jetzt ist es heraus, offen und geradeheraus hat Oliver es ausgesprochen. Seine Ehrlichkeit lässt einen Damm in mir brechen, und auf einmal platze ich mit der Wahrheit heraus, total durcheinander und unzensiert.

„Mein erstes Mal … das war mit einem Kiffer“, erzähle ich ihm, schließe die Augen und hätte fast aufgestöhnt, als Oliver sein Gesicht etwas dreht und die kratzige Wange an meine legt. Sein Ohr befindet sich neben meinem Mund; ich kann mein Geständnis direkt hineinflüstern. „Er hat im 7-Eleven an der Ecke gearbeitet und hatte bloß zwei Sachen im Sinn: sich volldröhnen und Sex. Wir haben nicht einmal richtig miteinander geredet.“

Ich muss schlucken, ehe ich fortfahre: „Ich war erst vierzehn, er zwanzig.“ Ich bemerke, wie Oliver sich verspannt. „Niemand weiß davon, nicht einmal Harlow und Mia. Sie glauben, ich hätte meine Unschuld im Abschlussjahr auf der Highschool verloren. Doch Dad hat damals immer bis spätabends gearbeitet, und ich bin nach der Schule häufig rübergegangen, auf der Suche nach …“ Ich schüttele den Kopf. „… nach Abwechslung oder so, ich weiß nicht. Nachdem Mom gegangen war, fiel es mir schwer, die richtigen Entscheidungen zu treffen."

„Kein Wunder", meint er und küsst meine Wange. Seine Lippen hinterlassen eine heiße Spur auf meiner Haut.

„Es ist furchtbar, das zugeben zu müssen, aber das war die einfachste Beziehung, die ich je hatte. Alle anderen, mit denen ich danach befreundet war, waren hinterher sauer auf mich." Um ihn ansehen zu können, lehne ich mich ein wenig zurück. „Immer wenn es ernst wird, fange ich an … Ich weiß nicht. Dann brennt bei mir eine Sicherung durch. Ich möchte nicht, dass es mit uns so wird."

Er betrachtet meinen Mund, als er fragt: „Du willst nicht, dass es was Ernstes wird, oder du willst nicht, dass bei dir eine Sicherung durchbrennt?"

„Ich will das hier nicht versauen", antworte ich. „Unsere Freundschaft ist mir viel zu wichtig. Was ist, wenn wir … na ja, *es* tun und auf einmal alles anders ist?"

Oliver nickt, beugt sich vor und schmiegt seine Wange wieder an meine. „Ich habe keine andere Wahl, als es zu wollen, Lola. Ich bin in dich verliebt."

Bei den Worten stockt mir der Atem. Es gibt keinen Ausdruck für das, was ich empfinde. Es ist eine Mischung aus Ekstase und Schreck; es ist, als würde ich auf einer scharfen Rasierklinge balancieren.

„Psst", flüstert er. „Gerate nicht in Panik, okay? Ich möchte dir gegenüber bloß ehrlich sein. Ich liebe dich. Ich begehre dich." Er atmet aus. Ein tiefes Ausatmen, das einem Stöhnen gleicht und warm über meinen Hals streift. „*Fuck*, ich will dich. Aber mir ist schon klar, dass das alles nicht so leicht ist, und das erwarte ich auch gar nicht. Ich möchte nur, dass du es versuchst. Ich meine, falls …"

Ich nicke schnell, mehr lässt der Kloß in meinem Hals nicht zu. Mein Herz klopft so heftig, als müsste es zerspringen, weil ich ihn so sehr begehre. Oliver scheint das zu spüren und zieht mich noch enger an sich. Die Erleichterung ist ihm deutlich anzumerken. Ich hätte nicht gedacht, dass es möglich wäre, ihm noch näher zu kommen, doch es geht. Wir mussten uns bloß entspannen und die Luft aus unseren Lungen entweichen lassen.

Wir verstummen, und mir wird bewusst, dass ich ganz instinktiv getanzt habe. Eigentlich bin ich keine geborene Tänzerin, aber während der letzten Minuten habe ich nicht darüber nachgedacht, was meine Füße tun, wie ich meine Arme, die Hände oder die Hüften bewegen soll. Jetzt stelle ich mir dabei vor, wie es wohl sein wird, wenn ich mit Oliver zusammen bin: wie er sich an mir, auf mir anfühlen wird. Er ist größer, breiter, seine Hüftknochen würden sich jedoch trotzdem spitz an meinen Schenkeln anfühlen. Seine Hände sind nicht dazu geschaffen, zaghaft zu agieren; ich male mir aus, wie sie mit festem Druck über meine Kurven streichen. Ich wünsche mir, dass die Hand in meinem Haar zur Faust wird und meinen Kopf zurückzieht. Obwohl er das natürlich nicht hier machen würde, birgt die Bewegung seiner Finger, als sie sich tiefer in mein Haar graben, ein Versprechen.

„Ich habe Aerosmith mal live erlebt, als ich vierzehn war", erzählt er, und ich frage mich, ob er daran denkt, wie jung das ist, ob er überlegt, wie ich mit vierzehn war, allein in einer Wohnung zusammen mit einem Vater, der an einem Burn-out litt. Oder ob Oliver nur mit mir redet, um mich daran zu erinnern, dass das hier wir sind. Dass es das ist, was wir tun, mit oder ohne einem *Ich liebe dich.* „Es war, nachdem sie diese Ballade aus *Armageddon* rausgebracht hatten …"

„Du meinst, *I Don't Want to Miss a Thing*?"

„Ja, genau", erwidert er lachend. „Wir sind allein hingefahren und kamen uns so verdammt erwachsen vor. Wir haben den Bus nach Sydney genommen – das liegt ungefähr zweihundert Kilometer weit weg, aber meine Großeltern meinten nur: ‚Na klar, macht nur.' Und glaub mir, es ist kein Scherz, wenn ich dir sage, dass du in diesen Bussen wirklich alles triffst, was es an schrägen Typen auf der Welt gibt."

„Wow."

„Ich weiß", stimmt er mir zu. „Wir waren noch Kinder, richtig; trotzdem war es damals die beste Nacht meines Lebens. Mein Kumpel hatte die Tickets von seinem Cousin bekommen. Ich kannte keinen einzigen Song von Aerosmith – na ja, eigentlich schon, aber ich wusste nicht, dass sie von Aerosmith waren. Das Konzert war klasse. Vielleicht war das der Moment, in dem ich beschloss, zu reisen. Vielleicht auch schon vorher, ich weiß es nicht. Ich glaube, in diesem Bus habe ich gelernt, nicht so ängstlich zu sein. Irgendwie dachte ich, wenn ich für ein Wochenende nach Sydney fahren kann, kann ich überall hinfahren."

„Mein erstes Konzert war eins von Britney Spears."

Prompt fängt er an zu lachen, lehnt sich zurück und grinst mich an. „Das ist ja schrecklich."

„Es war *fantastisch*", korrigiere ich ihn. „Ich schwöre es. Ich war mit Harlow, Mia und Luke, Mias Ex, dort." Ich schüttele den Kopf und erinnere mich, dass wir bis zum Umfallen getanzt haben, während Luke gequält gelächelt und gute Miene zum bösen Spiel gemacht hat. „Der arme Luke."

„Mit drei Mädels auf ein Konzert gehen? Er hätte es schlimmer treffen können."

„Nur eine von uns hat mit ihm rumgemacht. Damals jedenfalls", sage ich. „Ich schätze, dass Luke jetzt mehr Aufmerksamkeit bekommt als Steven Tyler 1979."

Darüber muss Oliver lachen, aber das Lied ist zu Ende, und er bleibt stehen und löst die Arme von meinem Körper.

„Du hast es getan", meint er und schenkt mir ein leichtes Grinsen. „Du hast mit einem Aussie in einer leeren Bar getanzt, ohne dass die Welt zusammengebrochen ist. Das kannst du von deiner Liste streichen."

„Und wir …", setze ich an.

Wir haben geredet. Wir haben Geständnisse ausgetauscht. Wir haben diesen beängstigenden Schritt nach vorn gewagt.

Er wartet darauf, dass ich den Satz beende. Dabei sieht er mich liebevoll, aber relativ neutral an. „Ja, haben wir", sagt er schließlich und deutet mit dem Kopf in Richtung Bar. „Lass uns austrinken und gehen."

Und schon ist alles wieder ganz einfach.

Allein in einem großen weißen Bett, eingetaucht in grelles Sonnenlicht, wache ich auf.

Während der vergangenen Monate bin ich so viel gereist, dass die staubigen blauen Wände und der breite weiße Sessel in der Ecke mir nicht sofort verraten, wo ich mich befinde. Ich drehe mich auf die Seite und sehe meine Lederhose auf dem Stuhl liegen, mein Top und der BH ordentlich obenauf.

Offenbar ist Oliver in seinem eigenen Hotelzimmer.

Der Gedanke hinterlässt ein merkwürdig leeres Gefühl in mir. Ich vermisse ihn. Möchte ihn in meiner Nähe haben.

Während unseres zweiten Drinks gelang es uns, die Anspannung angesichts unseres Wir-stehen-total-aufeinander-Geständnisses abzuschütteln. Dann wurden wir von einem perfekt getimten Anruf von Not-Joe unterbrochen, der uns von seinem Abend berichtete. Sein Date war betrunken auf der Couch eingeschlafen, und erst nachdem er aus der Wohnung verschwunden war, bemerkte Not-Joe, dass sein Telefon keinen Saft mehr hatte und dass seine Brieftasche noch im Laden lag, was zur Folge hatte, dass er dem Taxifahrer seine Uhr geben musste, um überhaupt nach Hause zu kommen.

Gegen ein Uhr sind Oliver und ich schließlich aus der Bar verschwunden und Hand in Hand die zwei Blocks zu unserem Hotel gelaufen. Auf meinem Handy wurden fünf versäumte Anrufe von Austin angezeigt; da er jedoch nichts auf die Mailbox gesprochen hatte, ignorierte ich sie einfach. Ich hatte ohnehin nur noch Augen für Oliver. Als wir den Flur entlanggingen, deutete er auf seine Zimmertür. Noch ehe ich stotternd fragen konnte, ob er mit in mein Zimmer kommen wolle, hatte er sich vorgebeugt und mich auf die Wange geküsst.

„Lass es uns langsam angehen", meinte er. „Wir sehen uns morgen früh."

Prompt schoss mir eine Entgegnung durch den Kopf, aber ich traute mich nicht, die Worte laut auszusprechen: *Können wir nicht Sex haben und es* ansonsten *langsam angehen lassen?*

Ich rolle mich nun herum und ziehe mein Smartphone vom Stecker auf dem Nachttisch, um meine E-Mails zu checken. Abgestützt auf einem Ellenbogen, kneife ich die Augen zusammen, damit ich die Worte lesen kann.

„Heilige Scheiße." Abrupt setze ich mich auf, kreuze die Beine und konzentriere mich voll auf das Display, um sicher zu sein, dass es stimmt, was ich da lese. Wie es scheint, hat sich einiges getan, während Oliver und ich miteinander geflirtet, getrunken und eine tiefergehende Diskussion über unsere Beziehung vermieden haben. Columbia-Touchstone hat die Hauptdarsteller für den *Razor-Fish*-Film vorgestellt. Ich habe über dreihundert E-Mails und mindestens zehn Nachrichten von Presseleuten erhalten, die eine Stellungnahme von mir erwarten.

Zum Glück hatte ich Austins Namen markiert, sonst hätte ich seine E-Mail womöglich übersehen. Er schreibt:

> *Habe gestern Abend versucht, dich zu erreichen, nachdem du gegangen warst. Es gibt jetzt ein Drehbuch. Es ist eine Rohfassung, die Langdon letzte Woche erarbeitet hat. Aber mach dir keinen Stress, wir haben das gemacht, damit wir die Rollen schnell besetzen können, und du kannst die Feinarbeiten übernehmen.*

Austin hielt es nicht für nötig, das gestern Abend mal kundzutun? Er hat mir erzählt, dass Langdon mit dem Schreiben *an-*

gefangen hätte. Davon, dass das Drehbuch fertig ist, war nie die Rede!

Außerdem ist das Geld auf mein Konto überwiesen worden, und mir wird ganz übel, als ich diesen hohen Betrag sehe. Er löst instinktiv eine Panik in mir aus, so als müsste ich das alles möglichst bald in Goldbarren investieren und sie unter der Matratze verstecken.

Es klopft an meiner Zimmertür. Hastig klettere ich aus dem Bett, werfe mir einen Morgenmantel über und stolpere zur Tür. Oliver steht im Flur und sieht zerzaust und auch ein wenig nervös aus.

Sofort erkenne ich an dem leichten Hochziehen der Mundwinkel und dem Zusammenkneifen der Augen, wie glücklich er ist. Doch nur für den Bruchteil einer Sekunde, ehe er das Visier wieder runterlässt.

Obwohl ich erst gestern Abend mit ihm zusammen war, kommt es mir vor wie eine Woche, und er wirkt heute auch irgendwie anders. Weniger wie der vertraute Freund, als vielmehr wie dieser attraktive Mann direkt vor mir, der einen Körper unter seiner Kleidung verborgen hat, den ich verzweifelt gern betrachten und vor allem berühren möchte.

Bisher hat keiner von uns etwas gesagt, und ich befürchte beinahe, dass der gestrige Abend alles verändert hat. Aber ich will nicht, dass zwischen uns eine peinliche oder unangenehme Stimmung herrscht.

„Wie geht es meinem Lieblings-Comicladenbesitzer Oliver Lore?"

Er lächelt so breit, dass sich sogar seine Brille bewegt und sich kleine Lachfältchen an seinen Augenrändern bilden. „Ich wünschte, ich könnte mit Emojis antworten. Da würde jetzt definitiv das Spiegelei-Icon aufleuchten."

Okay, das war nahezu perfekt.

„Das heißt, du willst frühstücken, was? Möchtest du runtergehen?", frage ich. „Oder … wie wäre es mit Zimmerservice?"

Diese Option klingt definitiv intimer, und Oliver scheint das ebenso zu sehen.

„Ach nee“, meint er. „Lass uns nach unten ins Restaurant gehen. Da gibt’s ein Frühstücksbuffet. Ich glaube, ich esse alles.“

„Na, dann komm kurz rein“, fordere ich ihn auf und gehe hinüber zu meiner Reisetasche, um ein paar Sachen herauszusuchen. „Gib mir fünf Minuten. Ich muss unbedingt Benny anrufen.“

Oliver betritt das Zimmer, und ich sehe, wie sein Blick auf meinen Klamotten von gestern Abend verharrt, die so ordentlich auf dem Stuhl liegen. Ich frage mich, ob er das Gleiche denkt wie ich. Wäre er mit zu mir aufs Zimmer gekommen, wäre diese Lederhose vermutlich den Sexgöttern geopfert worden.

„Lola!“, meldet Benny sich laut brüllend am anderen Ende der Leitung, und ich zucke zusammen. Entsetzt starre ich aufs Display. Es ist nicht einmal neun Uhr. Wie kann er am frühen Morgen so munter sein?

„Hallo Benny.“

„Ich wette, ich weiß, warum du anrufst“, trällert er. „Der vom *People Magazine* zum Sexiest Man Alive gekürte Kerl spielt deinen Razor, und du willst heute Abend nach Hollywood kommen, um zu feiern.“

Oliver starrt mich mit großen Augen an. Ich hebe die Hand, um ihm zu bedeuten, dass ich ihn gleich aufklären werde.

„Ich bin bereits in Hollywood“, antworte ich. „Aber ich fahre nachher zurück. Austin hat gestern Abend, als ich ihn getroffen habe, das fertige Drehbuch nicht erwähnt.“

„Wahrscheinlich, weil er wusste, dass du es sofort lesen wollen würdest, und dann hättest du Änderungen verlangt, dabei war es schon raus.“

Ich kaue auf der Unterlippe und unterdrücke ein Grinsen. „Was passiert jetzt?“

„Ich gebe in deinem Namen eine Presseerklärung raus“, erklärt er. „Wie wäre das? ‚Das Management hat bestätigt, dass Lorelei Castle absolut begeistert über die Besetzung ist.'"

Ich warte auf den Rest, bis ich merke, dass nichts mehr kommt. Oliver scheint es genauso zu gehen, bevor er den Kopf zur Seite neigt, als wollte er sagen, *Hey, gar nicht mal schlecht.* Es spiegelt akkurat mein Engagement in Bezug auf die Medien wider.

„Das ist perfekt", erwidere ich. „Und ich bin wirklich begeistert über diese Neuigkeiten. Außerdem finde ich, dass ich nicht unbedingt interviewt werden muss. Aber, Benny, kannst du darauf drängen, dass sie mir unbedingt heute noch das Drehbuch zuschicken? Wenn sie wollen, dass ich die Feinarbeiten übernehme – und ich hoffe, dass sie damit tatsächlich meinen, dass ich mit dem Skalpell rangehe –, sollte ich es lieber früher als später zu sehen bekommen. Ich habe noch andere Sachen, die ich fertig machen muss, und muss mir daher meine Zeit gut einteilen."

„Ich kümmere mich darum. Geh und mach dein Ding. Du wirst künftig bei deinen Signierstunden überrannt werden, und alles, was ich von dir will, ist, dass du es allen zeigst, wenn es drauf ankommt."

Ich danke ihm, schicke ihm einen Kuss durchs Telefon und lege das Handy aufs Bett. Meine Hand zittert. „Ich war mir nicht sicher, ob ich Benny mögen würde", gestehe ich Oliver. „Doch das tue ich. Ich weiß nicht, was ich jetzt ohne ihn machen würde."

„Sie haben den Film *besetzt*?", fragt Oliver. „Und Austin hat gestern Abend nichts davon verlauten lassen?"

Als Oliver und ich die Party verließen, sind wir nicht mehr weiter auf den Film eingegangen. „Austin erwähnte, dass sie mit Leuten in Kontakt stünden. Langdon hat gesagt, er würde an dem Entwurf herumbasteln. Ich vermute mal, wenn solche Unterhaltungen stattfinden, dann geht es schnell voran. Oder", füge ich hinzu, als mir ein anderer Gedanke kommt, „sie haben mich von Anfang an nicht richtig eingeweiht." Ich halte die Hände vors Gesicht, und mir fällt auf, dass sie noch immer wie Espenlaub zittern. Es fühlt sich an, als würde mein Gehirn einen Moment brauchen, um aufzuholen.

„Na, komm", meint Oliver und lächelt mir beruhigend zu. „Zieh dich an, und dann sprechen wir unten darüber. Ich bin am Verhungern."

Ich schnappe mir die Sachen aus meiner Reisetasche und verschwinde schnell im Bad, wo ich mein Haar hochstecke und in ein Paar Jeans und ein weißes T-Shirt schlüpfe.

Als ich wieder rauskomme, steht Oliver am Fenster und schaut nach draußen. Er trägt ein dunkelblaues T-Shirt, das schon ganz dünn und weich geworden ist, weil er es so oft getragen hat. Darunter kann ich seine breiten muskulösen Schultern ausmachen, kann den kräftigen Oberkörper erahnen. Mein Herz fängt erneut an, wie verrückt zu klopfen, und ich bekomme fast einen Hustenanfall.

Oliver dreht sich um, als er mich hört, und kommt zu mir. „Fertig?"

Ich sehe zu ihm auf, kann das jedoch nicht lange durchhalten. Er ist frisch rasiert, und trotzdem bildet sich schon wieder der erste leichte Bartschatten auf seinem Kinn. Weil er mindestens fünfzehn Zentimeter größer ist als ich, kann ich einen ungehinderten Blick auf seinen Hals, seine Kehle, den Schwung seiner Unterlippe werfen.

„Fertig."

Schweigend gehen wir über den mit Teppich ausgelegten Flur, und Oliver drückt auf den Fahrstuhlknopf, ehe er einen Schritt zurücktritt und mir die Hand auf den unteren Rücken legt. Er ist immer so fürsorglich.

„Hast du jemanden, der sich mit Finanzen auskennt?", frage ich ihn. „Ich brauche Hilfe."

„Ja, aber er ist mehr für geschäftliche Sachen zuständig. Allerdings … das brauchst du jetzt ja wohl auch", sagt er und winkt mich in den Lift, als sich dessen Türen für uns öffnen.

„Das Geld vom Studio ist eingegangen."

Er nickt und beobachtet die aufleuchtenden Zahlen der Etagen. „Ich erinnere mich noch genau an das Gefühl, nachdem mein Dad damals gestorben ist. Es ist einerseits gut, zugleich aber auch beängstigend. Es kam mir so vor, als wäre ich mit einem Schlag vom Nichtstuer, der bei seinen Großeltern lebt und Bohnen aus der Dose isst, zu einem echten Erwachsenen geworden. Zu dem Zeitpunkt hatte ich überhaupt keine Ahnung, wie man sein Geld verwaltet, Pläne macht oder etwas spart."

„Ja", stimme ich zu und lasse mich sacht gegen ihn fallen. Bei Oliver fühle ich mich stets so … sicher.

„Also habe ich das Geld erst einmal angelegt, bis ich so weit war. Bis ich wusste, was ich damit anfangen will."

„Der Laden?"

Er nickt. „Dir wird bestimmt auch etwas einfallen. Lass es einfach liegen, bis es so weit ist."

Der Aufzug hält im dritten Stock. Wir steigen aus und folgen dem Schild in Richtung Restaurant. „Ich sollte mir wohl mal ein neues Auto zulegen", überlege ich laut.

Er lacht.

„Und ich möchte mir auf jeden Fall ein eigenes Zuhause anschaffen."

Oliver schweigt, während er weitergeht, bevor er schließlich fragt: „Ein Haus?"

„Ich glaube schon, ja." Im nächsten Moment stolpert mein Gehirn über den Gedanken. Oliver hat sein eigenes Haus. Wenn sich wirklich etwas zwischen uns entwickelt, etwas Ernsteres, würden wir dann zusammenleben? Würden wir zwei Häuser besitzen wollen?

„Ich kann dir bei der Suche helfen", bietet er an, und schon ist die Seifenblase, die in bunten Farben schillerte, geplatzt.

Wir betreten das Restaurant und werden an einen Tisch geleitet, der eine Aussicht auf den Santa Monica Boulevard bietet. Oliver und ich haben schon Dutzende von Malen gemeinsam gegessen, doch heute ist alles irgendwie anders. Solche Situationen sind für mich immer schrecklich, daher habe ich keine Ahnung, ob sich das vielleicht alles nur in meinem Kopf abspielt. Vielleicht fühlt sich jedoch alles so aufgeladen und besonders an, weil ich diese Flut an *Empfindungen* auf einmal zulasse.

Was würde Harlow wohl tun? überlege ich. Sie würde fragen. Sie würde sagen: ‚Ist alles okay?'

Ist es wirklich so einfach?

„Ist alles okay?", frage ich und probiere es einfach aus. Oliver schaut mich an und zieht fragend die Brauen zusammen. „Ich meine … nach gestern Abend?"

Er lächelt und lässt die Speisekarte sinken. „Klar doch, alles bestens."

Harlow würde nachhaken. Harlow würde erklären, warum sie die Frage gestellt hat. Harlow säße wahrscheinlich schon bei ihm auf dem Schoß.

„Okay, gut", antworte ich und widme mich der Karte, um die lange Liste mit den unterschiedlichen Sorten von Frühstückswaffeln zu studieren.

Einen Moment lang spüre ich noch Olivers Blick auf mir, ehe er seine Menükarte wieder hebt.

Ich lege meine zur Seite. „Es ist alles so anders", stelle ich fest.

„Ist es nicht", erwidert er prompt und lächelt. Er hat damit *gerechnet*, dass ich in diese Art von Panik verfalle.

Ich lache. „Doch, ist es."

Kopfschüttelnd richtet er seine Aufmerksamkeit erneut auf die Karte und murmelt dann: „Du bist verrückt."

„Und du bist ein Blödmann", kontere ich.

Die Kellnerin tritt an unseren Tisch und schenkt uns Kaffee ein. Oliver betrachtet mich lächelnd, während ich beschließe, nichts vom Buffet zu essen, sondern Pancakes zu bestellen. Er ordert für sich Pancakes und Eier.

Nachdem die Bedienung sich entfernt hat, legt er die Unterarme auf den Tisch und beugt sich zu mir vor. „Was möchtest du, Lola?“

Na, das ist ja mal ein Anfang, Aussie.

„Was ich *möchte*?“, gebe ich leise zurück und ziehe meine Kaffeetasse näher.

Ich möchte eine klarere Vorstellung davon haben, welche Form mein Leben annehmen wird.

Ich möchte jede einzelne Story zeichnen, die mir gerade im Kopf herumschwirrt.

Ich möchte Oliver haben und ihn nicht verlieren.

„Ich weiß es nicht“, sage ich schließlich und gebe Milch in meinen Kaffee.

Oliver atmet tief aus, und es klingt ein wenig skeptisch, doch er nickt. „Du weißt es nicht.“

Ich blicke auf, als ich höre, wie er sich das Kinn kratzt ... Es klingt ganz rau, als er mit den kurzen Fingernägeln über die Bartstoppeln fährt.

Na schön.

Ich möchte mit ihm rummachen, bis meine Lippen ganz wund sind von diesen Stoppeln.

Ich möchte, dass er mich in die nächste Woche vögelt.

Ich möchte mitten in der Nacht geweckt werden, weil ich seinen drängenden Schwanz spüre.

„Tja, Lola Love, lass es mich einfach wissen, wenn du es herausgefunden hast“, sagt er. Mit der Zungenspitze befeuchtet er seine Lippen und sieht ganz genau, dass ich ihn dabei beobachte.

Er weiß es.

Ist es so einfach? „Einfach so?“

„Einfach so.“

Mir wird klar, dass er auf meine Seite des Spielfeldes marschiert ist und mir den Ball direkt vor die Füße gelegt hat.

„Du bist ein Blödmann“, wiederhole ich leise und versuche, ein Grinsen zu unterdrücken. Ich vergöttere ihn. Ehrlich. Es ist dieses gewaltige, stetig wachsende Gefühl, das mir die Röte in die Wangen treibt und die Schmetterlinge in meinem Bauch in Aufruhr versetzt. Ich weiß nicht, was passieren wird, wenn ich das Seil loslasse und mich treiben lasse.

Das Panel zeigt das Mädchen, das einen funkelnden Meteoriten in den Händen hält.

Oliver hebt lächelnd seine Kaffeetasse an den Mund.

Irgendwo in der Nähe von Long Beach schlafe ich ein, und Oliver weckt mich vorsichtig, nachdem er direkt vor seinem Laden geparkt hat.

„Danke, dass du gefahren bist“, sage ich, als er meine Reisetasche aus dem Kofferraum holt. Er stellt sie auf den Bürgersteig und stopft eine Hand in die Tasche seiner Jeans, sodass sie weiter nach unten rutschen.

Heute sind seine Boxershorts rot. Flacher Bauch. Ansprechende Hüften.

„Und danke, dass du mich begleitet hast“, fahre ich fort und blinzele kurz, in einem wenig subtilen Versuch, die Augen von seinem Waschbrettbauch abzuwenden. „Allein hätte ich nur halb so viel Spaß gehabt.“

„Jederzeit gern“, entgegnet er. Dann fügt er hinzu: „Ich finde, du bist wundervoll, Lorelei.“

Ich lächle ihn an. „Ich finde, du bist auch wundervoll, *Oliver.*“

Er überrascht mich, indem er mein Gesicht mit beiden Händen umfasst und mir einen Kuss auf die Wange gibt. Der Kuss landet viel zu nahe an meinem Mund, als dass man ihn noch unschuldig nennen könnte, obwohl er meine Lippen nicht wirklich berührt. Es zählt nicht als echter Kuss. Oder doch? Mein Puls beginnt zu galoppieren, und ich muss die Luft anhalten, um keinen Ton von mir zu geben. Oliver verharrt einen Moment in dieser Position, atmet tief ein, eher er sich wieder aufrichtet.

„Also“, sage ich, „sehen wir uns später noch?“

„Habt ihr zwei euch etwa gerade geküsst?"

Instinktiv fahren wir abrupt auseinander und drehen uns um. Not-Joe mustert uns. Sein Haar ist total zerzaust, erinnert heute eher an einen stacheligen Kaktus als an einen Irokesenschnitt, und sein T-Shirt hat er verkehrt herum an.

„Nein", erkläre ich ihm. „Wir haben uns nur …"

Okay, vielleicht wollten wir uns gerade küssen. *Zur Hölle mit dir, Not-Joe.*

„Verdammt noch mal", flucht Not-Joe. Es ist halb Stöhnen, halb Brüllen. „Wenn ihr nicht rumknutscht, macht gefälligst Platz, damit ich reinkann. Ich muss mich hinlegen."

Es ist Montag – der einzige Tag der Woche, an dem der Laden geschlossen ist –, also schließt Oliver die Tür auf, und wir sehen zu, wie Not-Joe hinüber zu einer der Leseecken stolpert.

„Ich glaub, ich muss langsam anfangen, meinen Katern einen Namen zu geben, so wie man das bei Hurrikans macht", murmelt er und streckt sich auf der Couch aus. „Dieser hier heißt Abby. Sie ist ein richtiges Flittchen."

Oliver mustert Not-Joe leicht genervt: Ich würde acht zu eins wetten, dass Not-Joe gleich aufs Sofa kotzt.

„Was treibst du hier?", will ich von ihm wissen. „Wieso bist du nicht zu Hause?"

„Ich glaube, da brauchte jemand seine Brieftasche." Oliver holt besagtes Teil hinter dem Ladentisch hervor und wirft es Not-Joe auf die Brust. „Hier, du Genie."

„Zu laut", stöhnt Not-Joe. „Zu hell. Ich glaube, so fühlt sich Autismus an."

Oliver lacht entsetzt auf. „Verdammt, Joe, so einen Scheiß sagt man nicht!"

„Du weißt doch gar nicht, ob ich recht habe oder nicht."

Frustriert den Kopf schüttelnd geht Oliver hinter den Tresen und stellt Musik an. Journey schallt laut durch den Laden, und er holt seine Luftgitarre raus.

„Ja!“ Ich spiele dazu Schlagzeug auf dem Tresen.

„Was soll der Scheiß?“ Not-Joe rollt sich herum und presst das Gesicht in die Kissen.

Oliver marschiert zur Leseecke und schreit Not-Joe ins Ohr: „Zeit zu rocken!“

Not-Joe krümmt sich zu einem winzigen Ball zusammen, und ich pruste los.

„Ist das *Revelation*?“, erkundige ich mich bei Oliver.

Er nickt und streckt die Zunge raus, während er sein Gitarrensolo wieder aufnimmt.

„Hast du eigentlich mal drüber nachgedacht?“, frage ich, während Oliver hinter den Ladentisch tritt und die Musik leiser dreht.

„Worüber?“

Als ich ihn jetzt betrachte mit dem breiten Grinsen im Gesicht, die Finger zu einer albernen Luftgitarre verbogen, den Mund wie ein Rocker verzogen, stelle ich fest, dass die Brille sein Aussehen sozusagen beruhigt, es herunterbricht, das Eis zum Drink darstellt. Ohne sie besteht er nur aus Knochenbau und Farbe: funkelnde blaue Augen, warme Lippen, schokoladenbraune Stoppeln.

„Steve Perry kontra Arnel Pineda.“ Als ich seinen verwirrten Gesichtsausdruck bemerke, erläutere ich: „Der Typ, der auf YouTube reichlich Follower gewonnen hat, weil er Journey-Lieder gecovert hat … und schließlich irgendwann zum neuen Leadsänger der Band wurde?“

Olivers nickt enthusiastisch im Takt der Musik. „Ach ja, ich glaube, ich habe davon gehört.“

„Ich meine, würdest du lieber die echte Gruppe oder ihre beste Coverband sehen?“

„Warte, ich dachte, du hättest gesagt, Arnel Pineda *ist* echt Journey.“

Gespielt genervt schaue ich ihn an. „Du weißt genau, was ich meine.“

Er zuckt mit den Schultern. „Tja, hängt vermutlich davon ab, von wem wir reden."

„Dylan?"

Drüben auf der Couch stöhnt Not-Joe ein „*Mmmh?*" und öffnet vorsichtig ein Auge. Er sieht uns an, blinzelt langsam, und was folgt, ist das merkwürdigste stumme Drei-Personen-Starren der modernen Zeitrechnung. Schließlich dreht er den Kopf von uns fort und widmet sich wieder seinem Kater.

„Ach, komm schon", meint Oliver, schüttelt den Kopf und kommt zurück zum Thema. „Bob Dylan ist eine Legende. Außerdem haben den absolut *alle* gecovert."

„Okay", gebe ich zu. „Was ist mit Heart? Du kannst dir diese jungen Dinger anhören, die *Barracuda* hinausposaunen, oder die Wilson-Schwestern, die beide schon um die sechzig sind."

Erschüttert starrt Oliver mich an. „Du bist eine schreckliche Feministin."

Ich muss lachen. „Hier geht es nicht um *Feminismus.* Ich sag's ja nur. Stell dir eine Realityshow vor, in der die Band und die Coverband gegeneinander antreten. Wie sehr würdest du es hassen, wenn du diese erstaunliche vierzigjährige Karriere hinter dir hättest, nur um dann mit einer Coverband konkurrieren zu müssen?"

Er kommt zu mir, verwuschelt mir die Haare. „Das ist der Grund, warum ich dich niemals verlassen könnte."

Ich erstarre, und mir bleibt die Luft weg, als der vorsichtige Teil meines Verstandes wieder in Habachtstellung geht.

Meine Reaktion scheint mir ins Gesicht geschrieben zu stehen, denn Oliver weiß sofort, was er getan hat.

„Scheiße, Lola." Er schlingt die Arme um meine Schultern und drückt mich an seinen Hals. „Ich meinte bloß, dass du echt süß bist. *Natürlich* würde ich dich nie verlassen."

Und das stimmt, rede ich mir ein. Er meint es ernst.

„Würdet ihr zwei jetzt endlich Nägel mit Köpfen machen und es hinter euch bringen?", seufzt Not-Joe auf der Couch.

„Du meine Güte, *irgendjemand* muss doch mal den Lagerraum einweihen."

Wir treten beide einen Schritt zurück, doch diesmal ist es anders. Unsere Hände können sich nur ganz langsam voneinander lösen: erst die Handflächen, die Finger, schließlich die Fingerspitzen.

„Ich muss noch einige Telefonate führen", erkläre ich. „Was machst du später?"

Er zuckt mit den Achseln und blickt auf meinen Mund. „Weiß noch nicht."

Rückwärts gehe ich zur Tür und sehe, wie sich auf Olivers Gesicht ein Lächeln ausbreitet. Etwas in mir macht klick. Ich bücke mich und hebe den Ball auf, den er mir vorhin aufs Spielfeld gelegt hat. „Okay, dann melde ich mich nachher bei dir."

8. Kapitel

OLIVER

Ich habe gelernt, dass Lola selten impulsiv handelt. Abgesehen von unserer Hochzeit in Las Vegas, lässt sie sich gern Zeit – seien es nun Sekunden oder Tage –, um sämtliche Aspekte einer Situation abzuwägen. Jemanden, der so wohlüberlegt handelt, habe ich vorher nie kennengelernt.

Das erste Mal, als mir das auffiel, waren wir an einem herrlichen Augustabend am Strand. Ihr Buch war gerade an dem Tag herausgekommen, und schon hatte es die Bestsellerlisten in ihrem Genre erobert. Betrunken war ich über den Sand gelaufen, hatte meine Schuhe ausgezogen und weggekickt, ehe ich mit voller Montur in die Wellen getaucht war.

Lola war noch betrunkener als ich, aber sie war bis an das schaumbedeckte Wasser getorkelt und hatte gezögert. Hin und her war sie geschwankt, ehe sie sich mit einem Plumps auf den Hintern in den Sand gesetzt hatte.

„Ich hab keine Wechselklamotten dabei“, hatte sie undeutlich vor sich hin gemurmelt. Sie hatte sich nach hinten fallen lassen und die Arme ausgestreckt. „Dann bin ich nass und sandig.“

„Du bist doch jetzt auch schon sandig“, hatte ich zu bedenken gegeben und mir die nassen Haare aus der Stirn gestrichen.

„Aber nich’ nass. Und ich hab bei dir nix zum Anziehen.“

Ich hatte ausgelassen mit ihr feiern wollen, am liebsten nicht nur mit Bier, sondern mit Geständnissen und hemmungslosem Sex. Daher hätte ich am liebsten gesagt: Fuck, *Lola, du kannst meine Sachen anziehen. Oder, noch besser, gar nichts.*

Aber ich hatte es mir verkniffen, denn schon da wusste ich, dass es nichts bringt, sie zu drängen. Sie wollte nicht schwimmen, wollte nicht in nassen Klamotten, die achtzig Pfund zu wiegen schienen, nach Hause fahren.

Es ist diese Erkenntnis, die es mir leichter macht, sie jetzt aus dem Laden gehen zu lassen, nachdem sie mich so ausdrücklich gefragt hat, was ich heute Abend vorhabe. Hastig trete ich wieder hinter den Ladentisch, damit mein Körper sich beruhigen kann. Und das hilft mir auch, zu verstehen, warum sich jede Interaktion mit ihr in den vergangenen Wochen anfühlt wie zwei Schritte vor, einer zurück.

Keine fünfzehn Minuten später schickt sie mir eine Nachricht und fragt, ob sie nachher bei mir vorbeikommen kann. Mein Herzrasen verrät mir, dass Lola zu einer Entscheidung gelangt ist. Ich kann nur hoffen, dass es die ist, die ich mir wünsche.

Also antworte ich schlicht mit: *Klar.*

Nur drei Stunden später klingelt es an der Haustür, gerade als Ansel sich endlich anschickt, zu gehen.

„Erwartest du noch Besuch?“, fragt er und schaut zum Eingang, ehe er mich wieder ansieht. Er ist vorbeigekommen, um sich meinen Nassstaubsauger auszuleihen. Seit einer Stunde quatscht er mir die Ohren voll: erzählt vom neuen Haus, prahlt damit, dass er Mia schwängern will, und fabuliert über irgendwelche anderen utopischen Träume, die so typisch für Ansel sind.

Lolas Silhouette ist deutlich sichtbar durch die Scheibe, und das ist genau der Grund, warum ich versucht habe, ihn vor ihrem Auftauchen zum Gehen zu bewegen.

„Ja, aber es ist nur Lola. Sie kommt zum Essen vorbei“, erkläre ich.

„Es ist nur Lola“, wiederholt er grinsend.

„Hau ab, Ansel.“

„Ich gehe ja schon", erwidert er und lacht den ganzen Weg bis zur Haustür vor sich hin.

Ich öffne die Tür, und mein Herz macht einen Freudensprung bei ihrem Anblick. Sie sieht aus, als wäre sie soeben von irgendeinem Interview oder sonstigen Medien-Event gekommen.

„Oliver ist heute Abend ziemlich grantig", berichtet Ansel ihr.

„Echt?", gibt sie zurück. „Dabei wollte ich vorschlagen, dass wir ein bisschen Poker spielen. Allerdings bin ich mir jetzt nicht so sicher, ob dieser besessene Ehrgeizling damit umgehen kann."

„Mach ihn betrunken und knöpf ihm all seine Kohle ab. Das ist das Mindeste, was er verdient hat."

Sie schenkt mir ein Lächeln, ganz offensichtlich begeistert von der Idee. „Das hatte ich vor."

Grinsend kontere ich: „Na, dann viel Glück."

„Sosehr ich es auch genießen würde, zu bleiben und mitzuerleben, was mit Sicherheit in einem Blutbad enden wird, muss ich leider los, weil ich Mia zum Essen ausführe. Macht's gut, ihr beiden", meint Ansel und beugt sich vor, um Lola einen Kuss auf die Wange zu drücken.

Ich bin fast sicher, dass ich ihn die Worte „Mach ihn fertig" sagen höre, ehe er die Verandastufen hinunterspringt und Lola und ich allein sind. Wieder einmal.

Sie läuft an mir vorbei ins Haus, und irgendwie bewegt sie sich anders. Viel femininer, viel *bewusster*.

„Alles gut?", erkundige ich mich.

Kurz vor der Küche bleibt sie stehen und sieht mich an.

„Alles gut." Sie streicht sich ihr volles Haar hinter die Ohren. Sofort fällt es wieder nach vorn, und als sie mich angrinst, wirkt sie noch jünger, als sie ist. „War es nett, der Besuch von Ansel?"

Verwirrt mustere ich sie. „Ja? Es war *nett*."

Noch immer lächelt sie und schaut mir in die Augen. „Ich freue mich, dass ihr zwei euch heute gesehen habt."

„Was ist los mit dir? Du bist, was Small Talk angeht, genauso furchtbar wie meine Tante Rita aus Brisbane."

Lachend verschwindet sie in der Küche, und ich höre, wie der Kühlschrank geöffnet wird, wie Flaschen klirren und die Tür wieder geschlossen wird. „Vielleicht bin ich nervös", ruft sie.

Mein Puls überschlägt sich fast. „Weshalb bist du nervös?"

Es dringen noch mehr Geräusche aus der Küche. Gläser klirren, es wird etwas eingeschenkt, und dann kommt Lola zurück.

Mit ein paar langen Schritten, bei denen sie die Hüften schwingt, ist sie bei mir und reicht mir ein Bier und einen Shot Tequila.

„Wir haben heute Abend eine Menge zu bereden", sagt sie und betrachtet mich.

Ich schlucke und würde sie am liebsten packen und an mich pressen. Ihre Nähe lässt mich reflexartig lächeln. „Ach ja?"

Sie nickt und zieht sich mit dem kleinen Finger eine Haarsträhne von den Lippen. „Du hast in L. A. ein paar sehr interessante Sachen von dir gegeben."

„Doch sicherlich nichts, was du nicht bereits vermutet hattest, oder?"

„Ich mag es nicht vermutet haben", erwidert sie im gleichen leisen Tonfall, während sie meinen Mund einen Moment länger als notwendig anschaut, ehe sie mir wieder in die Augen sieht. „Aber ich wollte es schon lange hören."

Als ich darauf etwas antworten will, unterbricht sie mich und fährt etwas munterer fort: „Regel Nummer eins für heute Abend lautet: Kein Rummachen." Sie kippt ihren Shot runter, verzieht das Gesicht und spült mit einem Schluck Bier nach.

Ich verschlucke mich an meinem eigenen Shot und muss husten. „Wie bitte?"

„Du hast mich genau verstanden."

Ich trinke von meinem Bier und verziehe beim Schlucken das Gesicht. „Kein Rummachen *wann*?"

„Wenn wir betrunken sind", erklärt sie. „Ich will *reden*."

Mein Brustkorb fühlt sich auf einmal viel zu eng an für all das, was darin Platz beansprucht; Lungen, Herz, die sich ausdehnenden Emotionen – all das lässt mir keinen Raum mehr zum Atmen. Ist es das jetzt? Passiert es nun wirklich?

Ich greife nach ihrem Haar und frage: „Gibt es noch eine Regel Nummer zwei, für den Fall, dass Regel Nummer eins gebrochen wird?"

Ihr Lächeln ist ein langsam wachsendes Zauberwerk. „Nun werd mal nicht frech."

Grinsend flüstere ich: „Ich werd's versuchen." Mein Blut strömt wie heiße Lava durch meine Adern. *Verdammt, endlich!* „Was passiert hier, Lola Love?"

Sie zuckt lässig mit den Schultern und meint ganz unschuldig: „Wir spielen Poker."

„Ich zocke dich ab", warne ich sie, ehe ich die Bierflasche zum Mund hebe und einen weiteren Schluck trinke.

Aufmerksam beobachtet sie mich. „Tja, das bleibt abzuwarten. Auf jeden Fall wird es interessant." Als ich die Brauen hebe, fügt sie hinzu: „Wir spielen *Strip*-Poker."

„Wir haben tatsächlich eine Menge zu besprechen, wenn wir Strip-Poker spielen, ohne dass wir rummachen dürfen", stelle ich mit einem überraschten Lachen fest.

Lola zieht los, um ein Kartenspiel aus der Küchenschublade zu holen, und bedeutet mir danach, mich zu ihr an den Esstisch zu setzen.

Das kommt alles so *plötzlich* … Zugleich kommt es mir jedoch vor, als hätte ich seit Ewigkeiten darauf gewartet. Ich möchte diese Freundschaftsbarriere niederreißen. Ich möchte den nächsten Schritt wagen und den übernächsten. Lola ist wie ein Bulldozer in mein Haus eingedrungen, und obwohl ich sie nie zuvor so erlebt habe, würde ich im Leben nicht versuchen, sie aufzuhalten.

Eine entschlossene Lola ist ein unvergesslicher Anblick.

Sie klopft auf die Tischplatte, um mich aus meinen Gedanken zu reißen, und ich blinzele kurz, ehe ich mit meinem Bier zum Tisch gehe. Langsam lasse ich mich auf den Stuhl ihr gegenüber sinken. Unsere Blicke treffen sich, und keiner von uns löst die Spannung, indem er wegsieht. Wir umkreisen einander schon so lange, und ich könnte schwören, dass meine Haut Feuer gefangen hat. Mir schwirrt der Kopf, während ich überlege, wie das hier wohl weitergeht.

„Dein Einsatz, bitte", flüstert sie und greift unter ihre Mähne, um die Ohrringe abzunehmen. Sie lässt sie mitten auf den Tisch fallen und blickt mich erwartungsvoll an.

Ich gucke, was ich anhabe. Eine Uhr. Jeans, ein T-Shirt, Gürtel, Brille. Ich trage weder Schuhe noch Socken. „Das kommt mir ein bisschen ungerecht vor."

„Tja, mein Glück, dein Pech."

Sie hat keine Ahnung, dass eigentlich ich hier der Glückliche bin. Weil ich ihr Vertrauen gewonnen habe. Ihre Zuneigung. Weil ich zusehen kann, wie sie das Kommando übernimmt. Ich lächele sie an und würde es am liebsten hier und jetzt noch einmal sagen: *Ich liebe dich.*

Stattdessen nehme ich meine Uhr ab und lege sie zu ihren Ohrringen, während Lola die Karten austeilt und jedem von uns fünf gibt.

Wir betrachten sie, ordnen sie so, wie wir es für richtig halten, *und heilige Scheiße,* ich habe zwei verdammte Paare: zwei Buben, zwei Dreien und eine Sieben.

„Dein *echtes* Pokerface ist so grottenschlecht", stellt Lola fest und kichert. „Das ist ein Schock fürs Leben."

„Könnte sein, dass ich dich allein mit diesem Blatt schon blankziehe", gebe ich zurück und wedele mit den Karten. Mir wird ganz warm, als ich sehe, dass sie die Zweideutigkeit dieser

Worte versteht. „Ich eröffne." Ich greife nach meinem Gürtel, ziehe ihn langsam heraus und wickle ihn auf, ehe ich ihn auf den Tisch lege. „So, Castle, gehst du mit, oder bist du draußen?"

„Ist dir klar, dass ich, wenn wir verheiratet geblieben wären, Lorelei Lore geheißen hätte?"

Ich nicke. „Hab ich das eine oder andere Mal drüber nachgedacht. Allerdings bin ich immer davon ausgegangen, dass du deinen eigenen Namen behalten würdest."

„Ich bin auf merkwürdige Art und Weise ziemlich altmodisch", erwidert sie und legt die Karten verdeckt auf den Tisch. Gerade als ich denke, dass sie draußen ist, greift sie nach dem Saum ihres Sweaters und zieht sich das Teil über den Kopf.

Darunter trägt sie nichts weiter als einen BH.

„So, Lore, was ist? Erhöhst du?", fordert sie mich heraus, und ich merke, dass ich sie anstarre.

Nach einem Blick auf meine Karten weiß ich, dass ich mit diesem Blatt wirklich dafür sorgen könnte, dass sie all ihre Klamotten auszieht, doch ich möchte das hier richtig auskosten. „Ich nehme noch eine Karte."

Ich lege die Sieben zur Seite, und Lola gibt mir eine neue Karte. Ich schaue sie mir an: die Herzdrei. Jetzt habe ich doch tatsächlich ein Full House.

Sie selbst nimmt sich drei neue Karten – das Maximum – und verzieht das Gesicht. „Puh."

„Du hast auch ein ziemlich mieses Pokerface."

Lola schaut auf und meint: „Du kannst ja noch mal erhöhen, wenn du willst."

In Sekundenschnelle liegt mein T-Shirt auf dem Tisch. „Du kannst aufgeben, wenn *du* willst."

Ihr BH landet auf meinem T-Shirt, und ich gebe ein paar unverständliche Laute von mir, ehe ich mit zittrigen Fingern nach meinem Bier greife. Der Anblick ihrer nackten Brüste haut mich fast um. Sie sind so voll, so fest. Mir wird der Mund ganz wässrig, und ich lege die Lippen um den Flaschenhals, schaffe es allerdings nicht, die Flasche so weit zu kippen, um etwas trinken zu können.

„Du starrst mich an“, flüstert Lola.

„Ich kann nicht anders; du hast gerade deinen BH abgelegt.“

„Zeig mir deine Karten.“

Was für Karten?

Ich muss einmal mehr blinzeln, kneife die Augen zusammen, ehe ich auf meine Hand schaue und die Karten auf dem Tisch ablege. Lola stöhnt und zeigt mir, was sie auf der Hand hat: ein Paar Vieren, einen Buben, ein Ass und eine Sechs. Sie legt den Kopf auf den Arm und schüttelt sich vor Lachen. Erst als sie hört, wie ich die Sachen zu mir heranziehe, blickt sie auf. Selbstgefällig ziehe ich mein T-Shirt wieder an, binde den Gürtel und die Uhr um. Ihren BH drapiere ich auf meinen Kopf, ihren Sweater schwinge ich mir um die Schultern, und ihre Ohrringe bleiben auf dem Tisch neben dem Bier liegen.

Als sie sich aufrichtet, fällt ihr langes Haar nach vorn über ihre Brüste. Es ist ein beeindruckender Kontrast zwischen ihrem schwarzen Haar und der milchweißen Haut. Die Haarspitzen bedecken gerade eben ihre Nippel. Jetzt begreife ich, warum diese Ansicht einer Frau schon millionenfach gemalt worden ist.

Ihre Stimme durchbricht meine Trance. „Du starrst schon wieder.“

„Noch immer kein BH.“

„Ich habe gelogen“, erklärt sie und reibt mit einem Finger geistesabwesend ihre Unterlippe.

Die Art, wie sie das sagt, verrät mir, dass es sich in gewisser Weise um ein Spiel handelt. „Wann?“

„Als ich so getan habe, als wollte ich dich nicht küssen.“

Ich ziehe die Brauen zusammen. „Du meinst die Nicht-Rummachen-Regel?“

„Genau die.“ Sie senkt den Kopf und betrachtet ihre Finger, mit denen sie jetzt kleine Kreise auf die Tischplatte malt. „Und jedes Mal, wenn ich dich gesehen habe.“

Meine Arterien können sich gar nicht schnell genug weiten, um all das Blut zu transportieren, das durch sie hindurchschießt. Mir wird ganz schwindelig. „Komm her."

Lola schüttelt den Kopf und schiebt mir die Karten zu, ehe sie aufsteht, um uns noch ein Bier zu holen. „Du gibst."

Bei einer weiteren Runde voller erotischer Anspielungen und sexueller Spannung verliert Lola wieder, aber dieses Mal ist sie schlau genug gewesen, nur ihre Schuhe zu setzen, ehe sie ausgestiegen ist. Beim nächsten Mal gewinnt sie ihre Ohrringe zurück und außerdem meine Uhr, danach verliert sie jedoch beides zusammen mitsamt ihren Socken.

„Jetzt hast du bloß noch zwei Sachen, wenn ich richtig vermute", bemerke ich, während ich sie beim Mischen beobachte. „Deine Hose und das, was immer du darunter trägst."

Sie lacht. „Die Jeans sind mir egal, aber die Unterhose will ich nicht verlieren."

„Dann hast du nicht mehr viel, was du einsetzen kannst. Ich darf als Erster nach dem Geben setzen."

Einen Moment lang denkt sie darüber nach. Ihr Blick wirkt weich von den beiden Flaschen Bier, die sie ziemlich schnell getrunken hat. „Schick Harlow eine Nachricht. Sie soll uns sagen, wie die Konsequenzen für den sind, der verliert. Doch verrate ihr nicht, wer am Verlieren ist."

Ich nicke, schnappe mir mein Smartphone und schicke die Frage an Harlow: *Wir müssen wissen, was der Verlierer beim Poker tun muss. Einer von uns ist schon fast vollständig ausgezogen.*

Keine dreißig Sekunden vergehen, ehe Harlow antwortet: *Tanz auf ihrem gottverdammten Schoß, Junge.*

Lachend erzähle ich Lola: „Sie glaubt, es ist meine Strafe, nicht deine."

„Was hat sie vorgeschlagen?"

„Das sage ich dir, wenn du verloren hast."

Lola schiebt die Karten, mit denen sie auch dieses Spiel verloren hat, in die Mitte des Tisches und sieht mich ängstlich an. „Warte. Ich brauche noch ein Bier, ehe ich mir das anhöre. Oh, Gott."

„Und du brauchst Musik."

Sie reißt die Augen auf, ehe sie sich eine Bierflasche vom Tisch schnappt, einen großen Schluck trinkt und nach meinem Handy greift. Sie kennt meinen Sicherheitscode und gibt ihn ohne nachzudenken ein.

Ihr klappt der Mund auf, als sie Harlows Text liest. „Das mache ich nicht."

„Dann rück dein Höschen raus."

„*Fuck*, nein."

Lachend stehe ich auf und gehe zur Stereoanlage. „Möchtest du lieber Rock 'n' Roll oder etwas, was mehr zu einem Klub passt?"

Sie stöhnt. „Oliver, ich hab noch nie im Leben jemanden mit einem Lap Dance beglückt."

„Also Klubmusik!", bestimme ich und drücke auf Play. Auf meinem Weg zurück komme ich fast ins Stolpern, als ich Lola in voller Pracht neben dem Esstisch stehen sehe. Während wir gesessen und gespielt haben, konnte ich sie nur von der Taille an aufwärts sehen, aber *Himmel.*

Sie trägt nur noch ihren Slip. Schwarze Seide. *Winzig.* Ihr Körper ist so perfekt; nur zu gern würde ich meine Zähne in ihre weichen Schenkel versenken.

Meine Haut steht in Flammen.

Mein Puls pocht heftig in meiner Kehle, als ich mich auf einem Stuhl niederlasse.

Sie verpasst mir einen Klaps auf den Arm, als ich meine zitternden Hände unter die Oberschenkel schiebe, und meint anerkennend: „Du kennst sogar die Regeln."

„Du anscheinend ja auch."

Lola kommt näher und starrt auf mich herab. „Wieso konntest du nicht verlieren?" Ihre Knie berühren meine, und ich spüre, wie sich der Druck über jeden einzelnen Zentimeter meiner Beine ausbreitet.

„Das würde doch nur halb so viel Spaß machen, oder?"

„Ist das komisch, mich oben ohne zu sehen?", fragt sie, während sie ein Bein neben meins stellt, noch näher kommt und sich schließlich rittlings auf mich setzt.

Es ist verdammt schwierig, Luft zu holen, überhaupt noch einen klaren Gedanken zu fassen.

Langsam lasse ich den Blick über ihren Körper gleiten. Ihre Taille ist schmal, die Hüften sind perfekt gerundet. An der einen Seite prangt ein Tattoo, doch ich kann den Spruch bei der schummrigen Beleuchtung nicht lesen. Das werde ich später nachholen. Jetzt gerade bin ich bloß einen Atemzug davon entfernt, mein Gesicht an ihre Brüste zu pressen. „Es kommt mir vor, als wäre ich im Himmel gelandet."

Die Musik erfüllt das Zimmer, und es scheint, als würde sich nicht nur mein, sondern auch Lolas Herzschlag dem Rhythmus anpassen. Vorsichtig beginnt sie, die Hüften vor und zurück zu bewegen. Die Hände legt sie auf meine Schultern, um sich dort zu verankern.

„Lola …", flüstere ich. „Tu nur das, was du tun möchtest."

Sie beugt sich vor und schaut mir so intensiv in die Augen, als wolle sie dort eine lose Wimper suchen, damit sie einen Wunsch frei hat. Ihr Blick ist ein wenig glasig, aber mir gefällt eine beschwipste Lola. Da bricht sie aus ihrem Schneckenhaus aus und sieht auf die Welt um sich herum. In diesem Moment möchte ich ihre ganze Welt sein. Ich möchte alles sein, was sie sieht.

„Was ist das für ein Tattoo?", frage ich sie.

Sie leckt sich die Lippen und begutachtet meinen Mund, während sie antwortet: *„Es ist besser, eine Kerze anzuzünden, als die Dunkelheit zu verfluchen."*

Ich versuche fieberhaft, das Zitat einzuordnen, doch ihr nahezu nackter Körper auf meinem Schoß, der Duft ihres Shampoos, ihre Haut und die Ahnung ihrer Lust … Ich bin fix und fertig. „Woher stammt das?“

„Von der Königin der Schlagfertigkeit, der Frau, die Generationen von Frauen dazu gebracht hat, die Hosen anzuhaben: Eleanor Roosevelt.“ Lola greift nach der Stuhllehne hinter mir und neigt den Kopf, während sie sich bewegt.

Ihrer Hitze so nahe zu sein bringt mich total durcheinander und lässt meine Worte wie erstickt klingen. „Wie alt warst du, als du es dir hast stechen lassen?“

„Siebzehn.“

Ihr Haar fällt über ihre Schultern nach vorn und kitzelt meinen bloßen Arm. Unsere Blicke begegnen sich, und mir fällt auf, dass ihr Make-up leicht verschmiert ist. Es wirkt irgendwie süß, fast so, als hätte ich sie schon vernascht. Allein der Gedanke löst in mir ein verzweifeltes, verzehrendes Verlangen aus.

„Ist das peinlich?“, fragt sie flüsternd.

Ein ungläubiges Aufstöhnen entringt sich meiner Kehle. „*Fuck*, nein!“

Sie hebt die Brauen. „Du meinst, weil du daran gewöhnt bist, dass dir halb nackte Freunde auf dem Schoß herumtanzen?“

„Ich glaube, du hast mindestens ein Kleidungsstück zu wenig an, um noch als halb nackt durchzugehen“, kontere ich. „Und über das *Freundschaftsstadium* sind wir hinaus, schätze ich.“

Voller Sorge starrt sie mich an und beißt sich auf die Unterlippe.

„Es ist nicht peinlich, weil *du* auf meinem Schoß sitzt, Lola Love. Und du siehst halb nackt fantastisch aus.“

Es folgt ein langes Schweigen, ohne dass Lola mich aus den Augen lässt. Doch an diesem Blick ist nichts Statisches. Im Gegenteil, ihr Gesichtsausdruck verändert sich auf faszinierende Art und Weise: War sie eben noch neckisch drauf, wird sie jetzt ernst. Diese einzelnen Schritte mitzuerleben ist berauschend und versetzt mich wie die Saiten einer Geige in Schwingung.

„Bist du schon hart?“ Sie senkt die Hüften und gleitet, ein einziges Mal, über mich hinweg.

Oh, fuck.

Mir stockt der Atem, weil mir das Herz bis zum Hals schlägt. Ihr ist klar, dass ich es bin; ich habe einen unglaublichen Ständer, der sich ihr entgegendrängt.

„Bist du schon feucht?“, gebe ich zurück.

Ich weiß, dass sie es ist. Als sie sich nach vorn bewegt, spüre ich, wie leicht sie über mich gleitet.

Sie lacht und fixiert dann meine Lippen. Sie ist mir so nahe; es ist nicht bloß ein kurzer Blick, den sie mir zuwirft, nein, ganz langsam streift er über mich, und sie scheint ewig zu brauchen, um meine Nase, meine Wangen, meinen Mund zu begutachten. Wenn sie etwas weiter nach unten schauen würde, könnte sie erkennen, wie mein Puls in meinem Hals gefriert.

„Denkst du darüber nach, mich zu küssen?“, will sie wissen.

Jetzt starre ich auf ihren Mund. Lecke mir die Lippen. „Denkst du darüber nach, geküsst zu werden?“

„Antwortest du eigentlich *jemals* auf eine Frage, die ich dir stelle?“

„Ja, aber nur auf diese.“

Sie schenkt mir mein Lieblingslachen: ein leiser Atemstoß aus ihrem Mund. Vermutlich hat sie keine Ahnung, dass sie diesen Laut überhaupt von sich gibt. Und dann beugt sie sich vor, die Zeit steht still, und nach nur einem winzigen Moment des Zögerns, in dem sie die Luft anhält, presst Lola ihre vollen Lippen auf meine.

Warm, weich und ein klein wenig feucht: Es ist der köstlichste erste Kuss, den ich je bekommen habe. Lola verteilt ein paar wunderbare, hauchzarte Küsse auf meinem Mund, ehe sie ihren schließlich leicht öffnet und vorsichtig meine Unterlippe zwischen ihre Lippen zieht.

Als sie beginnt, daran zu saugen, und zärtlich zubeißt, gibt sie einen rauen Ton von sich, und ich bin erledigt.

Und als sie mit ihrer Zungenspitze meine berührt, pocht mein Herz so heftig, dass ich fürchte, es springt mir gleich aus der Brust.

Ich bin so was von erledigt.

Es fällt mir unendlich schwer, die Hände unter meinen Schenkeln zu lassen, als Lola sich wieder aufrichtet und sich über die Lippen leckt.

„Ich habe dich geküsst", wispert sie.

Meine Stimme zittert. „Ich dachte, das wäre heute nicht erlaubt."

Sie zieht nur kurz eine Schulter hoch, ehe sie flüsternd meint: „Ich glaube, ich tue es noch einmal."

Mein Puls rast, sodass ich kaum ein „Okay" herausbringe.

Als sie sich erneut über mich beugt, stöhne ich und befreie meine Hände. Ich sehne mich so verzweifelt danach, Lola zu schmecken, dass ich mich ihr entgegendränge und ihr Gesicht mit beiden Händen umschließe. Das ist unser einziger Hautkontakt, aber selbst der erweist sich als äußerst explosiv. Ich fühle den Kuss mit jeder Faser meines Körpers, koste ihre Süße aus, ihre Lust und ihre Hingabe. Ich würde Lola am liebsten mit Haut und Haaren verschlingen, doch diese ersten Küsse sind bemerkenswert zärtlich. Ziellos. Alles Wilde, Zügellose halten wir noch zurück. Es ist in meinen angespannten Schenkeln unter ihrem Hintern zu spüren, in meinen Händen, die Lolas Gesicht ganz sachte berühren. In *ihren* Händen, als sie sie in mein T-Shirt krallt, an ihren zitternden Beinen. Es ist fast wie Sex, so wie sie mich küsst, so wie ihre Zunge meine umkreist, langsamer jedoch und definitiv unschuldiger.

„Ich fasse es nicht, dass du das hier tust", murmele ich in ihren Mund. „Ich habe mich so lange danach gesehnt."

Bei meinen Worten verspannt Lola sich und lehnt sich zurück. Blinzelnd fragt sie: „Ruinieren wir damit alles?"

Ich löse die Finger von ihrem Gesicht und lege sie sacht auf die Außenseite ihrer Oberschenkel. „Es kann alles noch besser machen. Wir können tun, was immer du willst.“ Ehe ich sie noch einmal küsse, wiederhole ich: „Was immer du willst. Wir können uns einen Film anschauen und uns entspannen. Wir können hier sitzen bleiben und uns küssen. Wir können auch noch weiter Karten spielen.“

Die Uhr im Flur tickt bestimmt hundert Mal, bevor Lola antwortet.

„Ich will nicht mehr hier sitzen und Karten spielen.“

Mir bleibt die Luft weg. „Okay“, stimme ich zu.

„Und auch keinen Film anschauen.“

Ich nicke und verschlucke mich fast an meinem eigenen Atem. „Was immer du willst, Kleines.“

„Und ich will auch nicht bloß küssen.“ Sie steht auf und zieht mich ebenfalls hoch. Wir sind uns so nahe, dass sich ihre Haare bewegen, als ich ausatme. Lola sieht mich mit großen Augen an.

Ganz allmählich lässt sie ihre Hand an der Innenseite meines Arms entlangwandern. Sie verschränkt die Finger mit meinen, dann dreht sie sich um und zieht mich hinter sich her über den Flur.

9. Kapitel

LOLA

Ich war erst einmal in Olivers Schlafzimmer – als er in der Garage irgendwas heil gemacht hat und mich bat, ihm sein Telefon von der Schlafzimmerkommode zu holen. Bei der Gelegenheit habe ich mir nicht die Zeit genommen, mich umzuschauen und die Einrichtung zu betrachten. Es kam mir zu persönlich vor, in seinem Rückzugsort herumzuschnüffeln. Ich habe mir nur schnell sein Telefon geschnappt und bin wieder rausgerannt. Damals war ich mir meiner Gefühle für ihn noch nicht wirklich bewusst. Wir waren einfach gute Freunde. In seinem Schlafzimmer zu sein kam mir nicht deshalb so merkwürdig vor, weil er hier nackt war und hier schlief. Nein, es berührte vielmehr eine Form von Privatsphäre, die für Lola + Oliver nicht zur Debatte stand.

Aber jetzt – nach diesem vollkommenen Kuss, dem hautnahen Spüren von Olivers Erregung und dem Wissen, was wir gleich in diesem Zimmer tun werden – schlägt mir das Herz bis zum Hals.

Es passiert tatsächlich.

Ich träume nicht.

Olivers Finger sind mit meinen verschränkt. Die Erinnerung an seinen Kuss lässt meine Lippen noch immer kribbeln, und sein Bett ist bloß noch wenige Schritte von uns entfernt. Es steht am hinteren Ende des Zimmers, in der Nähe des Fensters, durch das man einen herrlichen Blick auf das Meer hat, das kaum mehr als einige Blocks entfernt ist. Sein Fenster ist offen, und im Zimmer riecht es nach Salzwasser und Meer sowie dem frischen Kieferndruft seines Waschpulvers.

Ich führe ihn hinüber zum Bett und ziehe mit zittrigen Händen die Tagesdecke zur Seite, ehe ich mich hineinlege. Die Laken sind sauber, und die Baumwolle kühlt meinen Rücken; meine Haut fühlt sich wie elektrisch aufgeladen an. Oliver beobachtet mich, während ich mich ausstrecke, und wartet eine Sekunde, ehe er sich raubtierartig auf mich zubewegt. Ganz kurz verharrt er so über mich gebeugt, bevor er sich zwischen meine gespreizten Beine sinken lässt. In seiner Miene entdecke ich grenzenloses Erstaunen, als er mich ansieht; und es ist dieser Gesichtsausdruck, der mir ein derartiges Gefühl der Stärke vermittelt, dass mir fast schwindlig wird. Er will das hier genauso sehr wie ich. Ich wusste es, weil er es mir erzählt hat, aber bis heute Abend habe ich es nicht recht glauben können.

Die Kälte der Laken ist in null Komma nichts verschwunden, denn mir wird vor Aufregung unglaublich heiß. Kleine Schweißperlen bilden sich an meinem Hals, auf meinem Dekolleté. Meine Nippel fühlen sich geschwollen und total empfindlich an, und die Hitze von Olivers Haut, als ich mich an ihm reibe, entlockt mir ein kurzes Aufkeuchen.

„Lola." Mein Name klingt wie ein drängendes Flüstern. Ich hebe einen Arm und ziehe ihm die Brille von der Nase. Oliver nimmt sie mir aus der Hand und legt sie so vorsichtig auf den Nachtschrank, dass ich mich frage, ob er genau wie ich jede einzelne Bewegung total bewusst empfindet – man hat das Gefühl, als würde man durch Wasser waten.

„So", sage ich, als er sich wieder zu mir herumdreht.

Während meine Augen sich an die Dunkelheit im Zimmer gewöhnen, ertaste ich mit den Fingerspitzen seine Gesichtszüge, die harte Linie seines Kinns. Er ist ein Mann mit Ecken und Kanten, doch seine Wangen sind ganz weich, ehe die rauen Stoppeln auf seinem Kinn beginnen. Ich recke mich ihm entgegen, drücke meinen nackten Oberkörper an ihn, und Oliver stößt ein zittriges Stöhnen aus, während er über meine Taille streicht, über den Oberschenkel, bis zum Knie. Bedächtig hebt er mein Bein über seine Seite. Unter dem festen Jeansstoff spannt sich sein harter Schwanz, ich kann ihn spüren, als wir uns aneinanderpressen, uns lösen, vor und zurück gleiten.

„Bist du sicher?", flüstert er.

„Ich bin mir sicher."

Das Panel zeigt das Paar zusammen, miteinander verschlungen, in Flammen.

Keuchend ringe ich nach Atem und stoße die Luft wieder aus, fast so, als hätte ich ein wildes Tier in meiner Brust. Abgesehen von meinem Slip bin ich völlig nackt und genieße es, wie Olivers Jeans über meine Schenkel reiben, aber ich will *ihn* spüren. Die Wärme seiner Haut, das Kitzeln seiner Haare. Während Oliver eine Spur heißer Küsse von meinem Hals über das Schlüsselbein bis zur Wölbung meiner Brüste haucht, schiebe ich eine Hand zwischen uns und öffne seine Jeans. Ich ziehe den Stoff so weit herab, wie es geht. Das Stöhnen, das Oliver dabei von sich gibt, kann ich erst spüren, ehe ich es höre. Als er die Hüften bewegt, bin ich es, die laut seufzt, denn er presst seinen nur noch von eng anliegenden Boxershorts bedeckten Ständer direkt gegen meine Klit.

Olivers Mund wandert wieder aufwärts, er leckt, küsst und beißt mich zärtlich. „Heilige Scheiße, Lola …"

Er verstummt, als er auf meine geöffneten Lippen trifft, die bereits nach seinen gesucht haben, und in dem Moment, als ich ihn schmecke, weiß ich, dass wir das gegenseitige Erkunden überspringen werden. Sein Mund ist weich und zugleich fest und erobert mich mit solcher Leidenschaft, dass wir im Kuss geradezu übereinander herfallen: Unsere Zähne stoßen aneinander, unsere Zungen vollführen einen erotischen Tanz.

Das Verlangen trifft mich wie ein Peitschenhieb und wird vom Adrenalin noch verstärkt. Ich lege eine Hand an Olivers Hinterkopf und dränge ihn, mich härter zu küssen, mich zu berühren. Der Ton, den ich von mir gebe, als er mit dem Daumen meinen Nippel streift, ist fast schmerzerfüllt; sämtliche Nervenenden scheinen unter Hochspannung zu stehen – nein, ich stehe in Flammen, als er wieder und wieder in kleinen Kreisen meinen Brustwarze reizt. Mein Herz pocht unter seiner Hand, als er mich auf die Matratze drückt, sich herabbeugt und zu saugen beginnt … fest zubeißt … Währenddessen bewegen sich seine Hüften weiterhin auf und ab, pressen sich gegen meine Klit, bis ich seine Schultern packe und versuche, ihn noch näher an mich zu ziehen, gleichzeitig die Beine weiter spreize und mehr, mehr, mehr will.

Ich lasse meine Finger über seinen Bauch nach unten wandern, wild entschlossen und doch voller Angst.

„Ja. Berühr mich", keucht er in meinen offenen Mund.

Langsam schiebe ich die Hand unter seine Shorts und schnappe nach Luft, als ich die Wärme spüre. Er drängt sich meiner Berührung entgegen und fühlt sich genauso an, wie ich es mir vorgestellt habe: seidenweiche Haut umschließt Stahl und Feuer. Ein Ausdruck der Erleichterung erhellt Olivers Gesicht, als ich ihn nun streichle. Behutsam umkreise ich die Spitze, und im selben Moment fängt Oliver an, sich zu bewegen, vor und zurück, die Lippen leicht geöffnet und gierig nach meinen suchend.

Die vergangenen acht Monate waren das langsamste und qualvollste Vorspiel, das man sich vorstellen kann. Fiebrige Ungeduld hat sich in mir ausgebreitet, sodass ich Oliver jetzt nur kurz loslasse, damit ich ihm helfen kann, sich seiner Unterwäsche und der Jeans zu entledigen.

Offenbar ist er von derselben Ungeduld erfüllt, denn er kann nicht mehr stillhalten, sein stoppeliges Kinn kratzt über meine empfindlichen Brustwarzen, er verteilt Küsse auf meinem Oberkörper, streift mit den Zähnen die Unterseite meiner Arme, während er weiter in meine Hand stößt.

Er fummelt zwischen uns herum und zieht meinen Slip so weit herunter, dass ich ein Bein daraus befreien kann. Dann sind seine Finger da, gleiten über mich und dringen in mich ein, und es kommt mir vor, als wäre ich hinaus ins All katapultiert worden. Alles in mir ist Licht und Feuer, und ich winde mich unter ihm, weil ich so bereit, dem Gipfel so nahe bin. Ich will wissen, was er empfindet, wenn er mich berührt, und ich bin ebenfalls da, einen Finger um seinen geschlungen, und er lacht, während er mich küsst, und sagt mir, wie unglaublich das alles ist. Es ist mir schleierhaft, wie er es schafft, Worte herauszubringen. Ich bin total sprachlos. Wieder und wieder fährt er mit dem Daumen über meine Klit. Ich bin bereits so verzweifelt auf Erlösung aus, dass ich das Becken von der Matratze hebe, damit er mit seinen unglaublich langen Fingern tiefer in mich eintauchen kann. Sein Schwanz streift über unsere Hände, und Oliver dreht die Hüften, zieht unsere Finger aus dem Weg. Und schließlich ist er da, kommt immer näher, bis wir beide im selben Moment die Luft anhalten und Oliver das Becken vorschiebt und sanft in mich hineingleitet.

„Oh, *fuck*", stöhnt er

und

„Lola. Oh, fick mich. Oh, *fick mich.*"

Und dann brechen alle Dämme.

Er bewegt sich,

bewegt sich nicht nur, sondern

beginnt, mich wirklich zu *ficken*,

und

es ist *Oliver*, und er ist bereits in mir,

und er dringt tiefer und tiefer in mich vor, kommt wieder hoch und stöhnt an meinem Hals.

Oliver stemmt die Knie in die Matratze und erhöht sein Tempo. Jetzt sind nur noch Geräusche in der Dunkelheit zu hören: das Kopfteil, das gegen die Wand stößt, die Scharniere des Bettes, die protestierend quietschen. Oliver keucht mir ins Ohr, denn es ist *Arbeit*, mich so zu vögeln – schnell und hemmungslos. Mit den Fingern streicht er über mein Kinn und meinen Mund, ehe er die Spur mit seiner Zunge nachzeichnet und den Geschmack von meiner Haut leckt.

Während wir uns küssen, lachen wir, denn es ist einfach so gut, so unglaublich gut! Meine Hände sind überall zwischen uns: auf Olivers Brust, auf den Hüften, dem Bauch und an seinem Schaft. Tief im Inneren wusste ich, dass es so sein würde, ehrlich. Wann immer ich mir erlaubt habe, mir auszumalen, wie es sein könnte, jemandem so nahe zu sein, hatte ich sein Bild vor Augen. In meiner Fantasie schmiegte sich ein Schopf dunkler Haare an meinen Hals, lange Finger umspannten meine Hüfte, *sein* Mund verzog sich zu einem wissenden Lächeln, als ich allmählich kam …

„Oh Gott …"

Vor lauter Glück gehen mir die Worte aus. Glut schießt durch meine Adern, heiß und schwerelos, bis ich das Gefühl habe, zu schweben. Mit den Fingern und den Nägeln taste ich nach ihm, flehe ihn mit unverständlichen Lauten an, weiterzumachen, was immer er gerade tut, denn es ist so gut, so fantastisch, bitte! Ich schreie unter ihm auf, so laut, dass das Echo in meinen eigenen Ohren widerhallt.

Wonne durchdringt jeden Körperteil, bis ich wie von Sinnen bin, dahinschmelze, verbrenne und mich schließlich der Erlösung hingebe.

Während der Orgasmus mich erbeben lässt, behält Oliver seinen frenetischen Rhythmus bei, aber kaum komme ich langsam zur Ruhe und ringe nach Luft, zieht er sich mit einem Ruck aus mir zurück. Sofort verspüre ich eine gähnende Leere.

„*Fuck*", keucht er und setzt sich auf die Fersen. Seine Brust hebt und senkt sich schwer bei jedem Atemzug, und er wischt sich übers Gesicht. Er beugt den Kopf vor und versucht, wieder zu Atem zu kommen.

Panik und Glückseligkeit vermischen sich auf merkwürdige Weise in mir, und ich bringe nur mit Mühe die Worte heraus, als ich frage: „Was ist los?"

Seine Hand schließt sich zitternd um meinen Schenkel. „Ich habe kein Gummi benutzt. Ich war kurz davor, zu kommen."

Mein Herz hämmert in meiner Brust, ich bin schweißgebadet und fasse nicht so recht, was da eben geschehen ist.

Wir hatten *Sex*.

Wir sind auf sein Bett getaumelt und haben innerhalb weniger Minuten hemmungslos gevögelt.

Instinktiv strecke ich die Hand aus, um seinen Unterarm zu berühren, während er meinen Oberschenkel streichelt.

„Bist *du* gekommen?", flüstert er.

Noch immer bin ich so gut wie sprachlos, deshalb nicke ich und stoße lediglich ein „Ja. Oh, ja!" hervor.

Ehrlich gesagt wäre ich fast bewusstlos geworden.

Oliver lässt seine Finger über meine Seite und meinen Bauch bis hinauf zu meinen Brüsten wandern, die er im nächsten Moment mit seiner warmen Handfläche umschließt. „Ich glaube es einfach nicht." Er schluckt und schließt die Augen. „Dass wir …"

Nachdem sich meine Augen mittlerweile an die Dunkelheit gewöhnt haben, kann ich mehr von ihm erkennen. Es war eine Sache, ihn in seiner Unterwäsche bei hellem Tageslicht in meinem Wohnzimmer zu sehen, aber das war nichts im Vergleich zu seinem Körper, der hier in der Dunkelheit zwischen meinen gespreizten Beinen kniet. Fasziniert betrachte ich seinen kräftigen Oberkörper, den flachen Bauch, die scharfen Konturen seiner Hüften, bevor mein Blick auf seinen mächtigen, aufgerichteten Schwanz fällt.

Mit dem Daumen zieht Oliver kleine, drängende Kreise um meinen Nippel. „Ich dachte, ich würde dieses erste Mal mehr auskosten können … falls wir jemals so weit kämen."

Ich bin unfähig, einen klaren Gedanken zu fassen, mir schwirrt der Kopf. „Ich bin viel zu durcheinander, um das jetzt auszukosten."

„Ich auch", gibt er lachend zu. „Ganz offensichtlich."

Ich will ihn wieder da haben, wo er noch vor zwanzig Sekunden war, will, dass er mich mit seinem Gewicht niederdrückt, will seinen Schweiß fühlen und seine Hüften, die sich gegen meine drängen. Nachdem ich mich aufgesetzt habe, schlinge ich einen Arm um seinen Nacken und küsse seine geschwollenen Lippen, ehe ich frage: „Hast du Kondome da?“

„Ja.“ Er lässt seine Finger wieder zwischen meine Beine gleiten und erobert mich mit einem weiteren innigen Kuss. Ich strecke den Arm nach ihm aus, umfasse seinen Schwanz und genieße es, wie feucht er sich anfühlt, als ich meine Hand auf und ab bewege, während Oliver in meinen Mund stöhnt, nahezu wimmert. Seine freie Hand legt sich um meine – nicht um sie zu führen, sondern einfach nur, um zu spüren, wie sich meine Finger um ihn schließen, so wie ich es vorhin bei ihm getan habe. Erneut beginnt er sich zu bewegen, die Küsse werden leidenschaftlicher, drängender, bis er kurz davor ist, wieder in mich einzudringen.

„Beeil dich“, wispere ich.

„Pst, nicht so schnell“, sagt er und löst sich sanft von meinem Griff. „Geduld. Das hier … Ich möchte nicht, dass es so schnell geht. Ich möchte all das wirklich auskosten.“ Mit kleinen zarten Küssen bedeckt er meinen Mund. „Ich will nicht so schnell kommen, wie ich es bestimmt tun würde, wenn wir noch einmal so wie eben vögeln.“

Ich habe keine Ahnung, wie wir es beim Sex jemals langsam angehen lassen sollen, nachdem ich erfahren habe, wie es ist, wenn Oliver sich gehen lässt. Bis in alle Ewigkeit werde ich nichts davon wissen wollen, wenn er es auf die sachte Tour versuchen sollte. Nein, werde ich denken. *Ich weiß, wie es ist, wenn du mich vorbehaltlos vögelst.*

Er greift zum Nachttisch und fummelt an einer Box herum, die, wie ich seltsam befriedigt feststelle, noch ungeöffnet ist. Er zieht eine kleine Packung heraus und lässt sie neben mir aufs Bett fallen. Als ich nach dem Kondom greife, nimmt er meine Hand und verschließt meinen Mund mit einem Lächeln und einem Kuss.

„Warte." Er lacht und küsst mich noch einmal. „Warte."

Dann senkt er den Kopf, beugt sich vor, streift mit den Lippen über meine Haut, bremst mich ab, steigert meine Lust und zeigt mir, was es heißt, etwas auszukosten.

Seine vollen Lippen, die breiten Schultern, die kräftigen, sehnigen Arme.

Sein starker Rücken, sein Hintern, der sich unter meinen Handflächen anspannt, als er feucht über mich gleitet und mich vögelt, ohne in mich einzudringen.

Die weichen, dunklen Härchen, die sich gegen meinen Nabel pressen.

Wir haben noch nicht wirklich Sex, aber es fühlt sich so an; das Eindringen ist in diesem Moment nichts weiter als eine Formsache, und ich spüre an Olivers Blick, dass er mir mit jedem Kuss, mit jeder Berührung, mit jedem Hautkontakt etwas mitteilen will.

Er beobachtet mich auf eine Weise, die mich denken lässt, er würde mehr sehen als mein Gesicht, das zu ihm aufschaut, mehr als meine Brüste, die sich unter ihm heben und senken. Er sieht *mich*. Es ist dieser glühende Blick, der mich ganz wild macht, der mir die Haut versengt und mein Blut zum Kochen bringt.

„Wir haben später doch noch alle Zeit der Welt, um es auszukosten", jammere ich leise. „Ich kann nicht länger …"

Er greift nach dem Kondom, legt es mir in die Hand und kniet sich zwischen meine Beine. „Ich weiß."

Hastig reiße ich die Packung auf und nehme das Kondom heraus. Plötzlich werde ich nervös und merke, dass meine Hände zu zittern beginnen, weil ich keine Übung mehr habe. „Es ist eine Weile her, seit ich das zuletzt gemacht habe."

Er lächelt, sagt jedoch keinen Ton, sondern hält die Luft an und schaut zu, als ich die Spitze bedecke, das Kondom mit einer Hand festhalte und es mit der anderen abrolle. Einige Zentimeter bleiben unbedeckt, und ich betaste auch dieses Stück Haut, koste es aus, bis Oliver sich schließlich vorbeugt und die Hände neben meinem Kopf abstützt.

Es scheint mir so, als wollte er etwas sagen; zugleich ahne ich, dass das hier alles einfach zu viel ist, um die richtigen Worte dafür zu finden, damit es weder abgedroschen noch unglaublich sentimental klingt. Wahrscheinlich ist genau das der Grund, warum auch ich so wenig rede.

Als er sich noch weiter vorlehnt und mich sanft küsst, fragt er: „Willst du mich so?"

Ich nehme an, damit meint er, ob er wieder oben liegen soll. „Ja."

Sein Schwanz ist wärmer als jeder andere Körperteil von ihm, so wie ein kaum zu zügelndes Feuer. Ihn in meiner Hand zu spüren lässt mich förmlich dahinschmelzen; ich kann keinen klaren Gedanken mehr fassen, schließe die Augen und beiße mir auf die Lippen, während ich ihn in mich hineindirigiere. Dabei schalte ich einige meiner Sinne aus, um mich ausschließlich darauf zu konzentrieren, wie er sich anfühlt, wie er mich weitet, als er immer tiefer in mich eindringt. Er ist erschreckend hart, wo ich weich und zart bin, und er löst Empfindungen in mir aus, die mich fast um den Verstand bringen und mich gleichzeitig überlegen lassen, ob ich ihn wohl überall aufnehmen könnte.

Er stößt einen rauen Fluch aus und presst seinen Mund auf die Stelle direkt unter meinem Ohr. „*Fuck*", raunt er noch einmal.

Als ich mich ihm entgegendränge, um ihn noch tiefer in mich aufzunehmen, hält er mich auf, indem er mit Entschlossenheit meine Hüften packt. „Warte. Ich bin zu …"

Ich halte still, lasse bloß gemächlich die Hände über seinen Rücken gleiten, als er hochkommt. Es ist ein fast surreales Gefühl, sich auf diese Art und Weise mit jemandem *verbunden* zu fühlen. Nicht nur hemmungsloses Vögeln, sondern echte Verbundenheit.

Langsam ausatmend, zieht er sich leicht zurück und stößt

erneut zu, stöhnt und lässt sich dann wirklich auf den Akt ein, als er beginnt, sich rhythmisch zu bewegen.

Und ich stelle fest, dass ich mich getäuscht habe: langsam und intensiv ist genauso perfekt wie Olivers wildes Ficken.

Ich bin fasziniert davon, wie er sich auf mir bewegt. Ich habe Oliver eigentlich aus jedem Blickwinkel gesehen, in dem man einen Freund sehen kann: wenn er neben mir gestanden hat, wenn er mir gegenüber an einem Tisch gesessen hat, in meinem oder seinem Auto, bei mir auf dem Fußboden, als ich ihn gezeichnet habe. Ich hatte meinen Kopf in seinem Schoß und habe zu ihm aufgeschaut, und ich habe gesehen, wie er unter meinem Wagen hervorgerollt ist, nachdem er ein Leck kontrolliert hat. Aber noch nie habe ich ihn so gesehen. Nackt, schweißgebadet, die Hände neben meinem Hals abgestützt, während er auf unsere Körper herabblickt und sich selbst beobachtet. Die Arme leicht gebeugt, die Unterlippe hat er zwischen die Zähne gezogen ... und er scheint es zu genießen, einfach nur hinzuschauen und zu spüren, wie er auf und ab gleitet.

Ich schließe die Augen und stoße keuchend den Atem aus, und im selben Moment dringt er tief, so unglaublich tief, in mich ein.

„Lola. *Fuck*. Ich ...“

Meine Finger bohren sich in seine Hüften und führen ihn, als er innehält. Ich will ihn noch näher, will seine Haut auf meiner spüren, will, dass er sich in mir bewegt, mich umfängt. Ich streiche an seiner Seite hinauf bis zu seiner Schulter, seinem Nacken und ziehe ihn an mich.

Oliver senkt sich auf mich, sein Haar berührt meine Stirn. „Ich fasse es nicht. Kann nicht aufhören, dich anzuschauen.“

Er ist so hart in mir; kurz gerät er ins Stocken, ringt nach Atem, und mir ist klar, dass er ebenfalls von seinen Empfindungen überwältigt ist. Diesmal ist der Sex nicht wild, nicht hemmungslos. Er ist so langsam, dass es schon fast peinlich intim ist.

Trotz alledem verspüre ich keinerlei Verlegenheit, als ich ihm in die Augen sehe, während er tief in mir vergraben ist – obwohl ich damit gerechnet hatte. Ohne seine Brille wirkt er noch entblößter. Aber all das hier ist nicht merkwürdig, überhaupt nicht. Das Herz geht mir auf, weil ich merke, wie viel ich für Oliver empfinde, ein so intensives Gefühl, das beinahe schmerzhaft ist. Dies ist der Mann, mit dem ich in letzter Zeit nahezu jeden Tag zusammen gewesen bin. Wir haben gelacht, geredet, und ich habe ihm meine Erfolge und meine Ängste anvertraut. Ohne Vorwarnung ziehen sich meine inneren Muskeln zusammen, umschließen ihn fest, und er stöhnt auf, bevor er endlich die Ellenbogen beugt und den Oberkörper vorsichtig auf meinen legt.

„Weißt du, wie lange ich mich danach sehne?", fragt er.

Ich lächele an seinem Hals, ehe ich sanft daran sauge. „Nein. Harlow meint, ich wäre so ahnungslos, dass es schon peinlich ist."

Er lacht, und als ich einstimme, hebt er keuchend die Hüften an, verlässt meinen Körper nahezu ganz, ehe er wieder in mich eindringt. So unglaublich tief.

„Ich hätte nicht geglaubt, dass du interessiert bist", gebe ich zu. „Schließlich habe ich dich in Vegas gefragt, ob du mit mir schlafen willst, falls du dich erinnerst."

Er hält still und küsst meine Schulter. „Als ich dich getroffen habe, dachte ich nicht, dass du zu den Frauen gehörst, für die ich mich interessieren könnte. Du weißt schon, wegen dieser typischen Vegas-Aufmachung. Doch dann stellte sich raus, dass du sehr wohl eine Frau bist, auf die ich abfahren könnte." Langsam wandert er mit dem Mund an meinem Hals hinauf zu meinem Ohr. „Und ehe ich mich versah, warst du *genau* die Frau, auf die ich voll abfuhr. Ich wollte nicht, dass unsere Beziehung mit so einem typischen Vegas-Scheiß anfängt. Ich wollte dich an dem Abend nicht in irgendeinem heruntergekommenen Hotelzimmer vögeln. Eine Sache so überstürzt anzugehen ist ja der schnellste Weg, um sie zu ruinieren."

„In unserer Clique gilt das offensichtlich nicht."

Er stöhnt lachend auf. „Stimmt."

Ich küsse seinen Hals und sauge noch einmal an seiner Haut. Er schmeckt so gut, er ist stark und warm, und ich male mir aus, wie es wäre, in diese weiche, straffe Haut zu beißen.

„Ich liebe dich seit einer ganzen Weile", erklärt er. Schlicht und geradeheraus. Du meine Güte, damit legt er alle seine Gefühle offen auf den Tisch, und ich wünschte, ich wäre genauso mutig.

Ich habe schreckliche Angst, ihn zu lieben.

Allerdings weiß ich auch nicht, wie ich dieses Gefühl jetzt noch aufhalten soll.

„Du brauchst die Worte nicht zu erwidern", fügt er flüsternd hinzu, ehe er meinen Mundwinkel küsst, und ich spüre, dass er es ernst meint.

„Ich empfinde auch schon seit einer Weile etwas für dich", antworte ich, doch das klingt wie ein ziemlich lahmes Geständnis, auch wenn es sich für mich gewaltig anfühlt. Ich liebe ihn aus so vielen Gründen, dass ich fast glaube, mein Herz ist noch nicht bereit für eine derartige Liebe. Die größte Art von Liebe.

„Hast du jemals jemanden richtig geliebt?", will Oliver wissen.

Ich muss schlucken. „Nein."

Offensichtlich zufrieden saugt er an meinem Hals. Ich möchte, dass er sich bewegt, gleichzeitig möchte ich es nicht. Ich hatte eine derartige Unterhaltung bisher weder in einem Café noch in einem Auto, geschweige denn während jemand auf mir lag, in mir war und mich auf eine Weise gereizt hat, die mich dazu gebracht hat, nach mehr zu betteln.

„Meinst du, ich schaffe es, dich noch einmal kommen zu lassen?", murmelt er, küsst mich wieder, und ich höre das Lächeln in seinen Worten. Nach einem kurzen Kuss lässt er seinen Mund tiefer wandern. „Und danach reden wir noch ein bisschen?"

Ich nicke, und Oliver nimmt den Rhythmus wieder auf, küsst mein Kinn, meine Wange, dann meinen Mund, während er eine Hand in meinem Haar vergräbt und die andere auf meine Seite legt, um mich festzuhalten, während er tiefer und noch fester zuzustoßen beginnt. Jetzt zeigt er mir eine andere Seite von sich, eine, die eher schmutzig und geheimnisvoll ist: sein fester Griff, die kräftigen Stöße in meinen Körper, seine drängenden, leidenschaftlichen Küsse. Irgendwann werden wir mit unseren Freunden zusammensitzen und über Alltägliches reden, während ich mich daran erinnern werde, wie es ist, wenn er hungrig in mich eindringt, die Finger zwischen uns gleiten lässt, um mich zu streicheln; seine heisere Stimme, mit dem noch ausgeprägteren Akzent, als er mir sagt, dass ich die Hüften weiter heben, ihn weiter vögeln soll, dass es sich so gut anfühlt und er mich am liebsten die ganze Nacht unter sich begraben will.

Er erzählt mir, wie weich meine Schenkel sind, wie warm und feucht ich bin.

Er dreht sich auf die Seite und fickt mich hemmungslos, während mein Bein über seiner Hüfte liegt, und er stöhnt heiser auf bei jedem tiefen Stoß. Und als er mich in den Hals beißt, überlegt er laut, wie es angehen kann, dass meine Pussy sich so gut anfühlt.

Ein Kribbeln überläuft mich, Schock und Lust ringen bei seinen Worten in meinem Inneren miteinander.

Wieder und wieder reibt er über meine Klit, mit jedem Mal intensiver. Anscheinend weiß er genau, dass ich kurz davor bin, zu kommen. Oliver stützt sich ein wenig ab, damit er mich anschauen kann. Sein Gesicht ist meinem so unglaublich nahe, sein Mund an meinen Kiefer gepresst, als er heisere Laute der Ermunterung von sich gibt.

Ich schließe die Augen, als ich spüre, dass ich gleich von einer gewaltigen Welle davongetragen werde, aber er beißt mich und raunt: „Sieh mich an." Danach umfasst er meinen Hintern und zieht mich noch näher an sich heran.

Keuchend schaue ich ihn an, Oliver erwidert meinen wilden Blick ganz ruhig und gelassen. Ein Sturm braut sich in mir zusammen, wirbelt durch meine Wirbelsäule und drängt mich dazu, die Beine noch weiter zu spreizen. Oliver stöhnt und presst den Kopf in meine Halsbeuge, als er bemerkt, dass ich von dem Hurrikan in meinem Inneren mitgerissen werde. Es verstreicht eine kleine Ewigkeit, ehe ich daraus zurückkehre.

Das Panel zeigt das Mädchen, das sich im Sternenhimmel auflöst.

„Lola", keucht er, zuckt zusammen, bevor er sein Tempo beschleunigt. Oh, hoffentlich gewöhnt er sich niemals diesen Akzent ab! Das würde ich schrecklich finden.

Seine Zunge schnellt über meinen Hals, während er mit der Hand über meinen Körper fährt und meine Brust ein wenig zu hart, aber doch genau richtig packt. Im nächsten Moment schreit er: „Ich komme ... *Fuck.* Jetzt!" Ich spüre ihn auf mir erzittern, während er ein letztes Mal ganz tief in mich eintaucht. Der Ton, den er dabei von sich gibt – er stöhnt heiser meinen Namen – brennt sich in mein Herz ein.

In der Stille, die folgt, kann ich das Meer hören. Dazu das leise Rauschen des Verkehrs und des Windes sowie einen Palmwedel, der an der Hauswand entlangkratzt. Olivers Atem ist warm und streift stoßweise über meine Haut. Er streichelt über meine Brust, über meine Taille, seine Finger bahnen sich den Weg über meine Hüften zu meinem Schenkel, zum Knie und zurück nach oben. Wieder und wieder, als wollte er mich mit langen, sicheren Bewegungen vermessen.

„Du musst mich noch nicht lieben, Lola, aber ich möchte mit dir nicht bloß eine lockere Beziehung", flüstert er, als ich die Augen öffne und allmählich im Hier und Jetzt ankomme. „Ich liebe dich heiß und innig, und wenn das für dich nur ..."

Mein Herzschlag erhöht sich so sehr, dass ich kaum noch Luft bekomme. „Ist es nicht. Für mich ist das auch alles andere als nur eine lockere Beziehung."

Oliver betrachtet meine Lippen und grinst erleichtert, ehe er mir einen sanften Kuss gibt und sich aus mir zurückzieht, die

Decke zurückschlägt und das Kondom abstreift. Er greift nach einem Taschentuch, während ich ihn nicht aus den Augen lasse. Gerade in diesem Moment wirkt er so unglaublich maskulin: die Lässigkeit, mit der er seinen eigenen Schwanz berührt, die Tatsache, dass er genau weiß, was er mit dem Kondom zu tun hat, das dunkle Haar auf seiner Brust, die muskulösen Schultern, als er sich umdreht und wieder zu mir unter die Bettdecke schlüpft. Mit der Hand gleitet er über meinen Bauch bis zwischen meine Beine, wo ich noch immer warm bin von all den heftigen Stößen, als er mich gevögelt hat. Ich liebe es, wie besitzergreifend seine Bewegungen sind, wie viel Selbstvertrauen er ausstrahlt, wenn er mich berührt.

„Alles okay?", murmelt er an meinem Hals.

„Ja." Doch meine Hüften weichen instinktiv aus, als er mit einem Finger in mich eindringt.

Also lässt er seine Finger über meinen Körper wandern und liebkost meine Brüste. „Wann bist du das letzte Mal mit jemandem zusammen gewesen?"

Es könnte aufdringlich oder seltsam sein, solch eine Frage direkt nach dem Sex mit einem neuen Lover gestellt zu bekommen, doch bei Oliver stört es mich nicht; ich möchte mich ihm anvertrauen. Alle Ereignisse, alles, was vor ihm passiert ist. Die alltäglichen Dinge haben wir einander längst preisgegeben, nur diese nicht: die intimsten Dinge, die, bei denen wir uns ganz entblößen.

Er dreht die Hand und streicht mit der Rückseite über meine Brust, ehe er einen der Nippel zwischen Zeige- und Mittelfinger nimmt. In der nächsten Sekunde hat er den Kopf gesenkt und leckt über die Spitze.

Ich schließe die Augen, während ich nachrechne. „Hm … März?"

„März im letzten Jahr?" Aufreizend gleitet er über meine Rippen, und es schwingt keine Eifersucht mit, als er fragt: „Wer war es?"

„Ein Typ aus meinem Digitalfilm-Kurs. Wir haben uns ein paarmal getroffen."

„War es gut?"

Ich zeichne die Linie seines Kiefers nach, vom Ohr bis zum Kinn. „Einmal war es ganz gut, soweit ich mich erinnere. Die anderen Male … waren nicht sonderlich bemerkenswert." All meinen Mut zusammennehmend, frage ich: „Und bei dir?"

„Eine Frau auf unserer Fahrradtour."

„Die letzte Tour? Im Juni?"

Er nickt und verteilt Küsse auf meinem Schlüsselbein. „Genau genommen war es Ende Mai, aber ja. Auf der Tour."

„Bevor du mich kennengelernt hast?"

Ich kenne die Antwort auf diese Frage. *Natürlich* war es, ehe er mich getroffen hat. Er ist mir in Las Vegas begegnet, am Ende ihrer Tour. Doch ich vermute, ich möchte, dass er zugibt, dass er danach mit niemandem mehr zusammen war.

„Mmhm. Albuquerque", erwidert er. „Sie hat im Hotelrestaurant gearbeitet."

„War es gut?", wiederhole ich seine Frage.

„Nicht sonderlich bemerkenswert", wiederholt er meine Antwort. „Für sie auch nicht, glaube ich. Wir waren alle ziemlich voll." Er lacht. „Ich war sogar zu betrunken, um es zu Ende zu bringen."

Wir haben diesen anderen Menschen keine Namen gegeben. Ich kann mich kaum an das Gesicht des Mannes erinnern oder daran, wie sich sein Körper unter meinen Händen angefühlt hat. Mit jeder besitzergreifenden Berührung löscht Oliver die Spuren anderer Männer von meiner Haut.

„Seitdem niemand mehr?", hake ich nach.

Er lächelt und küsst mich. „Niemand."

„Ist das für dich komisch, so lange ohne Sex?"

Er zuckt bloß mit den Achseln. „Ich war zu scharf auf diese tolle Frau namens Lorelei Castle, als dass ich mit irgendwem anders herummachen wollte."

Ich lege den Kopf zurück, damit ich Oliver ansehen kann. „Du hättest aber Möglichkeiten gehabt." Selbst ich höre die Eifersucht heraus, die sich in meine Stimme geschlichen hat.

Sein Lächeln löst meine Anspannung auf wie Zucker in heißem Wasser. „Du aber auch, Kleines."

„Nicht so viele."

Er lacht. „Von wegen."

„Ich habe im Augenblick tausend Dinge am Laufen; wer will sich denn damit schon abplagen?"

„Ich." Oliver wird ernst und beugt sich vor, um mich erneut zu küssen und an meinen Lippen zu knabbern. Mit einem leisen Stöhnen rollt er sich auf mich, presst seine Nase unter meinen Arm, kratzt mit den Zähnen über meinen Bizeps, saugt an jedem einzelnen Finger und beißt mir in die Fingerspitzen. Sein Schwanz ist schon wieder hart und liegt schwer und pulsierend zwischen unseren Körpern.

Oliver stöhnt, als ich ihn umfasse, und beginnt zu zittern, als ich zudrücke und meine Finger auf und ab gleiten lasse.

Noch einmal fallen wir wie wild übereinander her, packen zu, beißen. Oliver dreht mich auf den Bauch und schiebt seinen Schwanz in die Spalte zwischen meinen Pobacken, während er sich vorbeugt, meinen Rücken mit heißen, feuchten Küssen bedeckt und die Finger zwischen mich und die Matratze gleiten lässt, um mit meinen Brüsten zu spielen. Seine Berührung ist ungestüm und gleichzeitig zielstrebig. Da kommt kein *Darf ich.* Kein *Möchtest du.* Eine Vielzahl von Fantasien wird ausgelebt, als er mit den Zähnen über meine Haut kratzt und seine Hände mit mir füllt.

Ich höre, dass er ein weiteres Kondom auspackt und es überstreift, und nur wenige Sekunden später hebt er meine Hüften an, während seine Schenkel noch immer meine umfangen. Dann ist er wieder in mir, stöhnt, als er die Wärme, das Weiche spürt. Und offenbar genießt er auch den Anblick, den ich ihm von hinten biete.

Meine Beine sind zusammengepresst, mein Hintern ist in die Höhe gereckt, und ich dränge mich Oliver entgegen, kreise mit den Hüften und gebe dabei diese verzweifelten, lustvollen Töne von mir, weil ich das Gefühl habe, gleich zu zersplittern. Ich komme mir vor wie ein Lichtstrahl, der durch ein Prisma geschossen wird und sich in tausend Richtungen verteilt. Oliver reitet mich, die Hände um meine Seiten geschlungen, stößt wieder und wieder in mich hinein.

Ich schreie ins Kissen, bäume mich auf, als ich spüre, wie sein Schweiß auf meinen Rücken tropft. Am liebsten würde ich die Beine spreizen, um ihn tiefer aufzunehmen, doch Oliver ist gnadenlos, und so konzentriert sich dieses wunderbare Empfinden auf einen winzigen Berührungsradius.

Es ist zu viel.

Ich will mehr.

Plötzlich versetzt Oliver mir einen harten Schlag auf den Hintern und keucht auf, als ich mich unwillkürlich noch fester um ihn schließe.

„Es ist so gut", stöhnt er. „*Fuck*, es ist der Himmel auf Erden."

Ich nicke, presse mich gegen ihn und glaube fast, ich würde mich allmählich auflösen, als er meinen Arsch fester umschließt, die kurzen Fingernägel in mein Fleisch bohrt, während er seine Hüften schneller, noch schneller hinter mir bewegt. Mit einer Hand öffnet er mich, sein Daumen kreist, kommt näher, noch näher, und ich weiß nicht … Ich mag es, aber …

„Alles gut." Mit der anderen Hand umfasst er mein Gesicht und dreht es zur Seite, um mir einen Kuss auf den Mundwinkel zu drücken. „Hast du noch nie …?"

Ich schüttele den Kopf.

„Es ist okay." Sein Kuss wird leidenschaftlicher, es ist, als hätte jemand ein Streichholz in ihm gezündet.

Ich schmiege meine Wange in seine Handfläche, verzweifelt darauf aus, mehr zu bekommen: Ich will ihn küssen, will ihn auf mir spüren, will hören, wie er kommt.

„Was immer du möchtest", flüstert er rau, und sein warmer Atem streicht über meine Lippen. „Ich gebe dir, was immer du willst."

„Ich möchte dich sehen."

Oliver löst sich aus mir und dreht mich auf den Rücken. Er streicht von meinen Knöcheln bis zu meinen Knien, bevor er in die Kniekehlen greift und die Beine an meine Brust drückt. Vorsichtig spreizt er meine Schenkel, und während er fasziniert zuschaut, dringt er erneut in mich ein. Ein heiseres, zufriedenes Stöhnen entringt sich seiner Kehle, fast schmerzerfüllt und doch voller Genuss.

Er fickt mich zärtlich, dann brutal, lässt die Hüften kreisen, bis ich aufschreie. Nimmt meine Arme und hält sie über meinem Kopf fest, um gleich darauf immer wieder kraftvoll in mich einzudringen, sodass mein Atem geradezu aus meiner Lunge gestoßen wird.

Hingerissen beobachte ich ihn dabei: mein ruhiger, sanfter Freund, der auf einmal wie entfesselt wirkt. Jetzt ist er auch mein Lover, der einerseits so zärtlich ist und andererseits so brutal in seinem Bestreben, es perfekt zu machen. Er wartet, bis ich anfange zu zittern, bis meine Lustschreie einem tiefen, erleichterten Durchatmen weichen, und erst danach gönnt er sich selbst die Erlösung und kommt, den Mund weit geöffnet und laut keuchend.

Verschwitzt und schwer atmend lässt Oliver sich auf mich sinken.

Kaum hat er mich auf die Seite gedreht und sich von hinten an mich geschmiegt, werde ich von totaler Erschöpfung übermannt. Er presst seine Lippen an meinen Hals und murmelt, schon ganz schläfrig: „Ich bin so was von fertig, aber ich weiß nicht, wie lange ich schlafen kann, wenn ich weiß, dass du in meinem Bett liegst."

Zustimmend lächele ich vor mich hin und genieße es, von seinen Armen umfangen zu sein.

„Ich wache bestimmt auf und will mehr“, flüstert er mir ins Ohr. Es klingt wie eine Entschuldigung und zugleich wie eine Warnung. Und wie ein Versprechen, denn sein Schwanz, der sich warm an meinen Schenkel presst, ist noch immer ein wenig erigiert.

„Ich auch.“

Allmählich passt sich mein Atem dem langsamen Auf und Ab von Olivers Brust hinter mir an, und ich schlafe ein.

Von lautem Hupen, dem Rascheln des Windes und dem entfernten Rauschen des Meeres werde ich geweckt. Ich öffne die Augen und genieße den Anblick der Sonne, die langsam im Osten aufgeht.

Ich strecke mich in Olivers Armen, weil mir zu warm ist. Inzwischen liege ich mit dem Gesicht zu ihm. Im Schlaf hat er sich als Oktopus entpuppt: endlos lange Arme, die mich auf köstliche Art und Weise gefangen hielten, wann immer ich versucht habe, mich auch nur einen Zentimeter fortzubewegen.

Als Oliver ebenfalls aufwacht, spüre ich es am leichten Zucken in seinen Oberarmen und warte darauf, dass es jetzt peinlich wird – immerhin verbergen wir seit letzter Nacht absolut nichts mehr voreinander. In seinem Schlafzimmer riecht es nach Sex, vollkommen nackt liegen wir eng umschlungen im Bett. Eine Kondomverpackung sehe ich neben meinem linken Fuß, eine andere hinter Oliver am Ende der Matratze.

Erinnerungsfetzen der vergangenen Nacht stürzen auf mich ein. Die lustvollen Töne, der Schweiß, die Empfindungen. Das leise Zischen, das Oliver von sich gegeben hat, als er in mich eingedrungen ist. Das Heben und Senken seiner Schultern, als er sich auf mir bewegt hat. Die Art und Weise, wie sein Mund meinen erobert, wie seine Zunge drängend das Spiel mit meiner gesucht hat.

Zwischen den Schenkeln bin ich ganz wund. Auf meiner Haut kann ich noch immer fühlen, wo er mich mit seinen Fingern und seinem Mund berührt hat. Ich wusste, dass Sex so sein kann; ich hatte bloß nicht damit gerechnet, dass ich das je erleben würde.

Olivers Körper neben mir ist so fest und stark, zugleich so lebendig und vital. Die Vorstellung, mich aus seiner Umarmung zu befreien, ist ungefähr so ansprechend wie die Vorstellung, mir einen Arm oder ein Bein abzuhacken.

Was passiert, wenn die Emotionen zu überwältigend sind, wenn sie den Brustkorb ausfüllen, die Adern und die Glieder? Unwillkürlich male ich mir aus, wie Sonnenschein mich erfüllt, bis ich zerspringe und zu Sternenstaub zersplittert auf seinem Bett lande.

Ich schließe die Augen, und im Geiste zeichne ich stattdessen, wie die Sonne auf unsere nackten Beine scheint. Ich zähle bis zehn, dann bis zwanzig und konzentriere mich darauf, Luft in meine Lungen zu bekommen. Es wird nie wieder so sein wie vorher. Oliver und ich sind für immer verändert. Etwas macht in mir klick, und das ist sowohl aufregend als auch beängstigend …

Zum ersten Mal im Leben liebe ich einen Mann.

Er hebt den Kopf, der bis eben noch in meiner Halsbeuge geruht hat, küsst mich und flüstert: „Guten Morgen, Lola Love."

Ich ziehe die Decke über meinen Mund. „Morgen."

Durch den Stoff hindurch küsst er mich ein weiteres Mal. „Ich liebe dich noch immer." Er zieht die Decke weg, küsst mein Kinn und beobachtet mich, während sein Mund wieder ernst wird, das Funkeln in seinen Augen aber nicht nachlässt. „Was auch immer du denken magst … An meinen Gefühlen hat sich mit dem Sonnenaufgang nichts geändert. Ich habe dich bereits vor gestern Abend geliebt. Ich werde dich auch morgen noch lieben. Ich habe es jetzt einfach nur ausgesprochen."

Ich kaue auf meiner Unterlippe herum und spüre, wie der Sonnenschein meinen Brustkorb erfüllt und die Wärme sich in meinem Inneren ausbreitet.

„Ich wollte dich schon lange vor gestern Abend vögeln", fügt er hinzu und lächelt mich herausfordernd an, während er sich auf mich legt und meine Schenkel mit den Knien spreizt. „Und jetzt, nachdem ich es getan habe, will ich es sogar noch mehr."

Dieses Gefühl beruht auf Gegenseitigkeit. „Na, dann lass uns den Rest des Tages vögeln."

Sein Lachen klingt glücklich und warm. „Woche."

„Monat."

„Jahr."

Er hat es ausgesprochen. Das ist länger, als ich je mit einem Mann zusammen war, und Oliver geht so locker davon aus, dass es Realität wird. Wir starren uns an, ohne dass einer von uns es laut ausspricht. Es ist noch zu früh, trotz all der Liebeserklärungen. Aber je länger Oliver mich ansieht, desto klarer wird mir, was er denkt.

Für den Rest des *Lebens*.

„Gut", murmelt er.

„Gut", hauche ich in seinen Mund.

10. Kapitel

OLIVER

Lolas Handy piept, während wir unseren ersten Becher Kaffee trinken. Ich hatte versucht, sie so lange wie verabredet im Bett zu halten, schließlich war das ein besiegelter Vertrag – fand ich jedenfalls –, aber irgendwann mussten wir dann doch beide mal ins Bad, brauchten Kaffee und Essen.

„Oh, Scheiße“, murmelt sie und greift nach dem Smartphone, um die Kalender-App zu öffnen.

Wir sitzen nebeneinander an meinem Esstisch. Ich habe Jeans an, während Lola nichts weiter anhat als das T-Shirt, das ich gestern getragen habe. Es ist zwar lang, aber nicht so lang, dass ich nicht praktisch alles von ihr sehen kann, zumal sie einen Fuß auf den Boden gestellt hat, das andere Bein jedoch auf meinem Schoß liegt. So langsam sorgt das Koffein dafür, dass mein Gehirn wieder funktioniert; dennoch fühle ich mich noch immer ganz warm und träge, wie gut durchgekneteter Ton. Ich will wirklich nicht, dass Lola jetzt schon geht.

„Was ist los?“, frage ich.

„Ich hab da diese Sache, zu der ich um elf muss.“ Sie zieht die Stirn in Falten, und ich blicke zur Uhr. Es ist bereits fast zehn.

„Sache?“

„Ein Interview mit dem Kunstmagazin der Uni San Diego.“ Kleine Dampfschwaden steigen aus ihrem Kaffeebecher auf, bevor sie sich im Sonnenlicht auflösen. „Mist. Das habe ich total verdrängt“, sagt sie, ehe sie – mehr zu sich selbst – hinzufügt: „Solche Sachen vergesse ich sonst nie.“

Ich stelle meinen Becher zur Seite, beuge mich vor und ergreife ihre Hand. „Kannst du das nicht von hier aus machen? Mein WLAN ist zwar nicht immer ganz zuverlässig, aber der Laptop steht im Schlafzimmer. Du kannst ihn gern benutzen."

Sie schüttelt bereits den Kopf. „Es ist ein Video-Chat", erklärt sie und deutet auf ihre Frisur. Normalerweise ist Lolas Haar weich und glatt. Im Augenblick sieht es aus, als hätte eine Vogelfamilie dort ihr Nest gebaut.

Lachend beuge ich mich noch weiter vor und küsse ihre Nasenspitze. „Ich muss heute Morgen sowieso in den Laden, um ein Auge auf Joe zu werfen. Vielleicht können wir uns zu einem späten Mittagessen treffen?"

Lola schaut mich an, ehe sie ihren Mund auf meinen senkt und dann zwischen kleinen Küssen sagt: „Ich weiß nicht genau, wie lange ich brauche." Sie lehnt sich zurück und reibt mit dem Daumen über meine Bartstoppeln. „Ich muss duschen, danach muss ich auch noch Benny anrufen. Aber ich melde mich, sobald ich fertig bin, okay?"

„Ja. Schick mir eine Nachricht." Meine Stimme klingt angespannt, und ich küsse sie noch einmal, diesmal etwas leidenschaftlicher. „Bleib heute Nacht wieder hier. Ich brauche …"

Ich brauche mehr von ihr, mehr, mehr, mehr. Ich werde nie genug von ihr bekommen.

Seufzend atmet sie aus, erhebt sich von ihrem Stuhl und sitzt im nächsten Moment auf meinem Schoß. „Ich will auch nicht weg", flüstert sie, während sie die Finger über meinen nackten Oberkörper gleiten lässt. „Lass uns zurück ins Bett gehen."

Meine Jeans sind heruntergerutscht, hängen sozusagen auf halb acht, und das Einzige, was ich denken kann, ist, wie leicht es wäre, sie ganz runterzuschieben, Lola mein T-Shirt über den Kopf zu ziehen und sie direkt hier auf meinem Esstisch zum Höhepunkt zu bringen.

Sie reibt sich an mir, gleitet feucht über meinen halb zugeknöpften Hosenschlitz.

„Setz dich auf den Tisch", raune ich in ihren offenen Mund. „Lass mich deine kleine Pussy küssen."

Sie lehnt sich zurück und errötet. Ihre Unterlippe hat sie zwischen die Zähne gezogen. „Ich mag es, wie du das Wort sagst."

„Das merke ich. Du wirst ganz zappelig und verlegen …" Ich lasse meine Zunge über ihren Mund gleiten. „Bin mir noch nicht ganz sicher – da muss ich wohl ein paar weitere Experimente machen –, aber ich glaube, es besteht ein enger Zusammenhang zwischen … na ja, wenn ich es sage und der Geschwindigkeit, in der ich dich dazu bringen kann, zu kommen."

Sie hat sich doch nicht auf den Tisch gesetzt. Ich schiebe die Hände unter das T-Shirt, reibe über die warme, weiche Haut ihrer Taille.

„Ich weiß, dass du wund bist", sage ich. „Ich werde vorsichtig sein, versprochen."

Erneut piept ihr Telefon, und wir beide halten inne.

„Ach, Mist, die reale Welt hält Einzug", murmele ich.

Lola zieht einen Schmollmund. „Ich hasse Interviews."

„Und dabei wirst du mit jedem Tag besser darin, welche zu geben." Ich helfe ihr hoch und stehe ebenfalls auf. Sanft umschließe ich ihr Gesicht und gebe ihr noch einen Kuss. „Sag mir einfach Bescheid, wenn du fertig bist."

Nachdem Lola weg ist, schnappe ich mir mein Fahrrad und düse über die Straße, die zum Strand führt. Dort nehme ich den Weg von Pacific Beach nach Carlsbad. Obwohl Lola und ich zwischendurch immer mal wieder geschlafen haben, sind wir heute Nacht noch zweimal wild und hemmungslos übereinander hergefallen, und trotzdem stecke ich voller Energie. Meine Beine treten automatisch, und das Herz pumpt das Blut in riesigen, kraftvollen Schüben durch meinen Körper.

Ich war tief verletzt, als meine Mum gegangen ist. Lange Zeit war ich wütend und sauer auf die ganze Welt. Ich habe meinen Dad gehasst, weil er mich verlassen hat. Und ich konnte mir nicht vorstellen, dass ich jemals völlige Zufriedenheit und totales Glück verspüren könnte, doch jetzt empfinde ich beides. Der Laden läuft gut. Mein Haus ist mehr oder weniger abbezahlt. Die Liebe meines Lebens hat die letzte Nacht in meinen Armen geschlafen – in meinem Bett, wo sie, wie ich hoffe, auch den Rest unseres Lebens verbringen wird. Was will ich mehr?

Die Glocke über der Ladentür bimmelt, als ich das Geschäft betrete, und eine seltsame Ruhe überkommt mich. Es ist gerade mal halb elf, und obwohl heute keine Neuerscheinungen herauskommen, ist der Laden erstaunlich voll. Die Couch in der Leseecke ist bereits belegt, und auch weiter hinten am Flipper stehen reichlich Kunden. Joe ist am Kassieren und hat eine ziemlich lange Schlange abzuarbeiten.

Er nickt mir zu, aber die Ereignisse der vergangenen Nacht sind noch zu frisch, und ich bin mir nicht sicher, ob es mir gelingt, eine neutrale Miene aufzusetzen, vor allem in Gegenwart von Joe. Trotz seines unkonventionellen Gehabes überrascht es mich immer wieder, wie scharfsichtig er ist.

Ich erwidere Joes Nicken, gehe um den Verkaufstisch herum und verschwinde im Büro, wo ich meine Jacke an einen Haken hänge. Erst in dem Moment wird mir bewusst, dass ich mir nicht ganz darüber im Klaren bin, wie die Regeln sind. Wenn ich das richtig interpretiere, sind Lola und ich jetzt zusammen. Ich weiß jedoch nicht, wer das wissen soll. Lola ist nicht im typischen Sinne zurückhaltend; sie teilt auch Dinge, doch sie tut das eher in kleinen als in großen Schritten, und schon gar nicht gleich sofort. Es ist durchaus möglich, dass sie abwarten will, bevor sie Harlow davon erzählt – vielleicht, bis sie sie das nächste Mal sieht. Lola gehört nicht zu denen, die ihre Freundin anruft, um zu tratschen, unmittelbar nachdem sich die Tür hinter dem Mann geschlossen hat, mit dem sie die Nacht verbracht hat.

Das bringt mich in eine heikle Lage: Wenn ich es Finn erzähle und er es Harlow berichtet, sodass Harlow es von Finn erfährt, ehe sie es von Lola hört, bekommt Lola Ärger und ich vermutlich auch. Wenn ich es Ansel erzähle und er es gegenüber Mia erwähnt, was er mit Sicherheit tun wird, kann ich definitiv davon ausgehen, dass Mia sofort Harlow anruft.

Daher kann ich gegenüber Joe auf keinen Fall andeuten, was los ist. Sollte Joe von der Sache hören, ehe irgendjemand anderes davon Wind bekommt, dann ist Harlow auf hundertachtzig. Ganz zu schweigen von dem *Not-Joe hat immer recht*-Tumblr, den er vermutlich starten und mit Illustrationen füllen würde, von all den Gelegenheiten, bei denen er uns geraten hat: „Seht zu, dass ihr es endlich miteinander treibt und hinter euch bringt."

Glücklicherweise habe ich ja Erfahrung damit, das zu verbergen ... Obwohl ... wem will ich denn eigentlich etwas vormachen? Es gibt keinen einzigen Menschen, abgesehen vielleicht von Lola, dem nicht klar ist, dass ich schwer in sie verliebt bin.

Ich gehe zurück in den Laden und kümmere mich um die Kunden. Einer meiner Stammkunden sucht nach der neuesten Ausgabe von *Hawkeye*, aber als ich nachschaue, stelle ich fest, dass die ausverkauft ist. Ein anderer Mann, er ist um die vierzig, kommt mit einem Karton unterschiedlicher Hefte herein, die er auf einem Flohmarkt gefunden hat. Nach einem kurzen Blick erkenne ich allerdings, dass nichts dabei ist, was mich interessiert. Ich helfe einem Pärchen, das sich sein erstes großes Comicbuch zusammen kaufen will. Ich verkaufe den beiden *Captain America* 61. Veröffentlicht im Jahr 1947, erzählt der Band die Story von Cap und Bucky, die entdecken, dass Red Skull, der angeblich tot ist, doch am Leben ist. Ein Klassiker.

Und die ganze Zeit über spüre ich, dass Joe mich beobachtet.

Als nach einer Weile der Kundenandrang etwas nachlässt, gehe ich zum Verkaufstisch und hole einen Lappen aus einer Schublade, um den Flipper abzuwischen.

„Hier geht es in letzter Zeit echt voll ab", sagt Joe und zieht einen Stapel Zwanziger aus der Kasse.

„Ja, stimmt. Ich habe überlegt, noch jemanden einzustellen."

Er hält inne und schaut auf. „Jemanden, der hier mitarbeiten soll?"

„Genau."

Joe wird munter. „Würde ich ihn einarbeiten?"

Er folgt mir nach hinten, und ich blicke ihn über die Schulter hinweg an. „Sicher."

„Ha, also hätte ich das Kommando. Dann wär ich ja sogar offiziell dein Stellvertreter. Sozusagen Doctor Stranges Wong."

Ich lache. „Genau. Batmans Robin."

„Batman? Nun übertreib mal nicht. Eher der Foggy Nelson für deinen Daredevil. Und ich rede vom *Film*."

Ich bleibe vor einem Regal stehen. „Sicher", wiederhole ich achselzuckend.

Joe klopft gegen das Holz, und zwar ziemlich laut. „Okay, was geht ab?"

„Was abgeht?", frage ich. „Nichts geht ab."

„*Ben Afflecks Daredevil?* Du lässt kommentarlos zu, dass ich dir das an den Kopf werfe?"

Ich laufe zurück in den Verkaufsraum. „Wieso? Der Film war so weit okay."

„So weit o…"

Die Glocke über der Tür bimmelt und unterbricht ihn. Einer unserer Stammkunden begrüßt Lola von seinem Platz in der Leseecke.

Mein Körper verspannt sich, und mein Herzschlag setzt zu einem Sprint an.

Es ist eine Sache, sich zu entscheiden, weder Joe noch Finn oder Ansel etwas zu erzählen beziehungsweise überhaupt etwas zuzugeben. Aber soll ich mich wirklich so verhalten, als sei nichts passiert? Ist das überhaupt möglich? Ich habe den Eindruck, dass ich Lola nur anzusehen brauche, und schon steht mir all das, was letzte Nacht passiert ist, ins Gesicht geschrieben.

Als Lola in meinem Gesichtsfeld auftaucht, sehe ich, dass sie die Haare zu einem Pferdeschwanz zusammengebunden hat, der bei jedem Schritt mitschwingt. Solange sie nicht in Eile ist, geht sie gerade und locker, und ihr Haar bewegt sich so gut wie gar nicht. Aber wenn sie sich so wie jetzt bewegt – zielstrebig –, schwingt es hin und her, angetrieben von ihrer Energie.

Sie kommt direkt auf mich zu, und sie hat definitiv ein Ziel vor Augen.

Ich drehe mich zu ihr herum. „Wie lief es mit dem Video-Interview?"

Lässig, ruhig. Völlig normal.

Joe sieht zu, wie sie an ihm vorbeimarschiert, meine Frage ignoriert und wenige Zentimeter von mir entfernt stehen bleibt, bevor sie eine Hand in meinen Nacken legt und mich an sich zieht. Mit einem leisen Seufzer presst sie ihre Lippen auf meine, und sämtliche Geräusche im Laden treten in den Hintergrund. Mein Blut erhitzt sich, und heißes Verlangen durchflutet mich.

Lola duftet genauso wie immer – nach dem süßen Honigduft ihrer Seife. Ihre Lippen sind genauso weich wie heute Morgen, als ich ihr durch die offene Seitenscheibe ihres Autos einen Abschiedskuss gegeben habe. Mein Gehirn braucht so viel Zeit, um über diese Dinge nachzudenken, dass es einen Moment dauert, bis mir klar wird, dass Lola mich *küsst. In diesem Augenblick.* Direkt hier, mitten in meinem Laden.

Heilige Scheiße.

Instinktiv umschließe ich ihren Kopf, um ihn ein wenig zu drehen, meine Zunge findet ihre, und es fühlt sich wie der perfekte Weg an, um zu verkünden, was los ist. Ich wünschte nur, dass *alle* hier wären, damit wir es auf einmal hinter uns bringen könnten.

Jemand räuspert sich ganz in der Nähe, und als Lola einen Schritt zurückweicht, rückt der Rest der Welt wieder ins Bewusstsein. Joe lehnt am Tresen, die Knöchel verschränkt, die Brauen bis zur Decke hochgezogen.

Lola lächelt und schaut mich genauso bewundernd an, wie ich sie vermutlich ansehe. „Können wir kurz in deinem Büro reden?“, fragt sie atemlos.

Sie folgt mir nach hinten, und ich kann ihre Anwesenheit hinter mir körperlich fühlen, so sehr knistert es zwischen uns. Am liebsten würde ich mich umdrehen und sie im Gehen küssen. Es ist ein Gefühl, das einem zu Kopf steigen kann, dieses Verlangen, sie immerzu zu berühren, bis unsere Haut wund ist und das Bedürfnis nach Essen und Trinken irgendwann an Priorität gewinnt. Ich sehne mich danach. Ich sehne mich nach *ihr*.

Im Büro schließt sie die Tür hinter sich und lehnt sich dagegen, während sie mich angrinst. „Hallo.“

„Hallo.“ Ich weiß nicht, ob ich je zuvor so ein breites Lächeln im Gesicht gehabt habe; es fühlt sich viel zu groß an. „Nette Show, die du da eben abgezogen hast.“

Sie hebt kurz eine Schulter. „Danke.“

„Ich frage mich, ob Joe sich jemals wieder bewegen kann, nachdem du ihm solch einen Schock versetzt hast.“

Lachend meint sie: „Wir werden es wohl auch den anderen bald erzählen müssen.“

Lola sieht sich im Büro um, und ich bemühe mich, es mit ihren Augen zu betrachten. Sie war erst wenige Male hier hinten, und während der vergangenen Monate ist dies mein Rückzugsort geworden. Bevor ich das Geschäft übernommen habe, war es eine ziemlich edle Boutique, und einige der Einrichtungsgegenstände im Büro stammen noch aus dieser Zeit. Die Wände sind cremefarben gestrichen, und dort, wo Kronleuchter an den Decken hingen, sieht man noch die Anschlussdosen. Eine Reihe von Spiegeln ziert die hintere Wand, allerdings sind sie zum Teil von Kartons verstellt, die ich noch auspacken muss. Trotzdem lassen sie das Zimmer größer erscheinen, als es ist. Mein Schreibtisch steht an der langen Wand hinter mir – mit Blick zur Tür –, und durch einige kleine Fenster fallen staubige Sonnenstrahlen herein.

Als unsere Blicke sich wieder treffen, weiß ich, dass wir uns stumm darauf geeinigt haben, nicht über den schwierigsten Teil von allem zu sprechen. Jetzt gibt es nämlich eine neue Art von Druck. Ansel und Mia sind verheiratet. Finn und Harlow sind verheiratet. Anders als unseren Freunden ist uns jedoch der Luxus nicht mehr vergönnt, uns Hals über Kopf in etwas hineinzustürzen.

Es besteht ein stillschweigendes Einverständnis unter unseren Freunden, dass Lola und ich irgendwie auf tiefere Art und Weise miteinander verbunden sind – der Laden, ihre Comic-Karriere –, als hätten wir das alles sehr viel gründlicher und länger durchdacht als die anderen. Aber wenn ich mir Lola nun ansehe, wird mir klar, dass sie sich selbst noch nicht traut, was das alles angeht. Sosehr ich davon überzeugt bin, dass sie tiefere Gefühle für mich hegt, weiß ich auch, dass sie lieber einen Comic für Frank Miller illustrieren würde, während er ihr über die Schulter schaut, als sich durch das emotionale Minenfeld zu begeben, das eine Gruppe von Freunden darstellt.

Ich gehe zu ihr und küsse sie sanft. „Was bringt dich heute in mein Büro, meine Schöne?"

Sie verzieht das Gesicht. „Ich muss nach L. A."

Mir stockt das Herz. „Heute?"

„Ja. Ein Wagen holt mich um fünf ab."

„Sie schicken dir einen *Wagen*?"

„Ich glaube, vor allem deshalb, weil Austin befürchtet, meiner schafft es nicht mehr bis dort."

„Trotzdem, ich glaube, du bist jetzt echt heiß begehrt", ziehe ich sie auf, bevor ich über die Schulter zur Uhr an der Wand sehe. Es ist zwanzig nach drei. „Wann bist du zurück?"

„Ich bleibe heute, morgen und Donnerstag und komme irgendwann am Freitagabend wieder."

Mist. „Wollen wir uns dann Freitag zum Abendessen verabreden?"

„Da bin ich bei Greg. Kommst du mit?"

Ich beuge mich vor und gebe ihr einen weiteren Kuss. „Klar."

Ihr Gesicht wirkt angespannt, und ich mustere sie.

„Alles okay?", erkundige ich mich.

Sie schluckt und schüttelt kurz den Kopf, als wollte sie ihn klar bekommen. „Alles gut. Bis nächste Woche muss *Junebug* fertig sein, und ich habe kaum richtig angefangen. Wir sollen diese Woche das Drehbuch fertigstellen, aber ich habe es noch nicht einmal gesehen. Ich weiß echt nicht, wie ich das alles schaffen soll."

„Indem du eins nach dem anderen erledigst."

Sie lehnt sich an mich und schaut zu mir auf. „Ich bin ein bisschen abgelenkt."

„Das beruht auf Gegenseitigkeit."

Sie verzieht die Lippen zu einem Schmollmund. „Und ich habe überhaupt keine Lust, nach L. A. zu fahren."

„Und ich habe keine Lust, eine Freundin zu haben, die unbedingt nach L. A. muss."

„Freundin?", wiederholt sie und beißt sich auf die Lippen.

„Bettgenossin, die ich ziemlich gernhabe?", schlage ich stattdessen vor.

Lola lacht und versetzt mir einen Klaps auf die Brust.

Ich lege meine Hand auf ihre, um sie festzuhalten. „Ich bevorzuge allerdings *Freundin*."

Stumm und mit undurchdringlicher Miene starrt sie mich an.

„Wollen wir noch für eine Stunde zu dir gehen?", frage ich und stelle fest, dass die Bedeutung der Worte unmissverständlich ist, als Lola rot wird.

„London ist da."

„London wird sich daran gewöhnen müssen, dass ich bei dir übernachte", entgegne ich.

Amüsiert sieht Lola mich an und lehnt sich zurück. „Wir sind nicht gerade leise."

„Daran wird sie sich wohl auch gewöhnen müssen."

„Vor allem du."

Ich zucke mit den Schultern, hebe ihre Hand und küsse die Handfläche, während ich noch immer nicht so recht fassen kann, dass ich das jetzt tun darf. Lola beobachtet mich mit großen blauen Augen, als ich ihr Handgelenk und die Innenseite des Ellenbogens mit Küssen bedecke. „Also gehen wir nicht zu dir …"

„London verabredet sich nicht oft", platzt sie heraus. Anscheinend ist sie nervös, nachdem ihr nun klar ist, dass wir hier im Büro herummachen werden. „Das heißt, sie wird zwar oft um eine Verabredung gebeten, aber sie lehnt sie jedes Mal ab."

„Wieso?", will ich wissen und beiße zärtlich in Lolas weiche Haut. Ehrlich gesagt interessiert mich Londons Liebesleben im Moment herzlich wenig. Ich bin sicher, dass wir das beide wissen.

Lola atmet tief aus. „Keine Ahnung. Sie hatte auf dem College für längere Zeit einen Freund. Aber ich weiß nicht, was da passiert ist." Sie verstummt kurz. „Wie auch immer, eigentlich will ich jetzt gar nicht über sie reden." Sie grinst.

„Ach nein?"

Sie schaut mir zu, wie ich weiter ihren Arm küsse. „Nein."

„Was würdest du denn dann gerne tun?"

Nachdem sie sich von mir gelöst hat, geht sie hinüber zum Schreibtisch, und ich folge ihr. Sie greift nach meinem Gürtel und zieht mich näher. „Ich weiß nicht …"

Mit den Fingern streife ich an ihrer Seite entlang und spiele am Saum ihres T-Shirts. Ich warte darauf, dass sie mich aufhält, mir ein Zeichen gibt, dass wir es heute langsamer angehen lassen sollten. Doch ehe ich fragen kann, hat sie selbst ihr Shirt gepackt und es sich über den Kopf gezogen. Ein kleiner blauer Stoffhaufen landet irgendwo auf meinem Schreibtisch.

Sie trägt einen schwarzen Push-up-BH mit kleinen weißen Punkten, der die Wölbung ihrer Brüste hervorragend zur Geltung bringt. Im nächsten Moment zieht sie mir auch mein T-Shirt über den Kopf und lehnt sich an mich, sodass sich unsere

Oberkörper berühren. Und obwohl ich weiß, was gleich passiert, hätte ich mir in den kühnsten Träumen nicht ausmalen können, wie fantastisch es sich anfühlt, wenn sie ihre Hände nach unten bis in meinen Schritt wandern lässt und mich durch die Jeans hindurch umfasst. Mit dem Daumen streicht sie über meine Spitze, und ich lasse den Kopf nach vorn fallen, bis meine Stirn an ihrer ruht. Es fällt mir schwer, aber ich halte still, dränge mich ihrer Hand nicht entgegen, denn ich will das hier auskosten.

Lola dreht den Kopf ein wenig, und ihre warmen Lippen öffnen sich mir. Ich überlege, wie ich das Ganze beschleunigen und gleichzeitig verlangsamen kann, wie ich eine Ewigkeit damit zubringen kann, all das hier zu genießen. Wir küssen uns, feuchte Lippen, Zungen, die einen erotischen Tanz vollführen, leise, lustvolle Laute und Gedanken, die mir durch den Kopf schießen. Es ist, als würde ich an Amnesie leiden: Ich kann noch immer nicht glauben, dass das hier passiert. Vor vierundzwanzig Stunden haben wir uns nicht geküsst oder uns berührt – und schon gar nicht haben wir uns nackt gegenübergestanden –, aber genau das alles tun wir jetzt.

Mein Herz rast, und als ich den Kuss unterbreche, um nach Luft zu schnappen, bemerke ich, dass Lolas Mund rot und geschwollen ist von meinen Bartstoppeln. Sie lässt mich nicht aus den Augen, während ihre Hände eifrig damit beschäftigt sind, die Knöpfe meiner Jeans zu öffnen. Ich beiße mir auf die Unterlippe und versuche, ganz still zu bleiben, denn ich weiß genau, wenn ich auch nur einen leisen Ton von mir gebe, ist es mit meiner Selbstbeherrschung vorbei. Dann werfe ich sie auf den Schreibtisch und ficke sie dort, ohne Verhütung, hemmungslos und halb ausgezogen.

Sie streckt sich, um an meinem Hals zu saugen, und macht anschließend einen Schritt nach hinten, bauscht ihren Rock zusammen und hebt ihn hoch. Fasziniert beobachte ich, wie sie Stück für Stück ihre milchweiße Haut, ihre weichen Kurven enthüllt. Wow … sie trägt keine Unterwäsche. Und trotzdem wirkt sie mit ihren großen Augen so unschuldig. Nie zuvor hatte ich ein so heftiges Bedürfnis danach, etwas sehr, sehr Unartiges mit jemandem zu treiben, der so süß ist. Sie lässt sich auf meinem Schreibtisch nieder, spreizt die Beine, lehnt sich zurück und gewährt mir einen wunderbaren Blick auf ihren unverhüllten Schoß.

Eine Hitzewelle schießt durch meinen Körper, als ich zwischen ihre Beine trete. Voller Verlangen streiche ich über die Innenseite ihrer Schenkel und frage mich, mit wie vielen Männern Lola wohl schon zusammen war. Es könnte einer oder es könnten auch hundert gewesen sein, und ich würde ihr keinen missgönnen, doch etwas sagt mir, dass diese Art von Beziehung auch für Lola neu ist. Aus den Unterhaltungen mit unseren Freunden während der vergangenen Monate weiß ich, dass sie keine Hemmungen hat, was Sex betrifft. Sie hat nichts gegen One-Night-Stands einzuwenden und meint auch nicht, dass man sich aufsparen sollte. Allerdings glaube ich, dass für Lola ein kurz aufflackerndes Begehren nicht ausreicht, um jemanden derart offen und ohne Hemmungen an sich heranzulassen.

Sie erzittert, als ich mit der Fingerspitze die Form ihrer Brust nachzeichne, und als ich mit dem Daumen über die harte Spitze ihres Nippels streife, drückt sie den Rücken durch und fleht wortlos darum, dass ich fester zudrücke. Ich beuge mich vor und lasse meine Zunge über den hauchdünnen Stoff des BHs gleiten, bevor ich die Brustwarze zwischen die Zähne nehme. Instinktiv drängt Lola sich mir noch weiter entgegen, und ich nutze die Gelegenheit, um zu ihrem Rücken zu greifen und den BH zu öffnen. Langsam ziehe ich den Stoff zur Seite und – *fuck* … Es ist, als würde ich ein Geschenk auspacken.

Während ich ihr in die Augen schaue, lasse ich die Zunge über ihre Haut schnellen. Lola schnappt nach Luft, bevor sie meine Jeans auseinanderzieht und die Boxershorts gerade so weit hinunterschiebt, dass sie meinen Schwanz umschließen kann. Ich beiße mir fast die Lippen blutig, als sie die Spitze berührt, nur um anschließend den Daumen in den Mund zu stecken.

Im nächsten Moment ist ihre Hand wieder unten, diesmal ist der Daumen noch feuchter, und fasziniert beobachte ich, wie sie mich zwischen unseren beiden Körpern umschlungen hält; sehe meinen flachen, straffen Bauch und ihre schmale Taille. Und natürlich meinen Schwanz, hart und prall, der zwischen uns aufragt.

Mir ist heiß, und ich spüre den Schweiß, der mir über den Nacken läuft, als Lola sich zu mir beugt und mit den Lippen mein Ohrläppchen berührt. „Hast du ein Kondom hier?"

„Ja. Obere Schublade in der Mitte. Hab ich extra heute mitgebracht."

Sie schenkt mir ein zufriedenes *Du bist ein Genie*-Grinsen und lehnt sich nach hinten, greift über ihren Kopf zur anderen Seite des Schreibtisches und öffnet die Schublade. Es wäre einfacher, wenn ich hinüberlangen würde, aber ich wäre ja verdammt blöd, wenn ich auf den Anblick einer fast nackten Lola – ausgestreckt auf meinem Schreibtisch – verzichten würde.

Als sie wieder hochkommt, umfasse ich ihr Gesicht und presse meinen Mund auf ihren.

„Ich will, dass du es überstreifst", flüstert sie.

„Ja?"

„Dir heute Nacht dabei zuzusehen war so verdammt geil."

Meinen Schwanz in der einen, das Kondom in der anderen Hand halte ich kurz inne, um sicherzustellen, dass Lola auch zuschaut.

Tut sie. Mit angehaltenem Atem und regungslos sieht sie zu, wie ich das Gummi überstreife. Ich liebe die Art und Weise, wie sie auf meinen Schwanz starrt: die Augen aufgerissen, die Lippen leicht geöffnet.

Ich strecke den Arm aus und umschließe mit der Handfläche ihre Brust. „Du wirkst so überrascht."

„Ich glaube, ich werde jedes Mal überrascht sein, wenn du

deine Hosen ausziehst“, bemerkt sie geistesabwesend. „Dein Schwanz ist echt unwirklich.“

Eine derartige Bemerkung kann wohl kein Mann oft genug hören.

Sie schiebt die Finger zwischen ihre Beine und reibt aufreizend langsam an den Seiten ihrer Klit entlang. Ich kann nicht nur sehen, sondern sogar hören, was das bei ihr anrichtet: Die Muskeln in ihrem Bauch ziehen sich zusammen, und ihre Schenkel pressen sich gegen meine Hüften, während sie gleichzeitig leise lustvolle Töne ausstößt.

„Feucht genug für mich?“

Lola nickt, hebt ihre Finger von ihrem Schoß an meinen Mund und schiebt zwei davon zwischen meine Lippen. Jetzt kann ich mich höchstpersönlich davon überzeugen, wie feucht sie ist – ich kann es *schmecken*. Mir fallen fast die Augen aus dem Kopf, weil das so verdammt gut ist. Ich bin so heiß darauf, all diese schmutzigen Dinge mit ihr zu tun. Mir entschlüpft ein Stöhnen, und Lola zieht die Finger mit einem leisen Plopp wieder heraus. Dabei mustert sie mich so gierig, wie ich es noch nie erlebt habe.

Ich wünschte, ich wüsste, warum ihr Gesichtsausdruck mich derart umhaut, was sich auf einmal so anders anfühlt.

Es liegt nicht daran, dass wir uns darin überbieten, jeden Zentimeter der Haut des anderen zu berühren, oder daran, wie sie die Hand in meinem Haar vergräbt und dann erleichtert seufzt, als sie spürt, dass ich mit der Spitze vorsichtig in sie eindringe. Es liegt nicht daran, wie sie den Kopf zurückwirft, wie sie mir ihre Brüste entgegendrängt oder wie sie die Beine weiter spreizt, um mich tiefer in sich aufzunehmen.

Vielleicht liegt es daran, dass sie meinem Blick nicht lange standhalten kann; an der Art, wie sie den Atem anzuhalten scheint. Es ist genau das, was ich tue, bevor ich mit dem Rad einen steilen Anstieg erklimme, ehe es in mörderischem Tempo bergab geht.

Ich dringe in sie ein, ziehe mich zurück, stoße wieder zu, und sie ist ganz bei mir – *fuck*, ich weiß, dass sie es ist. Ich spüre es daran, wie sie drängend jeden Stoß erwidert, wie sie sich in meinem Haar festkrallt, doch dieser Beschützerinstinkt, den ich ihr gegenüber empfinde, will nicht weichen. Jede ihrer Bewegungen schreit geradezu, dass das alles neu für sie ist, dass diese Art der Intimität anders ist, wunderbarer, zugleich jedoch auch beängstigend.

Ich hatte schon mit vielen Frauen Sex, und es war liebevoller, sehr intimer Sex mit einigen von ihnen, aber noch nie habe ich das empfunden, was ich für Lola empfinde. Trotzdem, die Tiefe des Gefühls ist eine Erleichterung, keine Bürde. Das, was wir in der vergangenen Nacht getrieben haben, war die perfekte Kombination davon, sich zu lieben und zu ficken. Hier traue ich mich allerdings nicht, so grob zu ihr zu sein wie gestern. Sie kommt mir gerade so zerbrechlich vor, und sie schaut mich an, als wolle sie hören, was sie tun soll.

Also gebe ich ihr eine Aufgabe. Die Lippen an ihre Wange gepresst, warne ich sie: „Ich will keinen Ton von dir hören."

Erleichtert atmet sie aus. Sie nickt, dreht den Kopf und sucht meinen Mund, doch ich entziehe mich ihr.

„Sei leise und artig, dann küsse ich dich."

Noch einmal nickt sie, schnell, heftig, und eigentlich dürfte es nicht so einfach sein, aber das ist es. Die angespannte Unruhe in ihrem Blick wird durch Entschlossenheit ersetzt. Leider gibt es jetzt, nachdem ich das zu ihr gesagt habe, nichts auf diesem oder irgendeinem anderen Planeten, was ich lieber täte, als sie leidenschaftlich zu küssen, während wir vögeln.

Ich fülle meine Hände mit ihren Brüsten, sauge an ihrem Hals und tauche immer wieder in ihren Körper ein, bis ich Lolas Schweiß an meinen Lippen schmecke, bis ich merke, wie sie sich überall anspannt.

Sie umklammert mich fester, noch immer fast stumm, nur ihr leiser, keuchender Atem ist zu hören.

„So ist es gut“, lobe ich sie. „Ich höre dich nicht. Ich höre nur unser Ficken.“

Ich liebe die Geräusche, die sie beim Sex macht, doch in diesem Moment ist ihr Schweigen viel besser. Mit ihrem Schweigen und der flehentlichen Miene gesteht sie mir, dass sie mich braucht, um sie zu erden, um ihr zu helfen, sich auf das hier zu konzentrieren und *nur* auf das hier. Nicht auf L. A., nicht auf das Buch, das sie schreiben muss. Ich habe schon länger vermutet, dass sie meinen Rückhalt braucht, aber das *Wissen*, dass es so ist, während wir uns lieben, lässt mir das Herz aufgehen.

Lolas Haut ist so weich, so hell und wirkt im Vergleich zu ihren dunklen Haaren sogar noch blasser. Ihr Pferdeschwanz hat sich aufgelöst, und einzelne Strähnen fallen über ihre Schultern, streifen ihre Brustwarzen und locken sich auf ihren Brüsten. Ein leichter Schweißfilm bildet sich auf ihrem Oberkörper, auf ihrer Oberlippe, und ich spüre, wie sie meinen Schwanz noch fester umschließt … Sie ist kurz davor, zu kommen. Ihr Atem geht schneller, als ich jetzt heftiger zustoße, mit den Zähnen über ihre Haut kratze und bemerke, dass auch ich davor bin, die Beherrschung zu verlieren.

„Keinen Ton. Keinen verdammten Ton“, raune ich.

Ich ergreife ihre Handgelenke und ziehe sie hinter ihren Rücken, bevor ich noch tiefer in sie eindringe und die Hüften vorstoße, so wie sie es mag. Sie reißt den Mund auf und wirkt fast schmerzerfüllt, und dann kommt es mir vor, als würde man den ersten Dominostein umstoßen. Gebannt schaue ich zu: Sie schließt die Augen, wirft den Kopf zurück und beißt sich auf die Lippen, um ihre Schreie zu unterdrücken. Wild und hemmungslos verkrampft sich ihr Körper wieder und wieder um mich. Lolas Gesicht ist gerötet, ihr Puls schlägt heftig an ihrem Hals – aber mein tapferes Mädchen lässt nicht einmal das leiseste Keuchen vernehmen.

Unendlich stolz auf sie, presse ich endlich meinen Mund auf

ihren und ficke sie schnell und heftig, während sie sich aus meinem Griff befreit und einen Schrei ausstößt, als sie meine Zunge an ihrer spürt. Sie vergräbt die Hände in meinen Haaren und öffnet die Augen, um mich beobachten zu können.

„Es ist so *verdammt* gut." Ich höre mich selbst, wie ich bei jedem Stoß stöhne. Die lustvollen Geräusche lassen mich noch härter werden – das feuchte Gleiten, schweißnasse Haut, die aufeinanderprallt, das Knarren meines Schreibtischs.

„Fuck!" Ich kann nicht anders, ich schreie auf. *„Fuck!"*

Ich bin dankbar für den Verkehr auf der Straße und die lärmende Geschäftigkeit im Laden, die unsere Laute ein wenig dämpfen.

Härter, schneller, Lola keucht und klammert sich an meinen Hals, die Nägel tief in mein Fleisch vergraben. Die Beine hat sie um mich geschlungen, und der Schweiß macht uns ganz glitschig. Also packe ich ihren Hintern und ziehe sie enger an mich, während ich gleichzeitig möglichst tief in sie eindringe. Das ist es: Mit einem heiseren Aufschrei komme ich, während meine Hüften wie wild zucken. Lichter flackern hinter meinen geschlossenen Lidern auf, ein Wonneschauer überläuft mich und ein unglaublich köstliches Gefühl durchdringt meinen gesamten Körper.

Schließlich sacke ich erschöpft gegen Lola, presse meine Lippen an ihren Hals, bis das Zucken in meinen Hüften allmählich nachlässt. Es grenzt an ein Wunder, dass mein Schreibtisch noch heil ist.

Lola ringt nach Atem und hält mich weiterhin fest umschlungen. Auch ihre Beine hat sie noch um meine Mitte gepresst; anscheinend will sie mich nicht gehen lassen. *Fuck,* ich möchte ihre Wärme nie mehr missen.

Im Zimmer ist es auf einmal merkwürdig still, und ich habe das Gefühl, nicht genügend Sauerstoff zu bekommen. Mein Atem klingt zu keuchend, zu laut. Lola schmiegt sich an meinen Oberkörper, und ich schlinge die Arme um sie. Sie fühlt sich so winzig an, so geschmeidig und zart. Ich dagegen habe das Gefühl, aus nichts weiter als aus niederen Instinkten zu bestehen – Vögeln, Atmen, Schlafen –, doch irgendwie schaffe ich es, aufrecht stehen zu bleiben. Allmählich verebbt die Lust, während ich kleine Küsse auf Lolas Hals verteile und darauf warte, endlich wieder zu Atem zu kommen, damit ich ihr sagen kann, wie verdammt gut das war.

Ehe ich einen Ton herausbringen kann, halte ich inne und lausche.

Eine merkwürdige Stille hat sich um uns herum ausgebreitet, und schlagartig wird mir etwas klar: Diese Stille ist schon fast ohrenbetäubend, fast so, als hätte die Welt dort draußen ein Ende gefunden, während wir hier drinnen gevögelt haben.

Lola sieht mich an, und ich weiß, dass wir dasselbe denken.

Ich schließe die Augen und warte auf die Explosion. „Oh, Schei…“

Plötzlich ertönt Def Leppards *Pour Some Sugar on Me* vorne im Laden. Und zwar so laut, dass die Lautsprecher auch hier im Zimmer stehen könnten.

Lola, deren Wangen vom Orgasmus gerötet sind, presst eine Hand auf den Mund, um das Lachen zu unterdrücken. „Oh mein Gott“, murmelt sie.

Der gottverdammte Joe fängt jetzt auch noch an, mitzusingen: „*Demolition woman, can I be your man?*“

Stöhnend löse ich mich von Lola, entferne das Gummi und werfe es in den Abfalleimer. Gemeinsam bringen wir nun unsere Kleidung in Ordnung: Ich ziehe die Hose hoch, streife mir das T-Shirt über den Kopf, während Lola vom Schreibtisch rutscht, den Rock glatt streicht und sich nach ihrem BH und dem T-Shirt umsieht.

„*Television lover, baby, go all night!*“, singt Joe.

Mindestens vier andere Stimmen begleiten ihn beim Refrain.

Lola schließt ihren BH, zieht die Träger gerade und vergräbt das Gesicht in den Händen. „Mein Gott, wie peinlich!“

Die Musik verstummt, und Joe ruft laut: „Zeige dich, mächtiger Hengst!"

Lachend erwidere ich: „Verdammt, halt's Maul!" Ich helfe Lola dabei, in ihr T-Shirt zu schlüpfen, als auch von draußen lautes Lachen ertönt.

Während sie ihr Haar erneut zu einem Pferdeschwanz zusammenbindet, meint Lola: „Das beantwortet wohl die Frage, was?"

„Du meinst, inwieweit dieser Raum schalldicht ist?"

Sie nickt und reibt sich noch einmal das Gesicht, doch sie lächelt. „Gibt es einen Geheimausgang, oder sind wir dazu verdonnert, uns unserer Schande zu stellen?"

„*Schande?* Ich werde mit stolzgeschwellter Brust hinausgehen. Wir haben eben fast den *verdammten* Schreibtisch mit unserem Fick zum Bersten gebracht."

„Ernsthaft jetzt."

Ich umschließe ihr Gesicht und gebe ihr einen Kuss. „Tut mir leid, Kleines, aber wir können nur durch diese Tür hier raus."

Lola nickt und schaut mir in die Augen.

„War es gut?", frage ich leise. „Hat es dir gefallen, als ich dir gesagt habe, du sollst ganz still sein?"

„*So* gut", flüstert sie und küsst mich nun ebenfalls. „Ich will nicht nach L. A."

Ich lege meine Arme um sie und spüre ihren warmen Atem an meinem Hals. „Ich bin auch nicht gerade begeistert von diesem Plan."

Sie zittert, und ich würde ihr gern ins Gesicht schauen, doch sie hat es entschlossen gegen meine Schulter gepresst.

„Sieh mich an", bitte ich sie. „Lass mich noch einmal deinen süßen Mund schmecken."

Jetzt hebt sie den Kopf und streift mit ihren Lippen langsam über meine: warm und feucht.

„Ich liebe dich", sage ich. Ihre Lider flattern kurz, sie schließt die Augen, und der Kuss wird noch intensiver. Ich brauche die Worte gar nicht von ihr zu hören, denn all das hier – ihre Körpersprache, ihre Reaktion, wenn ich es ausspreche, sogar die Tatsache, dass sie mit ihrem Kuss sozusagen öffentlich bekannt gegeben hat, dass sie mir gehört – verrät mir, dass sie ebenso empfindet.

Nach weiteren zehn Sekunden, in denen ich überlege, ob ich sie ein zweites Mal vernaschen soll, diesmal jedoch drüben auf der Couch am Fenster, löse ich mich stattdessen von ihr, gebe ihr einen letzten Kuss und löse ihre Hände von meiner Taille. Es wird Zeit, sich dem Unvermeidlichen zu stellen.

Ich gehe durchs Zimmer zur Tür und blicke über die Schulter zu Lola; sie atmet einmal tief durch und nickt dann. Das Quietschen der Klinke scheint in der Stille widerzuhallen, als ich die Tür öffne und einen Hauch frischer Luft hereinlasse.

Mir steht fast das Herz still, als ich erst Harlow und direkt hinter ihr dann Finn entdecke. Auf Joe war ich gefasst gewesen, auf die beiden allerdings nicht.

„So, so", meint Harlow, und ein breites Grinsen erscheint auf ihrem Gesicht. „Wenn das nicht meine beiden liebsten Nerds sind."

Ich komme aus dem Büro und bemühe mich um eine ausdruckslose Miene. „Kennst du noch zwei *andere* Nerds?"

Harlow kämpft sichtlich mit Worten. Schließlich fragt sie: „Wie lange seid ihr schon am …?"

Finn schafft es noch rechtzeitig, ihr die Hand auf den Mund zu legen, ehe sie laut „*Ficken?*" durch den ganzen Laden posaunen kann.

„Mehr oder weniger die letzten achtzehn Stunden", antwortet Lola und stellt sich zu mir. Die Souveränität, mit der sie das sagt, überrascht mich. Sie schlingt einen Arm um meine Taille. „Wobei … Zwischen zehn und drei Uhr haben wir heute eine kleine Pause eingelegt, um ein bisschen zu arbeiten."

Joe, der hinter der Kasse steht, stößt einen anerkennenden

Pfiff aus, bevor er schnell wieder auf das Buch schaut, das er gerade liest. So als hätte er mit dieser ganzen Sache nichts zu tun.

„Hättest du die Musik nicht ein paar Minuten eher anstellen können?", frage ich ihn grinsend.

Er lacht. „Hätte ich. Aber wo wär denn da der Spaß geblieben? Das ist eure Strafe dafür, dass ihr so lange gebraucht habt, es endlich zu tun."

„Und dafür, dass du ihm hier die Leitung überlassen hast", ruft jemand aus der Leseecke.

„Wong und Doctor Strange …", erinnere ich ihn. „*Wong* wäre ein Teamplayer gewesen."

Gespielt beleidigt starrt Joe mich an. „Das tat weh, Boss."

Harlow fixiert Lola erwartungsvoll. „Hast du mal eine Minute Zeit, meine *Liebe*?", erkundigt sie sich und versucht, nicht loszuprusten.

Lola wirft einen Blick auf die Uhr hinter der Kasse. Es ist fast vier Uhr, und ich nehme an, dass sie dasselbe wie ich denkt: Eine Unterhaltung mit Harlow über dieses Thema wird unweigerlich länger dauern. „Ich habe ein paar Minuten Zeit, mehr leider nicht. Ich muss packen, weil ich nach L. A. fahre. Also komm am besten mit zu mir, da kannst du mich dann deinem Verhör unterziehen."

Sie dreht sich um, sieht mich gequält an und streckt sich, um mich noch einmal zu küssen – vor den Augen ihrer besten Freundin, die nach Luft schnappt. Anschließend flüstert Lola mir zu: „Bis Freitag."

„Bis Freitag", erwidere ich und halte ihre Hand bis zum letzten Augenblick fest. Mit einem sehnsuchtsvollen Blick über die Schulter lässt Lola sich von Harlow aus dem Laden führen.

Mit einer Mischung aus Belustigung und Sorge schaut Finn den beiden Frauen hinterher. Harlow redet draußen bereits aufgeregt auf Lola ein. „So", sagt er und dreht sich zu mir um.

Ich lächele. „So."

Er nimmt sein Cap ab und kratzt sich am Kopf. „Lola fährt wieder nach L. A.?"

Erleichtert grinse ich noch breiter. Man kann sich immer darauf verlassen, dass Finn die Dinge locker angeht. „Ja, für ein paar Tage."

„Ich hasse L. A."

„Ach ja?", frage ich leicht sarkastisch.

Das ignoriert er. „Entweder du verbringst den ganzen Tag damit, von einem Meeting an einem Ende der Stadt zum nächsten Meeting am anderen Ende zu fahren, oder du fährst dorthin und regelst alles am Telefon, sodass du auch gleich zu Hause hättest bleiben können."

„Soweit ich weiß, wollen sie am Drehbuch arbeiten."

Er nickt. „Na, dann ist es wohl besser, wenn sie vor Ort ist." Finn geht hinter den Verkaufstresen und schaut in den kleinen Kühlschrank, den wir dort in der Ecke stehen haben. „Lola wird das schon hinkriegen, da bin ich mir sicher." Ich höre, wie er ein paar Dosen herausholt, ehe er mir ein Bier zuwirft. „Also, alles gut?"

Ich lächele ihn an, warte einige Sekunden und hake dann nach: „Finn, hast du mir etwa gerade eine persönliche Frage gestellt?"

„Vergiss es", meint er lachend und öffnet seine Bierdose.

„Ja, alles ist gut", erzähle ich ihm und mache das Bier auf. „Verdammt gut sogar."

„Das heißt, gestern Abend …?"

Die Frage bleibt zwischen uns in der Luft hängen. Weiter wagt Finn sich nicht vor.

„Ja." Die Erkenntnis, dass Lola jetzt offiziell zu mir gehört, weckt in mir jede Menge Energie. Am liebsten würde ich aus dem Laden sprinten und einen Marathon laufen.

„Verdammt, das wurde ja auch mal Zeit", stellt Finn fest und zieht leicht die Brauen in die Höhe.

Ich lache und trinke einen Schluck. „Hast du jemals darüber nachgedacht, wie verrückt das alles ist?“

„Du meinst, das mit unseren Frauen?“

„Ja, angefangen in Las Vegas bis jetzt.“

„Insgeheim bin ich davon überzeugt, dass Harlow das alles ausgeheckt hat“, antwortet er. „Es würde mich nicht überraschen, wenn sie diejenige gewesen wäre, die uns vor Jahren die Info über das Bike-and-Build-Programm zugesteckt hat.“

„Der große Coup.“ Ich proste ihm zu. „Und wie geht es der verehrten Mrs. Roberts?“

Er grinst. „Gut. Sie ist wie immer total durchgeknallt. Wahrscheinlich nimmt sie die arme Lola gerade ins Kreuzverhör.“

Damit liegt er wohl richtig, doch wenn Lola mit jemandem zurechtkommt, dann ist es Harlow.

„Es gibt Zeiten, da ist es definitiv von Vorteil, ein Mann zu sein“, bemerke ich. Das Klicken, als unsere Dosen aneinanderstoßen, hallt dumpf durch den Laden.

11. Kapitel

LOLA

Ich war darauf gefasst gewesen, von Harlow ausgefragt zu werden. Womit ich allerdings nicht gerechnet hatte, war, dass London und Mia schon in der Wohnung auf uns warten würden. Mir schwirrt noch immer der Kopf, zum einen natürlich vom Sex, aber auch wegen des bevorstehenden Trips nach L. A. sowie wegen des Abgabetermins, der immer näher rückt; irgendwie habe ich gar keinen Platz in meinen Gedanken für das, was jetzt gerade passiert.

Ich starre die drei Frauen in meiner Wohnung an und blinzele verwirrt.

„Ich hab ihnen eine Nachricht geschickt", erklärt Harlow beiläufig. „Während des Fickfests. Nachdem du gekommen bist – glaube ich –, aber bevor Oliver kam."

„Du hast ein Notfallmeeting einberufen, weil ich Sex mit Oliver hatte?" Die Hände vors Gesicht schlagend, murmele ich lachend: „Oh mein Gott!"

Harlow zieht meine Hände runter und schüttelt den Kopf. „Ich bin einfach nur froh, dass du flachgelegt wurdest."

„Harlow", mischt Mia sich ein und zerrt mich von Harlow weg. „Du bist lächerlich."

„Sagt die Frau, die heute kaum gehen kann."

Mia ignoriert sie und zieht mich weiter ins Zimmer. Es stimmt: Sie geht merkwürdig. Aber das liegt nicht an ihrem verletzten Bein. Darüber würde Harlow niemals Scherze machen. Mia geht wie eine alte Frau – oder wie eine sehr, sehr schwangere Frau. Ganz vorsichtig, so als könnte ihr Rücken jederzeit entzweibrechen.

„Was ist mit dir, Blanche?“, frage ich grinsend.

Mia macht bloß eine abwehrende Handbewegung.

Im Wohnzimmer umringen mich die Mädels. London und Mia setzen sich neben mir auf die Couch, während Harlow direkt vor mir auf dem Couchtisch Platz nimmt.

„Es gibt da etwas, was wir besprechen müssen“, sagt Mia in gespieltem Ernst. „Es ist die Frage, inwiefern wir dich im Stich gelassen haben.“

Harlow sieht sie amüsiert an.

Völlig verwirrt mustere ich die drei nacheinander. „*Was* habt ihr?“

„Die ganze Zeit“, fährt Mia fort und legt eine ihrer zarten Hände an den Hals, „als sich die Sache zwischen dir und Oliver angebahnt hat, waren wir für dich als Freundinnen anscheinend nicht erreichbar. Denn sonst … hättest du uns ja davon erzählt, oder?“

Ich werfe ihr einen genervten Blick zu. „Was soll das? Spielst du hier den passiv-aggressiven Troll?“

London und Harlow nicken.

Mia schüttelt den Kopf und bleibt betont ernst, als sie hinzufügt: „Wir waren so *beschäftigt*.“

„Ihr habt ja auch ein Haus gekauft, du Idiotin“, erinnere ich sie.

Lächelnd stimmt sie zu. „Ja, so viele Papiere, die unterzeichnet werden mussten … tagelang. Da konnte ich gar nicht ans Telefon gehen, *Idiotin*.“

Ich lehne mich auf der Couch zurück und lache. „Es ist einfach *passiert*.“

„Ohne nachzudenken“, schiebt Harlow hinterher.

Nickend sagt Mia: „Das klingt total nach Lola. So impulsiv.“

„Nein, ich meine, gestern Abend …“, beginne ich.

„Gestern Abend habt ihr zwei das erste Mal geflirtet und dann bum! Sex?“, fragt Harlow und nickt, als hätte sie gleich die richtige Antwort bekommen.

„Ihr drei seid echt total blöd“, stelle ich fest, muss jedoch grinsen. „Und ich muss jetzt packen.“ Ich hieve mich von der Couch hoch und gehe den Flur entlang zu meinem Zimmer.

„Aber wir wollen Details hören!“, ruft Mia und folgt mir.

Details.

Mein Kopf ertrinkt geradezu in ihnen. Ich kann Oliver noch immer fühlen. Am liebsten möchte ich mir jedes Detail auf meine Haut tätowieren. Der Schwung seiner Lippen, wenn er kommt. Das sanfte Streicheln seiner Finger auf meiner Schulter, wenn er mein Haar berühren will. Seine Schultern, die sich über mir bewegen, auf und ab, auf und ab.

„Es war nett“, erkläre ich knapp.

Harlow, die im Türrahmen steht, schnaubt, während London und Mia es sich auf meinem Bett gemütlich machen. „Der Kerl bringt also deine Vagina fast zum Bersten – und, so wie es klang, auch die Möbel – und du sagst, es war *nett*?“

Ich blicke von der Kommode auf. „Könntest du bitte auf das Wort Vagina verzichten.“

„Es ist doch ein tolles Wort“, widerspricht sie. „Du solltest stolz darauf …“

„Himmel, ich bin sicher, dass meine weiblichen Geschlechtsteile toll sind“, unterbreche ich sie, „doch es ist *kein* tolles Wort. Es ist was Tolles, aber ein schreckliches Wort.“

„Wir brauchen ein besseres“, pflichtet London mir bei. „Mir gefällt Pussy.“

„Aber wir würden nicht ganz beiläufig über unsere Pussys sprechen wie Männer über ihre Schwänze“, wirft Harlow ein.

„Ist das denn so schlimm?“, fragt Mia. „Müssen wir denn ganz beiläufig darüber reden?“

Harlow sieht beleidigt aus.

„Wie wäre es zum Beispiel mit … Kranz.“ London deutet mit beiden Händen zwischen ihre Beine und sieht uns um Zustimmung heischend an. „Das ist mein Kranz.“

„Vielleicht lieber etwas, was nicht schon eine *Sache* ist und sich auf *Schwanz* reimt?", schlage ich vor.

„Oh." London sackt in sich zusammen. „Wie bescheuert. Daran habe ich gar nicht gedacht. Offensichtlich habe ich viel zu lange nicht mehr an einen Schwanz gedacht."

„Was macht das neue Haus?", will ich von Mia wissen, um das Thema zu wechseln. Ich ziehe den Reißverschluss meines Seesacks zu und stelle ihn neben den Schreibtisch.

Sie zuckt mit den Schultern und grinst freudestrahlend. „Alles super. Wir haben gestern die Schlüssel bekommen."

„Habt ihr die Nacht schon dort verbracht?", erkundige ich mich.

Sie nickt. „Keine Möbel, kein Strom, es war arschkalt, aber Ansel ist nackt durchs ganze Haus gelaufen, ehe er mich auf dem Holzfußboden im Wohnzimmer vernascht hat." Sie fasst sich an den unteren Rücken und zuckt zusammen. „Ist man mit dreiundzwanzig schon zu alt, um auf dem Fußboden Sex zu haben, ohne hinterher leiden zu müssen? Ich hätte gedacht, wir wären härter im Nehmen."

„Na ja, das erklärt immerhin, warum du wie eine Oma durch die Gegend läufst", sage ich.

London seufzt. „Ich würde es jetzt sogar auf einem spitzen Stein treiben."

Daraufhin klatsche ich sie ab, doch sofort nimmt sie meine Hand, wischt energisch mit der Handfläche über meine und erklärt: „Halt. Stopp. Ich nehme das zurück. Du hattest letzte Nacht Supersex. Und heute auch."

„Es ist fast ein Jahr her, seit ich das letzte Mal flachgelegt worden bin!", protestiere ich. „Und ich bin auf dem Weg nach L. A., was drei lange Tage ohne Sex bedeutet. Gib mir den Highfive zurück."

Widerstrebend streicht London noch einmal über meine Hand, und Schweigen breitet sich nach der Erwähnung von L. A. zwischen uns allen aus. Die Stille verrät mir, dass sie mich jetzt lange genug getriezt haben. Allerdings werden sie wohl erst gehen, wenn ich mit ein paar weiteren Details rausgerückt bin.

Also gebe ich ihnen, was ich geben kann.

Ich erzähle ihnen davon, wie ich Oliver gezeichnet habe, von der Spannung, die sich danach zwischen uns auszubreiten schien, von meinen Gefühlen, die, kaum dass ich sie mir eingestanden hatte, auf einmal überproportional zu wachsen schienen. Ich erzähle ihnen von dem Abend in Olivers Haus, als wir gekuschelt haben, von der Party in L. A. und dem anschließenden Besuch in der Bar. Und ich verrate ihnen, dass Oliver gestanden hat, dass er mich liebt.

Mein Herz scheint sich wie ein Luftballon immer weiter auszudehnen, bis es mir schwerfällt, Luft zu holen.

Harlow presst die Hand auf ihre Brust. „Er hat es *gesagt*?"

Ich nicke und kaue auf einem Fingernagel herum, bevor ich wiederhole: „Ja, er hat es gesagt."

„Und du hast an dem Abend *nicht sofort* mit ihm geschlafen?", fragt Mia.

„In einem Hotelzimmer?", fügt Harlow hinzu und kann es offenbar nicht fassen, dass ich mir solch eine Gelegenheit habe entgehen lassen.

Es ist einfach zu viel. Zum einen das monatelange Verlangen, zum anderen alles andere, was zurzeit passiert. Es prasselt zu viel auf mich ein. „Das ist ein großes Ding für mich", erkläre ich und merke, dass mir merkwürdigerweise Tränen in die Augen schießen.

Ich dränge mich an einer überraschten Harlow vorbei und laufe ins Bad.

„Was ist denn nun los?", höre ich London sagen.

Harlows Stimme klingt wie ein beruhigendes Murmeln. „Ich kümmere mich darum."

Sekunden später klopft es an der Badezimmertür. Ich kühle mein Gesicht gerade mit kaltem Wasser, bevor ich es in ein weiches Handtuch drücke.

Atme.

Es ist bloß ein bisschen viel auf einmal, rede ich mir ein. *Atme.*

„Lola?“

„Sekunde noch.“

Ich weiß nicht, wieso, aber irgendwie habe ich so eine böse Vorahnung. Mir laufen vor Angst kalte Schauer über den Rücken, doch zugleich ist mir vor lauter Aufregung auch ganz heiß. Es ist alles gut. Sehr gut. Warum habe ich dann das Gefühl, als würde ich versuchen, einen Hurrikan in der Hand in Schach zu halten?

Ich nehme mir die Zeit, meine Haare zu bürsten und wieder zu einem ordentlichen Pferdeschwanz zu binden. Danach lege ich ein wenig Make-up auf und schaue noch einmal in den Spiegel. Ich kann wirklich nur hoffen, dass die Frau, die mir aus dem Spiegel entgegenblickt, all das hier nicht total in den Sand setzt.

„Lola“, flüstert Harlow durch die Tür. „Lola. Es ist völlig okay, dass das alles ein bisschen überwältigend ist. Oliver läuft dir nicht weg.“

Der Wagen hält vor dem Four Seasons Beverly Hills, und der Fahrer holt meinen mickrigen Seesack aus dem Kofferraum. Er lächelt ausdruckslos, als ich ihm ein jämmerliches Trinkgeld gebe, weil ich nur noch zehn Dollar Bargeld habe.

Erschrocken zucke ich zusammen, als der Page nach meinem Seesack greift, ehe ich ihn selbst hochheben kann. Wir entschuldigen uns beide. Er lächelt mich freundlich an und nickt in Richtung des luxuriösen Hoteleingangs. Wahrscheinlich sehe ich aus, als käme ich direkt aus einer Höhle: Nach einer Nacht mit wenig Schlaf habe ich wie ein sattes Neugeborenes auf dem gesamten Weg von San Diego hierher geschlummert. Aber obwohl es bereits dunkel wird und mich oben bestimmt ein komfortables Bett erwartet, weiß ich, dass es noch eine Weile dauern wird, ehe ich mich hineinfallen lassen kann.

Das Zimmer ist bereits bezahlt, sodass ich unverzüglich mit der Schlüsselkarte in der Hand nach oben gehen kann. Man hat mir eine großzügige Suite reserviert, dezent eingerichtet und mit einer Vase bunter Blumen auf dem Schreibtisch. Ein großes Doppelbett nimmt fast den gesamten Raum des Schlafzimmers ein, und direkt dahinter befindet sich eine große Glastür, die hinaus auf den Balkon führt – mit einem herrlichen Blick auf die Skyline von Los Angeles.

Es sieht toll aus, und diese Woche wird sicherlich aufregend; trotzdem ist mir ein wenig flau im Magen. Auch wenn es albern und verzweifelt klingen mag: Mir gefällt es nicht, dass ich die nächsten Tage von Oliver getrennt bin. Es ist alles noch so neu zwischen uns. Es ist nicht gut, das jetzt zu unterbrechen.

Ich hole mein Telefon aus der Tasche, um ihn anzurufen, und stelle fest, dass ich während der vergangenen drei Stunden zwei Anrufe von meinem Lektor, drei von Benny und einen von Oliver versäumt habe.

Als Erstes höre ich Olivers Nachricht ab, während ich ins Bad gehe und mich ausziehe, weil ich eine Dusche, den Zimmerservice und eine Mütze voll Schlaf brauche.

„Hallo, Kleines. Ich vermisse dich. Hoffe, du bist gut in L. A. angekommen. Ich treffe mich heute Abend mit den anderen zum Essen. Da werde ich dich auch vermissen, und später erst recht." Er senkt die Stimme. „Ich will heute Nacht nicht allein in meinem Bett schlafen. Ich möchte dich neben mir, auf mir haben, Lola, ich bin wie besessen. Ruf mich an, wenn du angekommen bist, damit ich deine Stimme hören kann. Ich liebe dich."

Ich höre mir die Nachricht wieder und wieder an, bis ich das Wasser andrehe, mich lächelnd an jede einzelne seiner Berührungen erinnere und völlig vergesse, dass da noch andere dringende Nachrichten auf meinem Telefon warten.

Ein Wagen holt mich am nächsten Morgen um neun Uhr am Hotel ab, und ich blicke durch die Seitenscheibe, während wir uns durch den Innenstadtverkehr von L. A. quälen. Ich habe Oliver gestern Abend angerufen, nachdem ich geduscht habe, und drei Stunden lang mit ihm geredet, bis wir beide vor Müdigkeit kaum noch den Mund aufbekommen haben. Plötzlich möchte ich ein Bild von ihm sehen, von uns – auf jeden Fall irgendetwas anderes als die endlosen Autoschlangen, die sich über die Straßen bewegen.

Doch als ich mein Telefon herausziehe, um durch die Bilder zu scrollen, die ich darauf gesammelt habe, leuchtet auf meinem Display ein weiterer verpasster Anruf von Benny auf.

„*Fuck*“, murmele ich, nachdem ich festgestellt habe, dass mein Telefon seit gestern auf stumm geschaltet ist. „*Fuck, fuck, fuck.*“ Ich hatte Bennys Anruf ganz vergessen. Seine Nachricht habe ich nicht mehr abgehört.

„Lola, hier ist Benny. Ruf mich mal an.“

„Lola, Liebes, ich habe gerade mit Erik gesprochen. Er muss wissen, wann du das Manuskript abliefern kannst.“

Mein Lektor? Was?

„Hallo Lola, hier ist Erik. Ruf mich bitte mal an. Ich wollte hören, wie du mit *Junebug* vorankommst und ob du noch mehr Zeit brauchst.“

„Mehr Zeit?“, sage ich laut. Der Fahrer wirft mir einen neugierigen Blick im Rückspiegel zu. Meine Finger zittern, als ich meine Kalender-App öffne.

Es kann nicht sein, dass ich mich da vertan habe.

Unmöglich.

Ich schaue aufs Display und blinzele. Ich weiß, dass mein Buch nächste Woche fertig sein soll – ich war schon die ganze Zeit gestresst, weil ich während meiner Lesereise in Verzug geraten bin –, aber es steht nichts im Kalender. Ich scrolle eine Woche vor, zwei Wochen, drei … nichts. Ich scrolle durch diese Woche zurück, durch die letzte Woche … auch dort steht nichts.

Der Fahrer hält nun vor dem Studio. Ich steige aus und bedanke mich geistesabwesend bei ihm. Meine Finger sind ganz feucht geworden. Zitternd und ängstlich öffne ich den Kalender von vor zwei Wochen. Für den Mittwoch leuchtet ein Eintrag auf:

Abgabetermin! Junebug *an Erik schicken*

Es ist seit zwei Wochen überfällig.

Ich habe gerade einmal siebzehn Panels für mein nächstes Heft gezeichnet, und der Abgabetermin war vor zwei Wochen. Jetzt begreife ich auch, warum Erik mir schon zweimal ganz beiläufig gemailt hat, um zu fragen, wie weit ich sei. Jetzt verstehe ich, warum Benny nervös wird, wann immer die Sprache auf *Junebug* kommt. Noch nie im Leben habe ich einen Abgabetermin versäumt – noch nicht einmal bei etwas so Unbedeutendem wie einer Mathe-Hausaufgabe.

Ich laufe vor dem Gebäude auf und ab, weiß, dass ich zu spät zu dem Treffen mit Austin und Langdon komme, aber dies hier kann ich nicht länger aufschieben. Benny antwortet nicht, als ich ihn anrufe, daher spreche ich ihm eine umständliche Nachricht aufs Band und versuche ihm, hysterisch, wie ich bin, zu erklären, was passiert ist. Dass ich den Termin im Kalender zwar notiert, mir jedoch idiotischerweise gemerkt habe, der Abgabetermin wäre im März und nicht im Februar. Ich flehe ihn an, dass er Erik anrufen und ihm das klarmachen und ihm bitte auch sagen soll, dass ich einen Aufschub brauche. Dass ich nie wieder darum bitten würde und dass all das mein Fehler sei.

Mein Handy leuchtet auf. Eine Nachricht von Oliver: *Viel Glück heute!* Meine Panik verstärkt sich noch. Ich habe keine Ahnung, wie ich mich heute auf irgendetwas konzentrieren soll, nachdem ich so einen Mist gebaut habe.

„Morgen, Loles!“, ruft Austin hinter mir, und als ich mich umdrehe, sehe ich ihn aus dem Parkhaus neben dem Studiogebäude kommen. Er lächelt breit, und ich lasse, noch immer total fertig, mein Telefon in die Handtasche gleiten.

„Guten Morgen.“

Als er näher kommt und mein Gesicht sieht – todsicher sehe ich blass und total panisch aus –, runzelt er die Stirn und schaut mich auf spielerische Weise grimmig an. „Du siehst nicht so aus wie eine knallharte Lady, die anderen heute in den Hintern treten will!“

„Ich habe gerade festgestellt, dass ich vergessen …“

Austin hört mir überhaupt nicht zu. Er geht schon an mir vorbei und bedeutet mir mit einer Kopfbewegung, ihm zu folgen.

Ich greife in den Wasserfallausschnitt meines Shirts und fächere mir Luft zu, als ich hinter Austin das Gebäude betrete. Verdammt: Auf dem Seidenshirt zeigen sich bereits große Schweißflecken unter den Armen.

Jetzt kann es eigentlich nur noch weiter bergab gehen. Instinktiv würde ich am liebsten Oliver anrufen, um ihm alles zu erzählen und mich von ihm beruhigen zu lassen. Bestimmt würde er mir ganz gelassen begreiflich machen, dass das alles völlig normal ist und dass ich es schon schaffen werde.

„Langdon ist auf Weg“, erzählt Austin mir. „Was wolltest du gerade sagen? Was hast du vergessen?“

„Oh“, antworte ich und haste hinter ihm her in den Fahrstuhl. „Ich musste was an meinen Lektor schicken.“ Mir schwirrt der Kopf, und ich ziehe mein Handy noch einmal heraus, um zu prüfen, ob Benny inzwischen geantwortet hat.

„Oh, oh, nix da!“, sagt Austin und klopft auf mein Handy. „Wir haben heute eine Menge zu tun.“ Er beugt sich vor und fährt fort: „Nichts ist wichtiger als dies hier, oder?“

Austin führt mich in ein Besprechungszimmer, reicht mir das Drehbuch – endlich! – und erklärt, dass ich eine halbe Stunde Zeit habe, es mir anzuschauen, während wir auf Langdon warten.

„Er steckt im Stau“, fügt Austin hinzu und starrt stirnrunzelnd auf sein Telefon.

„Ich habe noch nicht einmal …"

„Keine Sorge", unterbricht er mich. Er kommt um den Tisch herum, setzt sich neben mich, und seine mitleidige Miene verrät mir, dass ihm durchaus bewusst ist, wie überwältigend das alles für mich sein muss. Ich weiß bloß nie, ob er auf meiner Seite ist oder nicht. „Wir haben den ganzen Tag lang Zeit, um es durchzugehen. Ich schwöre, Lola, du wirst so viel Zeit mit diesem Drehbuch verbringen, dass du es schon bald verbrennen willst."

Als Langdon eintrifft und wir zu dritt beieinandersitzen, sind die Notizen, die ich mir zu den ersten Szenen gemacht habe, mit zittriger Hand und ziemlich wirr geschrieben.

Das Drehbuch ist das wohl Aufregendste, was mir je im Leben passiert ist, und trotzdem schaffe ich es nicht, mich richtig darauf zu konzentrieren. Meine Gedanken schwirren von *Junebug* zu Oliver – von Angst zu Erleichterung und zurück. Aber Langdon und Austin sind mit dem Drehbuch bereits vertraut, und selbst ohne die Panik wegen des verpassten Abgabetermins und der Oliver-Besessenheit, die den Großteil meiner Gedanken beanspruchen, habe ich das Gefühl, als würde ich auf der Straße einem fahrenden Auto hinterherrennen, um bei der Unterhaltung mithalten zu können. Ich muss mich konzentrieren. Ich darf nicht nachsehen, ob Benny oder Erik mich zurückgerufen haben. Ich muss diesen Tag irgendwie überstehen.

Ich muss den Tag überstehen.

Ich muss …

„Also, Lola", sagt Austin und reißt mich in die Gegenwart zurück. Er kratzt sich mit dem Stift am Kopf; das laute *Ritsch-ritsch-ritsch* scheint im Zimmer widerzuhallen. Fröstelnd reibe ich meine nackten Arme und frage mich, warum die Klimaanlage so hoch aufgedreht ist. „Für die Eröffnungsszene haben wir uns überlegt", fährt er fort, „dass Quinn lieber aus der Bücherei kommen sollte, als im Bett aufzuwachen."

Ich blättere zu der entsprechenden Szene und stelle fest, dass ich die nicht mit einem Kommentar versehen habe. „Na ja, es ist aber irgendwie weniger beängstigend, Razor zum ersten Mal vor der Bücherei zu begegnen, als aufzuwachen, und dann steht er in ihrem Schlafzimmer", argumentiere ich.

„Ich bin mir nur nicht sicher, ob das Publikum Razor freundlich gesinnt ist, wenn er im Schlafzimmer eines achtzehnjährigen Mädchens auftaucht", widerspricht Langdon.

Ich starre die beiden an. „Zumal Quinn erst fünfzehn ist."

Austin wirft Langdon einen flüchtigen Blick zu, und ich bemerke, wie er ganz leicht den Kopf schüttelt. „Konzentrieren wir uns zunächst einmal auf die Bücherei- oder Schlafzimmerfrage."

„Das Publikum soll Razor anfangs gar nicht freundlich gesinnt sein." Muss ich das wirklich erklären? Der Stress über die anderen Sachen weicht allmählich, während ich mich über dies hier aufzuregen beginne. „Er ist ein entstellter Mann mit Schuppen und messerscharfen Zähnen. Er sieht nicht wie ein Held aus, weil er zu Anfang kein Held *ist*."

Austin stürzt sich in eine Erklärung über das Vertrauen des Publikums, über erste Eindrücke und benutzt dabei so viel Fachausdrücke, dass mein Gehirn nach ein paar Minuten abschaltet und sich stattdessen lieber mit Oliver beschäftigt, mit dem, was in seinem Büro passiert ist.

Als er mir befohlen hat, ganz still zu sein.

Wie ich gespürt habe, dass er genau wusste, wie kurz davor ich war, in Panik zu geraten, nur weil ich ihn für gerade einmal drei Tage verlassen musste.

Wie sehr ich ihn hier jetzt brauchen könnte, den Blick fest auf mich gerichtet, um mir zu helfen, das Ganze zu überstehen.

„... Tatsache ist also, wir müssen die Zuschauer von Anfang an packen und ihnen sozusagen ins Gesicht schreien, dass sie Razor lieben", setzt Austin hinzu. „Unabhängig von dem, was er macht. Gleich von Beginn, von der ersten Szene an. Dadurch sorgen wir dafür, dass ihm vergeben wird, wenn er später Scheiße baut."

Ich nicke benommen. Was er sagt, ergibt durchaus Sinn.

Aber dann auch wieder nicht, oder?

Und verdammt, ich habe beim Großteil seiner kleinen Rede die Ohren zugeklappt – und dennoch will ich mich nicht kampflos geschlagen geben. „Ich finde nur …"

Langdon seufzt theatralisch und schaut genervt zu Austin. „Wir haben für so was keine Zeit."

„Nein, nein", erwidert Austin und macht eine abwehrende Handbewegung zu Langdon, bevor er mir ein gewinnendes Lächeln schenkt. „Lass sie ausreden."

Die Worte kreisen in meinem Kopf, und einige Sekunden lang habe ich doch tatsächlich vergessen, von welcher Szene wir reden. „Äh …"

„Die Anfangsszene …?", erinnert Austin mich geduldig.

Ich nicke schnell. „Ich hätte es lieber so, wie es im Buch ist."

„Ach, welche Überraschung", murmelt Langdon.

Ich fahre zu ihm herum. „Entschuldigung?", frage ich mit heftig klopfendem Herzen. „Ist das hier nicht die Adaption *meines* Buches? Ich habe wochenlang an der Szene geschrieben, um sie richtig hinzubekommen."

Ein sarkastisches Lächeln umspielt Langdons Lippen. „Wie alt bist du noch mal?", erkundigt er sich und beugt sich vor.

Ich richte mich auf.

Das Panel zeigt ein Mädchen mit einer Gasflasche, in der Hand ein Streichholz.

„Dreiundzwanzig."

„Dreiundzwanzig also. Du hast ein Comicheft geschrieben, das einigen Leuten gefallen hat, und jetzt glaubst du, dass du Hollywood verstehst?" Er winkt abfällig ab und lehnt sich auf seinem Stuhl zurück. „Ich weiß gar nicht, warum ich überhaupt hier bin."

Innerlich bin ich kurz vor dem Überkochen. *Was* hat er eben gesagt?

„Tja, ich eigentlich auch nicht", stoße ich schließlich mit zittriger Stimme hervor. „Du bist fünfundvierzig und hast gerade einmal ein Drehbuch für ein größeres Filmstudio geschrieben, das weniger als elf Millionen eingespielt hat. Unser Budget ist zehnmal so groß."

Langdon holt tief Luft und wirkt nun wie ein Drache, der gleich Feuer spuckt. „Mein Schwerpunkt lag auf unabhängigen Filmproduktionen, die mir erlaubt haben, Nischenthemen ..."

Austin versucht zu lachen, doch es klingt leicht hysterisch. „Langdon, hör schon auf und spiel nicht die Diva. Lola hat bloß ausgesprochen, was sie empfindet. Das ist alles neu für sie." Dann wendet er sich beschwichtigend an mich: „Zum Teil – und mir ist klar, dass es hart wird – kann das alles nur funktionieren, wenn du uns vertraust. Wenn du mir vertraust und Langdon ebenso. Meinst du, dass du das kannst?" Er nickt und lächelt, als hätte ich bereits zugestimmt.

Ich starre ihn fassungslos an.

„Wunderbar!", ruft er. „Wir optimieren diese Anfangsszene ein ganz, ganz klein wenig, und dann bäng! Deine Welt entfaltet sich auf der Leinwand!"

Der Rest der Besprechung verläuft ähnlich katastrophal. Langdon kriegt sich zwar wieder einigermaßen ein, aber meine Geschichte wird auseinandergepflückt und neu zusammengesetzt. Dialoge, die mir gefallen haben, werden gestrichen, Szenen, die ich niemals ins Buch genommen hätte, finden irgendwie ihren Weg ins Drehbuch. Es ist ja nicht so, dass ich besonders eigen wäre, was mein Werk angeht, doch so viele der von den beiden Männern vorgenommenen Änderungen ergeben einfach keinen Sinn. Und morgen geht das genauso weiter. Und übermorgen auch.

Am Abend lasse ich mir Essen aufs Zimmer bringen und schlüpfe bereits vor acht Uhr in meinen Pyjama. Erik hat während unserer kurzen Mittagspause angerufen und mit mir ein längeres Gespräch für Freitagnachmittag verabredet, wenn ich zurück nach San Diego fahre. Immerhin klang er nicht so, als wollte er mich ermorden. Ich weiß allerdings, wenn ich nach Hause komme, wird mir nichts anderes übrig bleiben, als mich ich meinem Zimmer zu verbarrikadieren, um zu arbeiten.

Mein Telefon liegt mitten auf dem flauschigen Bett, schwarz und leblos. Am liebsten würde ich Oliver anrufen, ihn bitten, mit mir zu reden und mich aus meiner Starre herauszuholen, aber ich bin völlig fertig mit den Nerven.

Ich hätte ihn so gern bei mir. Ich habe eine ellenlange To-do-Liste, doch ich fühle mich so rastlos hier allein im Hotelzimmer. Es kommt mir verrückt vor, ihn derart heftig zu brauchen – es ist zu viel, zu früh. Den Großteil des Tages habe ich damit verbracht, mir zu wünschen, in San Diego zu sein, statt in L. A. am Drehbuch zu werkeln.

Zugleich will ich jedoch nicht mit Oliver telefonieren, weil mich diese Besessenheit, was ihn angeht, fast sprachlos macht. Hinzu kommt noch das Buch, der Film … alles andere, und ich will ihm auch keine Nachricht schicken, denn es wäre so banal, diese enormen Gefühle einem kleinen digitalen Gerät anzuvertrauen. Ich vermisse ihn auf diese verdrehte, frenetische Art und Weise. Am liebsten würde ich schnurstracks nach Hause fahren, um bei ihm zu sein. Ich bräuchte ihn hier im Hotelzimmer, und ich weiß, dass er ohne Zögern herkommen würde, wenn ich ihn darum bitte. Er würde mich beruhigen, mich zum Lachen bringen, mich wegen meiner Verrücktheit aufziehen und damit den Druck rausnehmen.

Doch wenn er herkäme, wäre er mitten in der Nacht allein im Auto unterwegs. Menschen sind betrunken. Menschen sind rücksichtslos. Menschen spielen an ihrem Handy rum und fahren Auto, und San Diego ist über hundertdreißig Meilen weit weg.

Mein Handy vibriert, als eine Textnachricht eintrifft. Olivers Name leuchtet auf.

Wie ist es gelaufen?

Ich greife nach dem Apparat und tippe ungefähr zehn verschiedene Antworten ein, die ich alle nacheinander wieder lösche. Schließlich werfe ich das Smartphone aufs Bett zurück, stelle den Fernseher an und steige unter die Dusche. Anschließend hole ich meinen Notizblock heraus und verbringe die nächsten Stunden damit, die wohl schlechtesten Zeichnungen anzufertigen, die ich je gemacht habe. War *Razor Fish* bloß ein Zufallstreffer? Ich habe damit begonnen, als ich fünfzehn war, und ich habe drei Jahre gebraucht, um es fertigzustellen, zwei weitere Jahre, um es zu redigieren, und noch einmal zwei, um es veröffentlicht zu bekommen. Wie bin ich da auf die absurde Idee gekommen, ich könnte eine Fortsetzung innerhalb von ein paar Monaten schreiben, während ich gleichzeitig auf Lesereise gehe, an einem Film mitarbeite und mich obendrein noch verliebe?

Das Panel zeigt ein Monster, das die Möbel frisst.

Ich bin erschöpft, doch ich kann all die unangenehmen Gedanken einfach nicht verdrängen. Irgendwann weiß ich mir keinen anderen Rat mehr und wühle in meiner Tasche nach einer Schlaftablette. Sie starrt mich an, winzig, weiß und herausfordernd.

Ich spüre nicht einmal, wie sie meine Kehle hinuntergleitet.

Die Welt verengt sich von einem riesigen weißen Raum auf einen winzigen Punkt vor mir: auf meine Hand mit dem Stift. Aber nur für einen Moment, denn schon werden meine Augenlider schwer, und dann herrscht Stille.

Als ich am nächsten Morgen Austin vor dem Gebäude treffe, reicht er mir einen Becher mit Kaffee. „Dachte mir, dass du den vielleicht brauchen kannst“, meint er, während er an seinem Espresso nippt.

Lächelnd danke ich ihm. Will er mir damit etwa andeuten, dass es heute noch länger dauern und noch härter zugehen wird als gestern? Oder hat er mir einen Kaffee besorgt, um mir zu verstehen zu geben, dass ich mich gefälligst besser konzentrieren muss?

Ich folge ihm zu den Aufzügen und höre zu, wie er ein kurzes Telefongespräch führt. Er beendet es, als wir in den Lift treten und uns zwischen all die anderen Menschen quetschen.

„Ich möchte, dass du weißt, dass Langdon wirklich den Kern deiner Geschichte begriffen hat", sagt Austin – viel zu laut in solch einem engen, überfüllten Raum.

„Sicher." Natürlich will ich mit Austin darüber reden – genauso wie ich das alles so schnell wie möglich fertigbekommen will, damit ich wieder nach Hause fahren und arbeiten kann –, aber ich will es definitiv nicht in einem vollen Fahrstuhl tun.

„Und mir ist klar, dass die Sache mit dem Alter für dich schwierig ist ..."

„Das stimmt", erwidere ich leise.

„Aber Langdon besitzt die Erfahrung, was im Film läuft und was nicht. Mit einer fünfzehnjährigen Protagonistin werden wir nicht das männliche Publikum anziehen können, das wir aber dennoch brauchen."

Ich spüre, dass sämtliche Leute um uns herum lauschen und darauf warten, wie ich reagiere.

„Jammerschade", antworte ich, und jemand hinter mir schnaubt. Leider kann ich nicht sagen, ob es unterstützend oder abwertend gemeint ist. „Dabei war Natalie Portman in *Léon – Der Profi* auch erst zwölf, und ein Großteil von Razors und Quinns Beziehungsdynamik basiert darauf."

„Nun, dabei gab es damals sicherlich auch Diskussionen über die erotische Spannung", meint er.

Gerade als ich ihm meine Meinung sagen will – dass es nämlich darum geht, dass auch Menschen, die nicht vollkommen sind, Beziehungen knüpfen, und dass die Beziehung zwischen Mathilda und Léon aus dem Film niemals eine sexuelle Komponente beinhaltet hat –, öffnen sich die Türen, und Austin verlässt den Fahrstuhl.

„*Sex sells*“, sagt er über die Schulter hinweg zu mir. „Und das ist nicht umsonst zu einem feststehenden Begriff geworden.“

„Wolverine auch!“, rufe ich, während er vor mir davonstürmt und ich ihm folge. „Er kümmert sich um jüngere Mädchen, ohne dass es jemals anstößig wird.“

Austin ignoriert meine Bemerkung, und wir steuern auf dasselbe Besprechungszimmer zu wie gestern. Durch die Glastür sehe ich, dass Langdon bereits da ist. Zusammen mit einem anderen Mann sitzt er am Tisch und lacht. Der Mann ist etwas älter als Langdon, wirkt aber fit, hat graue Schläfen und trägt eine Brille mit klobigem Gestell.

„Oh, gut, dass ihr beide schon da seid“, sagt Austin und stößt die Tür auf. „Lola, das ist Gregory Saint Jude.“

Der Mann steht auf und dreht sich zu mir herum, um mich zu mustern.

„Unser Regisseur“, fügt Austin hinzu.

Ich schüttele dem Mann die Hand. Er ist kleiner als ich, doch sein Händedruck ist fest. Er nickt mir freundlich zu und setzt sich dann wieder.

„Mein Dad heißt auch Greg“, erkläre ich mit einem, wie ich hoffe, umgänglichen Lächeln.

Er kneift leicht die Augen zusammen. „Offen gestanden ziehe ich Gregory vor.“

„Sicher. Natürlich.“ *Mist.* Die fehlgeschlagene Diskussion mit Austin hat mich total verunsichert, und plötzlich fühle ich mich wie Razor: als würde ich aus einer völlig anderen Version unserer Welt entstammen. Anscheinend bin ich kurz davor, durchzudrehen, denn bei diesem Gedanken muss ich mir ein Lachen verkneifen.

Als ich mein Smartphone auf den Tisch lege, überkommt mich der dringende Wunsch, Oliver anzurufen und ihm das zu erzählen. Ich würde so gern seine Stimme hören, ein wenig Normalität verspüren.

Und auf einmal ist es so, als wäre der Damm gebrochen, denn eine Flut von Gedanken stürzt auf mich ein.

Gestern Abend habe ich ihm nicht mehr geschrieben, daher habe ich ihm heute Morgen eine Reihe von Herzchen und ein *S.O.S. L.A. IST DURCHGEKNALLT* geschickt. Seine Antwort – *Habe wie ein Stein geschlafen. Meinst du, ich habe in letzter Zeit zu wenig Schlaf bekommen? Ruf an, wenn du heute fertig bist* – war jedoch längst nicht genug. Kurz habe ich überlegt, ob ich ihn nicht doch bitten sollte, herzukommen, damit er die nächsten beiden Abende mit mir verbringt. Aber würde ich mich überhaupt noch konzentrieren können, wenn ich wüsste, dass er ganz in der Nähe ist? Und selbst wenn, wann sollte ich dann arbeiten?

„Lola?“, fragt Austin. Blinzelnd bemerke ich, dass ich auf mein Handy gestarrt habe, und vermutlich hat er nicht zum ersten Mal meinen Namen ausgesprochen.

„Entschuldige. Ich war nur …“ Ich schalte mein Handy aus und lächele Austin an. „So. Tut mir leid. Wo fangen wir an?“

Er lächelt matt. „Seite sechzig.“

12. Kapitel

LOLA

Oliver steht vor meinem Haus, als der schwarze Wagen mich am Freitagnachmittag dort absetzt. Der Fahrer öffnet mir die Tür und holt mein Gepäck aus dem Kofferraum. Ein Trinkgeld lehnt er ab.

„Das wurde bereits erledigt", versichert er mir lächelnd.

Dieses Mal war ich schon vorbereitet, also stecke ich den Zwanziger wieder ein und blicke auf.

Weil ich mich tagsüber so bemüht habe, bedeutungsvolle Kommentare zur Diskussion beizutragen, war ich abends immer völlig fertig und habe daher während der vergangenen beiden Tage bloß zweimal – und auch nur kurz – mit Oliver gesprochen. Meine Reaktion auf seinen Anblick war also vorhersehbar. Er trägt dunkle Jeans, ein dunkelrotes T-Shirt und seine marineblauen Chucks. Sein Haar ist gekämmt, fällt ihm jedoch in die Stirn. Das herrliche Blau seiner Augen leuchtet hinter den Kontaktlinsen auf. Als er mich anlächelt, ist es so, als würde ich endlich wieder frische Luft einatmen.

Er macht einen Schritt auf mich zu, und ich werfe mich ihm regelrecht in die Arme, schmiege mich an ihn, während er mich so fest drückt, dass mir fast die Luft wegbleibt. Mit dem Mund streift er meine Schläfe, meine Wange und verteilt kleine Küsse auf meinem Gesicht, ehe er meinen Mund mit seiner Zunge erobert. Mitten auf dem Bürgersteig lässt er seine Hände ungeduldig über meine Taille, meine Hüften, meinen Hintern wandern, während er mir wieder und wieder zuraunt, wie sehr er mich vermisst hat.

Am liebsten würde ich nach oben gehen, um mit ihm ins Bett zu fallen, ihn zu lieben, mich in ihm zu verlieren. Aber es ist schon fast sieben Uhr, und wir sind zum Essen bei meinem Dad eingeladen. Stöhnend löst Oliver sich von mir und deutet mit dem Kopf zu seinem Auto. Er verschränkt die Finger mit meinen und führt mich zur Beifahrerseite.

„Bereit?"

Ich nicke. „Nein."

Lachend öffnet er mir die Tür. „Rein mit dir."

So unwahrscheinlich es klingt: Zwischen mir und meinem Dad gab es nie irgendwelche peinlichen Momente. Selbst als er nach dem Krieg nach Hause kam, wir uns am Frühstückstisch gegenübersaßen und an nichts anderes als seine von quälenden Albträumen hervorgerufenen Schreie denken konnten. Selbst als Mom uns verlassen hat und er sich in Alkohol und Pillen flüchtete. Als ich ihn ins Bett schleppen, ihm Wasser geben und mir sein Schluchzen anhören musste. Selbst als er schließlich in mein Zimmer kam, während ich an den Hausaufgaben saß, und leise zugab, dass er Hilfe benötigte. Wir haben harte Zeiten durchgemacht – wirklich harte –, aber es war niemals *peinlich*.

Diese Gewissheit verflüchtigt sich in dem Moment, als Oliver vor dem Haus parkt und ich Dad mit einem breiten Lachen auf der Veranda stehen sehe.

Erst jetzt wird mir bewusst, dass ich dreiundzwanzig bin, aber noch nie einen festen Freund mit nach Hause gebracht habe.

Kaum sind wir im Haus, ahne ich, dass Dad nun wirklich eine peinliche Sache daraus machen wird: Er grinst bis über beide Ohren, und als er Oliver auf den Rücken klopft, hallt das Geräusch laut durch das Zimmer.

Oliver lächelt und wirkt amüsiert. „Hey, Greg."

„Sohn!"

Mir dreht sich fast der Magen um. „Dad, hör auf damit!", warne ich ihn.

Er lacht. „Womit, Lorelei?“

„Das ist echt so was von peinlich.“

Er schüttelt den Kopf. „Peinlich? Wieso? Ich sag bloß Hallo zu dir und deinem neuen *Typen*. Deinem Freund. Deinem …“

Ich knurre ihn böse an.

Statt fortzufahren, greift er also hinter die Couch und zieht eine Barry-White-CD und einen Sektkübel hervor. „Auf das glückliche neue Paar!“

Oliver lacht belustigt und glücklich auf – er ist immer so locker, lässt erst gar keine Peinlichkeit aufkommen – und nimmt Greg die Flasche ab. „Gönn mir das Vergnügen.“

„Ich glaube, ich hatte bei der Sache nichts zu sagen“, scherzt Dad.

Ich kneife die Augen zu. Es ist sowohl toll als auch grässlich, dass die beiden so gute Freunde sind.

Das Panel zeigt das Mädchen, das eine Bratpfanne in die Luft wirft und still stehen bleibt, als sie wieder runterfällt.

Ich tätschele den beiden Männern die Schultern und gehe an ihnen vorbei. „Falls jemand mich für dieses selbstbeweihräuchernde Wichserfest braucht, findet ihr mich im Garten.“

Dad ruft mir hinterher – „Willst du kein Glas Sekt zur Feier dieser neuen Beziehung, Lola?“ –, doch ich habe bereits die Küche durchquert und trete nach draußen an die frische Luft.

Es ist herrlich hier. Die Ranken der Passionsfrucht klettern so üppig am Zaun empor, der unser Grundstück von dem der Blunts trennt, dass sich das uralte Holz gen Rasen neigt. Während der Sommermonate tummeln sich derart viele Bienen zwischen den Blättern, dass ich mir früher immer vorgestellt habe, dass sie es gemeinsam schaffen könnten, die Blätter in die Luft zu heben, den Zaun, den Garten, unser Haus, um uns irgendwo anders hinzubringen, so wie man einen Sticker von einem Stück Papier abzieht. Wenn die Früchte reif sind, fallen sie mit einem leisen Plopp auf die harte Erde. Ich schließe die Augen und erinnere mich an das Summen und Vibrieren der Bienen über mir, wenn ich zwischen die Ranken gegriffen und nach reifen Früchten gesucht habe.

Es kommt mir vor, als hätte ich tagelang keine Luft mehr bekommen. Erst jetzt, seit ich aus L.A. zurück bin, wird es wieder besser. Ich spüre regelrecht, wie sich die zugeschnürte Kehle weitet, aber die Anspannung in meinem Magen bleibt. Ich habe noch so unendlich viel zu erledigen.

Das Drehbuch ist nicht einmal annähernd fertig; Austin und Langdon konnten sich auf einen Kompromiss einigen und lassen mich die Version, die wir erarbeitet haben, ein weiteres Mal durchsehen – allerdings unter der Bedingung, dass ich keine der vorgenommenen Änderungen rückgängig mache. Erik hat mir noch zwei Wochen Zeit eingeräumt, um *Junebug* fertigzustellen. Das passt ganz gut, denn kurz darauf muss ich zu meiner nächsten Lesereise aufbrechen, nur um eine Woche später zurückzukommen, weil dann die Dreharbeiten beginnen sollen. Nie zuvor musste ich so viele Sachen zugleich jonglieren, und wann immer ich von *Razor Fish*, dem Film, zu *Razor Fish*, dem Buch, und dann zu *Junebug* wechseln muss, habe ich den Eindruck, das Schreiben neu lernen zu müssen. Ich komme mir vor wie ein Wassertank, in dem ein Leck ist.

Aus dem Haus höre ich Olivers gedämpfte Stimme und gleich darauf Dad, der laut lacht, ehe ein Korken knallt. Trotz all der Sorgen muss ich mir ein Lächeln verkneifen, als ich die beiden so glücklich und locker miteinander reden höre. Dabei ist es völlig unerheblich, dass ich nicht verstehen kann, was sie sagen. Sie übertreiben es gern einmal, wenn sie zusammen sind, aber das wusste ich vorher, und trotzdem habe ich Oliver mit hergenommen. Sie mögen sich wirklich, was mich einerseits erleichtert, andererseits auch ängstigt.

Die Stimmen verstummen, dann quietscht die Terrassentür hinter mir. Ich höre Schritte, und kurz darauf spüre ich, wie sich ein großer, warmer Körper neben mir auf dem Rasen niederlässt.

Ich schmiege mich an Oliver, schließe die Augen und würde mich am liebsten auf ihn legen, um seine Nähe in vollen Zügen auszukosten.

„Wo ist Dad?“, frage ich.

Oliver schlingt einen Arm um meinen Rücken, lässt seine Hand auf meiner Taille ruhen. Er presst den Mund an meinen Hals und murmelt: „Trifft die letzten Vorbereitungen für unser Coming-out-Abendessen.“

Lachend schließe ich die Augen und atme tief durch.

„Dir gefällt es nicht, wie er mit der ganzen Sache umgeht, oder?“

„Na ja“, gebe ich ausweichend zurück. „Es ist ein bisschen so wie ein neuer Haarschnitt. Du willst, dass alle ihn mögen, aber du willst auch nicht, dass alle ihn derart ausgiebig kommentieren.“

Er beugt sich vor und küsst meinen Mundwinkel. „Du hasst diese Art von Aufmerksamkeit, oder? Du willst, dass dies hier, dieses Wir – *Loliver*“, meint er grinsend, „eine Tatsache ist. Geklärt. Nichts Neues.“

Ich lächele ihn an und spüre, wie die Schmetterlinge in meinem Bauch aufgeregt umherflattern. „Vielleicht will ich auch, dass er es zufrieden und stillschweigend zur Kenntnis nimmt, während ich diejenige bin, die vor Freude über *Loliver* ausrastet.“

„Das ist ziemlich egoistisch“, antwortet er locker. „Und, um das mal festzuhalten, dein Dad ist nicht gerade bekannt dafür, etwas stillschweigend zur Kenntnis zu nehmen – egal, was es ist.“

Ich beiße mir auf die Lippe und schaue ihn an. Um seinen Mund spielt ein kleines Lächeln, und mir ist klar, dass er mich nur aufziehen will, es aber zugleich auch ernst meint. „Ich weiß.“

Sanft streicht er mit dem Finger über meine Unterlippe. „Greg freut sich für dich.“ Er hält inne und mustert mich, während sich meine Atmung beschleunigt. Leise fährt er fort: „Ich habe das Gefühl, dass du nicht viele Freunde mit nach Hause gebracht hast."

„Keinen einzigen", erwidere ich, und sein Blick verschleiert sich, als er auf meinen Mund starrt. „Du bist der erste."

„Du hattest doch schon andere längere Beziehungen, oder?"

Nun streiche ich mit der Fingerspitze über sein Kinn. „Ich würde das, was uns verbindet, noch nicht als *längere* Beziehung bezeichnen."

Er lacht. „Das hängt von der Definition ab; auf jeden Fall haben wir lange darauf hingearbeitet. Ich meinte jemanden, mit dem du lange genug zusammen warst, um ihn mit nach Hause bringen zu wollen."

„Fragst du gerade danach, mit wie vielen Männern ich zusammen gewesen bin?"

„Nicht direkt", entgegnet er grinsend.

„Du bist der fünfte", antworte ich lachend. Er verzieht grimmig das Gesicht, ein Ausdruck, wie ich ihn noch nie bei ihm gesehen habe. „Erwartest du, dass ich jetzt *dich* frage?"

„Kannst du ruhig", meint er herausfordernd und sieht mir in die Augen. Vermutlich ist ihm klar, dass ich *nicht* danach fragen werde. Ich schweige, und schließlich lacht er gequält. „Genau weiß ich es nicht. Es gab da ziemlich viele One-Night-Stands an der Uni. Aber ich schätze mal, so um die dreißig."

Ich nicke, blicke über den Zaun und halte die Luft an, während ich darauf warte, dass der Stich, den ich verspürt habe, nicht mehr schmerzt.

„Die Antwort gefällt dir nicht."

„Hat dir meine denn gefallen?", kontere ich.

„Nicht wirklich", räumt er lachend ein. „In meiner idealen Welt habe ich dir neulich die Unschuld geraubt."

Ich verdrehe die Augen. „Was das angeht, seid ihr Kerle echt albern."

„Na ja, anscheinend nicht bloß wir Kerle", widerspricht er.

„Dir gefällt es ja auch nicht, dass ich mit anderen Frauen zusammen gewesen bin."

„Mir gefällt es nicht, dass du andere Frauen *geliebt* hast."

Offenbar kann er nicht anders: Sein Mund verzieht sich zu einem kleinen selbstgefälligen Lächeln. Oliver beugt sich weiter vor und lässt seine Lippen von meinem Hals bis hinauf zu meinem Ohr wandern. „Also, ich glaube nicht, dass ich jemals zuvor jemanden auf diese Weise geliebt habe. Auf diese aufregende, alles andere vergessende, diese alles verändernde Art, bei der ich mir durchaus vorstellen kann, den Rest meines Lebens mit der Frau zu verbringen."

Das fühlt sich alles so neu an, so geradeheraus, so exponiert. Ich überlege, ob Oliver bewusst ist, wie beängstigend es für mich ist, ihn hierher mitzunehmen und zuzugeben – selbst wenn ich die Worte noch nicht über die Lippen bringe –, wie viel es mir bedeutet, dass er mich liebt. Sobald wir unsere Herzen der Liebe öffnen, zeigen wir dem Universum den einfachsten Weg, sie zu zerbrechen.

Dreißig Frauen. Es ist gar nicht mal so, dass es mich überrascht oder besonders ärgert, abgesehen von dem anfänglichen Stich, den mir sein Geständnis versetzt hat. Das Ganze ist bloß so ungewohnt, nachdem wir monatelang nicht über diese Dinge geredet haben. Ich kann mich nicht entscheiden, ob es gut oder schlecht ist, dass mir alles, was ich jetzt über Oliver erfahre, den Eindruck vermittelt, ihn gar nicht zu kennen. Ich weiß, welche Art von Kunst seine Augen zum Leuchten bringt, welche Filme er hasst und welche er mag. Ich weiß, was ich für ihn bestellen muss, wenn er zu spät zu einer Verabredung im Regal Beagle kommt; ich weiß, dass er Einzelkind ist und Ketchup nicht ausstehen kann. Doch über seine Gefühlswelt weiß ich so gut wie nichts: was er sich vorgestellt hat, wen er vielleicht mal lieben könnte, ob er schon öfter verletzt wurde und welche Art von Freund er für einige dieser Frauen gewesen ist. Was ihn womöglich vertreiben könnte.

Seine Hand gleitet über meinen Rücken, streichelnd, in kleinen, langsamen Kreisen.

„Ich habe dich vermisst", flüstert er.

Oh Gott, mein Herz. „Ich dich auch."

„Warum hast du nicht öfter angerufen?"

Ich zucke mit den Schultern und schmiege mich enger an ihn. „Ich wusste nicht, was ich sagen sollte. Die Besprechungen waren echt hart. Ich habe einen wirklich wichtigen Abgabetermin versäumt. Ich war an einem seltsamen Ort."

„Was für einen Abgabetermin?", hakt er nach und lehnt sich zurück, um mich anschauen zu können.

„Für *Junebug*", antworte ich und spüre, wie mich erneut Panik überkommt. „Es hätte schon vor zwei Wochen fertig sein müssen."

„Echt?" Er reißt die Augen auf. „Ich hatte keine Ahnung …"

Ich nicke. „Ich weiß. Den Termin hatte ich zwar fein säuberlich in meinen Kalender eingetragen, aber im Kopf hatte ich die Abgabe für nächste Woche abgespeichert. Selbst wenn ich erst dann hätte abgeben müssen, wäre ich zu spät dran."

„Wie kann ich dir helfen?"

Es ist seltsam – und zugleich wunderbar, diese Worte von ihm zu hören. Seltsam, weil die Frage so spontan, so bereitwillig kam, und jetzt erst begreife ich, was Harlow meinte, als sie sagte, ich sei so schrecklich ahnungslos: Diese Art von Frage ist absolut typisch für Oliver, seit ich ihn kenne.

„Ich weiß nicht. Ich muss mich gleich morgen früh in die Arbeit stürzen." Ich schließe die Augen und will nicht daran denken, jedenfalls nicht während der nächsten Stunden. „Wie auch immer, es tut mir leid, dass ich nicht öfter angerufen habe. Es hat mir nicht gefallen, weg zu sein. Aber die Tatsache, dass mir das nicht gefallen hat, hat mir erst recht nicht gefallen."

Er lacht leise. „Ah! Ich verstehe."

„An einigen Abenden habe ich sogar Schlaftabletten genommen."

Ich spüre, dass er mich eingehend mustert. „Ehrlich? Brauchst du die sonst auch?"

„Nein. Die Arbeit am Drehbuch war allerdings echt stressig, und irgendwie habe ich mich dabei in die stumme Lola verwandelt."

„Auch eine Version der Lola, die ich liebe", versichert er mir und küsst mein Haar. „Ich kenne sie gut."

Als ich von ihm getrennt war, habe ich mich für verrückt gehalten. Jetzt, neben ihm, ist es so einfach, das alles auszusprechen, und es kommt mir gar nicht mehr verrückt vor. Wie habe ich es nur geschafft, drei Tage lang ohne ihn auszukommen?

Er vergräbt seine Hand in meinem Haar. „Du bleibst doch heute Nacht bei mir, oder?"

Eigentlich müsste ich Nein sagen, aber heute Abend werde ich sowieso nichts mehr schaffen. Heute brauche ich dies hier. Ich brauche einen Oliver-Neustart. Morgen ist dann wirklich Schluss mit lustig.

Ich nicke und wende mich ihm zu, während er sich im selben Moment vorbeugt und seine Lippen auf meine presst. Sie sind bereits leicht geöffnet, ein klein wenig feucht. In dem Augenblick, als seine Zungenspitze meine berührt, kommt es mir vor, als hätte jemand ein Streichholz angezündet.

Ich rolle mich auf ihn, dränge mich an ihn, um von dieser schmerzhaften Sehnsucht erlöst zu werden. Von dem pulsierenden Verlangen zwischen meinen Schenkeln. Ich würde gern glauben, dass ich auch ohne Oliver existieren kann, doch ich bin mir nicht sicher, und ich weiß nicht, was beängstigender ist: zu glauben, dass ich niemals wieder allein sein kann, oder genau das zu versuchen.

Mir entschlüpft ein gequälter Seufzer. „Ich habe dich vermisst."

Oliver küsst mich erneut und flüstert: „Ich dich auch. Komm her, Lola Love."

Mit der Zunge zeichnet er die Konturen meiner Lippen nach und bringt mich auf diese Weise dazu, mich ihm zu öffnen. Ich spüre sein stummes Stöhnen, die Dringlichkeit, die hinter seinen Zärtlichkeiten steckt, als er mein Gesicht umfasst und es leicht dreht, um mich ausgiebig küssen zu können. Das Blut rauscht heiß durch meine Adern, während meine Hüften instinktiv in den uralten Rhythmus verfallen. Die Lust lässt meine Haut glühen, als die Erinnerung an den Sex mit Oliver jede Faser meines Körper durchdringt. Ich wünsche mir, dass jede Berührung noch intensiver, noch wilder wird. Oliver keucht und beißt mir in die Lippe, als ich meine Hüften auf seinem Schoß kreisen lasse. Ich will fühlen, ob er schon hart ist, ob er genauso verzweifelt auf diese Nähe reagiert.

Doch plötzlich schiebt er mich ein wenig von sich. Aus gutem Grund: Selbst mir wird in diesem Moment bewusst, dass der Garten meines Vaters nicht unbedingt der beste Ort für das hier ist. Anscheinend kann ich Oliver nicht in kleinen Dosen genießen. Ich bin noch nicht daran gewöhnt, ihn zu küssen, und daher fällt es mir schwer, mich mit wenig zu begnügen.

Ich lehne meine Stirn an seine und versuche, wieder zu Atem zu kommen. Habe ich wirklich nur fünf Sinne? Es fühlt sich an, als wären es mindestens zwanzig; alles, aber auch wirklich alles in meinem Inneren kribbelt vor Aufregung.

„Entschuldige“, flüstere ich.

„Es ist für mich immer noch unfassbar, dass du so auf meinem Schoß liegst.“ Er lässt die Hände über meine Seiten gleiten. „Weißt du, wie oft ich mich selbst befriedigt und mir dabei ausgemalt habe, dass du auf mir sitzt, mich reitest, während ich an deinen perfekten Nippeln sauge?“

Ich lache laut auf, schlage jedoch sofort die Hand vor den Mund und schaue voller Sorge zur Terrassentür.

Lächelnd gibt Oliver mir einen Kuss aufs Kinn. Er ist die Ruhe selbst. Auf einmal wirkt er dreißig Jahre älter als ich. Er geht mit dieser Vernarrtheit so locker um. „Wir bringen das nachher zu Ende."

Als ich wieder nicke, rollt er mich von sich herunter, und wir legen uns Schulter an Schulter ins Gras und starren in den Himmel. Der kommt mir vor wie ein riesiger Ozean, in dem Sterne schwimmen. Oliver greift nach meiner Hand und verschränkt die langen Finger mit meinen.

„Erzähl mir mehr von L. A.", fordert er mich auf.

Seufzend atme ich ein paarmal durch, um meine Gedanken zu ordnen. „Ich habe vor so langer Zeit mit *Razor* begonnen, dass ich mich gar nicht mehr so recht an den holprigen Anfang erinnern kann. Doch da in L. A. war es so, als würde man mir einen Eimer mit eiskaltem Wasser über den Kopf schütten. Während der Besprechungen kam ich mir total naiv, dilettantisch und nutzlos vor – obwohl es ja meine Geschichte ist. Und wenn ich abends ins Hotel gefahren bin, um an *Junebug* zu arbeiten, hatte ich das Gefühl, überhaupt nicht richtig reinzukommen ins Schreiben und Zeichnen."

Er murmelt verständnisvoll und hebt meine Hand an dem Mund, um sie zu küssen.

„Ich habe dich vermisst und musste wie eine Besessene immerzu an unsere Beziehung denken. Gleichzeitig habe ich mir ständig Gedanken darüber gemacht, wie ich in diesen Besprechungen rüberkomme." Ich schaue ihn an. „Sie waren zu dritt: Gregory – den du auf gar keinen Fall Greg nennen solltest –, Austin und Langdon."

„Gregory Saint Jude?", hakt er nach. „Der hat doch im letzten Jahr *Metadata* gemacht, oder?" Offenbar sind Oliver diese Namen vertrauter als mir. Neulich musste ich erst einmal heimlich auf dem Handy nachschauen, und das ist mir selbst jetzt noch peinlich.

„Ja, genau. Und er ist okay. Er hat mich mehr oder weniger in Ruhe gelassen, aber Langdon ist ein richtiges Arschloch. Anfangs meinte Austin, Langdon hätte den Kern der Geschichte begriffen. Um das jedoch mal klipp und klar zu sagen: Das hat er nicht. Oder vielleicht doch, aber als ein gut vierzigjähriger Kerl, der Quinn vögeln will."

Oliver stöhnt. „Und? Seid ihr fertig geworden?", fragt er.

„Nein, wir sind im Groben durch, doch sie geben mir noch zwei Wochen Zeit, damit ich, wie sie es nennen, dem Ganzen den letzten Schliff verleihen kann. Was immer das bedeutet", erwidere ich. „Es gibt so viele Dinge, die ich nicht mehr ändern darf, und das, was ich ändern dürfte, ist mir eigentlich egal. Die Klamotten von Quinn zum Beispiel interessieren mich nicht sonderlich."

Er seufzt. „Tut mir leid, dass es so frustrierend war, Kleines. Das klingt ja echt beschissen."

Ich nicke. „Ist schon okay. Wir werden eine Lösung finden. Ich bin nur froh, dass ich wieder bei dir bin."

„Gleichfalls." Er küsst noch einmal meine Hand, und nachdem wir einige Minuten lang schweigend die Sterne betrachtet haben, wird die Terrassentür geöffnet, und ich spüre, dass Dad dort steht und zu uns hinüberschaut. Ich weiß, was er sieht: seine Tochter, die im Gras liegt und zum ersten Mal vor seinen Augen mit einem Mann Händchen hält. Was ich nicht weiß, ist, was er empfindet. Ist es ein bittersüßes Gefühl oder schlicht und einfach Freude? Oder ist es für ihn genauso beängstigend wie für mich?

„Essen ist fertig!", ruft er.

Dad hat den Tisch richtig festlich gedeckt: mit Untersetzern und Servietten in silbernen Serviettenringen. Sogar eine Kerze steht in der Mitte. Als ich Dad einen finsteren Blick zuwerfen will, bemerke ich, dass er geradezu ängstlich wirkt und nicht so wie sonst, als wollte er mich wieder einmal aufziehen. Ihm ist offensichtlich klar, dass er es leicht übertrieben hat, also lächele ich stattdessen ein wenig widerstrebend.

Oliver setzt sich neben mich, Dad nimmt uns gegenüber Platz, und wir füllen wortlos die Teller. Wäre ich nicht da, würden die beiden lachen und unbefangen essen. Wäre Oliver nicht da, würden Dad und ich lachen und unbefangen essen. Nicht immer sind zwei besser als einer.

Nach einer Weile räuspert Dad sich nervös und sieht uns an. „Ich freue mich wirklich für euch beide", erklärt er.

Ich öffne den Mund und will ihm schon mitteilen, dass er bitte schön endlich das Thema wechseln soll, doch Oliver scheint etwas zu spüren, was mir entgangen ist, denn unter dem Tisch legt er eine Hand auf mein Knie und drückt es.

„Danke. Bisher ist es toll." Er lächelt Dad an und beginnt, seinen Salat zu essen.

„Und zuerst wart ihr Freunde", sagt Dad nickend.

„Genau, Freunde", wiederholt Oliver.

Dad nippt an seinem Wasser und schaut zu mir, und da wird mir klar, was Oliver gesehen hat: Normalerweise verbirgt Dad seine Gefühle hinter mehr oder weniger bissigem Humor, aber jetzt zeigt er uns, was er empfindet. „Lolas Mom und ich haben uns in einer Bar kennengelernt." Lächelnd neigt er den Kopf. „Es ging gleich zur Sache. Wie sich herausstellte, waren wir zwar letztlich besser darin, Feinde zu sein, aber als wir noch Freunde gewesen sind, war das großartig. Lola, ich möchte, dass du jemanden hast, der dir ein guter Freund ist."

Ich ziehe die Brauen hoch, setze meine *Wollen wir ernsthaft jetzt und hier darüber reden?*-Miene auf, und er lacht leise. Wir sprechen nicht über Mom, wenn wir zwei allein sind, und schon gar nicht, wenn jemand anderes dabei ist – es gibt einfach nicht mehr viel dazu zu sagen. In diesem Sommer ist sie schon ein Jahr länger weg, als sie mit Dad verheiratet war. Ich kenne die grundlegenden Fakten, die jedes Kind kennt: Sie haben eine normale Ehe geführt – keine großartige –, waren aber eher selten gemeinsam an einem Ort, weil Dad ja in der Army war. Nachdem man ihn ausgemustert hatte und er nach Hause zurückgekehrt war, wurde es zu hart für Mom. Jetzt, als Erwachsene, vermute ich, dass Dad ihr schon vor Langem verziehen hat. Wahrscheinlich glaubt er, dass sie sich zu sehr selbst dafür hasst, uns verlassen zu haben, als dass sie sich traut, jemals wieder mit mir zu reden.

Ich dagegen denke, sie ist ein Feigling, und es ist ihr egal.

Tom Petty singt im Zimmer nebenan über den freien Fall, und die Melodie vermittelt mir das Gefühl von Zeitschleifen in einem sich langsam ausdehnenden Bogen. Wir drehen und drehen uns, und ein Teil von mir wird immer zwölf bleiben, während der Rest von mir altert und das Leben mit einem Vater meistert, der die Rolle von beiden Elternteilen übernommen und sich liebevoll um alles gekümmert hat.

Dankbarkeit gegenüber meinem Dad erfüllt mich und raubt mir kurz den Atem.

Ich lege meine Hand auf Olivers, dankbar für das kurze Innehalten, zu dem er mich gezwungen hat, zu diesem kleinen Schritt zurück, der einen Perspektivwechsel ermöglicht hat. „Wo ist Ellen heute Abend?“, frage ich Dad.

Es macht ihn glücklich, dass ich mich nach ihr erkundige. Er beginnt zu strahlen und erklärt sehr detailliert, dass sie arbeiten muss und später noch zum Essen mit Freunden verabredet ist. Olivers warme Hand jedoch lenkt mich immer wieder ab: Sehnen und Knochen, glatte Haut, wenig Haare. Am liebsten würde ich sie hochheben und an meine Wange pressen.

Oliver zeichnet kleine Kreise auf meinen Oberschenkel, während er uns nach Hause fährt. Wenn ich es nicht besser wüsste, würde ich denken, er tut es geistesabwesend, doch inzwischen weiß ich, dass das bei ihm selten der Fall ist. Er ist ruhig, aber entschlossen, entspannt, aber immer aufmerksam.

„Wo möchtest du gern Sex haben?“, will er wissen, ohne den Blick von der Straße zu nehmen.

Grinsend drehe ich mich zu ihm herum. „Jetzt?“

„Nein, ich meine, irgendeinen verrückten Ort, wo du es *irgendwann* mal treiben möchtest. Jetzt fahre ich zu mir nach

Hause, damit wir uns dort miteinander vergnügen können", antwortet er lachend.

„Hm", überlege ich. „Geisterbahn im Disneyland."

Er wirft mir einen kurzen Seitenblick zu. „Ist das nicht ein bisschen klischeehaft? Und bestimmt auch illegal, vermute ich."

„Wahrscheinlich. Aber jedes Mal, wenn ich da bin, muss ich daran denken, wie es wohl wäre, dort hineinzuschlüpfen und eine dunkle Ecke zu finden."

„Abends vielleicht", stimmt er zu. „Ganz allein. Wir würden uns gerade so weit ausziehen, dass ich in dich eindringen kann."

Ich muss schlucken und schiebe seine Hand an meinem Schenkel hinauf, während ich mir vorstelle, wie seine Hose tief über die Hüften hinuntergerutscht ist, wie die Muskeln seines Sixpacks hervortreten, während er schnell und kräftig in mich hineinstößt.

„Würdest du wollen, dass die Geisterbahn in Betrieb ist, während ich dich da drinnen ficke?", fragt er beiläufig und betätigt den Blinker.

Eine Gänsehaut überzieht meine Arme bei seinen krassen Worten. „Nur wenn ich wüsste, dass wir es irgendwo treiben, wo uns keiner sieht, also, wenn es bloß darum ginge, still zu sein."

„Da wird doch ohnehin ständig irgendeine verdammt laute Musik gespielt." Er schaut nicht zu mir, lächelt jedoch. „Ich würde nur so laut stöhnen, dass *du* mich gerade noch hören kannst", fügt er hinzu und biegt in seine Straße. Kaum hat er das ausgesprochen, erinnere ich mich an sein rhythmisches Keuchen, die heiseren, kehligen Laute, die er ausstößt, wenn er mich hart nimmt.

Er parkt den Wagen vor dem Haus und dreht sich zu mir. Mein Herz klopft wie verrückt, als Oliver sich vorbeugt und sich einzig und allein auf meine Lippen konzentriert.

Das Haus steht direkt neben uns, es sind kaum mehr als

zwanzig Schritte bis ins Innere, und trotzdem bleiben wir hier und küssen uns, als wären wir seit einem Jahr nicht mehr allein gewesen. Es kommt mir vor, als würde Oliver mich minutenlang, nein, tagelang küssen, bis mein Mund ganz wund ist von seinem Bart, von dem ich nicht will, dass er ihn sich abrasiert; seine Zunge, seine Lippen und Zähne sowie das lustvolle Grollen sind das Einzige, was ich wahrnehme, während er mich gegen die Tür presst. Ich spüre sein Verlangen an der Art, wie er sich über die Mittelkonsole lehnt und mein Gesicht umfasst. Ich spüre es an den Tönen, die ihm entschlüpfen, wann immer er leicht die Position verändert, wann immer ich ihn näher an mich ziehe, ihn beiße, an seinen Lippen sauge.

„Nimm mich mit nach drinnen."

„Ich werde dich nehmen. Drinnen", erwidert er lachend und öffnet die Tür hinter mir, sodass wir mehr oder weniger herauspurzeln. Käme jetzt jemand zufällig vorbei, würde derjenige uns vermutlich für betrunken halten.

Vielleicht sind wir ja tatsächlich berauscht?

Es ist Chemie, das weiß ich sicher, etwas, das gleichzeitig benommen macht und für Aufregung sorgt, etwas, das mir zum ersten Mal im Leben das Gefühl gibt, wirklich lebendig zu sein, während anderes erloschen ist – so sind zum Beispiel die Erinnerungen an andere Männer gänzlich aus meinem Gedächtnis verschwunden. Und auch die Erinnerungen daran, wie es sich anfühlte, über hundert Meilen weit weg zu sein.

Ich kenne inzwischen das Gewicht seiner Hände, seines Körpers, weiß, dass er nach nur zwei innigen Küssen nach mir schmeckt, weiß, wie aus seinem Lachen ein Stöhnen wird und wie er meine Hände beobachtet, wenn ich ihn berühre.

Oliver zieht mich hoch und wirft mich lachend über seine Schulter, ehe er ins Haus stürmt. Langsam lässt er mich drinnen wieder hinunter, sodass ich seine Brust, seinen Bauch und schließlich seinen harten Schwanz spüren kann. Seine Finger kitzeln meine Taille, er schenkt mir ein kleines Lächeln, und ehe ich mich versehe, hat er mir das Shirt über den Kopf gezogen und mich auch von meinem BH befreit.

Der Wind frischt auf, und die offene Tür quietscht in den Angeln, während Olivers R2-D2-Türklopfer gegen das Holz klappert. Die kühle Luft streicht über meine Haut, und ich bekomme eine leichte Gänsehaut. Schnell versetze ich der Tür einen Tritt, und im nächsten Moment herrscht Stille. Nur das leise Geräusch von Olivers Küssen ist noch zu hören.

Mit den Händen gleitet er über meine Brüste, die Taille, die Hüften. Schon ist meine Hose aufgeknöpft, und er schiebt sie mir über die Beine nach unten.

Am liebsten wäre es mir, wenn mir die Kleidungsstücke nie ausgehen würden, denn jedes Mal, wenn Oliver mir etwas auszieht, küsst er mich noch intensiver, summt direkt auf meiner Haut und beißt zärtlich zu. Es ist so, als würde man die Lust entkorken, die sich jetzt sprudelnd über meine Haut ergießt.

„Du bist an all den richtigen Stellen so herrlich weich." Seine Stimme klingt rauchig, als er vor mir kniet und meinen Slip Zentimeter für Zentimeter nach unten zieht. „Und so herrlich süß."

Sein Mund findet meine Brust; er beginnt, daran zu knabbern, und pustet über meine Spitzen, während er mir zugleich dabei hilft, meinen Slip abzulegen. Das Licht im Flur brennt, und Oliver schaut zu mir auf, ehe er flüstert: „Gefällt es dir, wenn ich an deinen Brüsten sauge?"

Ich nicke und umfasse seine Schultern, dränge mich seinem Mund entgegen und frage mich, wie es angehen kann, dass ich hier, nur wenige Schritte von seiner Haustür entfernt, völlig nackt bin, während er noch alles anhat. Aber ich kann mich nicht bewegen, denn ich will, dass er niemals mit dem aufhört, was er gerade tut … Gleichzeitig will ich *mehr*. Die Lust lässt mich ganz schwer werden, das Verlangen geht mir unter die Haut, bis ich gar nicht anders kann, als Oliver laut anzuflehen. Er lächelt, während er mich küsst und sich der anderen, bisher vernachlässigten Brust zuwendet. Mit langen Zungenschlägen umkreist er die Spitze, ehe er mir endlich das gibt, was ich mehr als alles andere will: Seine Lippen schließen sich um meinen Nippel, und ich spüre erleichtert das köstliche Saugen.

Ich starre auf ihn hinab, auf das zerzauste braune Haar, das mich kitzelt, und auf die vom Küssen geschwollenen Lippen, die meine Brüste liebkosen.

„Passiert das hier jetzt wirklich?"

Oliver nickt und lässt noch einmal seine Zunge über meinen Nippel gleiten – so als würde er ein Eis lecken –, und dann zieht er ihn erneut so tief in den Mund, dass ich mich frage, ob er mich gleich mit Haut und Haaren verschlingen will. Meine Brüste quellen in seinen Händen über, und er leckt und beißt all die Stellen, die er nicht halten kann. Es ist der reinste Wahnsinn; mein Körper hat seit Tagen auf das hier gewartet und reagiert voller Ungeduld.

„*Fuck.*" Ich kralle mich in Olivers Haar fest, und er legt den Kopf nach hinten, um mir ins Gesicht sehen zu können, während er die Innenseite meines Schenkels streichelt. Ich packe sein Shirt, reiße es ihm über den Kopf und genieße es, als meine Handflächen seine breiten Schultern berühren, während Oliver meinen Nabel und meine Hüften küsst.

Doch ich will es nicht hier tun.

Also weiche ich einen Schritt zurück, dann noch einen. Schon erhebt Oliver sich und folgt mir durch den Flur, ohne meine Seiten loszulassen, ohne den Kuss zu unterbrechen. Immer wieder hält er kurz inne, um mir zu sagen, wie verdammt süß ich bin, wie sehr er mich begehrt.

Die Welt gerät aus den Fugen, als ich aufs Bett falle und die weiche Decke unter mir fühle.

Das Panel zeigt ihn, wie er auf sie hinunterblickt. Sie hat sich ihm geöffnet: der erste Tag mit diesen neuen Augen. Er würde sie am liebsten anknabbern, wenn er könnte.

Oliver nimmt seine Brille ab und legt sie auf den Nachttisch. Anschließend streichelt er mich und lässt seinen Blick dabei über jeden Zentimeter von mir schweifen. Vage nehme ich wahr, wie sich mein Oberkörper hebt und senkt, doch meine Aufmerksamkeit ist einzig und allein auf Olivers Gesicht gerichtet.

Ich erinnere mich an das eine Mal, als er mich so zum Lachen gebracht hat, dass ich ihm Cola über sein Hellraiser-T-Shirt gespuckt habe.

Ich erinnere mich an das Mal, als er in mein Loft gelaufen kam, um mir die *Detective-Comics*-Ausgabe 31 zu zeigen, die ihm jemand verkauft hatte.

Ich erinnere mich daran, wie er „Ja, ich will" gesagt hat, obwohl er nicht wollte.

Ich erinnere mich daran, wie ich in der Küche gestanden, Kaffee getrunken und ihn beobachtet habe, während er auf der Couch geschlafen hat.

„Woran denkst du?"

Ich versuche, nicht in Panik zu geraten, mich nicht zu schnell, zu heftig zu verlieben.

„An all die Gefühle, die in mir toben", flüstere ich.

Er beugt sich vor, und sein heißer Atem streift über meinen Bauch, als er fragt: „Was für Gefühle?"

„Panik."

Er lächelt. „Schieb sie beiseite."

Ich schließe die Augen und fahre mit den Fingern durch sein Haar. Wie kann es sein, dass sich solch ein Glücksgefühl trotzdem wie ein Stich ins Herz anfühlen kann?

„Alles wird gut", verspricht er mir und verteilt Küsse bis hinunter auf meine Hüften. „Ich sehne mich seit Monaten danach. Und ich weiß, dass es dir genauso geht. Ich liebe dich. Ich spüre, dass du es jedes Mal denkst, wenn *ich* es sage. Dann finden deine Hände nämlich immer einen Teil von mir, an dem sie sich festhalten können."

Er lässt seine Finger zwischen meine Beine gleiten, berührt sanft meine Klit, ehe er ein klein wenig in mich eintaucht. Es ist ein wahrer Luxus, das hier tun zu können, das hier fühlen zu können, überhaupt hier zu sein. Es ist ein wahrer Luxus, die ganze Nacht lang Zeit zu haben, sich um nichts weiter kümmern zu müssen, als um das, was zwischen uns geschieht. Oliver streichelt mich, anfangs ganz sacht, ganz langsam, bevor seine Bewegungen schneller werden, genau wie mein Atem. Ich spreize die Beine noch weiter, als er meinen Mund küsst und leise fragt, ob es mir gefällt, ob seine Finger sich gut anfühlen. Ich nicke, drücke den Rücken durch, dränge mich ihm entgegen und wünschte, er hätte seine Hose schon ausgezogen, sodass ich sein schweres Glied in den Händen halten und dafür sorgen könnte, dass er endlich in mich eindringt.

Ich weiß nicht, was er da mit seinen Händen macht, doch es ist herrlich, glitschig, und ich bin schon so kurz davor … Gleich … Alles um mich herum verschwimmt und …

Für den Bruchteil einer Sekunde zieht er sich zurück, aber bereits im nächsten Moment spüre ich, wie er mir einen leichten Schlag versetzt.

Das Panel zeigt die Erde, zerbrochen in zwei Teile.

Er verschluckt mein erschrockenes Aufkeuchen mit einem tiefen Kuss, verschließt meine Lippen und stöhnt, als sich die Hitze zu einem glühenden Verlangen nach mehr entwickelt und ich mich zitternd unter ihm aufbäume.

„Oh Gott.“

Er stößt einen Laut aus, eine Mischung aus einem Seufzer und einem „Ja?“ Dann fährt er mit seinen Zärtlichkeiten fort, küsst mich, bevor er mir noch einmal drei schnelle, peitschende Schläge versetzt.

Als er dann mit den Fingern sanft meine Klit umkreist, schreie ich laut auf. Heiße Glut durchströmt mich, füllt mein gesamtes Inneres aus und bricht schließlich aus mir wie Lava aus einem Vulkan hervor. Oliver streicht weiterhin über meinen Körper, nicht zu zaghaft, sondern genau richtig. Mit weit aufgerissenen Augen beobachtet er mich, als ich komme. Als ich die Augen schließe und in die Matratze sinke, beugt er sich vor, küsst meinen Hals und umfasst meinen Schenkel, um mich noch weiter zu spreizen.

„Das hat dir gefallen", stellt er zufrieden fest. „Ich habe dich versohlt, und es hat dir gefallen."

Ich stöhne und will seinen Mund auf meinem spüren.

„Du bist verdorben", lobt er mich und leckt meine Unterlippe. „Du bist *fantastisch*."

Ich setze mich auf, ziehe ihn näher und mache mich daran, seinen Gürtel und seine Jeans zu öffnen, bevor ich sie ihm ungeduldig über die Hüften schiebe. Mir wird der Mund wässrig, als er die Hände auf meine Schultern stützt und ich entdecke, wie bereit er ist. Sein Schwanz ragt vor mir auf, unglaublich prall, und gebannt sehe ich, wie sich sein Oberkörper anspannt, als ich die Vorhaut zurückschiebe und die Zunge um die Eichel gleiten lasse, ehe ich zu saugen beginne.

Bisher haben nur wenige Männer das Vergnügen genossen, von mir mit einem Blowjob verwöhnt zu werden, und jedes Mal musste ich mich dazu überwinden und konnte die Bedenken nicht ausschalten ...

Ist es gut so,
oh Gott, mein Kiefer schmerzt,
muss ich auch schlucken?

Diesmal ist es anders: Ich denke bloß daran, dass ich noch viel mehr tun möchte, dass seine Haut sich so eng über ihm spannt, dass ich praktisch fühlen kann, wie es für ihn ist, wenn ich ihn lecke und sauge, seinen Schwanz in den Mund nehme, so weit es nur geht. Mit den Händen greife ich zu seinen Eiern, spüre es, weiß es. Ich bin diejenige, die diesen Körper kennt, ich darf ihn berühren, und Oliver hilft mir, den richtigen Rhythmus zu finden; seine Hüften bewegen sich im Einklang mit mir, seine abgehackten Laute und sein leises Stöhnen ermutigen mich. Ich liebe es, wie hart er wird, härter und härter, während ich sauge. Er ist kurz davor, zu kommen, so kurz davor, und nach nichts sehne ich mich mehr. Ich möchte, dass er in mir kommt, auf mir, über mich, und er ist fast am Ziel, stößt immer heftiger zu und krallt die Finger in mein Haar. Seine Stimme wird lauter, warnend, der Akzent immer ausgeprägter, aber ich will nicht aufhören, ich will ihn genauso: Jeder Muskel ist angespannt, als er in meinem Mund kommt und keucht, während ich schlucke. Er presst die Lippen auf meinen Kopf und stöhnt noch einmal auf, als die letzten Zuckungen seines Orgasmus durch ihn hindurchfahren. Es ist ein unglaubliches Gefühl, fast so, als würden Millionen winzige Blitze über meine Kopfhaut schießen.

Oliver starrt auf mich hinab, versucht zu Atem zu kommen, während ich kleine Küsse auf seinem Schwanz verteile.

Ich mochte das hier bisher nicht sonderlich gern, aber verdammt, jetzt bin ich besessen davon. Ich lasse mich zurück auf die Matratze falle und muss mir auf die Lippen beißen, um nicht breit zu grinsen.

Oliver beugt sich vor. „Du hast mir gerade die Seele aus dem Leib gesogen."

Kichernd rolle ich mich auf die Seite und fühle mich so verdammt stolz, denn allein sein Anblick verrät mir, dass es für ihn großartig war. Er zieht seine Hose aus, dreht mich wieder herum, sodass er über mir ist, und küsst meine Brüste, meinen Bauch … und plötzlich wird mir klar, wohin sein Weg ihn führen wird, was er vorhat.

„Nein", flüstere ich. Hastig füge ich hinzu: „Ist schon okay." Ich lege meine Finger unter sein Kinn und hebe sein Gesicht.

Er wird still, küsst mich einmal, doch dann starrt er mich einfach an und mustert intensiv mein Gesicht.

Etwas umschließt mein Herz und wird immer enger, je länger ich ihn ansehe – das zerzauste braune Haar, die blauen Augen, die befriedigte Miene. Doch nun nimmt sein funkelnder Blick einen anderen Ausdruck an, wirkt entschlossen. Ich muss die Augen schließen, um den Schmerz in Schach zu halten, denn es war alles so perfekt, bis ich ihn aufgehalten habe.

„Schau mich an." Er wartet und drängt mich dann: „Lola."

Ich öffne die Augen und konzentriere mich auf seinen Mund. Die weiche Unterlippe, die dunklen Bartstoppeln.

„Du willst nicht, dass ich dich dort küsse." Er lässt die Finger zwischen meine Beine gleiten.

„Will ich schon ..."

„Warum hast du mich dann aufgehalten?"

„Es ist ..."

„Was?"

„Es ist so eine Sache."

„Eine *Sache*?" Er lehnt sich ein Stück zurück, eine ruckartige Bewegung, die mir verrät, dass ihm nicht gefällt, was ich gerade gesagt habe. „Ich verstehe nicht, was du meinst."

Oh Gott, es fällt mir so schwer, die richtigen Worte zu finden. „Na ja, diese ganze Vorgeschichte."

„Die was?"

Seufzend lege ich einen Arm über mein Gesicht und bin dankbar, dass Oliver ihn nicht gleich wegzieht. „Du weißt doch, die Sache mit deinen Mitbewohnerinnen. Dass du von ihnen und ihren Freundinnen gelernt hast. Wie du zur Oralsex-Legende wurdest. Es bedeutet ja, dass du es bereits mit ganz vielen anderen Frauen getan hast."

Als ich langsam den Arm von den Augen nehme, bemerke ich, dass er leicht amüsiert wirkt. „Du hast mir eben den besten Blowjob meines Lebens verpasst", sagt er.

„Das überrascht mich genauso sehr wie dich", gestehe ich. „Du hast mich inspiriert. Ich wurde nicht darin *unterrichtet*."

Jetzt seufzt er. „Ich habe mich gefragt, ob es dich wirklich stört oder ob du mich bloß ein bisschen ärgern wolltest."

Ich strecke die Hand aus und zeichne seinen Mund mit der Fingerspitze nach. „Es stört mich nicht und macht mich nicht eifersüchtig. Es vermittelt mir nur das Gefühl, dass ich auch drauf stehen muss, wenn du verstehst, was ich meine. Ich mag Oralsex nicht. Aber bei dir ... Wenn ich da nicht komme, liegt es an mir." Er will etwas erwidern, doch ich verschließe seine

Lippen mit meinem Finger. „Ich bin nicht so gut darin, mich zu entspannen, wenn ein Mann mich auf diese Art lieben will. War ich noch nie. Meine Gedanken schweifen dann ab, ich denke an andere Dinge, und … Ich weiß, dass ich merkwürdig bin, aber so ist es nun mal."

Er schließt die Augen. „Empfindest du dasselbe mit mir wie mit den anderen Männern?"

Als ob! „Nein. Natürlich nicht."

„Ist dir dann eventuell mal in den Sinn gekommen, dass du es bisher nicht genießen konntest, weil sie ihren Job nicht sonderlich gut gemacht haben?"

„Ja. Doch ich habe mir außerdem überlegt, dass ich es möglicherweise nicht genießen konnte, weil sie es auch nicht getan haben."

Er sieht mich an, den Kopf zur Seite geneigt, die Miene undurchdringlich, bis er flüstert: „Oder vielleicht musst du dich einfach bei dem Menschen wohlfühlen, um es genießen zu können?"

„Nein … Ich meine", murmele ich und komme mir zum ersten Mal heute Abend wirklich nackt vor, „was ist, wenn es dir mit mir nicht gefällt?"

Sein Blick wird ganz weich. „Wie soll das denn jemals passieren?"

Als ich nicht antworte, raunt er: „Lola, ich habe dich bereits gespürt. Dich geschmeckt."

„Ich weiß."

„An meinen Fingern. An deinen. Weißt du, wie ich darauf reagiert habe?"

Ich schließe die Augen und nicke. Ich erinnere mich an die Töne, die er von sich gegeben hat, daran, dass er nicht genug bekommen konnte. „Ich glaube …"

„Ich fange ganz langsam an", unterbricht er mich und küsst mich erneut. „Nur mit Küssen."

Mein kleines Lächeln bei diesen Worten schwindet, als er

seine Zunge über meine Handfläche gleiten lässt und weiche, große Kreise zieht. Im nächsten Moment schließt er die Lippen und saugt an meinen Fingern.

„Ich werde nicht zu heftig saugen“, sagt er. „Nicht zu schnell lecken.“

Erneut wirbelt seine Zunge über meine Handfläche, zieht immer kleinere Kreise, bis meine Hand ganz feucht und warm ist und ich solch eine schmerzhafte Sehnsucht nach ihm verspüre, dass es mir den Atem raubt.

„Außerdem bin ich es doch. Ich, Oliver“, fügt er hinzu. „Nicht irgendein anderer Kerl.“

Ich lächele und entziehe ihm meine Finger, um sein stoppeliges Kinn zu streicheln.

„Kreise, denke ich“, überlegt er. „Kleine, stete, ganz zarte Kreise, bis du unglaublich feucht bist, die Beine bis zum Anschlag spreizt, die Finger ins Laken krallst und mich anflehst, an meinen Lippen kommen zu dürfen. Ich möchte, dass du anschließend jedes Mal, wenn wir allein sind, nach meinem Mund verlangst.“

Er schaut mich an.

„Und du würdest ihn bekommen, Lola“, sagt er leise und ernst. „Ich würde die Lust geradewegs aus dir heraussaugen; ich würde nicht mit dir spielen. Wenn es dir gefällt, würde ich es tun, wann immer du willst.“ Er leckt an meinem Zeigefinger entlang bis zur Fingerkuppe. „Ich möchte so gut sein, dass du mich niemals mehr gehen lassen willst.“

Zittrig atme ich aus. Ich kann mir ein Leben ohne ihn gar nicht mehr vorstellen.

„Aber nachdem ich es getan habe, muss ich dich spüren.“

„Ja?“, frage ich flehentlich.

Er nimmt meine Hand und legt sie auf seinen Schwanz. „Guck es dir an: Allein der Gedanke daran lässt mich hart werden, und dabei bin ich gerade gekommen. Ich bin schon wieder tierisch scharf auf dich.“

Nachdem ich seine Miene eingehend gemustert habe, nicke ich, und er rutscht nach hinten, um sich zwischen meine Beine zu knien.

Sein Blick wandert dorthin, wo er mich berührt, und ich muss gegen das Bedürfnis ankämpfen, mich zu bedecken. Stattdessen schließe ich die Augen. Ich spüre, wie sein Haar meine Schenkel streift, als er sich vorbeugt; ich spüre seinen Atem, als er ausatmet; ich spüre den ersten zärtlichen Kuss, dann noch einen, und schließlich öffnet er die Lippen und presst sie auf mich. Jetzt ist seine Zunge da, reizt mich und gleitet vorsichtig über mich.

„Oh, *fuck*", stöhnt er, und seine Hände zittern, als er meine Beine noch weiter auseinanderdrückt und mich drängt, die Füße auf die Matratze zu legen. „Oh, *fuck*, Lola."

Ich will nicht länger, dass er rücksichtsvoll ist.

Ich will nicht länger, dass er sanft ist.

Ich will, dass er verdammt noch mal jeden Trick anwendet, den er je gelernt hat. Wenn er mich bereits mit einem Kuss derart in Erregung versetzt, kann ich es beim besten Willen nicht erwarten, was passiert, wenn er erst alle Register zieht.

Nachdem ich mich ausgestreckt habe, kehrt Oliver zu meinem Schoß zurück und versucht, es langsam angehen zu lassen. Er beobachtet mich, hat den Blick fest auf mein Gesicht gerichtet. Mir wird warm ums Herz, als ich bemerke, wie sehr er sich bemüht, es mir recht zu machen. Den Kopf in die Matratze gepresst, biege ich den Rücken durch und flüstere: „Es ist gut, es ist gut, es ist sooo gut." Damit scheine ich etwas in ihm zu entfesseln. Ich weiß nicht, was er da tut; ich weiß nicht, ob ich die Muskeln, die er zum Vibrieren bringt, überhaupt besitze, aber es ist schnell und perfekt und besser als jedes Sexspielzeug, das ich je besessen habe.

Heilige Scheiße …

Ich möchte zuschauen, aber es gibt einfach zu viel zu fühlen. Die feuchte Zunge, die über mich hinwegschnellt, sein Stöhnen, das in mir widerhallt, das Beben meiner Schenkel. Mein Bauch spannt sich an, und unbändige Lust breitet sich in mir aus.

Und dann ... dieser Anblick! Sein Kopf zwischen meinen Beinen. Die Arme, die fest um meine Beine geschlungen sind, ausgeprägte Muskeln, die dafür sorgen, dass ich mich weiter und weiter für ihn öffne. Der lange, gerade Rücken, sein Hintern, den ich im Spiegel gegenüber sehen kann, die kräftigen Oberschenkel, als er sich selbstvergessen bewegt und mich mit seinem gesamten Körper zu lieben scheint, während er mich bloß mit der Zunge ...

All die Empfindungen lassen mich den Gedanken nicht einmal zu Ende führen: Es fühlt sich an, als würde ich verschlungen, ein fast surrealer Moment, aber es ist mehr als nur gut, es ist *alles*. Es sind die leisen Geräusche, die er von sich gibt, und sein Atem, der mich streift. Die Lust lässt mich alles andere vergessen, verzehrt mich geradezu, bis ich nichts anderes mehr wahrnehme als das Verlangen, das mich heiß durchströmt.

Ich verstehe es.

Jetzt verstehe ich es.

„Ich komme!“, schreie ich keuchend.

Und – du meine Güte! – ich komme so gewaltig.

Stöhnend spornt Oliver mich an, schaut zu mir hoch, als ich es wieder und wieder herausschreie, ungläubig und doch voller Dankbarkeit. Der Höhepunkt scheint sich endlos lange anzubahnen, steigt stetig an, ohne je den endgültigen Gipfel zu erreichen, und ich rufe es so oft, dass ich Oliver stolz lachen höre. Trotzdem unterbricht er seinen Rhythmus nicht, sondern verwöhnt mich weiter, auf immer köstlichere Weise, und ich frage mich allen Ernstes, ob es etwas völlig Neues ist, was mein Körper hier treibt, ob all die anderen Orgasmen bloß ein billiger Abklatsch dieses megascharfen Höhepunktes waren. Ein Höhepunkt, der nie zu enden scheint.

„Okay“, stoße ich schließlich hervor, als das Zittern nachlässt und Oliver langsam hochkommt, um viele weitere Küsse auf meinem Körper zu verteilen. Er ist außer Atem und sehr erregt. „Ich gebe zu, diese Runde hast du gewonnen."

Lachend presst er einen Kuss auf meine Lippen. „Ich würde sagen, in dieser Runde sind wir beide Gewinner."

Wir sind noch immer wach, als die Sonne aufgeht und Olivers Zimmer allmählich in helles Licht taucht. Der Großteil der Decken und Laken liegt auf dem Boden, Kissen stecken zwischen den Matratzen und dem Kopfteil, aber ich liege total entspannt mitten auf dem großen Bett, sorgfältig zugedeckt von Olivers glattem nackten Körper.

„Meinst du, du kannst zur Arbeit gehen?", frage ich und versuche, einen Blick auf den Wecker zu erhaschen.

Er murmelt seine Antwort an meine Schulter. „Viel wichtiger ist doch die Frage, ob du *gehen* kannst?"

Eine gute Frage.

Lachend krabbele ich unter ihm hervor, klettere aus dem Bett und gehe auf unsicheren Beinen zum Bad. Ich fühle mich überall wund; am liebsten würde ich den ganzen Tag lang im Bett bleiben und an Oliver geschmiegt schlafen. Ich will an nichts anderes denken müssen. An gar nichts. Ich will, dass alles andere verschwindet.

Zum ersten Mal im Leben habe ich etwas gegen meine Arbeit.

Oliver leistet mir unter der Dusche Gesellschaft. Nachdem wir überhaupt keinen Schlaf bekommen haben, sondern uns stundenlang wildem Sex hingegeben haben, hätte ich gedacht, dass wir beide zu müde wären, um mehr zu treiben, als uns zu küssen. Aber es macht mich tierisch an, als wir da unter dem prasselnden Wasserstrahl stehen, als unsere glitschigen Körper sich aneinanderreiben und Oliver die Finger über meinen Hintern wandern lässt, zwischen die Pobacken gleitet und mich zu streicheln beginnt. Es weckt in mir einen Wunsch, von dem ich nie gedacht hätte, dass ich ihn einmal äußern würde.

Ich schaue Oliver an. „Ich möchte dich da spüren."

Wasser tropft ihm von der Stirn. Dichte, feuchte Wimpern umrahmen seine strahlend blauen Augen, mit denen er mich eingehend mustert. „Bist du sicher?“

„Ja“, flüstere ich. Ich stelle mich auf die Zehenspitzen und kratze mit den Zähnen über seinen Kiefer.

Oliver dreht mich zur Wand, küsst meinen Nacken, lässt seine Hand über meinen Rücken, meinen Hintern wandern, ehe er behutsam erst mit einem feuchten Finger rein- und rausgleitet, dann mit zwei, um mich langsam zu dehnen. Während er stöhnt und mir zuraunt, dass er vorsichtig sein wird und dass er mich liebt, dringt er Zentimeter für Zentimeter in mich ein.

„Alles okay?“

Ich nicke. Ja, es ist okay, aber auch wieder nicht. Ich bin überwältigt, habe das Gefühl, entzweigerissen zu werden, und zugleich wünsche ich mir, mehr von ihm zu spüren. Ich will ihn überall spüren.

Als könnte er meine Gedanken lesen, greift er um mich herum und berührt das Dreieck zwischen meinen Schenkeln. Ich bemerke, wie fasziniert er von diesem Erlebnis ist, und nachdem er seinen Rhythmus gefunden hat, hält er nicht lange durch. Die Befriedigung, die ich in seinem Stöhnen wahrnehme, die Art, wie er zittert und keuchend zustößt, das Echo seines überraschten Ausrufs, als er kommt, lässt mich all meine Ängste vergessen, dass ich ihn verlieren könnte.

Dass all das Gute in meinem Leben auf einmal verschwinden und er mich verlassen könnte.

Dass wir uns gemeinsam ein Leben aufbauen und es uns zunichtegemacht wird.

Dass ich mich auflösen könnte, dass nichts weiter von Bedeutung sein könnte als das hier.

In diesem Moment bedeutet mir Oliver wirklich alles.

Anschließend seift Oliver mich ein, die Lider schwer vor Müdigkeit, jeder Kuss ein kleines Dankeschön. „Wie geht es meiner Liebsten?“

Ich beantworte die oberflächliche Frage, die er mir gestellt hat, und nicht die weit wichtigere – die alles entscheidende Frage –, denn ganz existentiell gesehen bin ich im Augenblick nicht okay. Ich ertrinke nämlich förmlich in meinen Gefühlen für ihn.

Körperlich hingegen geht es mir gut. „Alles super."

Sein Mund findet meinen, verzweifelt und feucht.

Es mag klischeehaft klingen, doch nach dieser Dusche hat sich für mich alles verändert. Ich glaube nicht, dass ich jemals wieder einen Mann so lieben kann wie Oliver.

Während wir uns schweigend anziehen, beobachtet er mich mit dieser seltsamen Mischung aus Bewunderung und Erleichterung.

„Bist du wirklich in Ordnung?", fragt er noch einmal.

Ich nicke stumm.

Ich liebe ihn. Ich liebe ihn über alles, und dadurch verliert alles andere an Bedeutung.

Er kommt zu mir und mustert mich besorgt, bevor er mein Gesicht umfasst. „Lola Love, offensichtlich ist nicht alles okay. Liegt es an mir? Liegt es an dem, was wir gerade getan haben?"

Kopfschüttelnd strecke ich mich, schlinge die Arme um seinen Nacken und presse meine Lippen auf seinen warmen, sauberen Hals. Oliver zieht mich an sich und hält mich fest. Am liebsten würde ich den ganzen Tag so stehen bleiben. Ich möchte den Rest der Welt ausschließen und einfach zusammen mit Oliver hierbleiben, bis es Zeit ist, wieder ins Bett zu gehen.

Ich bin wie benommen, berauscht. Langsam steige ich die Stufen zu meiner Wohnung hoch, erschöpft, aber auf die bestmögliche Weise.

Im Apartment ist es ruhig – London ist vermutlich beim Surfen –, und ich koche mir schnell einen Becher Kaffee, ehe ich in mein Zimmer gehe, um mich an die Arbeit zu machen. Schon seit über einem Tag habe ich meine E-Mails nicht mehr gecheckt und habe auch jetzt keine Lust dazu. Mir gefällt es, in einer Art Seifenblase zu leben.

Und ich habe kaum geschlafen. Ich blicke auf meinen Computer, auf den Stift, der so unschuldig auf dem digitalen Sketchpad liegt, und überlege, wie viel ich heute schaffen muss. Zugleich weiß ich, dass mir jetzt ein bisschen Schlaf helfen wird.

Ich falle aufs Bett, schließe die Augen und versuche, mich darauf zu konzentrieren, wie es mit *Junebug* weitergehen soll, mit ihrer Geschichte, mit ihrer Persönlichkeitsentwicklung. Stattdessen wandern meine Gedanken zu all den erogenen Zonen meines Körpers; ich will sie mir einprägen. Ich höre Olivers Stimme in meinem Ohr und erinnere mich an jeden seiner Küsse.

Erst als es draußen bereits dunkel ist und mein Magen knurrt, wache ich wieder auf.

Ich greife nach meinem Telefon und blinzele überrascht, als ich all die Nachrichten auf dem Display sehe.

Vier Anrufe von mir unbekannten Nummern leuchten dort auf und zwei weitere von einer Nummer, die ich kenne: meine Publizistin Samantha. Ich wische über das Telefon und rufe sie sofort zurück.

„Sam", sage ich schnell. „Was ist los? Ich bin eingeschlafen."

Ihr Lächeln schwingt in ihrer Stimme mit, und ich höre, dass sie sich bemüht, ruhig zu bleiben, damit *ich* ruhig bleibe. Bisher hat sie mir nie Stress bereitet. „Oh, okay. Dann setze ich neue Termine für die Telefon-Interviews an. Mach dir keine Sorgen."

„Telefon-Interviews?", frage ich, setze mich abrupt auf und fasse mir an die Stirn. „Scheiße, Sam, was für Interviews?"

„Mit der *Sun*", antwortet sie. „Außerdem mit der *Post* und dem *Wall Street Journal*. Die sollten alle heute stattfinden. Mir war klar, dass das an einem Samstag nicht so leicht ist, tut mir leid, aber ich dachte, es wäre gut, denn dann könnten sie ihre Artikel alle am Montag bringen. Wir machen einfach für nächste Woche neue Termine ab."

Ich habe das Gefühl, etwas würde in mir platzen, als die Panik unkontrolliert hervorbricht.

Hastig entschuldige ich mich, beende kurz darauf das Gespräch und starre entsetzt an die Wand. Ich habe heute drei Interviews im wahrsten Sinne des Wortes verpennt. Ich habe einen Abgabetermin um zwei Wochen versäumt. Ich weiß schon gar nicht mehr, wer ich eigentlich bin. Dabei waren Schreiben und Zeichnen die einzigen Dinge, die ich bisher wirklich gut beherrscht habe.

Wieder summt mein Telefon, und ein Bild von Oliver leuchtet auf. Instinktiv will ich rangehen, mich aufs Bett legen und mich von seiner samtweichen Stimme einlullen lassen.

Stattdessen spüre ich einen großen Kloß im Hals und hasse mich in diesem Moment so sehr, dass ich mein Handy mit dem Display nach unten aufs Bett werfe und es dann sogar auf den Boden kicke. Ich muss arbeiten. Ich muss mich regelrecht in die Arbeit stürzen, um mit all diesen offenen Baustellen fertigzuwerden. Ich habe viel zu viele Dinge vernachlässigt – nicht nur vernachlässigt, sondern sogar aufgegeben. Ich muss jetzt einen Strich nach dem anderen zeichnen, bis ich endlich fertig bin.

Das Einzige, was ich im Moment tun kann, ist, Wörter miteinander zu verbinden und sie zusammen mit Bildern zu einer Geschichte zu formen. Und dann kommt alles wieder in Ordnung.

Dann ist mit mir auch alles wieder in Ordnung.

13. Kapitel

OLIVER

Nachdem Lola weg ist, scheinen die Minuten und Stunden ineinanderzufließen. Alles um mich herum ist so undeutlich, dass ich es einfach ignoriere. Die Sonne strahlt direkt in meine Küche, durch die Frontscheibe des Autos, durch das Schaufenster in meinem Laden und wäscht die Umgebung aus, bleicht die Farben aus. Eigentlich will ich nichts weiter, als mit Lola zusammen zu sein, vorzugsweise in meinem Bett.

Dafür, dass wir Wochenende haben, ist recht wenig los. Die Messe drüben in Anaheim, die WonderCon, hat dafür gesorgt, dass die meisten Comicfans derzeit nicht in der Stadt sind. Wofür ich ziemlich dankbar bin: Bisher ist es mir nie zuvor so gegangen, dass ich keine Lust hatte, im Laden zu arbeiten. Aber diese Beziehung zu Lola – dieser Hunger, diese Besessenheit, das schmerzhafte Verlangen nach Berührungen, nach Sex – stellt eine große, wenngleich äußerst angenehme Ablenkung dar. Ich verliere mich in Tagträumen; ich verstecke mich in meinem Büro, um mich nicht mit Joe unterhalten zu müssen. Stattdessen starre ich an die Wand und erinnere mich daran, wie es war, als ich aufgewacht bin und Lolas warme Brüste geküsst habe … wie es war, als ich ihr in die Dusche gefolgt bin.

Ich habe versucht, langsam, vorsichtig zu sein. Ich habe gezittert, war so was von hart und wäre fast durchgedreht, als mir klar wurde, was sie mir erlauben wollte. Sie ist unter meinen Fingern gekommen, hat mir versichert, dass es ihr gefallen hat, aber ich glaube, ihr ist nicht bewusst, wie sehr das für mich alles verändert hat.

Es fühlt sich an, als wäre endlich alles geklärt, als wären wir bereits seit vielen Jahren und nicht erst seit einigen Tagen zusammen. Sie ist mein Leben – mein Herz hat das schon vor Langem entschieden.

Ich rufe sie an, um zu hören, ob es ihr nun besser geht, nachdem sie in ihrer Wohnung ist und sich auf die Arbeit konzentrieren kann, doch es ertönt nur die Ansage ihrer Mailbox. Ich weiß, dass sie gestresst ist von all der Arbeit; in L. A. lief es nicht gut. Kein Wunder, dass sie sich abschottet, um sich zu konzentrieren.

Obwohl ich dafür Verständnis habe, wächst meine Besorgnis allmählich, als Lola den ganzen Tag lang nichts von sich hören lässt. Der Samstagabend vergeht, während ich allein zu Hause sitze, mir miese Filme mit abgeschaltetem Ton ansehe und dabei einen Stapel mit Neuerscheinungen durchlese.

Ich bemühe mich, das alles ganz locker zu nehmen, und rede mir ein, dass wir ja nicht jeden Abend zusammen verbringen müssen. Dass es völlig in Ordnung ist, wenn sie meine Besessenheit nicht teilt. Doch leider gelingt es mir nicht.

Als ich am Sonntag erwache und noch immer keine Nachricht von ihr bekommen habe, lasse ich das Frühstück aus. Mir ist übel. Ungefähr vier Stunden schaffe ich es, mich abzulenken, indem ich im Laden arbeite: Ich räume um, putze im Lager und gebe Bestellungen ein. Aber danach kapituliere ich, marschiere ins Büro und rufe Finn an.

„Ich muss dich mal was fragen", beginne ich. „Du bist jetzt mein Barometer, was angemessenes Verhalten angeht."

„Wow", meint er. „Du brauchst einen Rat von mir? Das muss ich mir rot im Kalender anstreichen."

Normalerweise würde ich darüber lachen, doch ich bin viel zu angespannt. „Ich habe Lola zuletzt Samstagmorgen gesehen, nachdem wir die ganze Woche getrennt waren. Sie hat die Nacht bei mir verbracht. Aber jetzt ist es Sonntagabend, und ich habe seitdem nichts mehr von ihr gehört. Ich habe sie angerufen und ihr mehrere SMS geschickt, ohne dass sie reagiert hat." Ich spiele mit einem Stift auf dem Schreibtisch herum. „Das ist merkwürdig, oder?"

„Das ist definitiv merkwürdig." Er legt eine Hand aufs Telefon, und ich kann hören, wie er jemandem etwas zumurmelt. „Okay, Harlow sagt, Lola ist zu Hause und arbeitet." Im Hintergrund fügt Harlow noch irgendetwas hinzu, was ich nicht verstehe, doch Finn erklärt mir: „Wenn's dich tröstet, sie hat auch auf Harlows Anrufe nicht reagiert."

Ich bedanke mich bei ihm und beende verwirrt und verletzt das Gespräch. Natürlich kann ich nachvollziehen, dass Lola sich an diesem Wochenende in die Arbeit stürzt – Himmel, ja, auch die Woche in L. A. war unvermeidlich. Allerdings nervt es mich echt, dass sie sich nicht mal kurz die Zeit nimmt, eine Antwort einzutippen. Wenn das mit den Abgabeterminen so weitergeht, müssen wir irgendeine Art von Kompromiss finden. Oder sie muss mir zumindest vorher Bescheid geben. Als sie am Samstagmorgen gegangen ist, war sie so erpicht darauf, an die Arbeit zu gehen, und *trotzdem* hat sie glücklich gelächelt und ist vor Befriedigung fast dahingeschmolzen.

Kurz entschlossen mache ich mich auf den Weg zu Lola. Statt den Fahrstuhl zu nehmen, sprinte ich die Treppe zu ihrem Loft hinauf, um ein wenig Stress abzubauen, bevor ich über den langen Flur zu ihrer Wohnungstür gehe und davor tief Luft hole.

Nichts ist passiert. Alles ist gut.

Leider weiß ich, dass das Quatsch ist. Ich kenne Lola. Ich kenne jeden Ausdruck auf ihrem Gesicht. Ich könnte eine verdammte Doktorarbeit über die Reaktionen dieser Frau schreiben, über ihre Ängste, ihre Sorgen. Selbst wenn es nichts mit mir zu tun haben sollte, *irgendetwas* stimmt nicht mit ihr.

London macht mir die Tür auf. In der Hand hält sie einen Gamecontroller. „*Titanfall*", erklärt sie, lässt mich rein und geht zurück zur Couch. „Willst du mitspielen? Lola hat sich verschanzt."

Ich schüttele den Kopf und lächele gequält. „Wollte bloß mal kurz vorbeischauen und Hallo sagen. Ist sie in ihrem Zimmer?"

London nickt geistesabwesend. „Ist seit gestern nur rausgekommen, um sich Kaffee oder Müsli zu holen."

Ich gehe zu Lolas Zimmer und hoffe, dass sie meine Schritte auf dem Holzfußboden hört und vorgewarnt ist. Zaghaft klopfe ich an die Tür, ehe ich den Knauf drehe und ins Zimmer trete.

Ich habe ihr persönliches Reich bereits ein paarmal betreten, und es sieht eigentlich so aus, wie ich es in Erinnerung habe: Es herrscht ein organisiertes Chaos. Der Fußboden ist blitzblank, das Bett ordentlich gemacht. Aber alle anderen Oberflächen sind mit irgendwas bedeckt; es wirkt wirklich chaotisch. In einer Ecke steht ein riesiger Schreibtisch, dessen eine Seite von ihrem Computer und dem digitalen Sketchpad eingenommen wird. Überall sonst liegen Stifte und Farbdosen, Blätter mit Zeichnungen und diverse Skizzenblöcke herum. Der restliche Schreibtisch ist übersät mit Papierschnipseln, Servietten und sogar Kaugummipapier, auf denen sie Ideen aufgeschrieben hat. Die Wand direkt darüber ist praktisch tapeziert mit Skizzen und Panelentwürfen, einige von ihnen sind lediglich Bleistiftzeichnungen, während andere ausgemalt sind und total realistisch wirken. Eine Reihe von Spots an der Decke sorgt für ausreichend Licht, und ich stelle mir vor, wie beruhigend und gemütlich es hier nachts sein muss. Dies ist ihr Rückzugsort. All die gerahmten Fotos, die auf der Kommode unter dem Fenster und auf den beiden Nachtschränken stehen, zeugen ebenfalls davon.

Ich lasse mir noch einen Moment Zeit, um mich umzuschauen. Im Grunde stehe ich mitten in Lolas Kopf. Kleine, durchorganisierte Bereiche sind umgeben von einem unerschöpflichen, überwältigenden Strom an Ideen.

„Hier sieht's ein bisschen wild aus", murmelt sie statt einer Begrüßung, und ich schließe die Tür hinter mir.

„Macht nichts", versichere ich ihr. Ich liebe dich, möchte ich ihr am liebsten sagen. Aber wie oft kann ich diese Worte noch aussprechen, ohne dass sie sie erwidert? Stattdessen beuge ich mich zu ihr hinunter, um ihr den Kuss zu geben, nach dem ich mich gesehnt habe, seit ich sie gestern zuletzt geküsst habe.

Doch Lola löst sich sofort von mir, nimmt die Brille ab und schaut zu mir hoch. Sie sieht zerzaust aus, ganz offensichtlich gestresst, und jetzt bemerke ich auch die vier leeren Kaffeebecher, die auf dem Boden stehen, sowie ihren leicht panischen Blick.

„Ich hab nichts von dir gehört", sage ich, „da habe ich angefangen, mir Sorgen zu machen."

Sie nickt und reibt sich die Augen. „Ich habe versucht, endlich voranzukommen. Ich gerate allmählich in Panik", erklärt sie. „Kein Wunder, schließlich war ich noch nie so spät dran, wenn ich was fertig machen musste."

Ich reibe ihren Arm. „Du schaffst das schon, Kleines. Lass dir einfach etwas Zeit, um darüber nachzudenken."

Sie zuckt zusammen und wendet sich dem Schreibtisch zu. „Tja, im Moment sieht es ganz und gar nicht so aus, als würde ich es schaffen. Und ich habe keine Zeit, um mir den Luxus erlauben zu können, Ideen langsam an die Oberfläche gelangen zu lassen. Der Abgabetermin hängt wie ein Damoklesschwert über mir."

„Wenn du mal aus deinem Zimmer rauskommen willst, kannst du auch bei mir arbeiten", biete ich ihr an, während ich mich umsehe und überlege, ob ein ordentlicheres Umfeld ihr nicht vielleicht sogar helfen könnte. „Ich kann dir was zu essen machen, und du setzt dich bei mir an den Tisch und arbeitest."

Lola schüttelt den Kopf. „Ich kann nicht meinen ganzen Kram zu dir schaffen. Ich muss da jetzt durch."

Ich nicke und setze mich aufs Bett. „Sag mir, wie ich dir helfen kann."

Sie schweigt. Geistesabwesend starrt sie auf die halb fertige Zeichnung auf ihrem Bildschirm.

„Lola, sag mir, wie ich dir helfen kann."

Sie schließt die Augen und atmet tief durch, als wäre ihr gerade erst wieder eingefallen, dass ich da bin. „Es war vorher so viel leichter“, meint sie leise. „Da konnte ich alles um mich herum vergessen, ohne ständig daran zu denken, was ich versäume.“

Die Ellenbogen auf die Knie gestützt, beuge ich mich vor. „Was du versäumst? Was soll das bedeuten?“

Seufzend deutet sie auf den Monitor. „Seit Stunden arbeite ich daran, und es ist nicht mal halb fertig. Ich muss noch sechsundzwanzig Seiten fertigstellen, und alles, was ich bisher habe, ist Mist.“ Sie blickt mich über die Schulter hinweg an. „Vorher konnte ich mich vollkommen darin verlieren. Jetzt weiß ich, dass du im Laden bist oder zu Hause oder im Bett. Das ist das Einzige, woran ich denke.“

Lächelnd stehe ich auf, gehe zu ihr und küsse ihren Nacken. Sie versteift sich, bevor sie sich wieder entspannt. Zärtlich hauche ich eine Spur kleiner Küsse bis hinauf zu ihrem Ohr. „Ich bin doch jetzt hier. Wir werden schon noch lernen, wie wir das ausbalancieren können“, murmele ich. „Für mich ist es auch hart, arbeiten zu müssen.“

„Ich wünschte, ich könnte einfach die Pausentaste drücken“, sagt sie, als hätte sie mich gar nicht gehört.

„Die Pausentaste?“

Nickend stößt sie sich vom Schreibtisch ab, erhebt sich und zwingt mich dadurch, einen Schritt zurückzuweichen. „Nur … nur um das hier fertig zu kriegen. Ich weiß, dass wir zusammen sein werden. Ich will es ja, wirklich. Ich möchte bloß …“

Ein eiskalter Schauder überläuft mich. „Lola, es wird zwischen uns nicht immer so … so alles verzehrend sein.“

Sie schüttelt den Kopf. „Ich glaube … für mich schon. Aber ich darf das hier nicht in den Sand setzen, Oliver. Das ist eine große Sache für mich. Es ist mir durchaus bewusst, dass man so eine Chance nicht jeden Tag geboten bekommt, und wenn ich das versaue, wird es mir hinterher richtig schlecht gehen.“

„Ich weiß, Liebes, ich …“ Ich verstumme, und mir stockt vor Verlegenheit fast das Herz, als ich erkenne, dass sie nicht über uns redet. Sie deutet wieder auf den Bildschirm.

„Seit meinem fünfzehnten Lebensjahr habe ich an diesem Traum gearbeitet“, flüstert sie. „Ich weiß gar nicht mehr, wie ein Leben ohne das hier aussehen könnte, und gestern Morgen wollte ich nur noch, dass es verschwindet, damit ich schlafen konnte, weil wir die ganze Nacht nicht geschlafen hatten. Ich hasse es, mit Austin und Langdon zu arbeiten, ich hasse es, dass ich diesen Abgabetermin verpasst habe. Aber es ist das, was ich immer tun wollte. Jetzt *habe* ich die Gelegenheit dazu und bin dabei, es zu vermasseln.“

Allmählich macht sich Unsicherheit in mir breit. „Wir müssen ja nicht jeden Abend zusammen verbringen. Ich würde niemals von dir verlangen, dass du deine Arbeit vernachlässigst. Ich bin bloß hergekommen, weil es mir so merkwürdig vorkam, nichts von dir zu hören, nach allem, was vorgestern Nacht passiert ist. Ich habe mir Sorgen gemacht.“

Lola setzt sich auf die Bettkante. „Ich weiß. Es tut mir leid.“

Ich nehme neben ihr Platz und nehme ihre Hand. „Du musst dich nicht entschuldigen. *Mir* tut es leid, wie sehr du unter Stress stehst.“

Sie nickt und nickt. Langsam, fortwährend, völlig niedergeschlagen. Und dann richtet sie den Blick auf mich. Ihre Augen sind blutunterlaufen und wirken schrecklich müde. „*Sollten* wir auf die Pausentaste drücken?“

„Was?“

Sie schluckt und setzt noch einmal an: „Sollen wir uns eine Pause gönnen?“

Jetzt muss auch ich schlucken, ehe ich antworten kann, und selbst dafür brauche ich mehrere Anläufe. „Ich bin mir nicht sicher, was du damit meinst.“

„Ich meine, dass ich mit dir zusammen sein will, aber ich glaube nicht, dass ich das im Augenblick kann.“

Ich verstehe noch immer nicht. „Im Augenblick?“

Sie nickt.

Ich runzele die Stirn. „Mit anderen Worten … du brauchst eine Woche Zeit, um in Ruhe arbeiten zu können? Das wäre für mich völlig okay.“

Lola starrt auf ihre Hände. „Ich weiß nicht. Vielleicht sollten wir einfach dorthin zurückkehren, wo wir vor ein paar Wochen waren, und dann sehen, wie sich die Dinge im Laufe des Sommers entwickeln.“

Entsetzt starre ich sie an und merke, dass mein Herz in tausend Stücke zu zerbersten droht. „Lola, es ist *März*.“

„Ich weiß.“ Wieder nickt sie vor sich hin und hält die Tränen zurück. „Ich weiß. Es ist bloß so, dass ich nicht beides schaffen kann. Ich schaff es einfach nicht. Und ich will das hier nicht vermasseln, und das da auch nicht.“ Sie zeigt auf den Computer. „Es ist besser, wenn ich das Buch fertig mache, ohne irgendwelche anderen Ablenkungen. Ohne dass du … so erreichbar bist.“

„Mir ist schon klar, dass deine Erfahrungen in L. A. schrecklich waren und dass du wegen all der Arbeit gestresst bist, aber auf diese Art und Weise kannst du mit der Sache nicht umgehen. Du hast doch Gefühle für mich“, entgegne ich frustriert und drängend. Ich weiß, dass sie etwas für mich empfindet. „Starke Gefühle. Ich habe mir das, was zwischen uns passiert ist, schließlich nicht eingebildet, Lola.“

„Natürlich empfinde ich was für dich“, gibt sie zu und sieht mich mit Tränen in den Augen an. „Ich bin verrückt nach dir. Aber zurzeit ist das hier wichtiger. Ich war noch nicht so weit. Ich hätte nicht zu dir nach Hause kommen und mit dir pokern sollen. Ich hätte warten sollen, bis ich mit all dem hier fertig bin.“

Ich stehe auf und reibe mir das Gesicht. „Lola, das ist eine bescheuerte Idee. Menschen drücken nicht einfach auf die Pausentaste, wenn es um Beziehungen geht, nur damit sie ihre Arbeit fertigstellen können.“

Gequält schließt sie die Augen. „Es gibt in dieser Sache keinen richtig guten Mittelweg.“ Sie sieht mich wieder an. „Würdest du warten? Nur …“ Sie schüttelt den Kopf. „Würdest du warten, bis ich das alles geklärt habe?“

„*Drei Monate* lang?“

„Vielleicht auch weniger. Ich weiß nicht …“ Sie wendet den Blick ab. „Ich weiß ja nicht mal genau, wie lange ich brauche.“

Wütend, verletzt und verwirrt drehe ich mich weg und starre zu ihrem Schreibtisch.

„Bitte sei mir nicht böse“, flüstert sie. „Ich wollte eigentlich gar nichts sagen, aber auf einmal bist du hier aufgetaucht, und ich verschwinde ja nicht. Ehrlich nicht, ich sage ja bloß, dass ich erst einmal das hier erledigen muss.“

Ich nicke und wünschte, ich könnte zu Stein erstarren.

„Oliver, sag doch was.“

Mit leiser, verletzter Stimme antworte ich: „Du hättest mir einfach sagen können, dass du dich in dieser Woche einzig und allein auf deine Arbeit konzentrieren musst. *Das* hätte viel mehr Sinn ergeben.“

Sie wischt sich die Augen und blickt mich flehend an. „Ich kann mich im Moment nur um meine Arbeit kümmern. Mir darf nichts anderes im Kopf herumspuken.“

Ich gehe zur Tür, drehe mich aber noch einmal zu Lola um. „Bist du dir sicher, dass es das ist, was du möchtest? Auf die *Pausentaste* drücken? Unsere Beziehung unterbrechen?“

Das Panel zeigt ihn, wie er das Glas zerbricht, während sein Oberkörper in Flammen steht.

Sie nickt. „Ich brauche die Gewissheit, dass es nichts weiter gibt, was ich tun könnte. Dass gar keine Möglichkeit besteht, mit dir zusammen zu sein, während ich arbeite.“

„Also sind wir nicht mehr zusammen“, sage ich tonlos, „weil es zu gut war und dich zu sehr ablenkt.“

„Wir werden wieder zusammen sein.“

„Hörst du eigentlich, was du da für einen Quatsch von dir gibst? So funktioniert das nicht, Lola.“

„Lass uns einfach nur …"

„Die Pausentaste drücken", unterbreche ich sie. „Schon verstanden." Ich lache trocken. „Lola, ich liebe dich. Das weißt du. Und jetzt willst du, dass ich auf dich warte … monatelang, bis du vielleicht irgendwann wieder bereit für eine Beziehung bist?"

Hilflos sieht sie mich an. „Ich muss das hier an die erste Stelle stellen."

„Als meine beste Freundin finde ich, dass du etwas Derartiges von mir nicht verlangen solltest", erkläre ich ihr. „Ich halte es ehrlich gesagt für Schwachsinn. Mir ist klar, dass du wegen der Arbeit voll im Stress bist, aber alles andere ist nichts als Schwachsinn."

Sie wirkt zerknirscht, zugleich jedoch auch irgendwie erleichtert, als hätte ich diesem Scheiß, den sie sich da ausgedacht hat, zugestimmt.

„Das war's also."

„Können wir vielleicht in ein paar Tagen noch mal reden?", fragt sie, als ich die Tür öffne. Ihre Stimme bricht, doch es ist mir im Moment scheißegal. Ich hatte nie das Gefühl, besonders viel wert zu sein. Ich war für niemanden jemals der wichtigste Mensch. Aber bevor ich mit Lola zusammen war, hat mir das auch nie etwas ausgemacht. *Fuck!*

„Vielleicht muss ich nur …"

Ich schließe die Tür und bekomme den Rest ihres Satzes nicht mehr mit.

14. Kapitel

LOLA

„Muss ich dich erst zum Frühstück rauszerren, damit wir über diese Sache reden können?“

Ruckartig werde ich dort wach, wo ich heute Nacht eingeschlafen bin – an meinem Schreibtisch. Harlow steht im Türrahmen, die Arme vor der Brust verschränkt. Ihr Blick und ihre Haltung verraten nichts Gutes. Wenn Harlow sauer ist, dann spuckt sie Feuer.

Es ist Montagmorgen, und helles Sonnenlicht strahlt in mein Zimmer. „Ich wollte anrufen“, entschuldige ich mich lahm und blinzele. Während ich mich umsehe, versuche ich, wieder zu mir zu kommen. Abgesehen von den zehn entsetzlichen Minuten mit Oliver gestern habe ich seit Samstagabend durchgearbeitet. Mein Bildschirm hat in den Ruhemodus geschaltet und ist schwarz. Ich habe mit einem Stift im Gesicht geschlafen, während eine Reihe von Post-its auf meinem Arm kleben. „Also hast du es schon gehört?“

„Jepp“, erwidert sie scharf. „Ich hab’s gehört.“ Sie geht zu meinem Schrank und beginnt, Klamotten rauszusuchen. „Lass uns gehen.“

Ich stütze meinen Kopf in die Hände. „Harlow, ich hab so viel zu tun.“

„Eine Stunde kannst du dir freinehmen. Und dein Körper braucht was zu essen. Na los, komm schon, Lola.“

Unter normalen Umständen würde ich ins Bett krabbeln und sie ignorieren. Heute besinne ich mich eines Besseren. Ich habe einige Panels und den Rest der Geschichte gestern fertig bekommen, aber mein Kopf fühlt sich an, als wäre er zugekleistert, und mein Herz läuft auf Autopilot. Dass ich Oliver auf diese Art und Weise fortgeschickt habe, hat mich von einem zerstreuten, liebeskranken Hohlkopf in einen abgestumpften, produktiven Roboter verwandelt. Ehrlich gesagt weiß ich nicht, was mir lieber ist. Mich plagt ein schlechtes Gewissen, weil Oliver so verletzt ausgesehen hat, und ich muss die Augen schließen und ein paarmal tief durchatmen, weil ich instinktiv nach dem Telefon greifen, seine Nummer wählen und mich bei ihm entschuldigen will.

Kurz darauf sind wir unterwegs. Harlow fährt. Ihre Miene ist angespannt, und sie schweigt. Wir wissen alle, was Harlows Schweigen zu bedeuten hat. Ich weiß bloß nicht, ob sie auf mich sauer ist oder … auf jemand anderen?

Hörst du eigentlich, was du da für einen Quatsch von dir gibst?

Ich finde, dass du etwas Derartiges von mir nicht verlangen solltest.

Das ist alles nichts als Schwachsinn.

Als ich mich an Olivers Worte erinnere, zieht sich mir das Herz zusammen.

O ja, sie ist definitiv sauer auf mich.

„Bist du okay?“, fragt sie schließlich, als wir die Washington Street runterfahren.

Die Antwort ist ein klares *Nein. Junebug* ist noch nicht fertig, und ich weiß nicht, wie ich das Herz der Geschichte finden soll, wenn ich so mit den Nerven am Ende bin. Außerdem habe ich das Gefühl, dass ich einerseits genau das Richtige getan und andererseits alles versaut habe, was die Sache mit Oliver angeht. Wann entwickeln die Wissenschaftler endlich eine Weisheitspille? Oder implantieren uns einen Chip in den Kopf, der uns sagt, wann wir die richtige Entscheidung treffen? Zum Beispiel wenn es darum geht, eine Liebesaffäre mit einer Karriere auszubalancieren?

Hinzu kommt, dass mir jedes Mal, wenn ich diese spezielle

Straße entlangfahre, ganz anders wird, weil ich an Mia denken muss, die hier schwer verletzt und blutend mehr als eine Stunde lang unter einem Laster gelegen hat.

Mein „Mir geht's gut“ klingt daher etwas gequält.

Harlow wirft mir einen schnellen Seitenblick zu, und ich spüre, wie sich in ihr die Fragen aufstauen. Sie fährt auf den Parkplatz vom Great Harvest, schaltet den Motor aus und schaut mich an. „Möchtest du lieber hier darüber reden oder drinnen mit uns allen?“

Mein Lachen erinnert eher an ein kurzes, trockenes Husten. „Lass uns reingehen. Ich hab wirklich nicht mehr als eine Stunde Zeit.“

Entschlossen nickend öffnet Harlow die Tür und geht mit mir über den Parkplatz.

Mia und London sitzen bereits in der Nische, als wir reinkommen. Beide schenken mir ein aufmunterndes Lächeln. Mias Gesicht sehe ich an, dass sie versucht, nicht auf meinen Aufzug zu reagieren. Ein flüchtiger Blick in den Badezimmerspiegel, bevor wir losgefahren sind, hat mir verraten, dass ich aussehe wie ein Zombie aus einem Horrorfilm.

„Hallo“, begrüße ich die beiden, setze mich und lege mir die Serviette auf den Schoß. „Was gibt's Neues?“

London schnaubt, ehrlich amüsiert, doch sie wird sofort ernst, als Harlow ihr einen bösen *Wir lassen sie jetzt nicht mit einem Scherz davonkommen*-Blick zuwirft.

„Oliver ist gestern Abend zum Essen vorbeigekommen“, berichtet Mia und verzichtet auf weiteren Small Talk. „Er hat erzählt, dass du mit ihm Schluss gemacht hast.“

„Ich habe nicht mit ihm Schluss gemacht.“ Ich lächele die Kellnerin an, als sie mir Kaffee einschenkt, doch vermutlich sieht es für sie eher so aus, als würde ich die Zähne fletschen. Ich blinzele, lecke mir über die Lippen und beiße dann darauf, um mich davon abzuhalten, Mia zu fragen, was Oliver gesagt hat, wie er ausgesehen hat.

Wie es ihm ging.

„Tja, das ist aber das, was er glaubt. Dass du für immer mit ihm Schluss gemacht hast", erwidert Mia.

Ich nippe an meinem Kaffee und habe das seltsame Gefühl, als würde meine Brust zu Marmor erstarren. Er hat nicht begriffen, was ich gesagt habe. Um fair zu sein: Nicht einmal ich bin sicher, ob ich verstanden habe, was ich gesagt habe. Überlegt und geplant hatte ich die ganze Sache vorher nicht. Aber es kam mir richtig vor, ihn um ein bisschen Zeit zu bitten, damit ich nicht ständig abgelenkt bin. Bisher hat er doch immer verstanden, was ich brauche; warum kapiert er das hier nicht? Als Mom uns verlassen hat, ist Dad zusammengebrochen, und wir haben es kaum geschafft, uns über Wasser zu halten. Freunde haben uns Lebensmittel gebracht und so getan, als wäre es nichts Besonderes, aber für uns war es lebenswichtig. Ich möchte niemals wieder am Hungertuch nagen müssen. Ich möchte mir keine Gedanken darüber machen müssen, ob ich für mich allein sorgen kann. Ich möchte niemals den Eindruck haben, dass ich etwas aufgebe, was mir wichtig ist. Und wenn Oliver nicht darauf warten kann, bis ich meinen Halt wiedergefunden habe, dann stecken wir in weitaus größeren Schwierigkeiten als gedacht.

„Also hast du *nicht* mit ihm Schluss gemacht?", hakt Harlow nach. Es ist offensichtlich, dass sie nicht so recht weiß, wie sie mit der Sache umgehen soll. Soll sie mich und das, was ich gerade brauche, verteidigen? Oder soll sie mir lieber Vernunft einprügeln?

„Ich habe ihm bloß mitgeteilt, dass ich mal die Pausentaste drücken muss."

„*Ernsthaft?*", gibt Harlow zurück. Wahrscheinlich würde sie mich am liebsten kneifen, wenn sie nicht genau wüsste, dass sie damit zu viel Aufmerksamkeit auf sich lenken würde.

„Also echt, ich weiß nicht, was daran so außergewöhnlich ist." Ich hole tief Luft und starre auf den Tisch. „Ich habe meinen Abgabetermin längst überschritten, weil ich so viel anderes im Kopf hatte. Dann sind da all diese Änderungen an dem Drehbuch, die ich vornehmen muss. Die sollen in anderthalb Wochen fertig sein, und die Zeit in L.A. habe ich damit vergeudet, mich mit diesem blöden Drehbuchautor zu streiten. Außerdem soll ich schleunigst Ideen für das neue Buch produzieren, das nach *Junebug* rauskommen soll. Die ersten Seiten davon hätte ich eine Woche nach dem Einreichen von *Junebug* präsentieren sollen … Das war vor zwei Wochen. Sprich: Die ersten Seiten des *neuen* Buches sind ebenfalls bereits eine Woche zu spät. In vierzehn Tagen steht meine nächste Lesereise an. Es ist alles …" Ich zupfe an einem winzigen Niednagel am Daumen. „Es war vorher schon hektisch mit all diesen Reisen und dem Schreiben. Und kaum hatte ich den Gedanken zugelassen, dass es mit mir und Oliver was Ernstes werden könnte, ging es so verdammt schnell, und ich habe mich kopfüber in diese Affäre gestürzt. In L.A. war ich total von der Rolle. Da ist mir klar geworden, wie schnell ich alles wieder verlieren könnte." Endlich sehe ich die anderen an. „Ich möchte erst einmal diese beruflichen Sachen in den Griff bekommen, bevor ich das … andere genießen kann."

Natürlich bemerke ich, wie sie untereinander besorgte Blicke austauschen, doch anscheinend wissen sie nicht, wie sie reagieren sollen.

„Du hast offenbar reichlich auf dem Zettel", stellt London fest. „Ich meine, das verstehe ich ja."

„Aber es ist Oliver", wirft Mia ein. „Es ist ja nicht so …" Sie verstummt, und …

ich weiß,

ich weiß,

ich *weiß*.

Es ist Oliver. Es ist nicht so, als würde er mich drängen. Es ist nicht so, als würde er mir im Weg sein.

Es ist einfach nur so, dass ich mir selbst im Weg stehe.

„Selbst wenn du total beschäftigt bist, meldest du dich fast jeden Tag bei uns. Wieso sollte es bei ihm anders sein?", will Mia wissen.

Das kann ich nicht beantworten. Ich kann es nicht, denn ich finde, ich müsste einer Frau, die völlig vernarrt in ihren frisch angetrauten Ehemann ist, nicht erklären müssen, dass es ein Unterschied ist, ob man schwer verliebt ist oder ob man seine Freundinnen mal kurz anruft. Ich möchte jede Sekunde mit Oliver zusammen sein und fürchte, dass ich es nicht hinbekomme, das alles auszubalancieren. Ich möchte, dass jeder Teil von ihm jeden Teil von mir berührt.

„Wie bist du damit umgegangen, als Ansel in Paris praktisch rund um die Uhr gearbeitet hat?", gebe ich zurück.

Mia zuckt mit den Schultern, während sie mit dem Strohhalm das Eis in ihrem Wasser umrührt. „Ich habe ihn nachts in Ruhe gelassen, damit er arbeiten kann."

Aber – meine Güte – wie denn? möchte ich fragen. Es ist zum Haareraufen. Wenn Oliver mit mir in einem Zimmer wäre oder sogar einfach drüben im Laden, aber trotzdem *mir* gehören würde, könnte ich rein gar nichts schaffen. Ich würde *Razor* und *Junebug* und alles, was ich sonst noch liebe, den Bach runtergehen lassen. Genau das ist doch beinahe passiert.

„Ich habe das Gefühl, dass du zu hart zu dir bist", meint London leise. „Kann es sein, dass du dich selbst bestrafst?"

Tja, da hat sie wohl recht. Das tue ich. Ich weiß, dass man seine Gefühle nicht steuern kann. Klar, das ist mir bewusst. Meine drei Freundinnen mustern mich wie einen faszinierenden Käfer in einem Glasgefäß, denn sie – zumindest Harlow und Mia – würden sich niemals Sorgen darüber machen, wie man diese Dinge im Gleichgewicht hält. Mia hat es bereits getan, und Harlow biegt sich die Welt sowieso so zurecht, wie es ihr passt.

Ich bin nicht so naiv, zu glauben, dass ich etwas Alltägliches verlange.

Am liebsten würde ich es laut herausschreien, dass ich ein

großes Opfer von Oliver verlangt habe, dass es vielleicht völlig unvernünftig war, aber ich habe keine Ahnung, ob ich eine Entschuldigung zustande bringen könnte. Was ich weiß, ist, dass er es – irgendwann – verstehen wird. Ich möchte meine Karriere nicht ruinieren. Mir hat es gar nicht gefallen, wie schnell ich die Dinge habe schleifen lassen, kaum dass Oliver mein Lover geworden war. Es kommt mir vor, als müsste ich diesen kleinen Hügel erklimmen, um dann geerdeter zu sein, gefestigter. Es wird mich verändern, doch das ist gut für ihn und gut für *mich*.

Nachdem ich einen Stift aus der Tasche geholt habe, nehme ich einen verknüllten Bon und fange an zu zeichnen.

Das Panel zeigt das Mädchen über den Schreibtisch gebeugt. Haufenweise Zettel sind auf dem Fußboden verstreut. Späne vom Anspitzen bedecken den Tisch.

„Glaubt ihr, dass er sich jetzt anderweitig orientiert?“, frage ich mit gesenktem Kopf.

Einen Moment lang herrscht Schweigen in der Runde. Der Stift in meiner Hand verharrt über dem Papier. In mir breitet sich die Befürchtung aus, all das, was mir wichtig ist, könnte genau wie mein Herz jeden Augenblick zerbrechen. Ich möchte, dass Oliver mein Freund bleibt. Ich brauche ihn, denn ich liebe ihn. Habe ich mich absolut idiotisch benommen? Mir kam meine Bitte gar nicht so extrem vor. Ich habe das bloß vorgeschlagen, weil ich dringend ein wenig Ruhe und eine kleine Auszeit brauche. Ich weiß nicht, wie ich damit umgehen soll, wenn ich erfahre, dass die Sache ein für alle Mal vorbei ist.

„Na ja, gestern Abend war er schon ganz schön sauer“, sagt Mia und zuckt leicht mit den Schultern. „Aber er wollte nicht darüber reden. Wir haben den Großteil des Abends damit zugebracht, durchs Haus zu wandern, während Ansel und Oliver überlegt haben, welche der Renovierungsarbeiten sie selbst erledigen können.“

Normalerweise hätte er mich anschließend angerufen, um mir alles darüber zu erzählen. Nein, *normalerweise* wäre ich mit ihm hingegangen. Ich war seit Monaten Olivers wichtigste Bezugsperson und er meine. Nun habe ich nicht nur keinen Sex mehr mit ihm, sondern muss auch auf die Telefongespräche mit ihm verzichten.

„Machen Leute so was nicht?“, frage ich und schlinge die Finger um den Kaffeebecher. „Bitten sie nicht um eine Auszeit in einer Beziehung, selbst wenn alles in Ordnung ist?“

„Lola, das nennt man *Schlussmachen*“, erklärt Harlow langsam.

„Es ist also eine blöde Frage?“, kontere ich, weil ich mich über ihren Ton ärgere.

Sie verdreht die Augen, weil auch sie genervt ist. „Ich meine, warum sagst du ihm nicht einfach, dass du eine höllische Woche vor dir hast und ihn anrufst, sobald du einen freien Abend hast?“

„Weil ich das Gefühl habe, dass meine Kreativität flöten geht, sobald das eine Option ist“, antworte ich. „Ich will nicht arbeiten, wenn ich mit ihm zusammen bin. Dabei hatte ich bisher *immer* Lust zu arbeiten. Und, tut mir leid, aber das steht für mich an erster Stelle. Meine Arbeit war zuerst da. Ich kann das nicht sausen lassen, bloß weil ich angefangen habe, mich mit jemandem zu treffen, und es zu *schwierig* wurde, all die anderen Dinge am Laufen zu halten.“

Oh, oh. Harlow sieht aus, als wollte sie mich ohrfeigen, doch sie tut es nicht. Sie nickt nur und greift über den Tisch nach meiner Hand.

Nach dem Frühstück erkundige ich mich per SMS bei Oliver, ob alles bei ihm in Ordnung ist, aber er antwortet nicht. Am nächsten Morgen stelle ich mein Handy aus, damit ich nicht länger nach Nachrichten von ihm schaue. Damit ich nicht länger hoffe.

Bis Mittwochabend stürze ich mich in Arbeit, gebe jedoch

schließlich auf und gehe zu Downtown Graffick. Meine Füße sind den Weg von meinem Apartment bis zum Laden schon tausendfach gegangen, und als ich nun vor dem Schaufenster stehe, fühlt es sich fast nostalgisch an. Vor nicht einmal einer Woche bin ich aus einer Limousine gestiegen und habe mich Oliver in die Arme geworfen. Jetzt wird mir ganz übel bei der Vorstellung, hineinzugehen und so zu tun, als wäre alles wie immer.

Während der vergangenen zwei Tage dämmerte mir allmählich, dass ich vielleicht die größte Idiotin aller Zeiten bin.

Vielleicht hilft es gar nicht, die Versuchung zu beseitigen. Vielleicht ist es sogar noch schlimmer, wenn man erkennt, dass eine *Pause* bedeutet, dass der andere einem nicht mehr gehört.

Die Glocke über der Tür bimmelt, und ein paar Kunden schauen auf und lächeln vage, bevor sie weiterstöbern. Not-Joe steht hinter der Kasse und winkt mir lächelnd zu, ehe sein Lächeln langsam gefriert.

„Hallo", begrüßt er mich und legt das Buch zur Seite, in dem er gelesen hat.

„Hallo."

Und was jetzt? Soll ich so tun, als wäre ich nur hier, um mir ein paar Comics zu kaufen?

„Ist Oliver da?", frage ich stattdessen direkt.

Not-Joe scheint die Situation unangenehm zu sein. Er blickt zur Tür. „Du hast ihn gerade verpasst."

Scheiße.

„Okay, danke." Ich drehe mich um und widme mich den Regalen mit den Mangas, während ich überlege, ob ich Oliver anrufen oder einfach zu ihm fahren soll, um ihm zu sagen, dass ich eine Idiotin war. Dass ich eigentlich gar nicht mit ihm Schluss machen und auch nicht die Pausentaste drücken will. Und ob wir bitte, bitte so tun könnten, als wäre das alles nie passiert.

Ich blättere geistesabwesend in einem Heft, als ich spüre, dass jemand sich hinter mich stellt.

„Okay“, sagt Not-Joe leise. „Was zum Teufel ist los?“

Nachdem ich das Heft ins Regal zurückgestellt habe, wende ich mich ihm zu. „Was meinst du?“

Stirnrunzelnd neigt er den Kopf. „Komm schon.“

„Mit mir und Oliver?“, frage ich. Ich meine ... es geht Not-Joe im Grunde nichts an, aber wann hat ihn das je davon abgehalten, sich einzumischen?

Er nickt.

„Ich weiß nicht“, erwidere ich. „Wir haben uns gestritten, und ich wollte jetzt versuchen, mit ihm zu reden.“

„Der Grund, warum ich frage“, erklärt er und hält kurz inne. „Also, der Grund, warum ich *verwirrt* bin“, korrigiert er sich, „ist, dass er eben mit Hard Rock Allison losgezogen ist.“

Fassungslos starre ich ihn an.

„Sie gehen zusammen essen.“

Ich komme mir vor wie ein Zombie, als ich nach Hause gehe, einige Rice Krispies aus der Packung esse, mir anschließend Kopfhörer aufsetze und wie eine Verrückte bis morgens um drei arbeite. Es ist, als hätte ich einen Schalter umgelegt, sodass ich gar nicht mehr an das denken kann, was Not-Joe mir erzählt hat, weil ich ansonsten total durchdrehen würde.

Als ich gegen sieben Uhr wach werde, stolpere ich zu meinem Computer und starre auf den Bildschirm, bevor ich die Augen zukneife, sie wieder öffne und versuche, einen klaren Blick zu bekommen.

Nichts. Ich erkenne nichts. Ich brauche was zu essen. Ich brauche frische Luft.

London hat gerade Kaffee gemacht, als ich in die Küche taumele, und schenkt mir einen Becher ein, bevor sie ihn mir wortlos reicht.

„Danke“, murmele ich.

Das Handy in meiner Hand summt, und auf dem Display erscheint eine Nachricht von London in unserer gemeinsamen

Gruppe, in der außer mir und London noch Harlow und Mia sind: *Sie ist auf.*

Ich schaue sie an. „Es ist … Viertel nach sieben. Habt ihr etwa darauf gewartet, dass ich aufstehe?"

„So in etwa", antwortet sie lächelnd.

Harlow antwortet: *Lola, wir treffen uns heute Abend im Regal Beagle.*

Ich starre auf das Telefon, lege es dann auf den Tisch und trinke erst einmal einen Schluck heißen Kaffee. Noch habe ich keine Kraft für Harlow.

London geht hinüber ins Wohnzimmer. „Kommst du mit?"

Ich folge ihr und setze mich. „Ins Regal Beagle? Ich glaube nicht."

„Heißt das Ja?"

„Es heißt eher Nein." Ich zucke entschuldigend mit den Schultern. „Muss arbeiten."

Sie lässt sich neben mir auf die Couch fallen, und zum ersten Mal, seit ich London kenne, entdecke ich kein Lächeln in ihren Augen. „Du bist seit Samstagabend gerade mal für anderthalb Stunden aus deinem Zimmer rausgekommen. Heute ist *Donnerstag*."

Ich nicke und nippe am Kaffee. „Ich vertiefe mich in die Arbeit. Das ist gut."

„Hör zu", beginnt sie, „du musst nicht so tun, als wäre alles in Ordnung, als ginge es dir gut, als bräuchtest du niemanden zum Reden. Wenn du traurig bist, sag mir, dass ich zu Hause bleiben soll, damit du mir ein Ohr abquatschen kannst. Wenn du nicht mit uns reden willst, auch okay. Dann tu weiter so, als ob es völlig normal wäre, sich wie eine verrückte Einsiedlerin aufzuführen, die von der Arbeit besessen ist. Doch du wirst deinen verdammten Hintern heute Abend in die Bar bewegen."

„Kommt Oliver?"

„Ja. Dein *Freund* Oliver kommt auch."

Ich lehne mich auf der Couch zurück und schließe die Augen. Mein Herz rast schon jetzt mit zweihundert Schlägen pro Sekunde.

Am Abend brauche ich ewig, um mich fertig zu machen. Bin ich wütend, oder habe ich ein schlechtes Gewissen? Ich habe keine Ahnung.

Ich weiß, dass ich einen Schrank voller neuer Klamotten habe, die ich für die Signierstunden und meine Interviews und wer weiß was gekauft habe, doch ich hasse sie allesamt. Das eine Kleid ist zu kurz, das andere zu lang, das nächste zu eng. Soll ich einen tiefen Ausschnitt tragen oder lieber alles verbergen? Soll ich mich schlampig aufmachen, um ihm zu beweisen, dass es mir scheißegal ist, mit wem er noch ausgeht, oder soll ich mir besondere Mühe geben, um fantastisch auszusehen?

Schließlich entscheide ich mich für einen schwarzen Pullover mit V-Ausschnitt (ein bisschen Dekolleté), meine Lieblingsjeans und Stiefel. Mein Haar ist länger, als es jemals war, und fällt mir bis auf den Rücken hinunter. Statt eines Pferdeschwanzes oder eines Knotens lasse ich es heute offen. Zunächst streiche ich es mir hinter die Ohren, denn zumindest habe ich so die Chance, mich dahinter zu verbergen, wenn es sein muss. Ich habe nie viel Make-up getragen – bisher brauchte ich noch nie Grundierung oder Puder –, und auch heute Abend benutze ich nur ein wenig Lipgloss.

Ich hasse es, mit Lippenstift auf den Lippen zu küssen; er funktioniert also wie eine Art Keuschheitsgürtel für den Fall, dass ich im betrunkenen Zustand Küsse mit einem Mann austauschen will, den ich verzweifelt liebe, der aber vielleicht gestern Abend mit einer anderen Frau zu einem Vielleicht-Date unterwegs war.

Wie immer hat sich unsere Clique weiter hinten in der üblichen Nische niedergelassen. Ich sehe Ansel, Mia, Finn, Not-Joe, London und Oliver, der mit dem Rücken zu mir sitzt und dessen breite Schultern vermutlich Harlow verdecken, denn ich höre sie bis hierher lachen.

Mir wird ganz schlecht. Ich winke Fred zu und bleibe im nächsten Moment neben der Bank stehen, darauf wartend, dass Oliver mich bemerkt, damit ich mich neben ihn setzen kann. Es ist ein bisschen so, als würden Dominosteine umfallen. Nacheinander sehen die anderen mich an, lächeln instinktiv, bevor das Lächeln schwindet, als sie sich *erinnern*, und dann schauen sie alle zu Oliver.

Ich schwöre, mein Herz klopft so heftig, dass es gleich aus meiner Brust springt.

Gütiger Himmel. Er schnappt nach Luft, als er mich dort stehen sieht, und starrt mich eine gefühlte Ewigkeit lang einfach an.

Und auf einmal habe ich das Gefühl, einen Schlag ins Gesicht zu bekommen. Ich vermisse ihn nicht nur, ich *brauche* ihn. Ich will diese Distanz nicht. Ich will nicht, dass es vorbei ist. Ich will ihn nicht verlieren. Verdammter Mist, wie soll ich das bloß alles wieder auf die Reihe kriegen?

Schließlich rutscht er zur Seite und lächelt kurz. „Komm, setz dich."

Er trägt ein dunkelgrünes *Preacher*-T-Shirt und dieselben dunklen Jeans, die er neulich Abend angehabt hat, als ich ihn ausgezogen und ihm das erste Mal einen geblasen habe.

Noch immer spüre ich seine Haut auf meinen Lippen, seine zittrigen Finger in meinem Haar.

Ich erinnere mich, wie er unter der Dusche geklungen hat. Erinnere mich an das, *was* wir dort getrieben haben.

Das Panel zeigt das Mädchen, das vor dem Spiegel steht, während sich die Worte ICH BIN NOCH NICHT BEREIT DAFÜR. ICH BIN NOCH ÜBERHAUPT NICHT BEREIT DAFÜR *wie eine Spirale um ihren Körper drehen.*

„Hallo", stoße ich hervor.

„Hallo." Er schluckt und lässt seinen Blick für den Bruchteil einer Sekunde auf meinem Mund ruhen, ehe er wieder sein typisches Pokerface aufsetzt. Seit Samstag habe ich ihn nicht gesehen, und es fühlt sich an, als hätte man mir das Herz herausgerissen, es auf links gedreht und danach wieder eingesetzt.

Himmel, wenn es schon für mich so schwierig ist, wie muss es erst für ihn sein? Schrecklich. Und trotzdem wirkt er total entspannt und gelassen, immer die Ruhe selbst. Ich glaube, ich habe nie zuvor jemanden so sehr bewundert wie ihn.

„Hallo Lola“, sagt Ansel und grinst so breit, dass seine Grübchen zutage treten.

Ich erwidere sein Lächeln.

„Und? Wie läuft's mit dem neuen Buch?“, fragt Harlow ein wenig zu laut.

Ich werfe ihr einen *Ernsthaft? Wir reden jetzt hier darüber?*-Blick zu und antworte knapp: „Gut.“

„Alles ist *gut*“, murmelt sie, und ich bemerke, dass Finn ihr einen sanften Stoß in die Rippen verpasst.

Dies ist wirklich ein unglaublich peinlicher Moment. Ich sitze da und bereue es bereits, hergekommen zu sein. Nur langsam kommt die Unterhaltung am Tisch in Gang. Instinktiv ziehe ich einen Stift aus der Tasche und beuge mich vor, um auf einer Cocktail-Serviette herumzumalen. Ich ahne, dass Olivers Kopf in meine Richtung gedreht ist, dass er zusieht, während ich zeichne. Das tut *er* instinktiv, und es macht mich richtig fertig, weil er das immer getan hat: Er hat sich mir immer zugewandt, wollte immer Anteil an meinem Leben nehmen.

Es ist so, als wäre zwischen uns eine dünne Barriere gewesen, die in dem Moment verschwand, als wir uns geküsst haben. Vorher, da hatte ich Gefühle, er hatte Gefühle; wir konnten jedoch trotzdem weiter atmen, reden, scherzen, trinken. Jetzt bin ich nichts weiter als … ein offen liegendes Kabel, das einem Funken gefährlich nahe kommt. Ich will ihn ohrfeigen, weil er mit Allison ausgegangen ist, ich will ihn streicheln und ihn anflehen, mir zu vergeben. Die Luft zwischen uns scheint zu vibrieren, zu knistern. Es kommt mir fast so vor, als könnte ich seine warme Hand spüren, die auf seinem Schenkel neben meinem liegt. Aus dem Augenwinkel bemerke ich, wie seine Finger zucken.

Ich auch, gestehe ich ihm stumm.

Ich dachte, ich würde eine harte – aber richtige – Entscheidung treffen, doch nun blicke ich auf die Lola vom letzten Samstag zurück und stelle fest, dass sie so was von naiv war! Ich habe keine Ahnung, was ich tun soll – ob ich mich einfach zu ihm umdrehen soll, um ihm zu sagen, dass es mir leidtut. Ich weiß ja nicht einmal mehr, warum ich geglaubt habe, ich könnte das alles so handhaben. Kaum tauche ich einen Abend lang aus dem Stress auf, der mich blind gemacht hat, bin ihm wieder nahe, nehme den Duft seines Weichspülers wahr, die Nähe seiner starken Hände, Beine, seinen weichen Hals, sein leises Lachen ... Und da wird mir schlagartig klar: Er hat recht – es funktioniert so nicht. Ich *liebe* ihn. Ich möchte mit ihm zusammen sein. Die Bitte, auf die Pausentaste zu drücken, war totaler Schwachsinn.

Oh mein Gott, ich bin so eine Idiotin.

Mit einer ruckartigen Bewegung setzt Oliver sich auf, holt Luft und hat offenbar entschieden, dass er unsere kleine Gesellschaft aus der Stille der Verdammnis reißen muss. „Hey, Joe, was schaust du dir da an?“

Not-Joe streicht sich das Haar aus dem Gesicht. „Videos von Kühen, die gemolken werden.“

Ich schaue auf. Alle starren Not-Joe sprachlos und mit hochgezogenen Brauen an.

Harlow hebt die Hand und unterbindet so alle anderen Kommentare. „Ich will das gar nicht wissen.“ Sie winkt Fred drüben an der Bar zu. „Drei wichtige Updates von mir: Erstens, ich habe die Nase voll von Flugzeugen. Zweitens, ich habe die Nase voll von *Schiffen*.“

Dem Universum sei Dank für Harlows Fähigkeit, eine Mauer des Schweigens zu durchbrechen!

„Und drittens“, fährt sie fort, „hat eine widerliche Schlampe heute versucht, meinen Mann zu vögeln.“

Wir schnappen kollektiv nach Luft und blicken zu Finn, der nur murmelt: „Quatsch.“

Mit weit aufgerissenen Augen wendet Harlow sich ihm zu. „Hat sie oder hat sie dir nicht die Hand auf den Arm gelegt und dabei *wie eine Nutte gekichert*?“

„Hat sie“, gibt er lachend zu.

„Und hat sie oder hat sie nicht deinen fantastischen Bizeps gedrückt?“

Er nickt. „Hat sie.“

Sie beugt sich vor und zischt: „Und hat sie oder hat sie dir dann nicht *ihren Zimmerschlüssel in die Hand gedrückt*?“

„Den ich sofort zurückgegeben habe“, erinnert er sie. „Das war kein Versuch, mich zu vögeln. Das war ein fehlgeschlagener Versuch.“

Finn hebt die Hand und klatscht sich mit Ansel ab.

„Voll widerlich.“ Harlow trinkt einen Schluck Wein. „Sie hatte echt die riesigsten falschen Titten, die ich je gesehen habe“, erzählt sie uns, ist aber anscheinend schon über die Sache hinweg. „Was mich daran erinnert.“ Sie hält Finn einen Finger vors Gesicht, und er beißt spielerisch hinein. „Diese Sache da, bei der du ohne Hemd gefilmt wirst? Gefällt mir gar nicht.“

„Jetzt drehst du langsam durch“, stellt Mia fest.

„Dir gefällt es nicht, wenn ich kein Hemd anhabe?“, fragt Finn mit einem wissenden Grinsen.

Harlow stellt ihr Glas so abrupt ab, dass der Wein überschwappt. „Nicht, wenn dich die Leute angaffen!“

„Du drehst völlig durch“, stimmt Oliver zu und nickt Mia zu.

„Du wusstest, dass es hart werden würde“, erinnert Ansel Harlow.

„Natürlich drehe ich durch!“, brüllt Harlow. „Alle wollen meinen Mann knallen!“

Eine Gruppe von Leuten starrt zu uns herüber, doch Harlow sieht sie so lange grimmig an, bis sie sich wieder abwenden.

„Ich nicht", erkläre ich.

Finn hebt seine Flasche und prostet mir zu.

Mia nippt an ihrem Drink und nickt. „Ich auch nicht."

„Ich mag dich, Finn", sagt Oliver, „aber ich habe daran auch kein Interesse."

Allmählich, ganz allmählich löst sich die Spannung am Tisch, und am liebsten würde ich singen. Der Klang von Olivers tiefer Stimme bringt meine Haut zum Kribbeln.

„Ich würde ihn knallen." Not-Joe verkündet das, während auf seinem Smartphone noch immer Kuh-Videos laufen.

Eine Sekunde lang glotzen wir ihn an, ehe wir übereinstimmend beschließen, ihn zu ignorieren.

„Harlow", setzt Ansel an, „du hast einen der drei treusten Männer geheiratet, die es gibt. Ich knalle Mia. Finn knallt Harlow. Oliver knallt Lola. So einfach ist das."

Mir bleibt das Herz stehen, und Oliver neben mir erstarrt.

„Hey!", wirft London ein und tut so, als wäre sie beleidigt, weil sie übergangen wurde.

Bisher scheinen wir die Einzigen zu sein, die diesen kleinen Patzer bemerkt haben. Oliver beginnt, langsam seine Serviette zu zerreißen.

„Du kannst ja Not-Joe knallen", bietet Ansel an.

London blickt zu Not-Joe und schüttelt dann lachend den Kopf. „Es mag seltsam klingen, aber ich bin mir nicht sicher, ob ich mit ihm im Bett klarkommen könnte."

Inzwischen hat sich wieder peinliches Schweigen in unserer Runde ausgebreitet, während erst Finn, dann Mia und Harlow zu uns herüberschauen. Offenbar fällt nun auch Ansel auf, was er da gerade gesagt hat, denn er wischt sich hastig den Mund. „*Merde.* Ich meinte nicht …"

„Ist schon okay", unterbricht Oliver ihn mit angespannter Stimme. „Das ist mein Stichwort, um mal kurz zu verschwinden."

Er entschuldigt sich leise und zuckt zusammen, denn ich muss aufstehen, um ihn durchzulassen. Als er sich an mir vorbeischiebt, streift seine Hand aus Versehen meine, und er zuckt erneut zurück, bevor er sich noch einmal entschuldigt.

Ich habe das Gefühl, als hätte ich mich verbrannt.

Wir sehen ihm hinterher, und sobald er außer Sichtweite ist, lasse ich den Kopf auf die Tischplatte fallen. „Warum bin ich hier? Ich habe ihm den ganzen Abend versaut."

„Ich bin so blöd!", stöhnt Ansel. „Es tut mir leid, Lola."

„Nein", erwidere ich. „Ich hätte nicht kommen sollen. Er hätte Spaß, wenn ich nicht hier wäre."

„Das stimmt nicht", stellt Finn klar. „Ihr beide müsst das irgendwie wieder auf die Reihe kriegen. Das ist doch alles totaler Scheiß."

„Sagst ausgerechnet du", fährt Harlow ihn an.

„So wie er dich anschaut", flüstert Mia, „sieht es aus, als wollte er ein Feuer unter deiner Haut entfachen."

„Das hat er immer schon getan", mischt Harlow sich ein, bevor sie an ihrem Wein nippt. „Hat dich angesehen, als könntet ihr, wenn er dich nur lange genug anstarrt, die Gedanken des anderen lesen und bräuchtet sie gar nicht mehr laut zu äußern. So als wollte er dir unter die Haut kriechen, als wollte er, dass du ihm unter die Haut gehst."

„Hat er nicht", widerspreche ich.

„Hat er wohl."

„Was hat er?", fragt Not-Joe und blickt von seinem Handy auf.

„Ich habe Lola eben gesagt, dass Oliver sie immer angeschaut hat, als wollte er sie aufsaugen."

„Nicht aufsaugen", korrigiert Not-Joe sie sanft. „Er wollte nur einen Teil von ihr, den sonst keiner bekommen hat. Und den hat er auch ganz offensichtlich gekriegt." Er hebt sein Kinn in meine Richtung, als wäre das ein Beweis. Ich sehe es gerade noch, als ich mich wieder zu ihm umdrehe, nachdem ich in die andere Richtung gestarrt habe, in der Hoffnung, Oliver würde zurückkehren.

Wir verfallen alle in nachdenkliches Schweigen, überrumpelt von Not-Joes Aussage.

„Ich meine, er ist nicht Rogue oder so“, murmelt Not-Joe, berührt Mias Arm und tut so, als würde er ihre Kraft à la Rogue aufsaugen, ehe er sich erneut seinem Telefon widmet. „Also sag ihm, dass er einen Teil von dir hat. Bring das, was kaputt ist, wieder in Ordnung.“

Ansel und Finn spielen nervös mit ihren Bierdeckeln herum, doch Mia, Harlow und London fixieren mich.

„Was ist?“, frage ich.

„Ich stimme Not-Joe zu, was ... mal was Neues ist“, sagt Mia und zuckt entschuldigend mit den Schultern. „Du musst irgendetwas tun. Euch beiden geht es sauschlecht. Geh und rede mit ihm. Sag ihm, was du empfindet, selbst wenn es ein einziges Gefühlschaos ist.“

„Jetzt ist wahrscheinlich nicht der beste Zeitpunkt“, antworte ich. Ich kann mir keinen ungeeigneteren Ort als diese Bar vorstellen, um mit Oliver darüber zu sprechen, was ich getan habe ... und über sein Abendessen mit Allison. Allein bei dem Gedanken, eine derartige Unterhaltung in der Öffentlichkeit zu führen, wird mir ganz schlecht.

Ich blicke hinüber zu den Toiletten und warte darauf, dass Oliver auftaucht, während ich mich gleichzeitig vor dem Moment fürchte. Doch dann fesselt etwas anderes meine Aufmerksamkeit ... Ein Gesicht, das ich seit Ewigkeiten nicht gesehen habe.

Es dauert einige Sekunden, ehe mein Gehirn verarbeitet hat, wen ich dort entdeckt habe. Ich blicke schnell zu Harlow: Sie lächelt über irgendetwas, was Finn gesagt hat. Vorsichtig schaue ich zu Mia: Sie liest etwas, was London ihr auf dem Handy zeigt. Aber Ansels Blick wandert zwischen mir und der Person, die ich drüben an der Bar entdeckt habe, hin und her. Ansel weiß, dass etwas los ist … Er weiß allerdings nicht, warum ich die Augen aufgerissen habe. Denn er wird Luke Sutter wohl nicht erkennen.

Jetzt hat auch Luke mich gesehen, und seine Miene wird schlagartig ernst. Ich kann geradezu spüren, dass er nicht zu den anderen am Tisch schauen will, dass er es nicht wissen will. Aber er kann gar nicht anders: Sein Blick gleitet durch die Nische, stolpert – ohne sie wahrzunehmen – über Not-Joe, London, Harlow, Finn … bis er schließlich auf Mia landet. Für eine Sekunde, nur einen Herzschlag lang, sieht es aus, als hätte ihm jemand einen Schlag in die Magengrube verpasst.

„Wer ist das?“, will Oliver wissen, als er an den Tisch zurückkehrt, und Eifersucht lässt seine Stimme ziemlich scharf klingen.

Bei seinen Worten zucke ich erschrocken zusammen, denn er steht bereits direkt neben mir. Hastig erhebe ich mich und lasse ihn wieder rein. Auf seine Frage hin schaut Mia auf, folgt den Blicken der anderen, und als sie Luke sieht, wird sie kreidebleich. Ich kann mich nicht erinnern, wann sie Luke zuletzt gesehen hat, aber ich weiß, dass es noch immer hart für sie ist. Noch immer ist es für sie schwer zu verstehen, wie sehr die Dinge sich geändert haben. Wie sehr Luke sich verändert hat.

„Äh … das ist Luke“, sage ich, und Ansel versteift sich, als er das hört. „Mias Ex.“

Mir wird klar, dass ich nicht weiß, was er über Luke gehört hat. Hat Mia ihm erzählt, dass sie und Luke seit ihrem elften Lebensjahr unzertrennlich waren? Dass wir alle davon ausgegangen waren, dass die beiden für immer zusammenbleiben würden? Hat Mia ihrem Mann von ihrem schlimmen Streit mit Luke erzählt? Dem, in dessen Verlauf Luke ihr unter Tränen gestand, er habe das Gefühl, Mia wäre unter dem Laster gestorben, von dem sie überfahren worden war?

Die Erfahrungen der letzten Jahre haben Luke verändert. Er ist nicht mehr der umgängliche Typ von früher, doch ich werde ihn immer mögen, obwohl er oberflächlich betrachtet ein eingebildetes Arschloch zu sein scheint. Der Unfall hat zwei Träume zerstört: Mias Traum vom Tanzen und Lukes Traum, Mia an seiner Seite zu haben. Er hat es überwunden – auf die einzige Art und Weise, die ihm wohl eingefallen ist: indem er mit wirklich jeder Frau geschlafen hat.

Ich drehe mich wieder zu Ansel und Mia um. Auf Ansels Miene spiegelt sich eine Gefühlsregung, die ich bei ihm nie zuvor beobachtet habe; es ist eindeutig Wut. Seine ohnehin leicht geröteten Wangen werden knallrot, und sein Blick verhärtet sich. Mia streicht über seinen Arm und flüstert ihm etwas ins Ohr, bevor sie sein Gesicht umfasst und ihn drängt, sie anzuschauen. Erst wehrt er sich und funkelt Luke wütend an, doch dann nickt er, schließt die Augen und gibt ihr schließlich einen besitzergreifenden Kuss.

„*Je t'aime*", flüstert er. „Ich liebe dich so sehr, dass ich manchmal vergesse, dass du gar nicht so zerbrechlich bist."

Ich wende mich ab, denn das ist mir viel zu intim. Als ich zu Luke schaue, bemerke ich, wie sein Kiefer zuckt, aber im nächsten Moment lächelt er wieder lässig und wendet sich ab, um mit ein paar Frauen an der Bar zu flirten.

„Das ist also Luke", sagt Oliver nahe an meinem Ohr. Eine Gänsehaut überzieht meine Arme. „Der, der euch immer zu Konzerten gefahren hat."

Ich nicke und würde am liebsten flennen, weil er sich so viel Mühe gibt, locker mit mir zu reden. „Er und Mia waren schon auf der Highschool zusammen und danach auch noch … eine Weile."

„Du meinst, bis nach ihrem Unfall?", fragt er leise.

„Ja. Das war eine harte Zeit für Mia, und Luke hat es fast das Herz gebrochen, dass sie nie wieder so sein würde wie vor dem Unfall."

„Du mochtest ihn also?"

Ich sehe Oliver an, blicke ihm direkt in die Augen – zum ersten Mal heute Abend. Was auch immer sich in meinem Inneren aufgestaut hat: Es droht, hervorzubrechen, als ich erkenne, wie gut es ihm gelingt, sich zusammenzureißen. Ich möchte mich auf ihn stürzen und ihn abwechselnd schütteln und küssen. Der Schmerz lauert versteckt hinter seinen blauen Augen, aber ansonsten ist er einfach Oliver: derselbe gelassene, lockere Oliver, wie ich ihn seit einigen Monaten kenne. Und ich hasse es, denn ich kenne auch den anderen Oliver – den, der mir ein solches Vergnügen bereitet hat, dass ich Sterne gesehen habe –, und ich hätte so gern eine Bestätigung, dass ich genau den Oliver noch einmal zu Gesicht bekomme. Dass er mir noch einmal diese Seite von sich zeigt.

„Ich mag ihn", antworte ich. „Er hat ein paar echt verletzende Sachen gesagt, und ich kann schon gar nicht mehr zählen, wie häufig er etwas versaut hat, aber er ist ein netter Kerl."

Dafür ernte ich ein kurzes Heben der Brauen, doch bevor Oliver sich näher dazu äußern kann, verkündet Ansel: „Leute, es war wie immer nett mit euch, aber ich verspüre das dringende Bedürfnis, meine Frau nach Hause zu bringen, um sie mit siebzehn meiner robusten männlichen Nachkommen zu schwängern."

Oliver nimmt seine Brieftasche vom Tisch, und sein Körper kommt mir gefährlich nahe, als er sie in seine Gesäßtasche steckt.

„Gehst du auch schon?", frage ich. „Ich bin ja gerade erst gekommen."

Er nickt. „Ich weiß. Tut mir leid. Es war eine großartige Erfahrung, aber ich würde lieber nach Hause gehen und das Klo putzen."

Damit bringt er mich zum Lachen, obwohl ich wirklich noch nicht bereit bin, ihn gehen zu lassen. „Ich glaube, ich weiß, was du meinst."

Als ich aufstehe und er mir folgt, lege ich ihm spontan eine Hand auf den Arm, um ihn daran zu hindern, sofort zu verschwinden. Erstaunt schaut er mich an, folgt mir aber widerstandlos, als ich ihn ein Stück vom Tisch wegziehe und in eine ruhigere Ecke lotse.

Widerstrebend lasse ich seinen Arm los, trete einen Schritt zurück und hole ein paarmal tief Luft. Ich hatte nicht vor, heute Abend mit ihm über diese Sache zu reden. So ohne Vorbereitung fällt mir das schwer. Ich kann ihn jedoch nicht ziehen lassen, ohne etwas gesagt zu haben, ohne etwas zu geben.

„Okay", setze ich mit leicht zittriger Stimme an, weil er stumm bleibt. „Das war kein toller Abend."

„Kann man so sagen", pflichtet er mir tonlos bei. Mir fällt auf, dass sein Blick kurz hinunter zu meinen Lippen wandert.

Ich will, ich will, ich will.

„Es tut mir wirklich leid", fahre ich fort. „Ich weiß, das hier ist hart …"

Oliver zuckt mit den Schultern und nickt einmal. Ich stöhne innerlich. *Oh Gott,* das ist so verdammt schmerzhaft. Wie soll ich ihm denn bloß klarmachen, dass ich zwar noch nicht weiß, wie es funktionieren kann, dass ich aber wieder mit ihm zusammen sein will? Dass ich einen Weg finden möchte, das alles irgendwie in der Waage zu halten, ihn, die Arbeit … alles? Ich brauche ihn doch! Es kommt mir unmöglich vor, das alles auszusprechen – vor allem, wenn ich ihm so nahe bin und keinen Ton herausbringe, weil ich ihn so gern berühren möchte.

Schließlich gestehe ich ihm: „Ich war gestern Abend im Laden, weil ich dich sehen wollte."

Anspannung zeigt sich auf seiner Miene. „Ja?"

„Bist du mit Allison ausgegangen?"

Er reibt sich das Kinn, scheint jedoch nicht überrascht zu sein, dass ich die Frage gestellt habe. „Ja."

Das Panel zeigt eine Pfütze am Boden – in Form eines Mädchens.

Meine Wangen glühen. „War es …?" Verdammt. Ich blicke zur Seite, während ich glaube, mich allmählich aufzulösen. „War es ein echtes Date?"

Als ich ihn wieder ansehe, starrt er mich nur ausdruckslos an.

„Ich meine ...", fange ich noch einmal an. „Ist es das, was du jetzt treibst?"

„Meinst du, ob ich es mit Allison treibe?", fragt er scharf. „Ist das dein Ernst, Lola?"

„Mir war nicht ganz klar, ob es sich um eine richtige Verabredung gehandelt hat. Natürlich habe ich kein Recht, das zu fragen ..."

„Hast du tatsächlich nicht."

„Ich weiß", erwidere ich schnell, „aber es bringt mich fast um, wenn ich mir vorstelle, ihr zwei macht miteinander rum."

Er sagt kein Wort, doch sein Kiefer ist total angespannt, und in meinem Kopf herrscht auf einmal völlige Leere.

Als ich vor Entsetzen schweige, brummt er schließlich: „Ist es nicht das, was ich tun sollte? Mir die Zeit vertreiben, bis du bereit bist, wieder auf *Play* zu drücken?"

Meine Frage hat er immer noch nicht beantwortet. Klar, er ist verletzt; ich habe ihn verletzt, und das habe ich jetzt davon, aber diese scharfe, sarkastische Seite habe ich an Oliver bisher nicht kennengelernt. Ich hasse mich gerade so sehr, und ihn hasse ich auch ein wenig, denn es fühlt sich an, als hätte er mich betrogen ... obwohl ich diejenige bin, die ihn weggeschickt hat.

Mein Brustkorb wird enger und enger, bis ich das Gefühl habe, ersticken zu müssen, und nach Luft schnappen muss. Gleichzeitig steigen mir Tränen in die Augen. Ich nicke, versuche zu lächeln, aber es gelingt mir natürlich nicht. Also wende ich mich rasch ab, damit Oliver es nicht bemerkt. Hastig gehe ich über den Flur zu den Damentoiletten und unterdrücke ein Schluchzen.

Hinter mir höre ich, wie Oliver mir mit entschlossenen Schritten folgt. Und schon legt er eine Hand auf meine Schulter. „Verdammt. Nein. Lola, geh nicht. Ich bin ein Arsch."

Ich drehe mich nicht zu ihm um, weil ich mir über die feuchten Wangen wische. Das Ganze ist so peinlich. Ich finde es schrecklich, wenn ich allein bin und heulen muss; verständlicherweise ist es dann noch schrecklicher, wenn jemand es mitbekommt. Leider fließen die Tränen mittlerweile so heftig, als würde man mir einen Wasserschlauch aufs Gesicht halten.

Schniefend ringe ich nach Luft. „Nicht du bist der Arsch, sondern ich“, sage ich, und es kann ihm unmöglich entgehen, dass ich weine. „Ich hatte bloß solche Angst, dass ich die Sache mit den Büchern versaue, und jetzt habe ich dafür die Sache zwischen uns versaut.“

Er dreht mich sachte zu sich herum, und ich wünschte, wir wären zusammen in meinem Zimmer, damit er mich nicht nur meiner Sachen entledigt, sondern auch diesen Wahnsinn beendet, den ich ausgelöst habe. Ich will, dass wir einfach wieder *wir* sind.

„Ich habe sie nicht geküsst“, versichert er mir. „Wir waren zusammen essen, mehr ist nicht passiert.“

Ich nicke und schlucke erleichtert.

„Aber erwartest du wirklich von mir, dass ich nicht versuche, mir etwas Neues aufzubauen?“, fragt er leise. „Du hast mir mehr oder weniger mitgeteilt, dass ich warten soll, während du dein Leben ohne mich in den Griff zu bekommen versuchst. Das zu verlangen ist echt grausam, Lola.“

Ich berühre seine Brust, und mit einem Mal purzeln die Worte wirr aus mir heraus. „Ich … ich glaube nicht, dass wir das auf dieselbe Weise interpretiert haben“, stottere ich. „Ich glaube nicht, dass ich das meinte, was du glaubst, was ich gemeint habe. Oder was ich gesagt habe? Es tut mir so leid.“

Er löst sich ein wenig von mir. „Ich denke nicht, dass diese ganze Sache nur … ein Missverständnis war. Ich habe genau verstanden, was du zu mir gesagt hast.“

„Ich würde gern noch einmal darüber reden“, sage ich und versuche gleichzeitig, meine Gedanken zu ordnen, aber die Musik ist laut, und ich spüre, dass unsere Freunde uns beobachten. „Nicht hier, nicht so. Aber bald?“

Er nickt und betrachtet meinen Mund. Im nächsten Moment schüttelt er jedoch den Kopf. „Ich weiß nicht, Lola. Ich weiß es nicht. Das ist alles ein verdammtes Durcheinander."

Panik breitet sich in mir aus. „Ich will nicht, dass es zwischen uns vorbei ist, und …"

Oliver unterbricht mich mit einem leisen „Psst", ehe er den Arm ausstreckt und mir das Haar hinters Ohr streicht. Entgeistert starrt er auf seine Hand, als hätte sie die Bewegung selbsttätig ausgeführt, und lässt sie langsam wieder sinken.

Wie eine Trommel schlägt mein Herz tief in meinem Inneren, und es schlägt nur für Oliver. Daran wird sich auch niemals mehr etwas ändern. Es gibt keine Uhr, die wir zurückdrehen können, und ebenso wenig können wir die Zeit anhalten.

„Ich vermisse dich", gestehe ich ihm.

Er lächelt, und die blauen Augen schimmern hinter seinen Brillengläsern. „Ich vermisse dich auch, Lola Love."

Es bricht mir fast das Herz, und zugleich fühle ich mich unendlich erleichtert. Wenn er mich Lola Love nennt, besteht dann wenigstens noch die Chance, dass wir Freunde bleiben? Und wäre das wunderbar oder die reinste Folter? „Ich dachte, du würdest mir erzählen, dass du Hard Rock Allison geküsst hast."

Olivers Miene nimmt einen zärtlichen, aber auch traurigen Ausdruck an. „Tja, das würde ich wohl doch nicht tun. Ich empfinde nichts für sie." Er fährt sich mit der Hand übers Gesicht. „Ich war wütend und wollte mich ablenken, aber das käme einem Verrat an meinen eigenen Gefühlen gleich – und das will ich nicht." Er lacht humorlos. „Die Liebe zu dir hat sich in mein Herz gebrannt, ich will niemand anderen als dich küssen."

Von meinen Empfindungen überwältigt, platze ich – ohne nachzudenken – heraus: „Möchtest du heute Nacht mit zu mir kommen?"

Eine Sekunde lang schließt Oliver die Augen und versucht zu lächeln, aber seine Mundwinkel heben sich kaum. „Ich glaube nicht …"

Oh Gott. Mir wird schlecht. „Scheiße, vergiss es. Entschuldige. Natürlich willst du das nicht."

Oliver weicht einen Schritt zurück und sieht sich hilflos um, ehe er sich noch einmal das Gesicht reibt und mich anschaut. „Spiel keine Spielchen mit mir", bittet er mich eindringlich. „Bitte. Deinem Blick sehe ich doch an, dass du noch immer völlig durcheinander bist. Mir ist schon klar, dass es dir nicht wirklich gefällt, was du getan hast. Es ist bloß ... Jetzt, nach ein paar Tagen, finde ich, dass es zu spät ist, um zu mir gerannt zu kommen, völlig aufgelöst und voller Panik. Da drängt sich mir der Gedanke auf, dass es nur daran liegt, weil du von Allison gehört hast."

„Nein, Oliver, das ist es nicht ..."

Bedauernd schüttelt er den Kopf. „Ich bin mir nicht sicher, ob du tatsächlich Angst davor hattest, dass diese Beziehung nicht mit deiner Karriere in Einklang zu bringen ist, oder ob du dich eher davor gefürchtet hast, mich zu lieben. Wie auch immer, ich weiß ehrlich gesagt nicht, wie ich damit umgehen soll. Beide Möglichkeiten sind irgendwie scheiße." Er beugt sich vor und drückt einen kleinen Kuss auf die Stelle unter meinem Ohrläppchen. Seine Lippen sind mir so nahe, als er hinzufügt: „Ich liebe dich, Lola, aber ich habe schreckliche Angst davor, dass du mein Verderben sein könntest."

15. Kapitel

OLIVER

Ich habe absolut keine Ahnung, wie ich mich in Lolas Gesellschaft verhalten soll. Und Joe ganz offensichtlich auch nicht.

Ich hatte sie über eine Woche lang nicht mehr hier im Laden gesehen, als sie schließlich am Morgen nach unserem heiklen Gespräch bei Fred's hereinkommt und direkt die Marvel-Abteilung ansteuert. Als sie mir nur kurz zuwinkt, unterlässt Joe erstaunlicherweise jede seiner üblichen Bemerkungen, sondern mustert mich bloß aufmerksam, als wollte er meine Reaktion abwarten.

„Lola ist hier“, sagt er dann nach einer Weile und hebt das Kinn in Richtung der Regale, zwischen denen sie verschwunden ist.

Mein Herz klopft wie verrückt. „Das ist sie.“ Sie hat mich gestern Abend gefragt, ob ich mit zu ihr kommen will. Es war so *verdammt* verlockend, den ganzen Scheiß zu vergessen, mit ihr ins Bett zu fallen, den Sex zu genießen – aber nicht in hundert Jahren hätte ich in dem Moment Ja gesagt. Ich konnte ihre Schuldgefühle und ihr Bedauern geradezu spüren, aber Lola hat keine Ahnung, was sie im Augenblick wirklich will; sie ist eine emotionale Landmine, und ich bin nicht bereit, freiwillig draufzutreten.

Joe kommt um den Verkaufstisch herum und stellt sich neben mich. „Willst du nicht zu ihr gehen?“

„Nicht, dass es dich was angeht, Joe, aber nein. Vielleicht später. Es sieht jedoch so aus, als wollte sie sich nach Heften umschauen.“

„Ich verstehe euch zwei einfach nicht“, murmelt er.

„Tja, ich werde mir jetzt keine Sorgen über die Meinung eines Kerls machen, der den Großteil des Abends damit zugebracht hat, sich anzuschauen, wie Kühe gemolken werden. Und sich anschließend noch Videos reingezogen hat von Männern, die Laster mit Seilen durch die Gegend ziehen, die sie an ihren Schwänzen befestigt haben.“ Es ist einfacher, Witze zu reißen, denn was soll ich sonst sagen? Offen gestanden, ich verstehe es ja selbst nicht.

Ein Teil von mir – der Teil, der Lola bewundert und denkt, sie kann nichts falsch machen – möchte am liebsten die Verantwortung für den ganzen Schlamassel übernehmen. Der Teil hat das Gefühl, dass ich hätte voraussehen müssen, dass sie in Panik gerät, was ihre Arbeit und unsere Beziehung angeht. Dass ich ein wenig Verständnis aufbringen sollte, für das, was sie gesagt hat. Dass es wirklich keinen guten Eindruck gemacht hat, als ich mit Allison essen gegangen bin. Aber die Unterhaltung in ihrem Zimmer – als sie verlangt hat, ich solle einfach abwarten, während sie sich auf ihre Arbeit konzentriert – hat mir gezeigt, wie jung sie noch ist. Naiv schon fast. Ich wusste das, ehrlich, doch ich hätte nie gedacht, dass es mir einmal solch einen Schlag ins Gesicht versetzen würde.

Tja, ich bin wohl auch naiv.

Ich gönne Lola allen Erfolg der Welt, aber ich kann es immer noch nicht fassen, dass sie glaubt, ich könnte ihr dabei irgendwie im Weg sein.

Offen gestanden hat es mich ziemlich verletzt. Ich war die ganze Zeit Lolas größter Fan und ihr lautester Cheerleader – Himmel, ich trage sogar immer mein *Razor Fish*-T-Shirt, wenn es sauber ist. Ich war außerdem der hingebungsvollste Liebhaber überhaupt … selbst wenn es nur für eine Woche war. Es hat echt wehgetan, so einfach beiseitegeschoben zu werden.

Trotzdem, wenn sie in der Nähe ist, wird mir klar, dass ich nie zuvor jemanden so sehr gebraucht und gewollt habe wie sie. Es ist wie ein Sog, ein geradezu körperlich spürbarer Drang, ihr nahe zu sein. Allein das Wissen, dass sie im Laden ist, lässt die Schmetterlinge in meinem Bauch flattern, und alles beginnt zu kribbeln. Sie hat ihr Haar heute nicht zusammengebunden, sondern trägt es offen, ihre Lippen sind voll und ungeschminkt. Ich erinnere mich, wie sie träge den Kopf zur Seite gelegt und mir zugeschaut hat, als ich Küsse auf ihrem ganzen Körper verteilt habe, erinnere mich an das Gefühl ihrer Oberschenkel auf meinen Schultern, an ihren süßen Geschmack auf meiner Zunge.

Lola blickt von ihrem Comic auf, merkt, dass ich sie anstarre, und winkt mir zaghaft zu. Ich winke zurück, bevor ich mich umdrehe und fast mit Joe zusammenpralle. Er lässt den Blick zu Lola und zu mir gleiten, ehe er den Kopf schüttelt.

„Echt. Das ist doch alles Scheiße“, stellt er fest.

„Es ist alles gut.“ Ich schlage eine Rolle mit Kleingeld auf und lasse es in die Kasse fallen.

„Gut? Vor einer Woche kam sie hier reingestürmt und ist wie an einem Baum an dir hochgeklettert, und heute tut sie so, als wärst du nichts weiter als ein x-beliebiger Verkäufer.“

„Die Dinge sind ein wenig … kompliziert.“ Ich seufze. Ich liebe sie, aber ich will im Moment nicht mit ihr zusammen sein. Ich will, dass sie es besser macht.

„Sie ist immer noch scharf auf dich, das weißt du, oder?“

Ich schließe die Kasse und werfe ihm einen genervten *Das geht dich nichts an*-Blick zu. „Ich weiß, Joe.“

Doch Joe lässt sich nicht beirren. „*Und?*“

„Und ich frage mich allmählich, ob sie recht hatte, als sie sich Sorgen darüber gemacht hat, dass wir uns damit alles versauen. Vielleicht waren wir besser darin, als wir nur Freunde gewesen sind.“

Ich begrüße einen Kunden, der zur Kasse kommt, und Joe tritt zur Seite, damit ich kassieren kann. Nachdem ich das Geld erhalten habe, reiche ich dem Mann lächelnd die Einkaufstüte.

Joe beobachtet mich noch immer mit missbilligendem Gesichtsausdruck.

„Vielleicht vergisst du die kleine Tatsache, dass du in sie verliebt bist", sagt er.

Ich lehne mich an den Verkaufstisch und fahre mir mit den Händen übers Gesicht. „Das habe ich nicht vergessen."

„Was zum Teufel tust du dann hier, während sie dort drüben ist?"

Ich schüttele den Kopf und starre müde zu ihr hinüber. Sie blättert in einem Comic, während sie gleichzeitig das Telefon ans Ohr hält und lauscht. „Joe, das geht dich alles nichts an, und es ist auch nicht so einfach."

„Gehst du wieder mit Allison aus?", hakt er nach.

Mein Magen verkrampft sich. „Es war nur ein Abendessen."

Er nickt verständnisvoll. „Es ist so, als wenn du mit Hershey's-Schokolade aufwächst und das für die leckerste Schokolade hältst. Und dann probierst du Sprüngli und stellst plötzlich fest, Hershey's ist scheiße."

„Sprüngli?"

„Schweizer Schokolade", antwortet er und machte eine vage Handbewegung. „Meine Familie hat ein Haus in den Schweizer Alpen."

Erstaunt drehe ich mich zu ihm herum. „Wer zum Teufel *bist* du?"

Lachend meint er: „Ich bin definitiv niemand, der Joe heißt."

„Verrat es mir nicht", erwidere ich schnell und hebe die Hand. „Dann wär ja die ganze Spannung dahin."

Mit einem lässigen Schulterzucken verschwindet er nach hinten. Die Glocke über der Tür bimmelt, und ich sehe Finn und Ansel hereinspazieren.

„Hey, Finnigan", sage ich. „Ich wusste nicht, dass du heute hier bist."

Er starrt mich aggressiv geduldig an, als er den Spitznamen

hört, während er seine Jacke auszieht. „Ich habe den Rest der Woche frei."

Ansel unterbricht unsere kleine Unterhaltung. „Was ist, gehen wir essen? Ich bin am Verhungern." Finn und ich tauschen einen amüsierten Blick aus: Nur wenn unser Freund hungrig ist, wird er unleidlich.

„Ja, lasst mich nur kurz …", beginne ich, doch in diesem Moment kommt Lola zwischen den Regalen hervor.

„Hallo", begrüßt sie die beiden anderen, ehe sie endlich mich ansieht. Sie errötet und lächelt mich an. „Hey."

„Hey", gebe ich mit klopfendem Herzen zurück. Mehr bringe ich nicht heraus.

Fuck, *ich liebe dich.*

„Du hast nicht zufällig während der letzten Stunde mit meiner Frau gesprochen, oder?", will Finn von ihr wissen.

„Es klingt noch immer total komisch, wenn du sie so nennst", meint Lola kopfschüttelnd. „Mia ist die *Frau* von jemandem. Harlow ist die *Frau* von jemandem."

Und Lola war meine Frau, für ganze zwölf Stunden. Danach war sie etwas anderes, etwas sogar noch Besseres … ein paar Tage lang.

Finn betrachtet sie mit verkniffenem Mund, während er auf ihre Antwort auf seine Frage wartet.

„Und, ja", fährt sie dann fort und streckt sich, um seinen Kopf zu tätscheln. Er sieht mich an, als wäre ich aus irgendeinem Grund dafür verantwortlich. „Sie ist auf dem Weg nach Del Mar, um sich Unterschriften von … jemandem … zu holen, und du weißt ja, wie schlecht die Verbindung dort oben ist."

Finn nickt, bevor er über den Verkaufstisch greift, um sich ein Snickers aus meinem Geheimvorrat unter der Kasse zu klauen.

Als Ansel das sieht, drängt er ihn hektisch zur Seite, um sich selbst auch eins zu schnappen.

„Lola“, sagt Finn und reißt die Verpackung von dem Riegel. „Ich möchte dich was fragen.“

Ihre Brauen schießen erwartungsvoll in die Höhe, und ihre Miene ist so süß, dass ich wegschauen muss, damit ich mich von ihr fernhalten kann.

„Ich will mit Harlow übers Wochenende nach Sequoia fahren. Zum Camping. Ruhe, Natur, du weißt schon. Weißt du zufällig, ob sie arbeiten muss?“

Lola verzieht das Gesicht und sieht Finn ungläubig an, während ich ebenfalls die Augen aufreiße. „Mit dem Auto?“, fragt sie.

Er nickt.

Lola schaut zu mir. Einen Augenblick lang ist die Befangenheit zwischen uns verschwunden, und wir sind wieder im selben Team. „Du willst sechs Stunden fahren“, fügt sie hinzu, „um ein ganzes Wochenende lang mit Harlow im *Wald* zu *campen*?“

Er runzelt die Stirn und sieht zu mir. „Das sind die Eckpunkte, ja.“

„*Kennst* du deine Frau?“, will Lola wissen.

Grinsend schaltet Finn sich ein: „Sie wird sich schon dran gewöhnen.“

„Wenn du meinst“, sagt sie augenzwinkernd. *Fuck.* Mir zieht sich das Herz zusammen, als ihre spielerische Seite zum Vorschein kommt. „Und ja, ich glaube, sie hat das Wochenende frei.“

„Lola, du bist ja immer noch da.“ Joe kommt mit einer Banane in der Hand aus dem Büro, die er auf übertrieben obszöne Weise schält. „Bist du schon bereit, endlich mit mir abzuhauen?“

„Noch nicht“, erwidert sie grinsend.

„Was hast du überhaupt dahinten getrieben?“, fragt er.

Sie starrt ihn an, ehe sie mir einen kurzen Seitenblick zuwirft. „Gestöbert. Und dann hat Benny angerufen. Nächste Woche steht was Großes an. Also … muss ich meine Reise nach L. A. auf die übernächste Woche verschieben.“

Ich speichere die Information. Ich wusste nicht einmal, dass Lola eine Reise geplant hatte, geschweige denn, dass sie sie verschieben muss. Ich hasse diese Distanz zwischen uns – die Sinnlosigkeit von all dem hier, die Absurdität – und die Art, wie die Dinge sich in unserem Leben weiterentwickeln, ohne dass wir uns darüber austauschen. Ich vermisse sie wirklich.

Verdammt. Ich muss darüber hinwegkommen.

„Wie auch immer, ich bin froh, dass du hier bist", sagt Joe, „denn ich wollte dir was zeigen." Er geht wieder nach hinten und winkt Lola zu sich. „Hier, guck dir an, was reingekommen ist."

„Oh mein Gott!", entfährt es ihr, als sie sich zum ihm stellt. Von dort, wo ich stehe, kann ich nicht erkennen, was die beiden sich ansehen, aber Lola fügt aufgeregt hinzu: „Kommst du da ran?"

Joe grinst mich an. „Oliver? Kannst du mal die neue Lieferung runterholen?"

„Soll ich?", bietet Finn sich an und macht einen Schritt auf die Leiter zu, doch Joe hält ihn auf, indem er ihm eine Hand auf die Brust legt.

„Ich glaube, Oliver weiß, was ich brauche."

Ich werfe ihm einen warnenden Blick zu, weil mir klar ist, dass er irgendwas im Schilde führt. Kaum stehe ich auf der Leiter und schaue hoch, weiß ich jedoch, worüber sie gesprochen haben. Joe hat es irgendwie geschafft, ein Set mit den Actionfiguren aufzutreiben, die auf Lolas Buch basieren, und hat sie oben ins Regal gestellt. Ich will ihr gerade mitteilen, dass ich bisher keine Zeit hatte, sie mir anzusehen, doch als ich mich umdrehe, um sie ihr zu geben, bemerke ich, dass sie nicht den Karton fixiert, sondern meinen nackten Bauch, dort, wo mein T-Shirt hochgerutscht ist.

Ich räuspere mich, und Lola blinzelt kurz, ehe sie knallrot wird. Joe lächelt feixend, und seine Miene drückt deutlich aus, was er denkt: *Ich hab's dir doch gesagt.*

„Du bist so ein Arschloch", fährt sie Joe leise an, lacht dabei aber und boxt ihn kurz in die Schulter, ehe sie mir den Karton abnimmt. Joes Beharrlichkeit irritiert mich, andererseits amüsiert es mich auch.

„Wo hast du die her?", erkundigt sie sich, ohne mich anzuschauen.

Ich schüttele den Kopf, da ich noch keine der Figuren zu Gesicht bekommen habe. Sie sind bislang nicht einmal online erhältlich. „Ich wusste gar nicht, dass wir die haben."

„Ich habe sie heute gekauft", erklärt Joe stolz. „Es sind die ersten, die ich gesehen habe."

„Jemand hat die verkauft?", frage ich und stelle fest, dass sogar Finn – ein Mann, der wie Superman aussieht, aber vermutlich nicht einmal den Unterschied zwischen Catwoman und Batgirl erkennen würde – näher kommt, um sich das anzusehen. Sogar Ansel ist interessiert.

Joe zuckt mit den Schultern und tut so, als wäre es keine große Sache, bevor er von der Banane abbeißt. „Mhm."

„Sie haben die für das *Buch* gemacht?", will Ansel wissen und linst über Lolas Schulter, um die Figuren besser betrachten zu können.

Nickend erklärt Lola: „Es ist Teil der Werbekampagne für die Taschenbuchausgabe, die in ein paar Monaten rauskommt. Nicht mal ich habe die hier. Dabei warte ich seit Wochen darauf."

Ich finde es toll, dass sie sich so darüber freut; noch toller finde ich es, dass ich diesen Moment miterlebe, denn in letzter Zeit hat sie beruflich einige Tiefschläge hinnehmen müssen, sodass sie diesen kleinen Sieg gut gebrauchen kann. Ich nehme ihr die Sachen ab, stopfe sie in eine der Taschen mit dem Logo unseres Ladens darauf und reiche sie ihr. „Jetzt gehören sie dir."

Ihr klappt der Mund auf. „Das kann ich nicht annehmen."

Joe schüttelt den Kopf. „Der Typ hat eine ganze Menge Zeug hergebracht. Ich vermute mal, dass er sich einfach irgendwas von dem geschnappt hat, was so an Werbekram in seiner Firma angekommen ist. Der wusste bestimmt gar nicht, dass es noch gar nicht auf dem Markt ist. Ich habe nicht viel dafür bezahlt."

„Ich könnte euch küssen!", ruft sie und sieht noch einmal in die Tüte, ehe ihr klar wird, was sie gerade gesagt hat. Instinktiv zieht sie die Unterlippe zwischen die Zähne und blickt verlegen zu Boden.

Obwohl sie so viel Chaos angerichtet hat, rührt sich etwas in mir, und ich muss mich abwenden.

„Ich hätte absolut nichts dagegen", erklärt Joe, „aber ich habe ein Date. Oliver darf meinen Anteil haben."

Mist, das ist jetzt so was von peinlich, und alle finden plötzlich etwas, was sie ganz ausgiebig mustern müssen.

Joe stöhnt. „Oh, *bitte*. Ich weiß nicht, wieso ihr zwei dagegen ankämpft. Ihr werdet niemals nur gute Freunde sein." Mit diesen Worten schnappt er sich sein Schlüsselbund mit dem Greenpeace-Anhänger und marschiert durch die Tür nach draußen.

Während der nächsten zehn Sekunden – die als die wohl unangenehmsten in der Weltgeschichte eingehen werden – sagt niemand etwas.

Schließlich räuspert sich Ansel. „Also … Mittagessen. Lola, hast du Lust, mitzukommen?", fragt er sie lächelnd.

Sie reißt die Augen auf und schaut mich Hilfe suchend an. Ich lächele und hoffe, dass es besser aussieht, als es sich anfühlt, denn innerlich bin ich total zerrissen. Ich will sie in meiner Nähe haben, doch noch dringender will ich, dass sie all ihren Kram auf die Reihe bekommt.

Lolas Telefon piept in ihrer Hand, sie blickt aufs Display und liest die eingegangene SMS. Plötzlich lässt sie die Schultern hängen und stößt ein leises „Mist" aus. „SMS von Greg", erklärt sie schließlich und schaltet das Handy seufzend aus. „Ellen hat mit ihm Schluss gemacht." Dann wendet sie sich an Ansel: „Vielen Dank für die Einladung, aber ich muss noch ein paar Telefonate führen, ehe ich später zu meinem Dad fahre."

„Ich hoffe, dass er es nicht zu schwer nimmt“, sage ich, und Finn und Ansel nicken zustimmend.

„Das hoffe ich auch.“ Sie schenkt mir ein schüchternes Lächeln und hebt die Tüte. „Vielen Dank noch mal, Oliver. Das bedeutet mir wirklich sehr viel.“

Die Glocke über der Tür ertönt, und wir drei blicken ihr hinterher, als sie den Bürgersteig entlanggeht.

Ich bin ein nervliches Wrack, denn ich hasse es, sie weggehen zu sehen. Obwohl ich wütend auf sie bin, möchte ich in ihrer Nähe sein, während ich gleichzeitig das Bedürfnis verspüre, eine Mauer um mein Herz zu errichten.

„Erinnert mich daran, dass ich Joe feuere, wenn ich ihn das nächste Mal sehe“, sage ich zu meinen Freunden und kratze mich am Hals.

Da sowieso keine Kunden im Laden sind und gerade tote Hose herrscht, schnappe ich mir meine Schlüssel, drehe das Schild an der Ladentür auf *GESCHLOSSEN* und verschwinde mit Finn und Ansel zum Essen.

Wir gehen ein paar Blocks bis zu Bub’s in der Nähe vom Petco Park und werden zu einem Tisch auf der Terrasse geleitet.

„Wie läuft es denn nun mit Lola?“, fragt Finn kurz darauf und sieht mich über den Rand seines Glases an. „Ihr zwei geht auf einmal so …“

„Vorsichtig miteinander um“, beendet Ansel den Satz für ihn. „Was, das kann ich dir versichern, echt merkwürdig ist.“

„Eigentlich hat sich nichts verändert.“ Ich stochere mit dem Strohhalm in den Eiswürfeln in meinem Glas herum. Bisher hatte ich keine große Lust, mit den beiden darüber zu reden, habe ihnen jedoch immerhin erzählt, dass es zurzeit nicht sonderlich gut läuft zwischen Lola und mir. „Die Pausentaste ist noch immer gedrückt.“ Ich zögere. „Ich glaube, sie würde gern wieder auf *Play* drücken. Gestern Abend, als wir im Fred’s waren, hat sie mich gefragt, ob ich mit zu ihr kommen will.“

Die Kellnerin bleibt an unserem Tisch stehen, um die Bestellung aufzunehmen. Wir entscheiden uns alle für Burger mit Zwiebelringen. Als die Bedienung weg ist, sehen die beiden anderen mich erwartungsvoll an.

„Natürlich habe ich Nein gesagt", erkläre ich.

Schweigen.

„Denn es ist doch klar, dass sie erst mal ihren verdammten Kram auf die Reihe kriegen muss", füge ich hinzu.

„Und das kann sie nicht mit deinem Schwanz in ihrem Mund?", entgegnet Ansel, woraufhin Finn ihm einen Schlag auf die Schulter verpasst. „Was? Das war eine ernst gemeinte Frage."

Finn hebt das Kinn. „Ist Lola mal der Gedanke gekommen, dass sie in vier Monaten vielleicht noch weitaus beschäftigter sein könnte? Die Dreharbeiten haben bisher nicht einmal angefangen. Ich meine, ich muss auch immer eine Woche lang ohne Harlow auskommen, und das ist echt scheiße, aber ich weiß, es wird nicht immer so sein."

„Keine Ahnung", antworte ich. „Ich habe ehrlich gesagt keine Ahnung, was im Augenblick in ihrem Kopf vor sich geht."

„Dabei dachte ich immer, dass ihr zwei eine Art Geheimsprache beherrscht", meint Ansel.

„Ich auch", gebe ich zu. Die Bedienung stellt einen riesigen Korb mit Zwiebelringen mitten auf den Tisch. „Und weil ich so ein Arschloch bin, habe ich die ganze Sache noch schlimmer gemacht, indem ich am Mittwoch mit Allison ausgegangen bin."

Ansel reißt die Augen auf. „Hard Rock Allison?" Als ich nicke, atmet er hörbar aus und greift nach seinem Bier. „Warum zum Teufel hast du das gemacht?"

Achselzuckend erkläre ich: „War mehr so ein Spontaneinfall. Sie kam vorbei und hat gefragt, ob wir was essen gehen wollen. Da ich so sauer auf Lola war, habe ich Ja gesagt."

„Hat sie gedacht, es wäre ein Date?", will Finn wissen.

„Ja, hat sie."

Finn mustert mich. „Du hast sie nicht flachgelegt."

„Nein", erwidere ich schnell. „Wir hatten uns kaum an den Tisch gesetzt, da hab ich ihr schon alles erklärt. Und trotzdem hatte ich das Gefühl, Lola betrogen zu haben. Ich wusste ja, dass sie eifersüchtig werden würde, wenn sie davon erfährt. Als ich zu Hause war, hätte ich mir am liebsten selbst das Fell über die Ohren gezogen."

„Und wenn Lola dasselbe getan hätte?", fragt Finn.

Mir wird heiß und kalt bei der Vorstellung, dass Lola mit einem anderen zusammen sein könnte. „Dann würde ich dem Kerl das Fell über die Ohren ziehen."

„*Weiß* Lola es denn?", erkundigt Ansel sich und zuckt leicht zusammen.

„Ja, ausgerecht an dem Abend kam sie in den Laden und hat nach mir gefragt. Und Joe, dieser verdammte Gehirnchirurg, hat es ihr erzählt."

„Du hättest es ihr auch erzählt", meint Ansel. Dann zieht er die Brauen zusammen und fügt hinzu: „Oder?"

„*Natürlich*", versichere ich ihm und sehe ihn genervt an. „Fast hätte ich sie mitten während des Essens angerufen, weil ich so ein schlechtes Gewissen hatte. Aber dann habe ich es doch lieber gelassen, weil ich dachte: *Was ist, wenn sie am Arbeiten ist und richtig sauer wird, weil ich sie anrufe, um ihr zu gestehen, dass ich ein platonisches Date mit einer anderen Frau habe?*" Ich seufze. „Es ist alles ein großes Chaos. Ganz offensichtlich setzt mir das alles viel mehr zu als ihr. Ich weiß gar nicht mehr, wie ich mit Lola umgehen soll, und das fühlt sich einfach … scheiße an."

„Ihr seid beide Idioten", stellt Finn fest. „Lola ist auch völlig durch den Wind, falls es dich interessiert."

„Aber das gehört dazu, wenn man verliebt ist, oder?", meint Ansel grinsend. „Ich bin ein glücklicher Idiot wegen Mia."

„Ich …", beginne ich und spüre, dass ich kurz davor bin,

laut loszulachen. Trotz aller Probleme: Wenn man mit Ansel zusammen ist, bekommt man immer gute Laune. „Lola gehört zu den cleversten Menschen, die ich kenne, doch zugleich ist sie, um einen Ausdruck von Harlow zu gebrauchen, ziemlich beziehungsblöd."

„Mia erwähnte mal, dass Lola dazu neigt, ihren Comic-Kram immer an erste Stelle zu setzen", wirft Ansel ein und verschränkt die Arme vor der Brust. „Anscheinend war sie schon früher zu Teenagerzeiten so."

Sofort rührt sich in mir der Beschützerinstinkt, und ich verspüre das Bedürfnis, sie zu verteidigen. „Sie hat harte Zeiten durchmachen müssen. Es war wirklich nicht leicht für sie."

„Okay, Scheiße, Oliver, vielleicht ist das genau der Punkt", sagt Finn. „Vielleicht braucht sie einfach die Bestätigung, dass es bei dieser … *Sache* zwischen euch nicht um alles oder nichts geht. Dass du sie nicht im Stich lassen wirst, bloß weil sie noch dabei ist, das alles irgendwie auf die Reihe zu kriegen."

Ich nehme mir einen Zwiebelring und mustere ihn amüsiert. „Es ist nett, zu hören, dass du auf einmal die Weisheit mit Löffeln gefressen zu haben scheinst, was dieses Thema angeht, Finn."

Er hebt sein Kinn und lächelt mich an. „Es ist nett, zu sehen, dass ihr das Ganze auch in den Sand zu setzen scheint, *Oliver*."

Es wird bereits dunkel, als ich im Laden alles weggeräumt habe und mich auf den Weg zu Lolas Apartment mache. Erleichtert stelle ich fest, dass ihr Wagen vor der Tür steht; anscheinend ist sie noch nicht zu ihrem Dad gefahren. Also schnappe ich mir den ersten freien Parkplatz, den ich entdecke, steige aus und gehe zum Eingang.

Normalerweise ist in der Lobby um diese Zeit ziemlich viel los: Die Fahrstühle sind voll von Leuten, die von der Arbeit kommen oder wieder rausgehen, um sich einen netten Abend zu machen. Heute ist es merkwürdig still hier. Ich stehe alleine im Aufzug, während die Stockwerke nacheinander auf der Anzeige aufleuchten, bin allein mit meinen Gedanken und grübele darüber nach, wie ich diese Unterhaltung am besten beginnen soll.

Ich weiß nicht einmal genau, was ich sagen will. Ich möchte sie einfach bloß sehen. Vielleicht sollte ich mich noch mal wegen Allison entschuldigen; das war Mist, zumal ich ja wusste, dass Lola davon Wind bekommen würde. Und nachdem ich nun etwas ruhiger bin, sollte ich ihr eventuell auch noch einmal sagen, dass ich es als ziemlich brutal empfunden habe, so unversehens zur Seite geschubst und als Ablenkung und Hindernis bezeichnet zu werden – selbst wenn sie es gar nicht so gemeint hat.

Ich glaube nicht, dass wir mit unserer Beziehung schon wieder an dem Punkt ansetzen können, an dem wir gewesen sind, bevor die Sache den Bach runterging. Ich möchte aber, dass sie wenigstens mit mir *redet*. So schrecklich es auch klingen mag, aber es war irgendwie gut, mitzubekommen, dass sie bei Fred's ebenfalls durcheinander war, denn das hat mir bewiesen, dass sie auch leidet. Bisher habe ich mich bei Lola immer total sicher gefühlt – sogar ohne dass wir über unsere Gefühle reden mussten. Bei ihr wusste ich stets, woran ich bin, und das lag daran, wie sie ständig meine Gesellschaft gesucht hat, meine Meinung hören wollte oder Augenkontakt mit mir aufgenommen hat. Sie war die erste Frau, bei der ich keine Schwierigkeiten hatte, sie zu verstehen. Lola war immer sehr entschlossen, wenn es darum ging, Entscheidungen zu treffen, und was uns beide betraf, war es nicht anders. Daher hat es mich aus heiterem Himmel getroffen, als sie fast hysterisch wurde, nachdem ich gerade den Eindruck gehabt hatte, zwischen uns hätte es endlich richtig klick gemacht.

Ich weiß, dass ich nicht der Einzige war, der sich an dem letzten gemeinsamen Abend bei mir zu Hause Hals über Kopf verliebt hat.

Ich weiß, dass ich es mir nicht nur eingebildet habe, dass das, was die ganze Nacht im Bett und morgens unter der Dusche passiert ist, etwas ganz Besonderes war.

Leichten Schrittes gehe ich den Hausflur entlang und halte kurz inne, als ich Lolas Stimme durch die Haustür höre. Ich ziehe mein Handy raus, um nach der Uhrzeit zu sehen. Londons Auto habe ich vor dem Gebäude nirgends entdeckt, und es ist definitiv spät genug, dass sie bei der Arbeit sein müsste. Harlow ist, soweit ich weiß, den ganzen Tag in Del Mar, und ich mag mich irren, aber ich glaube, dass Mia um diese Zeit Unterricht gibt. Mit wem redet sie also? Mit ihrem Dad? Mit Benny?

Ich stelle mich direkt vor die Tür und überlege, ob ich klopfen und das Risiko eingehen soll, sie zu stören, oder ob ich ein anderes Mal wiederkommen soll, als Lolas Stimme plötzlich lauter wird.

„Ich weiß", sagt sie und klingt eindeutig verärgert. „Wir haben letzte Woche schon darüber geredet. Wie ich dir da bereits mitgeteilt habe, muss auch ich Abgabetermine einhalten. Es tut mir leid, wenn du das Gefühl hast, dass das mit deinen Plänen kollidiert. Aber wenn ihr, also du und Langdon, mir während der Besprechungen – für die ich mir im Übrigen eine ganze Woche freigenommen habe – zugehört hättet, dann hättest du mitbekommen, was ich dir auch jetzt sage."

Wie festgenagelt bleibe ich stehen. Nie zuvor habe ich Lola so reden gehört – mit niemandem. Mein Verstand rät mir, kehrtzumachen und sie später anzurufen, denn man weiß ja: Der Lauscher an der Wand … Andererseits bin ich fasziniert und will unbedingt wissen, mit wem sie redet. Ich lerne hier eine völlig neue Seite an ihr kennen.

Ihre Stiefel dröhnen laut auf dem Holzboden, während sie anscheinend auf und ab geht. Gerade als ich doch verschwinden will, verstummen die Geräusche abrupt.

„Nein, ich verstehe genau, was du sagst. Aber was *ich* sage, ist, dass Razor das nicht tun würde. Ich weiß, dass ihr eine gewisse Atmosphäre schaffen wollt, aber die steht in direktem Kontrast zu dem, wie mein Protagonist sich verhalten würde."

Ich reiße die Augen auf, und mir wird flau im Magen. Sie redet mit Austin. Heilige Scheiße. Es folgt eine Minute des Schweigens, nur unterbrochen von „Hm" und „Ja" und „Ich verstehe", und ich halte die Luft an, während ich mich frage, ob sie es schafft, nicht lockerzulassen, oder ob es ihm gelingt, sie einmal mehr zu manipulieren, damit sie das tut, was er will. Mein Herz klopft so laut, dass ich fast befürchte, sie könnte es drinnen hören.

Bisher war mir gar nicht klar, wie sehr ich mir gewünscht habe, dass sie endlich wieder das Kommando über ihre Karriere übernimmt. Es hat sie bei lebendigem Leibe aufgefressen. Es war dabei, sie zu verändern.

„Hör zu", sagt sie, und ihrer Stimme ist anzumerken, wie sehr sie sich bemüht, ruhig zu bleiben. „Ich denke, dass ich wirklich bei vielen Dingen, die ihr verlangt habt, nachgegeben habe. Und wie gesagt: Ich verstehe, woher du kommst, ehrlich. Du machst Filme. Ich nicht. Aber das, was ich *mache*, ist, Geschichten zu schreiben, Charaktere zu entwerfen und Fantasiewelten zu erschaffen. Und die beiden Charaktere in dieser Welt sind nicht ineinander verliebt. Es gibt keine romantischen Verwicklungen, keine sexuelle Spannung. Wird das verändert, dann muss man Razors sämtliche Motive und all sein Handeln infrage stellen. Er tut diese Dinge, weil er erkennt, was aus Quinn werden kann, und nicht, weil er sie liebt."

Ich presse meine Hand gegen den Türrahmen und spüre, wie der Druck in meiner Brust nachlässt. Trotz allem, was in den letzten Tagen zwischen uns vorgefallen ist, muss ich lächeln, denn ich weiß jetzt, dass Lola für das kämpft, was sie liebt. Sie kann auf sich selbst achtgeben. Wenn Lola ein Studio voller Filmfuzzis in den Griff bekommt, dann schafft sie es auch, sich einen Weg zu mir zurück zu erkämpfen.

Noch einmal denke ich an Finns Worte, und obwohl er nicht

ganz unrecht hatte, kenne ich Lola. Sie mag in Beziehungsdingen unerfahren sein, doch wenn sie etwas will, weiß sie, wie sie darum kämpfen muss. Sie muss nicht gerettet werden. Wenn ich jetzt dort hineingehen und versuchen würde, sie durch unsere Krise hindurchzumanövrieren, würde ich mich immer fragen, ob sie wohl aus freien Stücken zu mir zurückgekehrt wäre.

Ich muss daran glauben, dass sie um uns kämpft, dass ich mich in ihr nicht täusche. Und auch wenn ich immer für sie da sein möchte, ist es gut zu wissen, dass sie mich nicht zwingend braucht.

Schließlich wende ich mich von der Tür ab. Je weiter ich in Richtung Fahrstuhl gehe, desto leiser wird ihre Stimme.

16. Kapitel

LOLA

Es ist so lange her, dass ich in meinem alten Kinderzimmer übernachtet habe, dass ich beim Aufwachen mindestens fünf Sekunden lang brauche, um zu erkennen, wo ich bin.

Es ist der Glasknauf an meiner Schranktür, der mich sozusagen aufklärt. Jede einzelne Tür in diesem Haus hat einen solchen großen Kristallknauf. Mom hat sie aus einer Laune heraus angeschafft, als Dad wieder einmal zu einem Einsatz unterwegs gewesen ist. Ein komplettes Wochenende hat sie damals damit verbracht, die alten Messingteile durch diese zu ersetzen. Sie sind schwer und leuchten beinahe wie Augen. Die Knäufe gehören zu den Dingen, die ich an diesem Haus immer geliebt habe: Alles wirkt so robust und widerstandsfähig, selbst wenn die Menschen darin beim leisesten Windhauch zu zerbrechen drohen.

Jemand klopft leise an meine Tür. „Lorelei?"

„Ja, Dad."

Er dreht den Knauf und steckt den Kopf durch die Tür. „Ich habe dich gestern Abend gar nicht kommen gehört."

„Kein Wunder. Ich wollte nach dir sehen, aber du hast mit deinem Schnarchen einen ganzen Wald abgesägt, da konntest du mich gar nicht hören."

Lachend kommt er mit zwei Bechern Kaffee in der Hand ins Zimmer. „Ich kann mich gar nicht mehr daran erinnern, wann du das letzte Mal hier geschlafen hast."

„Ich auch nicht." Ich komme hoch und streiche mir das Haar aus dem Gesicht. Ein Blick auf die Uhr verrät mir, dass es erst sechs ist. Die Zeit bei der Marine hat Dad zum Frühaufsteher gemacht – in seinen Augen hat er mich jetzt bereits ausschlafen lassen.

„Du hättest nicht extra hier rauskommen müssen."

Ich nehme ihm den Kaffee ab. „Ich wollte es aber. Es ist eine Weile her, seit du jemanden so gemocht hast wie Ellen. Ich will doch, dass du glücklich bist."

Dad mustert mich skeptisch. „Du hast sie gehasst."

„Okay, vielleicht mochte ich sie nicht sonderlich, aber vielleicht wollte ich trotzdem für dich da sein, du Dummkopf."

„Mir geht es gut." Er grinst. „Könnte es sein, dass du selbst vielleicht einen Tapetenwechsel brauchtest?"

Ich atme das Kaffeearoma ein und hoffe, es hilft mir dabei, wach zu werden. „Vielleicht."

Dad setzt sich ans Fußende des Bettes, nippt an seinem Becher und starrt an die Wand. Oh, oh, jetzt droht ein ernstes Gespräch, entweder über Ellen oder über das, was bei mir gerade abgeht. Ich fühle mich nicht wohl in meiner Haut und bin mir nicht sicher, ob ich hier sein möchte. Andererseits möchte ich auch nicht wirklich nach Hause fahren.

Um ehrlich zu sein, dieses Gefühl, hin- und hergerissen zu sein, empfinde ich im Moment in sämtlichen Lebensbereichen: Ich will diese Karriere, die ich mir erarbeitet habe, aber ich will sie kleiner, einfacher, handhabbarer. Ich will Oliver, aber ich will ihn nicht so sehr *wollen*. Ich möchte atmen können, ohne den Eindruck zu haben, als würde es mir die Brust zuschnüren, als könnte mir in der nächsten Sekunde alles um die Ohren fliegen. Vor allem wüsste ich gerne, wie ich das wieder in Ordnung bringen kann, was ich angerichtet habe. Im Grunde wächst mir alles über den Kopf.

Dads Blick wandert zu meinem Seesack, den ich hastig gepackt habe und der jetzt offen in einer Ecke steht. „Weißt du, wir kommunizieren miteinander, doch wir *reden* nicht richtig", setzt Dad an. Er spricht leise, klingt leicht heiser, und das ist immer so, wenn wir emotional werden. Keiner von uns weiß so richtig, wie das funktioniert. Es ist so, als wenn man ein Kind zum ersten Mal aufs Fahrrad setzt. Es starrt auf die Pedale und schaut einen dann an, als wollte es fragen: *Und was soll ich jetzt tun?*

So sind wir, wenn es darum geht, über Empfindungen zu sprechen.

„Wir reden doch fast jeden Tag miteinander", entgegne ich.

„Ich weiß über alles Bescheid, was du machst, aber nicht über das, was du *fühlst*."

Ich stöhne. „Ich dachte, wir wären hier, um über dich und Ellen zu reden."

Er ignoriert mich. „Du hast einen Arbeitsrausch hinter dir", meint er und sieht mich wieder an. „Ich meine es ernst. Ich möchte mit dir reden. Du siehst völlig fertig aus."

Mein Dad kennt mich von meiner besten und meiner schlechtesten Seite. Er weiß alles, was ich so treibe, daher bin ich stets davon ausgegangen, dass er auch weiß, was ich fühle – einfach deshalb, weil er mich *kennt*. Aber er hat recht. Über unsere Empfindungen reden wir nicht. Haben wir noch nie. Wir reißen Witze und machen sarkastische Bemerkungen, um uns gegenseitig zum Lachen zu bringen, doch über das, was in uns vorgeht, bewahren wir Stillschweigen. Ich bin mir nicht sicher, ob die Tatsache, dass ich es mit Oliver genauso handhabe, mir ein besseres oder schlechteres Gefühl vermittelt.

„Komm mit in die Küche und lass uns frühstücken. Lass uns reden."

Ich schaue mich nach den Sachen um, die ich gestern Abend einfach irgendwo hingeworfen habe, ehe ich ins Bett gefallen bin. „Um ehrlich zu sein, wenn es dir so weit gut geht, dann sollte ich zurück nach Hause fahren. Ich habe unglaublich viel Arbeit, die ich erledigen muss." Ich schließe die Augen und versuche die Panik zu unterdrücken, die sich schon wieder in mir ausbreitet.

„Nein“, sagt Dad, und zwar in einem so strengen Ton, wie ich ihn seit Kindertagen, wenn ich etwas ausgefressen hatte, nicht mehr gehört habe. Ich werde ganz nervös und sehne ich mich nach frischer Luft und ein bisschen Distanz.

Ich stelle den Kaffeebecher auf den Nachtschrank und stehe auf.

„Küche“, sagt er. „In zehn Minuten.“

„Du siehst schrecklich aus, Kindchen.“

„Das sagtest du bereits.“ Ich gehe an Dad vorbei, um noch einen Kaffee aufzusetzen. „Ich habe bloß so viel zu tun. Erzähl mir lieber, was mit Ellen passiert ist.“

Er setzt sich auf einen der Barhocker und dreht sich darauf herum. „Anscheinend hat sie sich mit einem Typen von der Arbeit angefreundet.“

„*Angefreundet* im weitesten Sinne?“, frage ich und schaue ihn an.

„Ja. Ich wollte die empfindsamen Ohren meiner Tochter schonen. Um es genauer zu sagen, sie hat mit einem Typen aus der Bar gevögelt.“

Ich zucke zusammen. „Hat sie es dir erzählt?“

Er lacht und verzieht das Gesicht. „Nee. Ich hab sie mit ihm gesehen, als ich sie nach ihrer Schicht überraschen und abholen wollte. Sie lehnte über dem Tresen und hatte die Zunge halb in seinem Hals stecken. Sie sahen ziemlich vertraut miteinander aus.“

„Soll ich sie für dich verhauen?“

Noch einmal lacht er und schüttelt den Kopf. „Ich möchte, dass du mir deine besonderen Eier brätst und mir was Nettes erzählst.“

Ich trete an den Kühlschrank und hole Eier und Butter heraus. „Da gibt’s leider nichts zu erzählen.“

„Nichts?“ Er grinst. „Wie geht es Oliver?“

Ich zucke mit den Schultern, froh darüber, dass ich mit dem

Rücken zu ihm stehe, als ich nach dem Brot greife. „Uns geht es im Grunde so wie dir und Ellen."

„Oliver hat dich *betrogen*?", krächzt er.

„Nein, nein", versichere ich ihm eilig. „Nichts in der Art. Es ist … Es ist eine lange Geschichte."

„Wie du vielleicht gehört hast, habe ich zurzeit keine Freundin. Also habe ich viel Zeit." Er sieht mir zu, wie ich zwei Scheiben Brot herausnehme und sie in der Mitte aushöhle, um ihm Eier im Korb zu machen, sein Lieblingsfrühstück. Wann immer ich das zubereite, betrachtet er mich voller Bewunderung, so als wäre Magie im Spiel. Es ist echt süß; das *Geheimnis* ist, dass Brot und Eier zusammen in einer Pfanne gebraten werden. Manchmal frage ich mich, wie er es schafft, allein zu überleben.

„Was ist los?", hakt er nach. „Als du neulich mit ihm hier warst, konntet ihr kaum die Hände voneinander lassen. Jetzt kommst du allein her und schläfst seit Ewigkeiten mal wieder in deinem alten Bett. Erzähl es mir."

Ich stelle Eier und Brot auf den Tisch und hole eine Bratpfanne aus dem Schrank.

„Ich will nicht über Oliver reden", erkläre ich und bin überrascht, dass ich nicht mehr klar sehen kann, weil Tränen meinen Blick verschleiern. Wo kommen die denn auf einmal her? Ich weiß, dass Dad bemerkt, wie ich sie wegwische, daher murmele ich: „Tut mir leid, ich bin einfach so fertig. Ich vermassele alles. Den Film, die neue Serie. Oliver. Absolut alles."

„Das klingt so gar nicht nach dir, vor allem nicht die Sache mit Oliver."

Ich lache und stelle den Herd an. „Klingt nicht nach mir? Erinnerst du dich an das erste Mal, als Oliver hier gewesen bin? Du hast ihn angesehen, als wäre er eine vom Aussterben bedrohte Spezies."

„Bloß weil es so neu war", verteidigt er sich. „Du hast nie einen Jungen mit nach Hause gebracht."

„Ich bin wegen der Arbeit in Panik geraten und habe ihm

mitgeteilt, dass ich ein wenig Raum brauche. Also ist er mit einer anderen ausgegangen. Er ist sauer, und ich vermute mal, dass er gedacht hat, es würde helfen." Ich gebe Butter in die Pfanne und sehe zu, wie sie schmilzt. „Ich bedauere, was ich zu ihm gesagt habe, aber ich weiß nicht, wie ich das wieder geradebiegen soll."

„Du musst nur ..." Er hält inne und schüttelt den Kopf. „Ehrlich gesagt, Lola, ich glaube, das nimmt mich mehr mit als die Sache mit Ellen."

Erleichterung durchflutet mich. Ich hatte noch immer dieses Bild von Dad vor Augen, von damals, als Mom uns verlassen hat. Meine Sorge war, dass es ihn genauso umhauen würde, wenn Ellen ihn verlässt. Gott sei Dank scheint das nicht der Fall zu sein.

„So, weiter im Text", fährt er fort. „Was ist mit deiner Arbeit?"

„Ich habe einen Abgabetermin verpasst. Ganz zu schweigen von drei Interviews, die ich verschlafen habe."

Dads Brauen schießen hoch.

„So etwas ist mir nie zuvor passiert, und jetzt bin ich so abgelenkt, dass ich Bücher zu spät einreiche und mich nicht konzentrieren kann ..." Ich ziehe das Brot durch die geschmolzene Butter und drehe es um, damit es von beiden Seiten angebraten wird.

„Aber ... und bitte reg dich jetzt nicht auf", sagt er und hebt beide Hände. „Ich versuch ja nur, dich zu verstehen – was hat das alles mit Oliver zu tun?"

Mein Magen verkrampft sich, weil es mir so unangenehm ist, das mit Dad zu besprechen, doch ich stecke ja schon mittendrin. „In letzter Zeit setze ich mich an die Arbeit, doch meine Gedanken driften ab. Dann überlege ich, was er wohl gerade tut oder denkt, oder ich erinnere mich an etwas, was er gesagt hat. Ich bin so mit ihm beschäftigt, dass ich sogar gedacht habe, ich hätte noch eine Woche Zeit, um *Junebug* fertigzustellen."

„Ich vermute mal, die hattest du nicht."

„Nein, das Buch ist schon drei Wochen überfällig. Ich glaube, ich habe dem, was mit Oliver passiert ist, dafür die Schuld gegeben, anstatt … Ach, ich weiß nicht …"

Er wartet kurz ab, ob ich etwas hinzufüge, bevor er liebevoll meint: „Anstatt einzusehen, dass du einfach nur – verständlicherweise – von allem überfordert bist?" Die Art, wie er das sagt, beweist mir, dass die Wurzel meiner Panik für ihn anscheinend klar ersichtlich ist. „Lola, Baby, dein Leben wurde auf den Kopf gestellt. Lange bevor die Sache mit Oliver anfing."

Ich schlage zwei Eier in die Pfanne und schalte die Hitze herunter, damit sie nicht anbrennen. Dass Dad so verständnisvoll ist, treibt mir wieder Tränen in die Augen. „Ich weiß."

„Du hast während der vergangenen Monate in mehr Flugzeugen gesessen als der Pilot von United, der hier am Ende der Straße wohnt."

„Ich weiß."

„Erinnerst du dich daran, wie du mit dem Zeichnen angefangen hast?"

Ich denke darüber nach und wische mir die Augen, ehe ich antworte: „Nein."

„Siehst du, das liegt daran, weil du immer gezeichnet hast. Kleine Kritzeleien hier und dort, diese Ausmalhefte, die es im Lebensmittelladen gab. Doch als deine Mom uns verlassen hat, änderte sich das. Es war nicht mehr nur etwas, was du aus Spaß getan hast, sondern es war das Einzige, was du gemacht hast. Ein Zwang. Ich habe damals nicht viel geschlafen, und wenn ich mitten in der Nacht an deinem Zimmer vorbeiging, hast du da am Schreibtisch gesessen und gezeichnet. Das war dein Rettungsanker. Ich war damals nicht sonderlich gesprächig, und dementsprechend hast du all deine Gedanken, all das, was du gefühlt hast oder sagen wolltest, zu Papier gebracht."

Schweigend schaue ich zu, wie die Eier braten, während ich

darauf warte, dass er fortfährt. Das Eigelb leuchtet in diesem kräftigen Sonnengelb, während das Eiweiß langsam in der Mitte des Brotes fest wird. Man kann die Hitze in der Pfanne richtiggehend sehen, hört es brutzeln.

„Du brauchtest *Razor Fish*. Du brauchtest diese Welt, die du kontrollieren konntest, wo du nichts zu sagen brauchtest und auch keine Angst haben musstest, es womöglich zu versauen, denn die Charaktere gehörten ja dir. Sie sagten die Dinge, die du nicht aussprechen konntest. Razor würde dich niemals verlassen. Er ist deine Familie." Dad macht eine kleine Pause. „Ich bin sicher, es ist beängstigend, jemanden so sehr zu begehren, wie du Oliver begehrst."

Warnend fixiere ich ihn. „Dad."

Er erwidert den Blick, doch es ist ein zärtlicher, wissender Blick, aus dem viel Weisheit spricht. „Natürlich ist es beängstigend, wie überwältigend das alles ist. Natürlich macht es dir Angst, weil du das Gefühl hast, deine Aufmerksamkeit zwischen zwei Dingen aufzuteilen, die du liebst. Du willst keins von beidem verlieren. Du willst keinen von ihnen verlassen. Und Razor kennst du schon länger."

Ich blicke wieder in die Pfanne und wende geschickt Brot und Eier.

„Du hast etwas Blödes getan, und Oliver hat sich nicht als der starke, sichere Fels erwiesen, als den du ihn bisher kennengelernt hast, sondern hat dich stattdessen beim Wort genommen und dich in Ruhe gelassen. Um seine Haltung zu bekräftigen, ist er mit einer anderen Frau ausgegangen." Ich spüre, dass er sich, die Ellenbogen auf den Tresen gestützt, vorbeugt. „Habe ich die Situation treffend beschrieben?"

Mit dem Bratenwender löse ich das Essen vom Pfannenboden und sehe nicht auf, weil ich mir sicher bin, dass Dad gerade eine ziemlich selbstzufriedene Miene zur Schau trägt. Es stört mich, dass er mir mit seinen Worten den Streit, den ich mit Oliver in der Bar hatte, wieder ins Gedächtnis ruft. „Ja."

Er steht auf, geht zum Schrank und holt einen Teller raus. „Aber wenigstens hat er es getan, nachdem du es ihm gesagt hast, also warst du nicht überrascht."

Fassungslos lache ich auf. „Willst du damit andeuten, ich würde diese Sache mit Oliver absichtlich sabotieren?"

Dad schüttelt den Kopf. „Ich will damit sagen, dass du kompliziert bist. Du hast Probleme, was Beziehungen angeht, und auch wenn du glaubst, du hättest alles unter Kontrolle: Das hast du nicht. Ich habe mir immer Sorgen darüber gemacht, dass du unter Trennungsängsten leidest – und genau das tust du." Als ich ihn mit offenem Mund anstarre und innerlich bereits zu einer heftigen Widerrede ansetzen will, fährt er fort: „Die Sache ist jedoch die, dass du keine Angst davor hast, verlassen zu werden, Lola. Du hast vielmehr Angst davor, dass *du* die Dinge verlassen könntest, die du liebst."

Mir wird flau im Magen. „Dad …"

„Also ergreifst du Präventivmaßnahmen, indem du die Beziehung beendest und den Mann verlässt. Oder, wenn ich dich so gut kenne, wie ich glaube, indem du die Dinge gar nicht erst allzu ernst werden lässt."

Ich muss schlucken, weil ich auf einmal solch einen dicken Kloß im Hals habe. Gleichzeitig lasse ich das Essen auf den Teller gleiten, den Dad mir hinhält.

Ich hebe den Kopf und blicke ihm in die Augen.

„Du bist nicht deine Mutter, Baby", flüstert er.

Bei seinen Worten schnürt es mir die Kehle zu. „Ich weiß."

„*Nein*", sagt er, nimmt den Teller in eine Hand, damit er die andere an meine Wange legen kann. Er zwingt mich, ihm noch einmal in die Augen zu schauen. „Hör mir genau zu. *Du bist nicht deine Mutter.*"

Ich nicke – hastig, schweigend – und blinzele gegen die Tränen an.

„Finde einen Weg, wie du Oliver und deine Karriere, auf die du dein ganzes Leben lang hingearbeitet hast, unter ein Dach bringen kannst", rät er mir. „Denn du wirst ohne beides dastehen, wenn du denkst, dass du wählen musst."

Ich trete aus dem Fahrstuhl und entdecke London am anderen Ende des Korridors. Sie hat Shorts und ein Tanktop an, unter dem die Bikiniträger hervorlugen.

Nachdem sie die Tür geschlossen hat, dreht sie sich um und entdeckt mich. „Hallo, Fremde. Ich hab versucht, dich anzurufen, aber du bist nicht rangegangen."

„Tut mir leid", antworte ich. „Ich war bei Greg."

Sie nickt und lässt den Schlüssel in ihre kleine Tasche gleiten. „Dachte ich mir. Deine Zahnbürste fehlte, und bei Oliver warst du nicht."

Ich nicke. „Ellen hat mit ihm Schluss gemacht, also bin ich hingefahren, um zu sehen, wie es ihm geht."

Sie zieht ein Gesicht, das meine eigene Ambivalenz spiegelt; sie weiß, dass ich kein großer Fan von Ellen war. „Geht es ihm gut?"

„Ja, er ist okay." Ich kaue auf meiner Lippe herum und versuche, nicht allzu verrückt oder eifersüchtig oder ... was auch immer zu klingen. „Woher wusstest du, dass ich nicht bei Oliver war?"

Londons Grübchen sind die süßesten der Welt, und als sie mich jetzt beruhigend anstrahlt, würde ich sie am liebsten umarmen. „Oh, ich hab ihn zufällig im Regal Beagle getroffen."

Oliver war ohne mich bei Fred's? Das versetzt mir einen Stich. „Echt?"

„Ich war wegen eines Jobs bei Fred", erklärt London, „und als ich aus dem Büro kam, saß Oliver an der Bar."

Um ihrem Blick auszuweichen, suche ich nach meinen eigenen Schlüsseln. „War er mit ... Finn oder Ansel oder sonst wem unterwegs?"

London schenkt mir ein wissendes Lächeln, verschränkt die Arme und lehnt sich gegen die Wand. „Nee. Er saß da ganz allein, zusammengesunken wie ein Häufchen Elend. Wir haben einen Moment lang gequatscht, und als ich ihm erzählte, dass du über Nacht weggefahren bist, hat er gefragt, ob ich nicht noch bleiben will."

„Oh." Die Vorstellung, dass Oliver so sehr jemanden gebraucht hat, macht mich traurig. Sofort bin ich froh, dass London da war. Sie ist immer gut gelaunt und resistent gegen Drama. Man könnte sagen, London ist Drama-Teflon.

Sie trägt ihr Haar hochgesteckt, und als sie nun nickt, wippen einige lose Strähnen mit. „Ich glaube, er brauchte bloß ein bisschen Gesellschaft und wollte nicht allein trinken. Was okay war, denn wie man ja weiß, hatte ich sowieso keine Pläne." Sie lacht und deutet mit dem Kopf Richtung Wohnung. „Er ist übrigens immer noch da."

Schlagartig wird mir heiß. „Er ist *was*?"

„Der Junge ist ein Leichtgewicht. Ein paar Bier und drei Episoden eines *Walking Dead*-Marathons, schon hat es ihn umgehauen. Er schläft immer noch." Sie zeigt auf das Apartment. „Auf der Couch."

Ich starre auf die Schlüssel in meiner Hand. Ich hatte vor, Oliver anzurufen, sobald ich zu Hause bin, oder vielleicht sogar zu ihm in den Laden zu gehen, aber ich hatte gedacht, erst noch ein bisschen Zeit zum Nachdenken zu haben. „Danke, dass du ihm Gesellschaft geleistet hast."

„Kein Problem. Man kann viel Spaß mit ihm haben. Wenn er nicht dir gehören würde und wenn ich nicht geschworen hätte, bis zur Menopause auf Männer zu verzichten …", sagt sie kichernd und stößt sich von der Wand ab. „Wie auch immer, ich bin weg."

„Strand?"

„Die Flut kommt in fünfundvierzig Minuten. Gegen Abend bin ich zurück. Wollen wir zusammen was machen?"

Ich nicke. „Ja, ich muss heute Abend zwar arbeiten, aber ich bin hier."

London nimmt die Treppe, und erst als sie weg ist, drehe

ich mich zur Tür um und stecke schließlich den Schlüssel ins Schloss.

Drinnen ist es ruhig, und weil es noch früh ist und die Gardinen zugezogen sind, ist es in der Wohnung kühl und dunkel. So leise wie möglich schließe ich die Tür und warte, während sich meine Augen an das schummrige Licht gewöhnen. Von der Couch ertönt das leise, rhythmische Geräusch von Olivers Atem, und ich stelle vorsichtig meine Sachen ab, ehe ich in die Küche gehe, um mir ein Glas Wasser einzuschenken … und vielleicht noch einen Schuss Wodka.

Die Recyclingtonne ist voller leerer Bierflaschen, und mir wird ganz warm, als ich ein vertrautes Verlangen verspüre: Ein leicht betrunkener Oliver ist einfach zu süß, er grinst albern und strahlt einen mit seinen blauen Augen glücklich an. Wie schade, dass ich das verpasst habe. Doch dann fällt mir ein, warum er überhaupt hier ist – weil er gestern jemanden gebraucht hat. Das angenehme Gefühl verpufft und wird ersetzt von dem Unbehagen, das ich seit Tagen verspüre.

Ich nehme mir ein Glas und fülle es mit Wasser, bevor ich ein paar eisige Schlucke trinke.

Es ist merkwürdig, wie vertraut sich das anfühlt. Oliver liegt wieder auf der Couch, ein Fuß hängt herunter, der andere ist seltsam verdreht und unter das andere Bein geschoben. Er liegt auf dem Rücken, einen Arm über den Kopf gestreckt, der andere liegt auf seinem Oberkörper. Sein Shirt ist hochgerutscht, sodass der Großteil seines unteren Bauches und seine Hüftknochen entblößt sind. Seine Brille liegt auf dem Tisch neben seinem Telefon, und die Decke ist auf den Boden gefallen.

Eine Nacht auf der Couch bedeutet, dass er bestimmt verspannt ist, wenn er aufwacht. Soll ich ihn wecken oder ihn weiter anstarren? Letzteres ist definitiv unkomplizierter. Außerdem kann ich mich gar nicht sattsehen an ihm, nachdem ich so lange ohne ihn auskommen musste.

Ich vermisse seine Hände, vermisse es, wie kräftig sie sind, wie gierig sie mich berühren. Ich vermisse seinen Bauch, seine feste Haut, das weiche Haar. Ich vermisse seine unendlich langen Beine, seine Hüften, seinen …

„Lola?"

Schuldbewusst zucke ich zusammen, und hastig blinzelnd konzentriere ich mich sofort auf sein Gesicht. „Hallo."

Er fährt sich mit der Hand durchs Haar und sieht sich im Zimmer um. „Hey … tut mir leid, dass ich hier eingeschlafen bin. Ich habe dich nicht mal reinkommen gehört."

„Ich bin eine Ninja", erwidere ich und ernte dafür ein schwaches Lächeln. „Du kannst jederzeit hier übernachten."

Das Angebot gewinnt eine tiefere Bedeutung, je länger wir schweigen. Schließlich reibt er sich die Augen und setzt sich die Brille auf. Früher gab es solche peinlichen Momente nie zwischen uns. Es tut weh, dass es jetzt so ist. Ich meine, es versetzt mir einen richtigen Stich ins Herz, dass wir nicht mehr unbefangen miteinander umgehen können.

„London und ich haben uns bei Fred getroffen", erklärt er und hebt die Decke auf. „Sie hat gefragt, ob wir den Abend zusammen verbringen wollen, nur so, mit ein paar Bier und so. Sie hat regelrecht darauf bestanden …"

„Ist schon okay", unterbreche ich ihn und muss mir ein Lächeln verkneifen. Es ist, als würde warmes Wasser durch meine Adern fließen. Ich bin heilfroh darüber, dass er glaubt, mir erklären zu müssen, warum er mit einer anderen Frau nach Hause gegangen ist, selbst wenn es sich um meine Mitbewohnerin handelt. „Ich habe sie auf dem Weg zum Strand noch getroffen. Sie hat mir erzählt, dass sie dich aufgegabelt hat."

Er nickt langsam. „Du bist heute Nacht nicht nach Hause gekommen."

Oh. Hat er vergessen …?

„Ich war bei Greg."

Er zuckt zusammen und schlägt sich gegen die Stirn. „Mist, stimmt ja."

Die Erleichterung in seiner Stimme bedeutet mir *so* viel. „Er und Ellen haben sich tatsächlich getrennt", berichte ich.

„Ist er okay?"

Ich nicke. „Es scheint ihm gut zu gehen. Ich glaube, sie war für ihn doch nichts weiter als ein Paar unechter Möpse, das gerade zu haben war."

Lachend kratzt er sich am Kopf und fragt dann vorsichtig: „Bist *du* okay?"

Ach herrje, was für eine schwierige Frage! „Ja und nein."

Wieder breitet sich Schweigen zwischen uns aus, und ich frage mich, ob jetzt Schluss mit aller Vorsicht ist und er mich auf diese Weise zum Reden zwingen will.

Kurz darauf füge ich hinzu: „Ich habe Austin gestern mitgeteilt, dass es einige Dinge gibt, die er nicht verändern darf, und dass diese Sache mit dem romantischen Ansatz dazu gehört."

Oliver beugt sich vor und stützt die Ellenbogen auf den Schenkeln ab. „Und wie hat er es aufgenommen?"

„Nicht sehr gut. Er hat gemeint, wir sollten noch mal darüber reden, aber ich habe nicht die Absicht, in der Hinsicht nachzugeben. Wenn sie meinen Beitrag wollen … Dazu stehe ich."

Er nickt. „Das ist gut, ich bin stolz auf dich. Und nur mal so nebenbei: Ich finde, du hast absolut recht."

„Ich habe auch viel nachgedacht. Über uns."

Die Stille, die darauf folgt, ist wie ein tiefer Graben, doch ich warte einfach, weil ich von ihm wissen will, ob wir überhaupt noch einmal darüber sprechen können.

„Okay", sagt er dann. „Und was hast du gedacht?"

„Dass es mir schrecklich leidtut wegen neulich Abend. Ich habe Angst bekommen."

Oliver kneift die Augen zusammen und legt den Kopf schief, während er mich mustert. Er ist müde und unrasiert, und er sieht so aus, als wären auch für ihn die letzten Tage nicht leicht gewesen. „Du musst dich nicht dafür entschuldigen, dass du Angst bekommen hast, Lola."

Ich schüttele den Kopf. „Ich habe es vergeigt."

Er erhebt sich, greift nach seiner Jacke, die an einem Stuhl hängt, und zieht sie an. Nachdem er in seine Schuhe geschlüpft ist und sich sein Handy geschnappt hat, sagt er: „Du hast dein Leben lang darauf hingearbeitet; verständlicherweise willst du das beschützen. Ich kann nachvollziehen, dass du das nicht den Bach runtergehen lassen willst."

Er kommt auf mich zu, nahe genug, dass ich den Kopf zurücklegen muss, um ihn anzusehen. „Was aber verdammt *wehgetan* hat", fährt er leise fort, „war, dass du geglaubt hast, es wäre einfacher, *mich* fallen zu lassen. Und die Leichtigkeit, mit der du diese spontane Entscheidung getroffen hast, war wie ein Schlag ins Gesicht."

Tränen brennen in meinen Augen. „Es ist nicht einfach. Es ist furchtbar."

Er nickt. „Und ich hab's ebenso vergeigt. Es war mies von mir, mit Allison auszugehen, selbst wenn ich mir zugutehalten kann, dass ich nicht die Absicht hatte, sie anzufassen."

Mein Herz pocht heftig. „Ich möchte, dass es zwischen uns wieder so ist wie vorher", flüstere ich und bemühe mich, nicht zu schniefen.

„Ich glaube nicht, dass das funktioniert", antwortet Oliver und blickt hinunter zu seiner Hand. Geistesabwesend hat er nach meinen Haaren gegriffen und lässt die Spitzen durch seine Finger gleiten. Die Tränen schnüren mir die Kehle zu und brennen hinter meinen Lidern. „Ich glaube auch nicht, dass wir es versuchen *sollten*."

„Oliver …" Ich will die Tränen wegwischen, doch er ergreift meine Hand und hält sie fest.

„Nein", sagt er liebevoll. „Ich glaube, wir sollten künftig offener zueinander sein." Sanft massiert er meine Handfläche. „Ich denke, du solltest mehr mit mir reden, damit ich dir nicht alles aus der Nase ziehen muss."

Ich schlucke, schlucke noch einmal und überlege angestrengt, was er damit andeuten will. „Heißt das, wir wollen es noch einmal versuchen?“ Ich blicke in seine strahlend blauen Augen. „Du willst noch mit mir zusammen sein?“

Ein kleines Lächeln erscheint auf seinen Lippen. „Ich habe nie aufgehört, mit dir zusammen sein zu wollen. Doch ich dachte, ich warte erst einmal ab, bis du deinen ganzen Kram auf die Reihe gekriegt hast.“

Mein Lachen klingt eher wie ein Schnauben, weil ich vor lauter Erleichterung ganz zittrig und hysterisch bin. Hastig nickend wische ich mir übers Gesicht und versuche, mich *jetzt* wieder auf die Reihe zu kriegen.

„Stopp“, sagt er leise. „Das meinte ich nicht. Ich möchte nicht, dass du deine Gefühle vor mir verbirgst. Im Gegenteil, ich bin der Mann, der mitbekommen möchte, was du empfindest. Der von deinen Problemen erfahren möchte.“

Schniefend und leicht heiser antworte ich: „Oh Gott, ich bin so erleichtert. So unglaublich erleichtert.“

Er beißt sich auf die Unterlippe und blickt zu seinem Daumen, der meine Wange streichelt. „Pass auf, Lola, es war mein Ernst, als ich gesagt habe, dass nicht immer alles unkompliziert oder perfekt sein muss. Aber ich brauche die Gewissheit, dass …“ Er verstummt und zieht die Brauen zusammen. „Ich muss mir einfach sicher sein, dass du so etwas nicht noch mal tust. Das hat mich echt fertiggemacht.“

„Ich mache es ganz bestimmt nicht noch einmal.“ Allein bei dem Gedanken daran schnürt sich mir der Brustkorb zu. Ich lege meine freie Hand auf seinen Oberkörper, um mich festzuhalten. Unter meiner Handfläche spüre ich das gleichmäßige Pochen seines Herzens. „Ich könnte es gar nicht.“

Erneut breitet sich ein Schweigen zwischen uns aus, und obwohl ich weiß, dass es noch so viel zu sagen gibt, ist mir klar, dass wir jetzt nicht mehr reden werden. Dennoch weiß ich, dass sich der Graben zwischen uns geschlossen hat. Dieses Schweigen ist nicht mehr unangenehm und erdrückend.

Es sind wieder Oliver + Lola, die stumm die Worte im Kopf zusammenfügen.

„Wie läuft es mit *Junebug*?", fragt er und streicht mir das Haar hinter die Ohren.

Ich schniefe und blicke über seine Schulter. „Drei Viertel habe ich ungefähr fertig."

„Gefällt es dir?"

„Noch nicht", gebe ich widerstrebend zu. „Aber das wird schon."

„Es ist zumindest mal ein Anfang." Oliver drückt meine Hand und lässt sie dann los. „Du kannst mir schreiben, wann immer du willst, oder mich anrufen, wenn du etwas besprechen möchtest."

Ich blinzele. Will er wirklich gehen? Das will ich nicht. „Wo wirst du sein? Du kannst hierbleiben, wenn d…"

„Ich bin zu Hause oder im Laden", sagt er sanft.

„Und ich?"

Nicht einmal *ich* weiß, was ich damit meine.

Oder vielleicht doch; allerdings habe ich selbst keine Ahnung, was er darauf wohl antworten soll.

Was ich jedoch weiß, ist, dass ich trotz der vielen Arbeit auch *Oliver* brauche. Offenbar wird uns beiden gleichzeitig klar, dass dieses Geständnis in meiner Frage mitschwingt, und er beugt sich lächelnd zu mir vor.

„Du rufst mich jeden Tag an. Du antwortest auf meine SMS." Flüchtig streift er mit den Lippen über meine – viel zu kurz! –, ehe er sich wieder zurückzieht. „Wenn du was zu essen brauchst, bringe ich es dir. Wenn du was anderes brauchst …", fügt er hinzu und betrachtet mich prüfend, „dann ruf mich an."

„Wenn *du* was brauchst …", entgegne ich und habe das Gefühl, über all die Emotionen zu stolpern, die in meinem Inneren toben.

Oliver lächelt. „Okay. Und jetzt ab an die Arbeit." Sanft streicht er mit den Daumen unter meinen Augen entlang, um die Tränen zu trocknen. „Das bedeutet nicht, dass wir wieder die Pausentaste drücken. Es heißt bloß, dass du dich auf den Hosenboden setzt und die Sachen fertigstellst. Solche schwierigen Situationen zu bewältigen wird Teil unseres Lebens sein. Manchmal gehörst du mir jede Nacht“, meint er und lässt den Blick über mein Gesicht schweifen. „Manchmal muss ich dich eben ein oder zwei Wochen lang teilen.“

Bei seinen Worten schießen mir von Neuem Tränen in die Augen, und Oliver wischt sie zärtlich fort.

Lachend küsst er meine Nasenspitze, bevor er mich auffordert: „So, und nun geh arbeiten, Lola Love. Ich will meine Nächte zurückhaben.“

17. Kapitel

LOLA

Ich hasse jedes Wort, jedes Panel.

Der Ordner auf meinem Desktop mit dem Titel *Mist* beinhaltet viermal so viele Illustrationen wie der mit dem Titel *Behalten*, aber allmählich begreife ich die Lektion, die mir zurzeit von allen Seiten erteilt wird. Sie durchdringt meinen Kopf mit dem Zartgefühl einer Axt: Manchmal muss man alles falsch machen, um zu wissen, wie man es richtig macht.

Einen Tag lang sehe ich Oliver nicht, dann zwei, dann ist schon eine ganze Woche verstrichen, und ich vermisse ihn wirklich schrecklich. Doch wir reden jeden Abend miteinander, und er sieht jede Zeile und jedes Wort, die ich zu Papier bringe – sieht das Gute und das Schlechte und auch das, was total daneben ist –, denn ich schicke ihm alles, weil ich eine zweite Meinung brauche.

Seine Meinung wirkt wie Wundsalbe gegen meine Panik. Oliver ist objektiv und fair und trotz seiner instinktiven Fürsorge bereit, ehrliche Kritik zu üben.

Das Panel zeigt das Mädchen, die Hände ausgestreckt und zu einer Schale geformt. Er schützt es mit seinem Körper vor der sengenden Sonne.

„Was tust du gerade?", fragt Oliver.

Es ist ein trister Dienstagabend, mein neu ausgehandelter Abgabetermin ist in zwei Tagen, und Oliver hat angerufen, um sich nach mir zu erkundigen, nachdem er mit Harlow und Finn essen war. Seine Stimme klingt rau, und ich stelle mir vor, wie er allein im Bett liegt, die Hand auf der Brust, während er an die weiße Decke starrt.

Ist er angezogen?

Oder hat er nichts weiter an als seine Boxershorts?

Wie oft stellt er sich vor, mich zu küssen, mich zu berühren, in mich einzudringen?

„Ich sitze am Schreibtisch", erzähle ich ihm. „Und starre auf das Chaos hier."

Er schweigt einen Moment lang, und instinktiv weiß ich, dass er sich die gleichen Fragen stellt wie ich.

„Hast du die letzte Kampfszene fertig?", will er schließlich wissen.

Ich schüttele den Kopf und trinke einen Schluck Tee, bevor ich erwidere: „Noch nicht. Aber ich bin auf einem guten Weg. Abgesehen von der Szene bin ich fertig." Ich reibe mir übers Gesicht. „Jetzt muss ich bloß noch die Panels überarbeiten."

„Mir gefielen die, die du mir geschickt hast, die mit den grünen Hintergründen." Seine Stimme ist ruhig, träge und fühlt sich wie warmer Sirup an, der über meine Haut gegossen wird. „Dadurch wirkte Junebug irgendwie noch triumphaler, so als wäre sie von Bäumen umgeben."

Ich lächele. „Finde ich auch. Ich gucke mir das noch mal an. Im Moment scheint mein Hirn jedoch eine Pause zu brauchen."

„Vermutlich", meint er, und ich höre, dass er sich aufsetzt. „Lass uns mal nachschauen, was so läuft."

Die Geräusche im Hintergrund verraten mir, dass er über den Flur tapst, kurz darauf ertönt ein Rascheln, als er das Telefon gegen die Schulter presst. Dann erklärt er mir: „Du hast die Wahl zwischen *Stirb langsam* … hm, *Der Kaufhaus Cop* oder *Matrix*."

Ich tunke meinen Teebeutel noch einige Male ins heiße Wasser. „Ist das eine ernst gemeinte Frage?"

Für den Bruchteil einer Sekunde herrscht Schweigen, ehe er zögernd sagt: „Ja?"

„*Matrix.*“

Sein Lächeln kann ich praktisch hören, als er antwortet: „Den gibt's auf FX. Also, schnapp dir ein Bier, schalte den Computer aus, den Fernseher an und zieh dir zwei Stunden lang den Film rein.“

Ich begreife, was er mir mitteilen will: Kreativität braucht Raum und Zeit, um sich entfalten zu können.

„Warum kommst du nicht rüber und siehst ihn dir mit mir zusammen an?“, schlage ich vor. Im Grunde flehe ich ihn fast an. Ich habe ihn seit einer Ewigkeit nicht mehr gesehen.

„Weil ich über dich herfallen würde, kaum dass ich einen Fuß in die Wohnung gesetzt hätte, und du bist ja noch bei der Arbeit.“

Mein Herz öffnet sich, und ich stelle mir vor, wie ein Sonnenstrahl aus meiner Brust schießt. „Oh.“

Er lacht. „Gute Nacht, Lola Love.“

Ich möchte, dass er mir sagt, dass er mich liebt. Es wäre so schön, zu hören, wie seine Stimme bei diesen drei Wörtern klingt, doch das ist meine Belohnung, wenn ich mit allem fertig bin. Ich weiß, dass es so ist.

Als der Film zu Ende ist, werfe ich meine leere Bierflasche in die Recyclingtonne, gehe zurück an den Schreibtisch und vollende die Szene innerhalb einer Stunde.

Ich habe nur zwei vollständige Kopien von *Junebug* ausgedruckt, aber ich kann gar nicht aufhören, sie anzufassen. Der Titel steht mit Fettdruck auf dem glänzenden Cover, auf dem die Farben geradezu explodieren. Das ganze Cover ist ein Farbenmeer; ich bin mir zwar nicht sicher, ob Erik dieses Cover so akzeptiert, doch ich werde auf jeden Fall darum kämpfen: Schillernde Blau-, Grün-, Rot- und Gelbtöne umgeben meine geflügelte June und ihren geliebten Trip. Das Chaos weicht vor ihnen zurück und verspricht Triumph, unabhängig davon, welche Geschichte sich zwischen diesen Buchdeckeln entfaltet.

Ich bin stolz darauf und kann es nicht erwarten, es Oliver zu zeigen.

Nachdem ich den Wagen am Straßenrand geparkt habe, schalte ich den Motor aus. Oliver wohnt in einem kleinen, etwas heruntergekommenen blauen Haus auf einem winzigen, quadratischen Grundstück. Sein Rasen versucht verzweifelt zu wachsen, aber Oliver weigert sich aufgrund der anhaltenden Dürre, ihm genügend Wasser zu geben. Die Farbe an den Mauern ist verblichen, der gepflasterte Weg zur Haustür an vielen Stellen kaputt. Es ist ein unauffälliges und trotzdem perfektes Häuschen. Ich könnte mir gut vorstellen, hier zu wohnen. Zusammen mit Oliver.

Mein Herz pocht heftig bei dem Gedanken, mir hier mit Oliver ein gemeinsames Zuhause einzurichten und ganz selbstverständlich tagtäglich mit ihm zusammen zu sein. Ich vermisse unser tägliches Geplauder von Angesicht zu Angesicht. Und noch viel mehr vermisse ich die Zeit mit ihm allein, wenn ich ihn liebe, geliebt werde, wenn wir *es* tun.

Ich schnappe mir die Bücher und halte sie in die Sonne. Eins ist für mich, das andere für Oliver. Es ist gar nicht wichtig, dass er mir sagt, wie gut es ist. Ich weiß, dass es gelungen ist. Doch ich möchte, dass er der Erste ist, der es in voller Länge liest, denn es ist ja auch unsere Geschichte. Er hat sie in Teilen zwar bereits gesehen, aber ich frage mich, ob es bei ihm klick macht, wenn er sie von Anfang bis Ende liest. Mir ist inzwischen klar geworden, wie meine kreative Arbeit, jedenfalls im Augenblick, funktioniert: Ich lade mein Leben auf den Seiten ab, versetze mich in eine andere Welt und schaue zu, wie ich reagieren würde, überlebe, wachse.

Ich hebe den R2-D2-Türklopfer und lasse ihn gegen die schwere Holztür fallen. Olivers Anblick, als er mir aufmacht, ist irgendwie beruhigend: Er trägt ein T-Shirt und Jeans, seine Haare sind verstrubbelt, und in der Hand hält er einen angebissenen Apfel. Trotz allem, was sich in den letzten Wochen zwischen uns ereignet hat, ist er noch immer der einzige Mann, den ich je lieben werde.

Er lächelt glücklich, als er mich sieht, reißt die Tür ein Stückchen weiter auf, und ich frage mich eine Sekunde lang, ob es vorherbestimmt war, dass ich mit ihm zusammenkomme – mit Oliver Lore, in dem ich jetzt wie in einem offenen Buch lesen kann, der immer direkt und ehrlich ist.

„Hallo", begrüßt er mich. „Das ist ja eine nette Überraschung."

„Hey." Ich ersticke fast an diesem einen Wort.

„Ich hätte nicht gedacht, dass ich dich vor Freitag zu Gesicht bekomme."

Als er die Bücher in meiner Hand bemerkt, reiche ich ihm sein Exemplar. „Gilt das als Eintrittskarte in dein Haus?"

Sein Lachen schwindet in dem Moment, als er die Zeichnung auf dem Cover genauer anschaut. Mir wird ganz schwindelig vor Freude, als er die Augen aufreißt und ein heiseres „Heilige Scheiße" hervorstößt.

Das Panel zeigt das Mädchen, dem der Regen von den Händen tropft.

„Ich liebe dich", platze ich heraus. Damit lenke ich seine Aufmerksamkeit wieder auf mich.

Überrascht starrt Oliver mich an. Er tritt auf die kleine Veranda, lässt den Apfel einfach fallen und klemmt sich das Buch unter den Arm. Mit beiden Händen umfasst er mein Gesicht und schaut mir tief in die Augen. „Ja?", flüstert er.

Ich nicke und sage es noch einmal: „Ich liebe dich."

Seine Augen sind blau, mit kleinen grünen Sprenkeln darin: ein Ozean in einer Iris. Lächelnd senkt Oliver die Lippen auf meine, streift einmal von einem Mundwinkel zum anderen, und so einfach gerät mein Leben wieder ins Lot. „Sie liebt mich."

„Tut sie." Ich bekomme gar nicht genug Luft in die Lungen. Ich will mehr; ich will ihn auf mir spüren. Die letzten anderthalb Wochen habe ich auf diesen Moment hingearbeitet, stets in der Hoffnung, dass Oliver mir mit einem Kuss zeigt, dass er mir vergeben hat.

Allerdings gibt er mir nur noch einen weiteren Kuss, diesmal aber wenigstens ein bisschen länger, mit leicht geöffneten Lippen und einem Hauch von Zunge.

„Nimm mich mit rein“, bitte ich ihn und strecke mich, um seinen Hals, sein Kinn zu schmecken.

„Ich werde dich die ganze Nacht nehmen“, verspricht er mir, bevor er mir einen letzten Kuss auf den Mund presst. „Aber jetzt werden wir erst einmal reden.“

Er verschwindet kurz im Flur, schnappt sich seine Jacke und nimmt dann meine Hand, ehe er die Haustür hinter sich schließt. Während der vergangenen Tage haben wir über oberflächliche Dinge gesprochen – den Laden, mein Buch, Not-Joe, Harlow und Finn, all die Neuerscheinungen, für die ich keine Zeit hatte –, aber nichts Tiefschürfendes. Wir haben unsere Herzen wie Geschenke eingewickelt und sie sorgsam unter den Tannenbaum gelegt.

Es sind drei Blocks bis zum Strand, und um diese Zeit am Abend sind keine Surfer mehr auf dem Wasser. Nur hin und wieder sieht man eine einsame Gestalt vorbeispazieren, einen Hund, der durch die Gischt sprintet.

Wir suchen uns eine ruhige Stelle und bleiben einige Meter vom Wasser entfernt stehen. Es ist windig und relativ kühl, doch mit meinem langärmligen Shirt und mit Oliver, der nur ein paar Schritte entfernt steht, ist mir ganz warm. Für eine Weile beobachten wir, wie die Wellen auf den Strand krachen, und dann höre ich, wie Oliver sich räuspert, als wollte er etwas sagen.

Lächelnd kommt er langsam auf mich zu. Hinter ihm leuchtet der Himmel wie eine Kornblume; es wird noch immer früh dunkel, entlang der Küste und in Richtung Innenstadt, wo die Lichter hell funkeln.

„Hier wollen wir also reden?“, frage ich lächelnd und bemühe mich, meine Bedenken zu ignorieren. Ich habe echt keine

Ahnung, wieso wir hier am Strand und nicht auf der Couch in seinem Wohnzimmer sind, wo wir einander anschauen würden.

Wo ich auf seinem Schoß sitzen würde.

Wo er die Hände unter mein Shirt gleiten lassen würde.

Wo er seinen Mund auf meinen Hals pressen würde.

„Ich kann nicht behaupten, dass ich weiß, was es noch zu besprechen gibt", sagt er und zuckt mit den Achseln. „Aber ich weiß, wenn wir bei mir wären, hätten wir jetzt Sex. Und ich möchte noch ein bisschen länger einfach so mit dir zusammen sein."

Die Art, wie Oliver mich bei diesen Worten anschaut, ist viel intimer, als es ein Kuss je sein könnte. Sogar intimer als Sex. Ich habe dieses verrückte Bild vor Augen, wie ich mich an ihn klammere, ihn umschlinge und auf jede erdenkliche Weise versuche, ihm noch näher zu kommen. Ich muss diese *Verbindung* schaffen.

„Bist du noch immer sauer auf mich?", frage ich ängstlich. „Ein bisschen, meine ich?"

Er schüttelt den Kopf. Ich sehe es durch einen Tränenschleier. Keine Ahnung, wo die Tränen auf einmal herkommen. Erleichterung vielleicht. Vermutlich Erschöpfung. Bestimmt auch ein klein wenig Triumph.

Oliver wischt die erste Träne fort, die über meine Wange kullert. „Ich bin nicht sauer."

Ich nicke und hoffe, dass ich gar nicht erst richtig anfange zu heulen, wenn ich ein paarmal schlucke.

„Ich werde dich nicht verlassen. Das weißt du, oder?"

Jetzt ist der Damm gebrochen, die Tränen strömen ungehindert. „Das ist es nicht."

Aber das ist es in gewisser Weise doch. Die Angst, die ich während der vergangenen zwei Wochen verspürt habe, drehte sich zumindest teilweise darum: dass ich mit meinem Verhalten seine Liebe verändert – womöglich ausgelöscht – haben könnte, so wie Mom meine ausgelöscht hatte. Und die Distanz zwischen uns, selbst wenn es bloß die drei Schritte sind, die uns jetzt trennen, ist noch immer viel zu groß. Ich möchte ihn so gerne berühren!

„Lola", sagt er nun etwas lauter. „Ich möchte nicht mehr ohne dich sein. Ich verlasse dich nicht. Selbst wenn du beschäftigt bist. Selbst wenn du Angst hast. Selbst wenn du unvernünftig oder verrückt bist, ich gehe nicht weg."

„Es ist ja nicht ..."

„Aber ich muss mir sicher sein, dass *du* mich nicht verlässt. Ich möchte nicht das Gefühl haben, erst an zweiter Stelle zu kommen. Du wirst für mich immer das Wichtigste sein", versichert er mir. „Ich werde dich niemals von deiner Kunst abhalten, doch ich möchte nicht, dass du mich nur als störende *Ablenkung* empfindest." Er schaut mir ins Gesicht und streicht über meine tränennassen Wangen. „Mir ist klar geworden ... dass es mir noch nie so wichtig war, jemandem etwas zu bedeuten, wie ich dir etwas bedeuten will."

Oliver kommt näher, seine Jacke presst sich gegen meine Brust, und mit einem zufriedenen Seufzen lehne ich mich an ihn. Ich schlinge die Arme um seine Taille und drücke mein Gesicht in die Kuhle an seinem Hals. Er riecht so gut. So vertraut und frisch. Er riecht nach Büchern und Weichspüler und nach dem Meer. Er umarmt mich fest, lässt eine Hand über meinen Rücken streichen, während er die andere in meinen Haaren vergräbt.

„Okay?", flüstert er.

„Du bedeutest mir etwas", erkläre ich ihm eilig. „Du bedeutest mir so viel, Oliver. Offen gestanden bist du für mich *alles* geworden, und das hat mir Angst gemacht. Ich glaube, die Vorstellung, ich könnte die Sache mit meinen Büchern in den Sand setzen, kam mir vor, als würde ich jemanden aus meiner Familie verlieren."

Oliver mustert mich. „Ich weiß."

„Ich bin fast verrückt geworden, als das alles aus dem Ruder lief. Daran muss ich wohl noch arbeiten – sämtliche Sachen unter einen Hut zu bringen.“ Ich zucke mit den Schultern. „Aber ich schätze, das schaffe ich. Okay? Meine Bitte nach mehr Freiraum hat alles bloß schlimmer gemacht. Viel, viel schlimmer.“

Er küsst mich auf den Kopf und nickt.

„Du hast gesagt, du hättest gewusst, dass es so intensiv sein würde“, erinnere ich ihn. „Aber du hattest recht: Ich wusste das nicht. Ich habe nie zuvor so etwas empfunden.“

„Darüber bin ich ganz froh“, gesteht er mir. „Ich möchte die Liebe deines Lebens sein.“ Den Kopf zur Seite neigend, überlegt er kurz, ehe er fortfährt: „Zumindest möchte ich die menschliche Liebe deines Lebens sein. Ich bin jedoch bereit, dich mit Razor zu teilen.“

Ich versuche zu lachen, doch meine Kehle ist wie zugeschnürt. Meine Stimme klingt leicht erstickt, als ich frage: „Hast du dich noch mal mit Allison getroffen?“

„Nein“, antwortet er sofort und lehnt sich ein wenig zurück, um mich ansehen zu können. „*Lola*, ich liebe dich. Ich habe dir schon gesagt, dass ich mit niemand anderem zusammen sein will.“

Ein riesiger Knoten löst sich in meinem Inneren. „Okay, okay.“ Keine Ahnung, warum ich das gefragt habe, aber es musste sein. Allison *mag* ihn. Sie wäre durchaus eine Alternative für ihn.

Oliver atmet aus, und als er sich an mich drückt, kann ich sein schlechtes Gewissen praktisch spüren. „Ich weiß, es fühlt sich an, als hätte ich dich hintergangen.“

Ich nicke und muss wieder schlucken, weil neue Tränen zu fließen drohen. „Im Vergleich zu dem, was ich getan habe, war es allerdings eine sehr kleine Sünde. Oliver, ich bin eine Idiotin.“

Er lacht. „Es ist gut, dass wir endlich über diese Sachen reden“, bemerkt er. „Über Gefühle und all das, was uns betrifft. Und nicht nur, wenn wir miteinander schlafen. Ich meine, hier draußen, am Strand.“

„Na schön“, pflichte ich ihm lachend bei. „Mag sein, dass es ganz gut war, dass wir nicht reingegangen sind.“

„Wir würden viel Krach machen, aber nichts Verständliches von uns geben“, sagt er und legt seine Stirn gegen meine.

Verzweifeltes Verlangen schießt plötzlich durch meinen Körper, und ich spüre, wie sich eine geradezu schmerzhafte Begierde wie eine wild wuchernde Ranke in meiner Brust ausbreitet. „Oliver …“

Aber dann löst er sich von mir. Obwohl sein Blick verhangen vor Lust ist, scheint er entschlossen, weiter mit mir zu reden. „Ich begehre dich schon so lange“, erzählt er. „Die Lust war manchmal so stark, dass ich ganz benommen gewesen bin. Kurz nachdem wir uns in Las Vegas getroffen hatten und ich nach San Diego gezogen war, bin ich mit einer anderen Frau ausgegangen. Anschließend war ich nicht gut drauf, und als ich nach Hause kam, habe ich mir wieder und wieder eine Nachricht von dir auf dem Anrufbeantworter angehört. Es war nur irgendein Monolog darüber, wie sehr du Pringles hasst, doch in Wahrheit war es eine Hymne an die Dinger.“

Ich muss lachen; ich weiß genau, von welcher Nachricht er spricht.

„An dem Abend habe ich mir zum Klang deiner Stimme einen runtergeholt“, gesteht er mir und sieht mich an.

Mein Herz macht einen Hüpfer. Eine Hitzewelle breitet sich von meiner Brust bis hinunter zu meinem Schoß aus.

„Ich habe in meiner Fantasie sehr, sehr versaute Dinge mit dir angestellt.“

„Was denn?“, will ich wissen.

„Lecken, beißen, ficken“, erwidert er leise. „In dir kommen. Auf dir. Kurz nach dir, manchmal vor dir, um dich dann dazu zu bringen, mit mir zu spielen, bis ich wieder hart bin.“

Mir bleibt die Luft weg. Anscheinend weiß ich nicht mehr, wie man schluckt.

Seine Augen werden ganz dunkel. „Und dann diese Sache, die wir in der Dusche gemacht haben."

Plötzlich wird mir mehr als bewusst, dass er mich nicht mehr geküsst hat, seit wir sein Haus verlassen haben. Dass es zwei Wochen her ist, seit ich seine Hände auf mir gespürt habe, und noch viel länger, seit ich mich seinen Berührungen völlig hingegeben habe.

Sein Kopf senkt sich, und seine Lippen streifen mein Kinn. „Jetzt bist du an der Reihe."

„Ich war in Vegas kurzzeitig in dich verknallt, war aber schnell mehr oder weniger darüber hinweg, als ich dachte, du hättest kein Interesse", beichte ich ihm. „Danach war ich so mit der Veröffentlichung von *Razor* beschäftigt und habe nur … na ja … von dir fantasiert."

„Ach ja?"

„Ja. Lecken, beißen, ficken. Und dann diese Sache, die wir in der Dusche gemacht haben." Ich spüre das sanfte Beben seiner Brust an meiner, als er lautlos auflacht. „Aber dann habe ich dich gezeichnet, und du warst fast nackt. Da reichte es mir nicht mehr, bloß von dir zu träumen. Ich meine, ich habe ungefähr zwanzig Zeichnungen nur von deinem Schwanz."

„Muss schwierig gewesen sein, genügend Platz dafür auf deinem Papier zu finden", meint er grinsend.

„Ja, klar doch. Geht's noch?"

Seine Hände finden einen Weg unter meine Jacke, unter den Saum meines Shirts. Kühle Fingerspitzen treffen auf die warme Haut meiner Taille, meiner Rippen, die Wölbung meiner Brüste über dem BH, und unsere Blicke treffen sich für ein paar Sekunden, bis Oliver den Kopf neigt und mich küsst. „Hallo, Liebste."

Mein Lächeln reicht von Ohr zu Ohr. „Hallo."

„Alles wieder in Ordnung?"

Ich nicke. „So was von."

Stumme Kommunikation ist nichts Neues für uns, doch die

Botschaft in seinen Augen ist neu. Es gibt keine Worte für das, was er sagt, jedenfalls nicht in einer Sprache, die wir sprechen. Er ist verzweifelt, aber freudig erregt; sein Körper steht unter Strom, aber es geht nicht um Sex, nur um zum Höhepunkt zu gelangen, oder um Versöhnungssex. Es ist diese intensive, perfekte *Verbindung*, die er verspürt. Ich weiß es, weil ich dasselbe empfinde.

Ich öffne den obersten Knopf seiner Jeans, während Oliver mir in die Augen schaut und mir stumm die Erlaubnis erteilt. Die anderen drei Knöpfe sind ebenfalls im Nu offen.

Olivers Atem streicht schnell und warm über meine Wange. „Was hast du vor, Lorelei?“

„Dich berühren.“

Ich blicke hinunter, als ich die Hand in seine Boxershorts schiebe, bemerke jedoch, dass Oliver sich umsieht, um zu prüfen, ob tatsächlich niemand außer uns hier am Strand ist.

Ganz leicht hebe ich den Kopf und flehe ihn stumm an, mich zu küssen.

„Diese gewaltige, gewaltige Liebe …“, murmelt er an meinen Lippen, verstummt aber, als ich mit den Fingern über seine geschwollene, feuchte Eichel gleite.

Oliver schlingt seine Jacke um uns beide, um auf diese Weise meinen Arm zu verbergen, als ich ihn aus seinen Boxershorts befreie. Sein Mund öffnet sich über meinem, und seine Zunge schnellt heraus, um einen erotischen Tanz mit meiner zu beginnen. Die Hände hat er hinter meinem Rücken verschränkt, damit man uns auch wirklich nicht erwischt. Es gibt so viele Arten, seine Liebe zu zeigen, Liebe zu machen. Ich verschlucke die Töne, die Oliver von sich gibt, während ich ihn ganz langsam, auf fast träge Weise streichele, bis er sich rhythmisch gegen mich drängt, bis er zu zittern beginnt und aufhört, mich zu küssen, einzig und allein darauf konzentriert, sein Vergnügen zu finden. Jetzt hat er die Lippen einfach nur gegen meine gepresst, und gierig sauge ich sein leises Keuchen auf, das zeigt, wie nahe er ist, prall bis zum Bersten, die Knöchel in meinen Rücken pressend, flehend. Wir waren mehr oder weniger still: ein Paar, das sich am Strand in der Dunkelheit umarmt und küsst. Doch plötzlich löst sich etwas in mir – Erleichterung, Aufregung, Spannung, die sich entlädt –, und all das entlockt mir ein verblüfftes Schluchzen. Oliver drängt sich an mich und kommt mit einem unterdrückten Stöhnen.

Er ist warm in meiner Hand, feucht und glitschig, und bedeutet mir mit einem winzigen Ruck, meine Finger nicht mehr zu bewegen. Allerdings will ich ihn noch nicht gehen lassen; mir gefallen diese trägen Küsse, ich mag es, ihn in meiner Hand zu fühlen, während ich umhüllt bin von seiner Körperwärme und große Wellen neben uns ans Ufer schlagen.

Schließlich ziehe ich die Finger weg, und Oliver knöpft seine Jeans wieder zu. Wir müssen beide grinsen über das, was wir eben angestellt haben. Anschließend küsst er meine Nasenspitze und scheint mich nicht aus dem Schutz seiner Jacke entlassen zu wollen. Und während das Wasser bis fast an unsere Füße schlägt, kommt es mir einmal mehr vor, als wären Oliver und ich bereits seit Jahren zusammen; die Stille zwischen uns ist einfach zu entspannt, als dass es sich um eine flüchtige Affäre handeln könnte.

Als ich zu ihm aufschaue, blickt er gerade aufs Meer hinaus, doch als er meinen Blick spürt, dreht er sich lächelnd zu mir. „Es gefällt mir hier draußen."

„Mir auch", antworte ich.

„Ich habe überlegt … Ich finde, du solltest dir kein Haus kaufen", sagt er schließlich. „Ich habe doch ein nettes Häuschen."

Aufregung und eine leichte Unsicherheit breiten sich in mir aus. „Etwas Ähnliches habe ich auch gedacht, als ich vorhin all meinen Mut zusammengenommen und an deine Tür geklopft habe. Aber dann dachte ich mir … eins nach dem anderen."

Es sind seine Augen, die zuerst lächeln. Kurz darauf verzieht sich auch sein Mund zu einem breiten Grinsen. „Eins nach dem anderen", wiederholt er. „Kauf dir trotzdem erst einmal kein Haus. Es wäre reine Geldverschwendung."

Als ich mich strecke, um ihm einen Kuss zu geben, überlege ich, dass dieser Moment so gut wie jeder andere ist, um ihm mitzuteilen, dass ich ehrlich gesagt nicht sicher bin, ob ich je wieder verheiratet sein möchte. Ich hatte keine guten Rollenvorbilder und fürchte, ich würde es vermasseln. „Ich weiß jedoch nicht …"

Mit einem Finger verschließt er meine Lippen. „Psst. Wir sind nicht wie unsere Freunde. Wir gehen unseren eigenen Weg, okay? Ich bleibe einfach optimistisch."

Lächelnd ziehe ich ihn hinunter in den Sand, und wir sitzen einfach da und sehen zu, wie das Mondlicht auf dem unruhigen Ozean glitzert. Oliver erzählt mir Geschichten von seinem ersten Jahr in den Staaten. Ich erzähle ihm Geschichten aus dem Jahr, als meine Mutter uns verlassen hat. Irgendwann verstummen wir und schlafen fast ein, bevor wir uns gegenseitig wach rütteln und halbherzig darüber streiten, was wir essen wollen.

Ich bin so glücklich.

So unendlich glücklich.

Das Panel zeigt das Mädchen und seinen Freund, wie sie die sandigen Hände in den Himmel strecken, während sie versuchen, die Sterne zu zählen.

– ENDE –

Danksagung

Lolas Lektion war auch unsere: Manchmal muss man alles falsch machen, ehe man weiß, wie es richtig geht.

Wir hoffen, Sie haben nicht gemerkt, dass wir dieses Buch zweimal geschrieben haben. Beim ersten Mal haben wir drei Monate gebraucht. Es war ein gutes Buch, aber es war nicht Olivers und Lolas Geschichte. Beim zweiten Mal dauerte es nur fünf Wochen, und uns war klar, während wir die Worte niederschrieben,

das

das

das ist Loliver.

Vielen Dank, Adam Wilson, dass du das erkannt hast. Du hast uns nicht gesagt, wie es sein sollte, aber du wusstest, wie es *nicht* sein sollte, und – wie immer hattest du recht. Musstest du dir Mut antrinken, ehe du uns angerufen hast? Wir brauchten auf jeden Fall ein paar Shots nach deinem Anruf. Aber wir sind so froh, dass du diese Charaktere so gut kennst wie wir und dass dir diese Bücher genauso wichtig sind wie uns.

Und vielen Dank, Holly. Du hast es einen Knaller genannt, du hast Ansels Ansteckblume getragen, und du warst immer da, bei allen kleinen und großen Momenten. Es bedeutet sehr, sehr viel, doch das weißt du ja, denn du bist ja Holly.

Erin, du bist stets ohne das geringste Zögern mit dem scharfsinnigsten und detailliertesten Feedback zur Stelle. Es ist unglaublich, was du alles noch findest, was wir nach dem zwanzigsten Lesen übersehen haben. Aber dein Verstand ist ja auch sagenhaft, und dein Enthusiasmus ist für uns einfach unverzichtbar. Danke, danke, danke!

Dieser Job macht so viel Spaß, dass es schon fast obszön ist, und das liegt zum Teil daran, dass wir über heiße Typen schreiben können, die es tun, aber vor allem auch daran, dass wir Kristin Dwyer, Kresley Cole, Alice Clayton und Nina Bocci haben, die den nicht jugendfreien Humor am Leben halten. Was würden wir bloß ohne euch tun? Das wollen wir uns lieber gar nicht vorstellen.

Unser Dank gilt auch unseren Vorab-Lesern Erin Service, Tonya Irving, Sarah J. Maas und Alex Bracken. Eure Meinung ist uns besonders wichtig, und ihr irrt euch *nie*. Marion Archer, vielen Dank, dass du dir die Zeit genommen hast, die Geschichte so sorgfältig zu lesen. Dein Feedback hat uns nicht nur dabei geholfen, dem Buch den letzten Schliff zu geben, sondern auch, all die Kleinigkeiten zusammenzufügen. Ein großes Dankeschön geht auch an Lauren Suero für all die Arbeit, die du jeden Tag leistest, an Jen Grant dafür, dass du dem Team CLo seit Anfang an die Treue hältst, an Heather Carrier für die Grafiken, die uns immer noch laut hörbar reagieren lassen, wenn wir allein in unseren Arbeitszimmern sind. Vielen Dank auch an Caroline Layne für die unglaublichen Illustrationen, die Loliver zum Leben erweckt haben.

Wir lieben alle Mitglieder unserer Gallery-Familie: Jen Bergstrom, Louise Burke, Carolyn Reidy, Adam Wilson, Kristin Dwyer, Theresa Dooley, Jen Robinson, Sarah Lieberman, Liz Psaltis, Diana Velasquez, Melanie Mitzman, Paul O'Halloran, Lisa Litwack, John Vairo, Ed Schlesinger, Abby Zidle, Stephanie DeLuca, Lauren McKenna und Trey.

Dieses Buch ist Eddie Ibrahim gewidmet, dem echten Oliver, der uns dazu gedrängt hat, unsere Fan-Seite zu entdecken, und der Lo damals all die Comics gegeben hat, die das Ganze ins Rollen gebracht haben. Er ist schon lange der Fels in unserer Brandung. Wir vergöttern dich, Superman, ehrlich!

Dank auch an Blondie, Dr. Mr. Shoes, Carebear, Cutest und Ninja: die besten Familien überhaupt.

Die Wahrheit ist, ohne unsere Leser wären wir gar nichts, sondern lediglich zwei Mädels, die sich, ohne Blogger, an ihrem Computer ein paar Geschichten ausdenken. Euretwegen haben wir jetzt Bestseller in den Regalen stehen. Wir sind so dankbar für all das, was ihr tut, um uns zu unterstützen – sei es, dass ihr Rezensionen schreibt, sei es, dass ihr einfach einem Freund/einer Freundin sagt, sie sollen unser Buch kaufen. Wir hoffen, wir haben euch auch diesmal nicht enttäuscht, und wir vertrauen darauf, dass ihr uns Rückmeldungen gebt. Danke, dass ihr uns auf unserem Weg begleitet.

Band-Nr. 26000
9,99 € (D)
ISBN: 978-3-95649-660-8

Wenn man eine Weile keinen Sex hatte, geschieht so einiges mit einem. Man schaut sich einen Liebesfilm an und stößt während der Kussszenen unfreiwillig sonderbare Laute aus – Laute, die irgendwo zwischen einem Schnauben und einem hörbaren Augenverdrehen liegen, und vom anderen Ende der Couch bekommt man dann fast immer ein Kissen zugeworfen.

Man kann aus dem Gedächtnis mindestens drei Online-Versande für Sexspielzeug benennen und präzise aufsagen, wie schnell und verlässlich die Artikel zugestellt werden. Wenigstens zwei dieser drei Internet-Adressen generieren sich automatisch, nachdem man nur einen einzigen Buchstaben in das URL-Feld eingetragen hat, und man ist *immer* der Mitbewohner, von dem man erwartet, die Batterien in der Fernbedienung, im Handstaubsauger und in der Taschenlampe auszutauschen.

Was natürlich lächerlich ist, denn eigentlich weiß doch jeder, dass die besten Sexspielzeuge ein Kabel haben und wiederaufladbar sind. *Amateure.*

Man wird gut im Masturbieren. *Richtig* gut. Olympiareif. Und wenn man einmal an diesem Punkt angelangt ist, kann man es sich eigentlich nur noch selbst besorgen, denn wie soll ein Kerl mit deiner eigenen Hand oder mit einem Vibrator konkurrieren, in dem 120 Volt schlummern und der siebzehn einstellbare Geschwindigkeiten hat?

Die Nebenwirkungen einer ungevögelten Muschi sind besonders auffällig, wenn man fortwährend von drei Pärchen umgeben ist, die widerwärtig glücklich miteinander sind.

Meine Mitbewohnerin, Lola, und ihre besten Freundinnen Harlow und Mia haben ihre besseren Hälften an einem total durchgeknallten Wahnsinnswochenende in Las Vegas kennengelernt; im wahren Leben gibt es so etwas Verrücktes eigentlich gar nicht. Inzwischen sind Mia und Ansel verheiratet und können trotzdem nicht voneinander lassen. Harlow und Finn scheinen Sex per Blickkontakt zu beherrschen. Und Lola und ihr Freund Oliver befinden sich in der Anfangsphase ihrer Beziehung, in der man sich dauernd betatscht und es ständig zu spontanem Sex kommt. Wenn sie in der Küche stehen und kochen, schieben sie früher oder später eine Nummer. Im Fernsehen läuft *The Walking Dead*. Offenbar macht es sie geil und es wird wieder Zeit für Sex. Manchmal kommen sie zur Tür herein und sagen kurz ein paar Worte, dann sehen sie sich an und *schwupps* – schon wird gevögelt.

Wir haben hellhörige Wände und ich bekomme alles mit. Oliver ist laut, und ich hatte keine Ahnung, dass *Muschi* ein oft gebrauchtes Wort in Australien ist. Gut nur, dass ich die beiden so gernhabe.

Gott, das tue ich wirklich. Ich lernte Lola im Kunstprogramm an der UCSD kennen, und obwohl wir nicht regelmäßig miteinander abhingen, bis sie letzten Sommer als Mitbewohnerin bei mir einzog, habe ich das Gefühl, sie schon ewig zu kennen.

Ich höre, wie sie durch den Flur schlurft, und lächle. Sie kommt herein, die Haare verstrubbelt, das Gesicht noch gerötet.

„Oliver ist gerade gegangen", sage ich zu ihr zwischen zwei Löffeln Raisin Bran. Vor zehn Minuten ist er herausgestolpert, genauso zerzaust wie sie, ein schiefes Grinsen im Gesicht. „Ich habe ihn abgeklatscht und ihm für unterwegs eine Flasche Gatorade mitgegeben. Nach eurem Sexmarathon muss er total dehydriert sein. Im Ernst, Lola, ich bin beeindruckt."

Ich hätte es nicht für möglich gehalten, dass Lolas Wangen noch roter werden können. Die Wette hätte ich verloren.

„Sorry", sagt sie und lächelt verlegen hinter der Küchenschranktür hervor. „Du bist bestimmt total angefressen wegen uns, aber ich fliege bald nach L. A. und –"

„Du brauchst dich nicht dafür zu entschuldigen, dass dir ein niedlicher bildhübscher Australier jede Nacht die Seele aus dem Leib knallt", sage ich und stehe auf, um mein Schälchen abzuspülen. „Ich wäre enttäuscht, wenn du dir das entgehen lassen würdest."

„Die Fahrt zu ihm nach Hause kommt mir manchmal ewig lang vor." Lola schließt den Küchenschrank und schaut nachdenklich ins Leere. „Das ist verrückt. Wir sind verrückt."

„Ich wollte ihn überreden zu bleiben", sage ich ihr. „Ich bin den ganzen Tag draußen und abends muss ich arbeiten. Ihr hättet das Apartment für euch allein gehabt."

„Du arbeitest heute schon wieder?" Lola schenkt sich einen Orangensaft ein und lehnt sich an den Tresen. „Das geht nun schon die ganze Woche so."

Ich zucke mit den Schultern. „Fred braucht jemanden, und ein paar zusätzliche Schichten schaden nicht." Ich trockne das Schälchen ab und stelle es weg. „Du musst doch auch irgendwelche Zeichnungen fertig machen, oder?"

„Ja, aber ich würde lieber ein bisschen rumgammeln … Du bist ständig am Strand oder arbeitest im …"

„Und *du* hast einen arschgeilen Freund und hebst berufsmäßig ab wie eine Rakete", sage ich. Lola ist wahrscheinlich der meistbeschäftigte Mensch, den ich kenne. Wenn sie nicht an ihrem neuen Comic, *Junebug*, arbeitet, oder den Set für die Verfilmung ihres ersten Comics, *Razor Fish*, besucht, düst sie nach L. A. oder New York oder wo auch immer das Filmstudio oder ihr Verleger sie hinschicken. „Ich wusste, dass du heute arbeiten würdest und den Abend wahrscheinlich mit Oliver würdest verbringen wollen." Ich tätschele ihre Schulter und füge an: „Außerdem, was kann man einem schönen Tag wie diesem Besseres tun als zu surfen?"

Sie grinst mich über den Rand ihres Glases hinweg an. „Keine Ahnung … sich mit einem scharfen Typen treffen?"

Schnaubend schließe ich den Küchenschrank. „Du bist süß."

„*London*", sagt sie und nagelt mich mit ihrem Blick fest.

„*Lola*", erwidere ich.

„Oliver meinte, ein Freund aus Australien käme in die Stadt.

Vielleicht sollten wir zu viert was unternehmen." Sie senkt den Blick und tut so, als hätte sie etwas Faszinierendes an ihren Fingernägeln entdeckt. „Vielleicht ins Kino gehen oder so."

„Keine Kuppeleien, bitte", sage ich. „Meine Herzallerliebste, dieses Gespräch haben wir schon mindestens zehnmal geführt."

Lola lächelt erneut, und ich wende mich lachend ab, will die Küche verlassen. Aber sie lässt nicht locker.

„Mach mir bitte keine Vorwürfe, weil ich mir Sorgen um dich mache", sagte sie. „Du bist immer allein und …"

Ich winke ab. „Allein ist nicht gleichbedeutend mit einsam." Denn so reizvoll der Gedanke an Sex mit einem Menschen aus Fleisch und Blut auch sein mag, die unvermeidlichen Dramen, die damit einhergehen, sind es nicht. Mein soziales Leben ist auch so schon voll genug mit Lola und ihrem ständig größer werdenden Freundeskreis und all den Bekannten drumherum. Ich komme kaum noch hinterher, mir all die Namen merken. „Hör auf, einen auf Harlow zu machen."

Lola runzelt die Stirn, während ich mich vorbeuge und ihr ein Küsschen auf die Wange drücke.

„Mach dir keine Sorgen um mich", sage ich und schaue auf die Uhr. „Ich muss los, in zwanzig Minuten kommen die guten Wellen."

Nach einem langen Tag am Wasser trete ich hinter den Tresen des Fred's – die Bar, die fast alle liebevoll „Regal Beagle" nennen wegen des Namens des Besitzers, Fred Furley – und binde mir eine Schürze um.

Das Trinkgeldglas ist etwas über mittelvoll, was bedeutet, dass es gut läuft, aber nicht dermaßen brummt, dass Fred Verstärkung herbeitelefonieren müsste. An einem Ende des Tresens sitzt ein Pärchen und unterhält sich leise, vor ihnen stehen halb volle Weingläser. Sie brauchen nichts, schauen kaum auf, als ich an ihnen vorbeigehe. Am anderen Ende sitzen vier ältere Frauen. Schicke Klamotten, bemerke ich, und noch schickere Handtaschen. Sie lachen. Wahrscheinlich sind sie hier, um etwas zu feiern, was bedeutet, dass sie mächtig Spaß haben und gutes Trinkgeld geben werden. Ich mache mir eine geistige Notiz, in einigen Minuten zu ihnen hinüberzugehen.

Im hinteren Teil des Raums weckt Gelächter und Gejohle meine Aufmerksamkeit, und ich sehe, wie Fred einer Gruppe von Männern am Billardtisch Bier bringt. Zufrieden, dass er sich um die Gruppe kümmert, beginne ich den Getränkevorrat zu checken.

Ich arbeite erst seit gut einem Monat im Fred's, und der Laden gefällt mir total, die Arbeit geht mir locker von der Hand. Es gibt bunte Glaslampen, behagliches Holz und runde Nischen mit ledergepolsterten Sitzbänken. Der Laden ist längst nicht so abgeranzt wie der Club, in dem ich während meiner letzten beiden Collegejahre gejobbt habe. Trotzdem sind auch hier manchmal unangenehme Gäste, ein unvermeidlicher Nachteil bei dieser Art von Arbeit. Nicht dass ich besonders attraktiv oder sogar die schönste Frau im Laden wäre, aber sogar grundanständige Männer vergessen zuweilen ihre Manieren, wenn sie eine Frau auf dieser Seite des Tresens stehen sehen. Ohne eine zusätzliche Bedienung muss ich viel herumrennen und dazwischen ständig Drinks mixen, aber Fred ist ein toller Chef, mit dem man großartig herumalbern kann. Und er ist besser als ich, wenn es darum geht, auf den ersten Blick einen unangenehmen Gast zu erkennen.

Deshalb kümmert er sich auch um die Burschen hinten am Billardtisch und nicht ich.

Ich bin ziemlich eigen, wenn es um eine gewisse Ordnung geht; am Beginn meiner Schicht lege ich mir die Dinge hinterm Tresen so zurecht, wie ich es gern habe: der Spieß für die Bons, Messer, Stößel, Saftpresse, Sparschäler, Zestenschneider, Barsieb, Barlöffel, Mixglas. *Mise en place* – alles muss an der richtigen Stelle liegen.

Ich will gerade eine Frucht zerteilen, als ein Gast sich über den Tresen beugt und zwei White Russians ordert, einen mit Eis, einen ohne. Ich nicke und nehme zwei saubere Gläser aus dem Regal, als Fred hinter mir auftaucht.

„Gib Bescheid, falls dir die Burschen Probleme machen“, sagt er und nickt in Richtung der Billardtisch-Gruppe, die sich gerade lautstark über irgendein Jungsthema auslässt.

Es scheinen typische UCSD-Studenten zu sein: groß, durchtrainiert, sonnengebräunt. Einige tragen bedruckte T-Shirts, andere adrette Oberhemden. Während ich die Drinks mixe, schaue ich ab und an zu ihnen hinüber, und aufgrund ihrer Größe, Physis und der gebräunten Gesichter gelange ich zu dem Schluss, dass es Wasserballspieler sind.

Einer von ihnen, ein Typ mit dunklem Haar und einem markanten Kinn, an dem man sich wahrscheinlich gut reiben könnte, schaut auf und unsere Blicke treffen sich. Er sieht gut aus – sie sehen alle ziemlich gut aus, wie ich fairerweise zugeben muss –, aber etwas an ihm lässt mich genauer hinsehen, und aus irgendeinem Grund möchte ich gar nicht mehr wegschauen. Doch sein gutes Aussehen ist leider das eines dieser eingebildeten Kerle, die in der Regel unerreichbar sind.

Die Erinnerung an vergangene Zeiten veranlassen mich, sofort den Blick abzuwenden.

Ich wende mich wieder zu Fred um und nehme unter dem Tresen ein mit FÜR MEIN AUTO beschriftetes Einweckglas heraus und stelle es vor ihn hin. „Ich glaube, wir wissen, dass du dir um mich keine Sorgen zu machen brauchst“, sage ich, und er lächelt und schaut kopfschüttelnd auf das Glas herab, während er ein Bier zapft. „Wir sind heute nur zu zweit?“

„Sieht so aus“, sagt er und stellt das Bier auf den Tresen. „Gibt kein großes Spiel dieses Wochenende. Wird wahrscheinlich relativ ruhig bleiben. Vielleicht haben wir Zeit, um die Vorräte aufzustocken.“

Ich nicke, während ich die White Russians fertig mache, dann bonge ich sie ein, spüle mir die Hände ab und prüfe noch einmal, ob meine Arbeitsutensilien am richtigen Platz liegen. Ein Räuspern hinter mir lässt mich herumfahren, und plötzlich sind die Augen, die sich Sekunden zuvor noch am anderen Ende des Raumes befanden, kaum eine Armlänge von mir entfernt.

„Was kann ich für dich tun?", frage ich, ein freundliches, professionelles Lächeln auf den Lippen. Seine Augen verengen sich, und obwohl sein Blick nicht wahrnehmbar über meinen Körper wandert, habe ich doch das Gefühl, dass er mich bereits abgecheckt, eine Entscheidung getroffen und mich einer bestimmten Kategorie zugeordnet hat, so wie Männer es eben tun: fickbar oder nicht fickbar. Aus meiner Erfahrung gibt es dazwischen nicht viel.

„Ich würde gern noch eine Runde bestellen", sagt er und deutet vage über seine Schulter. Das Smartphone in seiner Hand vibriert, und er schaut darauf und tippt schnell etwas ein, ehe er seine Aufmerksamkeit wieder auf mich richtet.

Ich ziehe ein Tablett heraus. Ich weiß nicht, was sie bestellt haben, da Fred ihnen die erste Runde gebracht hat, aber ich kann es mir denken.

„Heineken?", frage ich.

In gespielter Gekränktheit runzelt er die Stirn, und ich muss lachen.

„Okay, also kein Heineken", sage ich und hebe entschuldigend die Hände. „Was trinkt ihr denn?"

Von Nahem besehen ist der Typ sogar noch hübscher: braune Augen mit Wimpern, für die Mascara-Firmen alles geben würden, dunkles dichtes Haar, in dem zu wühlen bestimmt eine Wonne wäre –

Aber das alles weiß er vermutlich selbst, und das Selbstvertrauen, das ich quer durch den Raum bemerkt habe, schwängert nun praktisch die Luft. Erneut summt sein Telefon, aber diesmal schaut er nur kurz darauf und schaltet es auf stumm. „Wieso glaubst du, dass ich *Heineken* trinke?", fragt er.

Ich lege ein paar Untersetzer auf das Tablett und zucke die

Achseln, versuche, die Unterhaltung im Keim zu ersticken. „Nur so."

Er lässt nicht locker. Sein Mundwinkel hebt sich leicht und er sagt: „Kannst es mir ruhig erzählen. Wenn du schon so süße Grübchen hast."

Beinahe gleichzeitig höre ich Freds „*Gottverdammt!*" und strecke meine Hand aus, in die er einen knisternden Dollarschein drückt. Süffisant grinsend stopfe ich ihn in das Einweckglas.

Der hübsche Typ folgt meinen Bewegungen und blinzelt mich an. „*Für mein Auto?*", fragt er, nachdem er die Beschriftung auf dem Glas gelesen hat. „Was hat's damit auf sich?"

„Nichts", entgegne ich und deute auf die Reihe von Fassbieren: „Also, was trinkt ihr?"

„Du hast gerade einen Dollar verdient wegen irgendetwas, das ich gesagt habe, und jetzt verrätst du mir nicht mal, was es war?"

Ich schiebe mir eine lose Haarsträhne hinters Ohr, und als mir klar wird, dass er keine Bestellung aufgeben wird, solange ich seine Frage nicht beantwortet habe, gebe ich nach. „Es ist etwas, das ich ziemlich oft zu hören bekomme", sage ich. Genau genommen habe ich es öfter gehört als meinen eigenen Namen. Ich habe tiefe Grübchen an den Wangen, und es wäre gelogen zu behaupten, dass es nicht meine liebsten und gleichzeitig meine verhasstesten Merkmale wären. Gepaart mit meinen sonnengebleichten – und meist vom Wind zerzausten – Haaren und meinen Sommersprossen machen sie aus mir das typische Mädchen zum Pferdestehlen.

„Fred wollte mir nicht glauben, dass ich ständig auf meine Grübchen angesprochen werde", fahre ich fort und deute mit dem Daumen über meine Schulter. „Deshalb haben wir eine kleine Wette am Laufen: Jedes Mal, wenn mich jemand auf meine Grübchen anspricht, kriege ich von ihm einen Dollar. Irgendwann kaufe ich mir davon ein neues Auto."

„Wenn es so weitergeht, ist es nächste Woche so weit", meckert Fred irgendwo hinter mir.

Erneut summt das Telefon des Kerls, aber diesmal kümmert es ihn nicht; er schaut nicht mal hin. Stattdessen schiebt er es in seine Gesäßtasche und schaut von Fred zu mir zurück und lächelt.

Und mir verschlägt es die Sprache.

Wenn ich den Kerl bislang für hübsch gehalten habe, ist das rein gar nichts im Vergleich zu dem, was mit seinem Gesicht geschieht, wenn er lächelt. Hinter seinen Augen ist ein Licht angegangen und jeder Anflug von Arroganz ist verflogen. Seine sonnengebräunte Haut ist superglatt und glüht praktisch von der Hitze, die sie nun durchströmt und ihm die Wangen färbt. Seine markanten Gesichtszüge werden weicher; in den Augenwinkeln zeigen sich feine Lachfalten. Ich weiß, es ist nur ein Lächeln, aber plötzlich weiß ich nicht mehr, was ich toller finde: seine vollen Lippen; die perfekten weißen Zähne oder die Art, wie er einen Mundwinkel leicht hebt. Ich verspüre den Drang, das Lächeln zu erwidern.

Er spielt mit einem der Untersetzer auf dem Tresen und grinst mich weiter an. „Dann findest du mich also unoriginell", sagt er.

„Das habe ich nicht gesagt", entgegne ich und grinse zurück. „Aber ich scheine ja richtigzuliegen, denn ich mache gutes Geld mit der Wette."

Einen Moment lang starrt er auf meine Wangen. „Deine Grübchen sind schon ziemlich auffällig. Aber es gibt Schlimmeres. Du könntest ein Holzbein haben oder einen Damenbart."

Charmant ist er nicht gerade. „Zurück zu eurem Bier", sage ich. „Flasche oder was Gezapftes?"

„Ich würde gern wissen, warum du geglaubt hast, ich würde Heineken bestellen. Das bist du meinem verletzten Stolz schuldig."

Ich schaue zu seinen Freunden hinüber, die eigentlich Billard spielen, aber gegenwärtig versuchen, sich mit den Queues gegenseitig zwischen die Beine zu schlagen. Ich beschließe, ehrlich zu sein.

„Heineken-Trinker sind typischerweise – und damit meine ich ‚immer' – junge Männer, die über großes Selbstbewusstsein verfügen, aber noch nie das Wort ‚Bescheidenheit' gehört haben. Sie verziehen sich schnell aufs Klo, wenn die Rechnung kommt, und fahren höchstwahrscheinlich einen Sportwagen."

Der Kerl nickt und lacht. „Verstehe. Und das ist eine wissenschaftliche Studie?"

Sein Lachen klingt süß. Es sieht ein bisschen albern aus, wie sich dabei seine Schultern heben, als würde er kichern.

„Streng wissenschaftlich", sage ich. „Die klinischen Tests habe ich selbst durchgeführt."

Beinahe lacht er laut auf, hält sich aber zurück. „Dann dürfte es dich trösten, dass ich *kein* Heineken bestellen wollte. Eigentlich wollte ich dich fragen, welche Fassbiere ihr habt, denn wir hatten gerade eine Runde Stella, und ich wollte gern etwas Interessanteres probieren."

Ohne auf die Zapfhähne zu schauen, bete ich die Liste unserer Biere herunter: „Bud, Stone IPA, Pliny the Elder, Guiness, Allagash White und Green Flash."

„Wir nehmen das Pliny", sagt er, und ich versuche, meine Überraschung zu verbergen – eine berufliche Notwendigkeit. Er muss sich mit Biersorten auskennen, denn er hat das beste ausgewählt. „Sechs Mal, bitte. Übrigens, ich bin Luke. Luke Sutter."

Er reicht mir die Hand, und nach einem kurzen Moment des Zögerns ergreife ich sie.

„Schön, dich kennenzulernen, Luke."

Seine Hand ist riesig, nicht zu weich … und sehr gepflegt. Lange Finger, saubere Nägel, fester Händedruck. Beinahe augenblicklich ziehe ich meine Hand wieder zurück und beginne, die Biere zu zapfen.

„Und dein Name ist?", fragt er mich.
„Das macht dreißig Dollar", antworte ich stattdessen.
Lukes verzieht amüsiert den Mund, und er blickt hinab auf seine Brieftasche, zieht zwei Zwanziger heraus und legte sie auf den Tresen. Er nimmt die ersten drei Gläser und nickt mir zu, ehe er sich abwendet. „Bin gleich zurück und hole den Rest", sagt er. Dann ist er verschwunden.
Die Tür geht auf, und die Gäste eines Junggesellinnenabschieds strömen herein. In den nächsten drei Stunden bereite ich mehr rosafarbene Drinks und Cocktails mit anrüchigen Namen zu, als ich zählen kann, und ich bekomme gar nicht mehr mit, ob Luke oder einer seiner Freunde die restlichen Biere abholt. Soll mir nur recht sein, rufe ich mir ins Gedächtnis, denn wenn es für mich eine eiserne Regel gibt, an die ich mich ausnahmslos halte, dann die, mich nicht mit Gästen einzulassen. Niemals.
Und Luke … nun, er verkörpert all die Gründe, warum es die eiserne Regel überhaupt gibt.
Als der letzte Gast gegangen ist, helfe ich Fred, den Laden dichtzumachen, fahre nach Hause ins leere Loft und falle ins Bett.
Meine Eltern sind nicht sonderlich erfreut über das Leben, das ich mir in San Diego aufgebaut habe, und bei jedem Besuch erinnern sie mich geflissentlich daran. Sie verstehen nicht, warum ich mir eine Mitbewohnerin genommen habe, nachdem Nana mir das Loft für lau überließ. Obwohl ich nun schon eine ganze Weile hier wohne und mich heimisch fühle, wollen sie einfach nicht begreifen, warum ich das Loft nach meinem College-Abschluss nicht verkauft habe und nach Hause zurückgezogen bin. Aber jetzt mal im Ernst – wer zieht schon nach Colorado, wo es immer arschkalt ist, und bleibt nicht lieber im sonnigen San Diego? Da überlegt man doch nicht zweimal. Auch dass ich den ganzen Tag surfe und abends als Barkeeper arbeite, während mein Abschluss in Grafikdesign, für den ich

mir den Hintern aufgerissen habe, Staub ansetzt, geht ihnen gewaltig gegen den Strich.

Okay, Letzteres kann ich irgendwie nachvollziehen.

Aber im Moment bin ich zufrieden mit meinem Leben. Lola macht sich Sorgen, weil ich so oft allein bin – und es stimmt ja auch, ich bin tatsächlich viel allein, aber ich bin nicht unglücklich. Die Arbeit hinterm Tresen macht mir Spaß, und Surfen ist einfach das Größte für mich. Es ist ein Teil von mir. Ich liebe es zu beobachten, wie die Wellen emporsteigen und herabstürzen, ich liebe es, in so große Wellen hineinzufahren, dass ich mich in einem Tunnel befinde, bis die Welle schließlich bricht und das Dröhnen der sich überschlagenden Wassermassen mir in den Ohren klingt. Ich liebe den Geschmack der salzigen Luft auf der Zunge, genieße es, wie die Meeresluft meine Lunge füllt. In jeder Sekunde erbaut der Ozean ein Schloss, nur um es im nächsten Moment wieder niederzureißen. Davon kann ich nie genug kriegen.

Und ich mag es, todmüde ins Bett zu fallen, weil ich den ganzen Tag auf dem Surfbrett und die halbe Nacht hinterm Tresen stand, nicht weil ich am Schreibtisch gehockt und stundenlang auf einen Computerbildschirm gestarrt habe.

Im Moment ist das Leben ziemlich gut.

Aber am Anfang meiner Samstagabendschicht im Fred's fühle ich mich fahrig und komplett erledigt: meine Rippen schmerzen, und ich spüre immer noch, dass ich vorhin eine Lunge voll Salzwasser herausgehustet habe.

An manchen Tagen kooperiert das Meer und serviert mir die Wellen auf dem Präsentierteller. Heute war kein solcher Tag. Anfangs war die Dünung ganz anständig, aber ich kam in keine der Wellen richtig hinein. Entweder kam ich zu früh oder zu spät. Ich weiß gar nicht mehr, wie oft ich heute vom Brett gefallen bin. Vor meiner Zeit auf dem College verbrachte ich die Schulferien immer bei Grams, und ich bin am Black's Beach und in Windansea gesurft, seit ich alt genug war, um mein

Brett selbst zu tragen. Aber je länger ich heute auf dem Wasser blieb, desto frustrierender wurde es, und der Tropfen, der das Fass zum Überlaufen brachte, war, als mich eine Riesenwelle erfasste und ich mich plötzlich auf dem Meeresboden wiederfand.

Der Kerl mit dem Lächeln und dem hübschen Haar ist wieder da. Luke heißt er, wie mir verschwommen einfällt. Er sitzt heute mit einigen Freunden in einer Nische, aber ich erblicke ihn, sobald ich hereinkomme.

Es ist rappelvoll, und ich spüre einen Anflug von Neid, als ich über der lauten Musik Harlows Lachen vernehme. Ich würde mich lieber zu ihr und ihren Leuten setzen, als zu arbeiten, und bin merklich gereizt, als ich mich hinter den Tresen stelle und mir die Schürze umbinde.

„Da hat aber jemand einen schlechten Tag", sagt Fred, während er an einem Tablett voller Margaritas die letzte Hand anlegt. „Warst du nicht diejenige, die sagte, der blödeste Tag auf dem Wasser schlägt immer noch den besten Tag woanders?"

Ähm. Ja, das habe ich gesagt. Warum müssen Leute einen immer an die schönen Dinge im Leben erinnern, wenn man mies drauf ist? „Bin nur ein bisschen platt und genervt", sage ich und versuche zu lächeln. „Das wird schon wieder."

„Tja, da bist du am richtigen Ort. Laute betrunkene Leute sind immer genau das Richtige, wenn man schlecht drauf ist."

Das entlockt mir ein widerwilliges Grinsen, und Fred tätschelt sanft mein Kinn.

Auf dem Tresen liegt eine Reihe von Bestellungen und ich greife mir eine. Zwei Martinis, stark, extra Oliven. Ich stelle zwei Gläser auf ein Tablett, fülle einen Mixbecher mit Eis und gieße Wermut, jede Menge Gin und ein bisschen Olivensaft darüber. Ich verfalle in den Arbeitsrhythmus: abmessen, schütteln, eingießen, servieren ... und tatsächlich entspannt mich die vertraute Umgebung ein wenig.

Aber ich spüre immer noch die nervöse Atemlosigkeit, als ich einige schreckliche Sekunden lang dachte, ich würde es nicht mehr an die Wasseroberfläche schaffen. Ist mir schon einige Male passiert, und obwohl es wie immer gut ausgegangen ist, fällt es mir schwer, das nachklingende Gefühl, beinahe ertrunken zu sein, wieder abzuschütteln.

Luke tritt an den Rand meines Blickfelds, und ich schaue auf, als er um die Nische herumgeht und etwas in sein Telefon eintippt. *So einer bist du also,* denke ich und überlege, wie vielen Mädchen er wohl gerade eine SMS schickt. An seinem Tisch sitzt eine Brünette, die sich für das, was er tut, brennend zu interessieren scheint, und ich bin drauf und dran, zu ihr hinüberzugehen und ihr zu sagen, dass sie auf das falsche Pferd setzt und dass sie sich lieber an einen der adretten Burschen in der hintersten Nische heranmachen soll.

Ich mixe den Drink, schütte die milchige Flüssigkeit in zwei Gläser und schaue noch mal kurz auf die Bestellung, ehe ich zwei mit jeder Menge Oliven bestückte Spieße hinzufüge. Die Bedienung, die heute mitarbeitet, lächelt und verschwindet mit der Bestellung, und ich mache mich an die nächste und greife nach einer Flasche Amaretto, als ich hinter mir höre, wie jemand einen Barhocker an den Tresen heranrückt.

„Wie läuft's mit den Einnahmen für das neue Auto?"

Ich erkenne seine Stimme sofort. „Heute noch nichts", sage ich, ohne aufzuschauen, und mache den Drink fertig. „Aber mir ist heute nicht nach lächeln zumute, deshalb habe ich wenig Hoffnung, dass etwas hinzukommen wird."

„Möchtest du darüber reden?", fragt er mich.

Ich wende mich zu ihm um: Heute trägt er ein dunkelblaues T-Shirt, seine Frisur sitzt wieder perfekt, und alles in allem sieht er viel zu gut aus, um keinen Ärger zu bedeuten. Unfähig zu widerstehen, schenke ich ihm ein winziges Lächeln. „Ich glaube, als Barkeeperin ist das eigentlich *mein* Spruch, oder?"

Luke zieht kurz eine Augenbraue nach oben *(das sieht süß aus!)*, ehe er zu seinen Freunden zurückschaut.

„Außerdem wirkt es so, als würden deine Leute auf dich

warten“, sage ich und bemerke, dass die Brünette ihn nicht aus den Augen lässt. Er greift in seine Tasche, checkt sein Telefon und sieht mich wieder an.

„Die sind noch ewig da“, sagt er, und in seinen Augen blitzt ein Lächeln auf, ehe sein Mundwinkel sich zu dem niedlichen schiefen Grinsen hebt. „Ich dachte, ich komme mal rüber und hole mir einen Drink.“

„Was darf's denn sein?“, frage ich. „Noch ein Bier?“

„Klar“, sagt er. „Und deinen Namen wüsste ich auch gern. Außer du möchtest, dass ich dich Zeit unseres Lebens *Grübchen* nenne.“

Luke reißt die Augen auf, flüstert „Ups“, zieht einen Dollarschein aus der Tasche und stopft ihn in das Einweckglas. „Ich habe mich vorbereitet“, sagt er und beobachtet mich, während ich ein IPA ins Bierglas laufen lasse. „Für den Fall, dass du heute wieder arbeitest.“

Ich versuche, nicht allzu lange darüber nachzudenken, dass er sich eigens für mich und dieses kleine Spiel ein Bündel Eindollarscheine in die Tasche gestopft hat.

„Ich heiße Lon…“, beginne ich zu sagen, als plötzlich die Tür aufgeht und Mia und Ansel hereinkommen. Lukes Kopf fährt zu den beiden herum, gerade als ich meinen Name zu Ende murmele. „…don.“

Im nächsten Moment sieht er mich wieder an, sein Blick seltsam ernst. Er nickt schnell. „Schön, dich offiziell kennenzulernen.“

Ich bin mir sicher, dass er meinen Namen nicht richtig verstanden hat, aber wenn es ihm nichts ausmacht, dann macht es mir auch nichts aus.

Ein weiterer Gast setzt sich an die Bar und winkt mich heran. Lächelnd schiebe ich Luke das Bier hin, der Untersetzer stößt gegen seine Hand. „Das macht fünf Dollar.“

Mich langsam anblinzelnd, zieht er seine Brieftasche heraus und sagt: „Dank dir.“

Ich gehe zu dem anderen Gast, sehe aber aus dem Augenwinkel, wie Luke einen Schein auf den Tresen legt und zu seinen Leuten zurückkehrt, ohne auf das Wechselgeld zu warten. Entweder hat er mir kein Trinkgeld gegeben, oder es ist sehr viel.

Ich kann mir denken, dass Letzteres der Fall ist, was meiner Entschlossenheit, ihn blöd zu finden, natürlich abträglich ist.

Zwei Whiskey Sours, vier Blue Moons und ein Tablett mit Margaritas später tippe ich ein paar Rechnungen in die Kasse ein. Mia, Ansel und Harlow stehen in der Nähe und warten auf Finn, um zu viert ins Kino zu gehen. Drei tiefe Atemzüge lang beobachte ich sie und denke über meine zwiespältigen Gefühle hinsichtlich einer Beziehung nach. Einerseits sehe ich, wie glücklich die Leute um mich herum sind – einige sind sogar miteinander *verheiratet* –, und das möchte ich auch irgendwann einmal sein. Andererseits weiß ich, dass ich noch nicht dafür bereit bin.

Es ist knapp über ein Jahr her, dass Justin und ich uns getrennt haben, und ich weiß noch gut, wie es ist, sich als Paar etwas vorzunehmen, immer den anderen und dessen Wünsche miteinbeziehen zu müssen in die Samstagabendplanung und sich anschließend mit einer Gruppe von Freunden von Neuem darüber abzustimmen, was man schließlich tatsächlich unternimmt. Sicherlich würden mir die meisten Leute nicht glauben, aber nachdem ich mir auf dem College den Hintern aufgerissen habe und eine ganze Weile einen festen Freund hatte, ist es schön, rein gar nichts tun zu *müssen*. Ich surfe, ich arbeite, ich gehe nach Hause. Meine Entscheidungen treffe ich danach, was gut für mich selbst ist, nicht nur als Hälfte eines Paares.

Trotzdem, es gibt Momente wie heute Abend, wo mir klar wird, dass ich mich manchmal tatsächlich ein bisschen einsam fühle. Und dabei geht es nicht allein um Sex, sondern um Zweisamkeit, darum, jemanden zu haben, der mich anschaut, als hätte er den ganzen Tag nur darauf gewartet, als hätte er sich nach mir gesehnt. Es geht darum, jemanden zu haben, der mich mit Kinobesuchen oder Gesprächen ablenkt, um einen warmen Körper, der sich beim Einschlafen an mich kuschelt.

Scheppernd öffnet sich die Geldschublade der Kasse, und ich gebe einem Gast das Wechselgeld. Ich schaue in Richtung von Harlows Lachen und sehe mit einiger Überraschung, dass Luke und Mia in der Nähe der Toiletten stehen und miteinander quatschen.

Wir sind alle auf die UCSD gegangen, und obwohl es dort die verschiedensten Fakultäten gibt, überrascht es mich nicht, dass die beiden sich kennen. Trotzdem muss ich innerlich lachen, denn in Lolas Freundeskreis gibt es so viele Querverbindungen und Verknüpfungen, dass ich die Einzelheiten wohl nie richtig überblicken werde.

Ich wusste, dass Harlow berühmte Eltern hat, aber erst vor Kurzem habe ich erfahren, dass ihre Mutter in meiner Kindheit die Lieblingsschauspielerin meiner Mom war.

Ich wusste, dass Mia früher Tänzerin war, erfuhr aber erst kürzlich, dass ihre Laufbahn ein jähes Ende nahm, als sie von einem Truck angefahren wurde.

Ich wusste, dass Finn seinem Vater und seinen Brüdern sehr nahesteht, aber erst als ich ins Fettnäpfchen trat und ihn fragte, was er seiner Mom zum Muttertag schenkt, erfuhr ich, dass sie gestorben ist, als er noch ein Kind war.

Irgendjemand ruft quer durch die Bar meinen Namen und reißt mich aus den Gedanken. Ich beeile mich, ein Tablett mit Drinks an einen Tisch zu bringen, und auf dem Rückweg hält mich Harlow fest und schlingt die Arme um mich.

„Hey, Fremde“, sagt sie. Ihr Blick wandert über mein Gesicht, ehe sie nach einer meiner Haarsträhnen greift. „Kommt mir wie eine Ewigkeit vor, seit ich dich das letzte Mal gesehen habe. Gott, du siehst toll aus. Wie ein Model in der Swimsuit Edition von *Sports Illustrated*. Zum Teufel mit dir und deinen süßen Sommersprossen.“

Ich lächle sie breit an. „Ich sollte dich überallhin mitnehmen, du Ego-Boosterin."

„Kannst du hier abhauen und mit uns ins Kino gehen?", fragt sie.

Ich schüttle den Kopf und ihre Mundwinkel senken sich. „Nur ich, Fred und eine Kellnerin sind da, und nachher kommt noch diese neue Band", erkläre ich.

„Vielleicht am Wochenende? Alle drei Roberts-Jungs sind in der Stadt."

Ich nicke, aufgemuntert von der Vorstellung, einen Abend mit einer großen Gruppe zu verbringen. „Ich versuche es." Ihr Mann, Finn, früher professionell in der Fischereibranche tätig, steht kurz davor, durch eine Reality-Doku namens *Der Fischer-Clan*, in der das arbeitsreiche Leben seiner Familie porträtiert wird, ein angesagter Fernsehstar zu werden.

Harlows Augenbrauen heben sich leicht und ich erkenne meinen Fehler. Ich kenne Harlow zwar erst seit neun Monaten, aber ihre Verkupplungskünste sind legendär.

„Vielleicht können wir dich und Levi ..."

Ich suche schon nach einer Ausrede. „Nein, *nein*", sage ich und schaue zum Tresen hinüber, wo bereits einige Leute darauf warten, bedient zu werden. „Ich muss weitermachen, Miss Heiratsvermittlerin. Morgen schicke ich dir eine SMS und lasse dich wissen, ob ich mitkomme."

Harlow nickt, dann wendet sie sich zu ihrem Tisch um. „Meinetwegen, du stures Ding!", ruft sie, während ich zum Tresen zurückkehre.

Als ich dort eintreffe, sehe ich Fred ein paar Biere zapfen und mit einigen Stammgästen reden; ein Stück weiter sitzt Luke allein am Tresen.

Er sieht irgendwie aufgewühlt aus, hat eine ernste Miene, die man bei ihm, wie ich vermute, nicht allzu oft sieht. Zugegeben, ich weiß so gut wie nichts über ihn, außer dass er fortwährend von Frauen beobachtet wird, dass er wie ein Arschloch wirkt, aber überhaupt keins ist, wenn man mit ihm redet, und dass er an einem einzigen Abend mehr SMS erhält als ich in einer ganzen Woche. Aber was weiß ich schon?

Ich schaue zu Mia, Ansel und Harlow hinüber, die ihre Sachen zusammenklauben und winken, ehe sie zu Finn hinübergehen, der am Ausgang steht.

„Alles okay mit dir?", frage ich Luke und hole unterm Tresen ein Schnapsglas heraus.

Er nickt, und sobald er mich ansieht, ist die ernste Miene verschwunden, ersetzt durch das süße Lächeln. Instinktiv schaue ich weg und grabe mit einer kleinen Handschaufel im Eiskübel.

„Ach, ich bin in Gedanken gerade ganz woanders", sagt er. „In einer Bar kann man prima nachdenken."

Ich nicke. Und weil er darauf zu warten scheint, dass ich noch etwas sage, tue ich es. „Stimmt. Zum Beispiel über schlechte Noten. Verlorene Jobs. Geldsorgen. Die verflossene erste Liebe."

Sein Blick fängt meinen wieder ein. „Sprichst du aus Erfahrung?", fragt er.

„Ja", sage ich, fülle sein Schnapsglas mit Whiskey und schiebe es ihm hinüber. Trotz seines Lächelns sieht er so aus, als könnte er den Drink gut gebrauchen. „*Barkeeper*erfahrung. Vielleicht brauchst du ja bloß ein bisschen Ablenkung." Ich schaue über seine Schulter hinweg zu seinen Freunden; inmitten der Leute sitzt die Brünette, die ihn keine Sekunde lang aus den Augen lässt. Mit einem leichten Kopfschütteln folgt er meinem Blick.

Luke hebt das Schnapsglas, legte den Kopf zurück und kippt den Whiskey in einem Zug herunter. Er stellt das Glas ab und amtet leicht hustend aus. „Danke."

„Kein Problem."

„Was ist mit dir?"

Ich gehe zum Spülbecken und stelle das Schnapsglas hinein. „Was soll mit mir sein?"

„Brauchst du auch ein bisschen Ablenkung?"

Ich spüre ein scharfes Stechen in der Lunge, schaffe es aber, freundlich zu lächeln. „Kein Bedarf."

Luke lässt den Kopf sinken und schaut durch seine dichten Wimpern zu mir auf. „Was soll das heißen, kein Bedarf?"

Ich nehme ein Geschirrtuch und schaue darauf herab, während ich sage: „Es heißt, ich lasse mich nicht mit Männern ein, die ich auf der Arbeit kennenlerne."

„Davon hat ja auch niemand gesprochen, Grübchen." Mit einem verschlagenen Lächeln greift er in seine Tasche, zieht einen weiteren Dollar heraus und stopft ihn in das Einweckglas. Unsere Blicke treffen sich, und zwischen meinen Rippen und dem Bauchnabel zieht sich etwas zusammen. Sein Blick ist *wissend*, als könnte er erkennen, dass ich einen Scheißtag hatte, und ich wiederum erkenne, dass er einen Scheißabend hat, und ihm gefällt, dass wir beide diese Dinge bemerken.

Ich mag die gute Chemie zwischen uns nicht, dieses wortlose Verständnis.

Oder vielleicht mag ich nicht, wie *sehr* es mir gefällt. Ich spüre immer noch das Gefühl des Beinahe-Ertrinkens, aber je länger er hier sitzt und mit mir spricht, desto schwächer wird es.

„Wo wir gerade dabei sind", sagt er leise, „viel habe ich von deinen Grübchen heute noch nicht zu sehen bekommen."

Achselzuckend entgegne ich: „Sagen wir einfach, ich hatte einen durchwachsenen Tag."

Er stützt sich mit den Ellbogen auf den Tresen und mustert mich. „Klingt, als müsstest du auch ein bisschen Dampf ablassen."

Ich lache und komme nicht umhin, es zuzugeben: „Stimmt wohl."

Er greift nach einem Untersetzer und dreht ihn langsam im Kreis. „Vielleicht könnte dir jemand dabei helfen."

Ich ignoriere ihn und beginne, den Tresen abzuwischen. Es ist nicht das erste Mal, dass mich jemand bei der Arbeit anmacht, im Gegenteil. Aber zum ersten Mal bin ich versucht, darauf einzugehen, denn mich durchströmt ein wohliges Kribbeln bei der Vorstellung, was er mir da anbietet.

„Hast du einen festen Freund?“, fragt er unbeirrt, und ich schüttle den Kopf.

„Nein“, sage ich. Wenn seine nackten Arme in dem T-Shirt ein Anhaltspunkt sind, dann sieht er ohne Klamotten bestimmt fantastisch aus.

Und ich wette, dass er sich dessen voll bewusst ist.

Es ist ein Zeichen, dass ich viel zu lange keinen Sex hatte, wenn ich so ein Selbstgespräch führe. Das Letzte, was ich brauche, ist ein Kerl wie Luke. Ich atme tief durch und bringe ein bisschen Abstand zwischen uns, trete ein Stück zur Seite.

Er folgt mir mit seinem Blick und fragt: „Ist es ein Prinzip von dir, dich nicht mit Gästen einzulassen?“

„Irgendwie schon.“ Ich lege das Geschirrtuch zusammen und schiebe es mir hinten unter die Schürze, schaue ihn an.

„Was, wenn ich dir verspreche, dass ich es absolut wert bin?“

Warum denke ich, dass er *absolut* die Wahrheit sagt? Er lächelt schüchtern, aber in seinen honigbraunen Augen erkenne ich, dass er auf der Jagd ist.

„Ich bin mir sicher, dass du ein ganz toller Hecht bist.“ Ich lehne mich ans Spülbecken hinter mir, starre ihn an und bin schockiert, dass ich überhaupt noch hier stehe. „Aber ich kann mich nicht mal an deinen Namen erinnern.“

„Klar kannst du das.“ Er beugt sich vor, verschränkt die Arme auf dem polierten Holz.

Ich verkneife mir ein Lächeln.

„Wann machst du Feierabend?“, fragt er.

Ich kann nicht anders, als auf seinen Mund zu starren und mir vorzustellen, wie seine heißen, geöffneten Lippen an meinem Hals hinabgleiten, über meine Brüste, über meinen Bauch.

Mir wird bewusst, dass man, wenn man eine Durststrecke beenden möchte, am besten auf ein sicheres Pferd setzen sollte. Und wen könnte es Besseres geben, mich aus meinem Sexnotstand zu erlösen, als jemand, der genau weiß, was er tut? Noch dazu jemand, dem es egal ist, ob das ganze womöglich zu etwas führt, was über die Bettkante hinausgeht?

Ich lasse einige Augenblicke verstreichen, ehe ich den Rücken straffe und nach einer Bestellung greife, die die Kellnerin mir hingelegt hat. Jetzt oder nie.

„Ich mache um eins Schluss."

Informationen zu unserem Verlagsprogramm, Anmeldung zum Newsletter und vieles mehr finden Sie unter:

www.harpercollins.de

Lesen Sie auch von Christina Lauren:

Band-Nr. 25889
9,99 € (D)
ISBN: 978-3-95649-252-5
352 Seiten
Auch als eBook erhältlich!

Christina Lauren
Sweet Filthy Boy –
Weil du mir gehörst

Eine brave College-Absolventin. Ein verführerischer Franzose. Eine schicksalhafte Nacht in Las Vegas …

Mia Holland will noch ein bisschen Spaß haben, bevor mit dem Studium endgültig der Ernst des Lebens beginnt. Alles ist vorbestimmt … bis sie in Las Vegas diesen supersexy Franzosen trifft, dessen heiße Küsse sie all ihre Zukunftspläne vergessen lassen. Ist sie nicht schon viel zu lange viel zu brav gewesen?

Ansel Guillaume will eigentlich nur eine wilde Partynacht verbringen, bevor er wieder zurück nach Frankreich fliegt. Zumindest bis er die atemberaubende Mia kennenlernt. Doch er will mehr als einen One-Night-Stand – und fasst deshalb einen verrückten Plan, um Mia mit sich nach Paris zu nehmen …

Deutsche Erstveröffentlichung

Band-Nr. 25941
9,99 € (D)
ISBN: 978-3-95649-582-3
304 Seiten
Auch als eBook erhältlich!

Christina Lauren
Dirty Rowdy Thing –
Weil ich dich will

Harlow überlässt nichts dem Zufall. Das einzig Chaotische in ihrem Leben war die spontane Vegas-Blitzehe mit dem umwerfenden Kanadier Finn, der ihr eine unvergessliche, wilde Nacht bescherte. Eigentlich hatte sie die Sache abgehakt, doch als eine familiäre Krise sie aus der Bahn zu werfen droht, kommt ihr Finns unverhoffter Besuch als Ablenkung gerade recht …

Finn weiß, dass es starken Frauen wie Harlow guttut, im Bett einfach mal die Kontrolle abzugeben. Logisch, dass er seiner scharfen Ex die offenbar schmerzlich vermissten Höhepunkte spendiert, auch wenn er eigentlich gerade ganz andere Probleme hat. Aber wer sagt schon Nein zu sensationellem Sex ohne Verpflichtungen? Doch dann stellt Finn verblüfft fest, dass er mehr von Harlow will …

„Must-Read. Ich habe viel gelacht … und bin oft errötet. Ich kann den nächsten Band in der Wild Seasons-Serie kaum erwarten!“
USA Today